大陸當代文學史　下編
（1980-1990 年代）

洪子誠　著

大陸學者叢書 CG0015

目　次

第十六章

文學「新時期」的想像

一、「轉折」與文學「新時期」

　　1976 年 10 月江青等的「四人幫」受到拘捕，1977 年 8 月在北京召開的中共第十一次代表大會，宣布歷時十年的「文化大革命」以「粉碎『四人幫』為標誌而結束」[1]。這次會議把「文革」結束後的中國社會，稱為社會主義革命和建設的「新時期」；肯定了「實踐是檢驗真理的唯一標準」的命題，確定停止「以階級鬥爭為綱」和「無產階級專政下繼續革命」的路線，提出中共「全黨工作重點」轉移到「社會主義現代化建設」的方針。左傾激進的「階級鬥爭」式的社會歷史革命，為「現實主義」的現代化的發展主題所取代。「文革」被廣泛地稱作是「十年動亂」、「十年浩劫」和「夢魘時代」，知識界和文學界普遍使用「第二次解放」來強調「文革」結束對於民族、個人，對於社會生活、文化所具有的歷史性意義。與社會政治關聯密切

---

[1]　不久，國家領導層對這場「文化革命」做出明確的否定，宣稱它「是一場由領導者錯誤發動，被反革命集團利用，給黨、國家和各族人民帶來嚴重災難的內亂」。見中共十一屆六中全會（1981 年 6 月）決議《關於建國以來黨的若干歷史問題的決議》，《三中全會以來重要文獻彙編》（下）第 811 頁，北京，人民出版社 1982 年版。

的文學界，隨後也把「文革」後的文學稱為「新時期文學」[2]。
「新時期文學」的發生，被看作是 20 世紀中國文學的另一次重
大「轉折」[3]。

　　「新時期文學」的「轉折」，表現為文藝激進派主要依靠
政治體制「暴力」所開展的「文化革命」，也為政治體制的「暴
力」所中斷。「文革」中被損毀、破壞的「當代」文學體制得
到修復。在重建的政治、文學體制的主導下，展開一系列否定
「文革」，也曖昧不明地處理「十七年」的「歷史改寫」活動；
這些活動當時稱為「撥亂反正」和「正本清源」。對在「文革」
（以及「十七年」）中被批判、攻擊的文學觀念和作家作品「正
名」、「辯誣」，是建構「新時期文學」的最初步驟。這些措
施主要有：1977 年底，召開各種大型座談會，刊發大量文章，
批判《部隊文藝工作座談會紀要》，批判「文藝黑線專政論」[4]；
1978 年 5 月，全國文聯第三屆委員會第三次擴大會議宣布恢復
中國文聯、作協和其他的文藝家協會活動，《文藝報》等刊物
恢復出版；陸續為從 50 年代到「文革」期間受到迫害和不公正

---

[2]　周揚在 1979 年 10 月召開的全國第四次文代會上所做的報告，題目為《繼
　　往開來，繁榮社會主義新時期的文學》。

[3]　1986 年 10 月在北京召開的「新時期文學十年學術討論會」的開幕詞認為，
　　「新時期文學」是「繼『五四』文學革命以後，中國現當代文學中的又一
　　次意義深遠的文學革命」。《文學評論》1986 年第 6 期。

[4]　最早召開的座談會和發表的文章有：1977 年 11 月 20 日，《人民日報》召
　　開有茅盾、冰心、張光年、賀敬之、劉白羽等參加的批判「文藝黑線專政」
　　座談會；12 月 28 日，《人民文學》編輯部召開文學界有一百多人參加的
　　批判「黑線專政」的座談會。1978 年，類似的座談會、批判會相繼召開。
　　1978 年 11 月 19 日，《人民日報》刊登張光年的《駁「文藝黑線專政論」》，
　　是系統批判「文藝黑線專政論」的文章。

對待的作家，和受到錯誤批判的作品平反、「落實政策」[5]；發表未曾公開發表的周恩來 1961 年 6 月在文藝工作座談會和故事片會議上的講話[6]，作為文藝政策調整的依據；圍繞《為文藝正名──駁「文藝是階級鬥爭的工具」》[7]等文章組織討論，試圖從文藝與政治關係上重新定義文藝；1979 年 5 月，中共中央批轉解放軍總政治部請示，正式撤銷曾作為中共中央文件頒發的《部隊文藝工作者座談會紀要》；1979 年 10 月，在距上一次會議近二十年後召開了第四次全國文代會，執政黨提出了「文藝民主」的問題，並宣布「收回」毛澤東「文革」前夕的關於文藝工作的「兩個批示」，宣布「十七年」的文藝路線「基本正確」[8]⋯⋯

---

[5]　如 1977 年 4 月，文化部召開「揭批『四人幫』」萬人大會，為許多受迫害的文藝家平反。這一年，中國文聯各協會相繼成立專案復查小組，對 50 年代劃為右派分子的作家、文藝家進行甄別。從 1977 年到 80 年代初，著名文藝家如陳荒煤、胡風、丁玲、艾青、王蒙、田漢、傅雷、鄧拓、吳晗、廖沫沙等得到平反。50-70 年代不少受到批判的作品，也「恢復名譽」。重新評價 50 年代指認為「毒草」的理論和創作，胡風的主張，秦兆陽的《現實主義──廣闊的道路》，錢谷融的《論「文學是人學」》，王蒙、劉賓雁等的創作；它們成為「重放的鮮花」。

[6]　刊於《文藝報》1979 年第 2 期。此後，60 年代初周恩來、陳毅等主張「務實」的文藝政策的講話，陸續公開發表。

[7]　為《上海文學》1979 年第 4 期評論員文章。該刊並於 6-11 月號上組織《關於〈為文藝正名〉的討論》專欄。各地報刊也就這一問題發表討論文章。

[8]　第四次全國文代會中共中央、國務院致大會祝辭中說，「黨對文藝工作的領導，不是發號施令，不是要求文學藝術從屬於臨時的、具體的、直接的政治任務，而是根據文學藝術的特徵和發展規律，幫助文藝工作者獲得條件來不斷繁榮文學藝術事業」。祝辭重申 1956 年提出的「百花齊放，百家爭鳴」方針的有效性。《中國文學藝術工作者第四次代表大會文集》第 6 頁，成都，四川人民出版社 1980 年版。

　　由於文學在「當代」是政黨的政治動員和建立新的意識形態的有力手段，在社會結構、經濟發展的轉變過程中有重要的作用，因而，在許多時間裏具有凸出的身份，受到包括政治領導者和一般民眾的重視[9]。「新時期文學」也是這樣。在它的上面，不同作家都放置了樂觀的期待；對這一文學形態的建構，也匯聚了他們當時擁有的共同的問題意識。對於「文革」施行的文化專制與思想禁錮的憎惡，對 50-70 年代形成的政治、文學命題的質疑，對一種「自由創造」的寬容的環境的期盼，是相當一致的關切點。因而，五四的那種「多元共生」和「精神解放」，成為文學界創造「新時期文學」的知識、想像的重要資源。不過，在基本的「共識」之中，有關「新時期文學」的涵義，和對「文學復興」的想像，一開始也已經包含可見（或不可見）的分歧。最主要的分歧與對中國 20 世紀文學的歷史記憶相關。對一些人來說，「轉折」意味著離棄「文革」的極端化，而恢復「十七年」文學的「主流」狀況，即堅持毛澤東所開啟的「人民文學」（工農兵文學），在矯正激進派的「歪曲」之後的正當性，並繼續確立其主導地位。對另一些人而言，則是復活「十七年」中受到壓抑的「非主流文學」線索，建立與五四「人的解放」的啟蒙文學的關聯。「轉折」的最具影響力的訴求和實踐，是表現為強烈地離棄現代中國「左翼」文學、毛澤東的「工農兵文學」的傾向。因而，「新時期」出現的「轉折」，與四、五十年代之交的文學「斷裂」一樣，主要體現為

---

[9]　至少在 80 年代末以前都是這樣。90 年代社會「轉型」之後，文藝的這種「政黨動員」的功能已有很大消退。

不同思潮、派別、力量地位的錯動和關係的重組。文學界權力版圖的變化，相異的文學規劃和文學形態的存在，是 80 年代文學界種種爭執、衝突的根源。這種複雜情況表明，50-70 年代確立的，作為一種新的政治實踐的「新的人民文學」已失去它的絕對地位，「一體化」的文學格局開始解體；儘管由於制度等方面的原因，「解體」的過程會延續相當長的時間。

二、體制的修復和重建

　　「文革」結束，主流意識形態發生很大變化，但國家的政治組織形式，包括文化（文學）的權力機構及其組織形式，並未有很大的改變。因為中共中央宣傳部、國家文化部、中國文聯和中國作家協會以及其他文藝家協會，被指責在「十七年」中貫徹了資產階級「文藝黑線」，領導者成了「黑線人物」[10]，因此，「文革」中這些機構都處於癱瘓狀態，國家文化、意識形態領導權主要由「中央文化革命領導小組」（簡稱「中央文革小組」）控制。「文革」結束後，「損毀」的文學體制的修復、重建，成為建構「新時期文學」的首要任務。1978 年初，文化部決定恢復所屬藝術表演團體的原來建制和名稱。同年 5月，中國文聯、中國作協和其他協會宣布恢復工作。在 1979 年10 月全國第四次文代會召開期間，選舉了全國文聯新的領導機構。1979 年和 1985 年，中國作協兩次改選理事會，選舉主席、

---

[10] 毛澤東在 60 年代「文革」發生前夕，曾給這些國家意識形態部門加上「閻王殿」、「黑線專政」、「帝王將相部」、「才子佳人部」、「外國死人部」等罪名。

副主席。機構的組織方式和人員構成，基本延續「文革」發生前的格局。五四以來資深作家和「十七年」文學界的權力階層，仍是新的領導機構的人員構成。另外，50 年代被逐出文壇、「文革」後「復出」的有影響的作家（丁玲、艾青、王蒙、劉賓雁、陸文夫等），也吸納其中[11]。這既保證其專業性、權威性，以及與「十七年」之間的延續，也表明了反思「十七年」的革新態度。中國作協中的「黨組」，仍是機構的核心，其權力高於理事會（90 年代之後改為「全委會」）。另一些沒有擔任中國作協具體領導職務者，在當時的文學界也擁有重要權力[12]。與 50-70 年代一樣，重要問題的提出和裁決，許多來自執政黨和國家的高層。由於中國作協領導層主要由五四以來的著名作家組成，他們具有「文學官員」與「文學家」的雙重身份。他們在「文革」中的挫折，遭受的迫害，既在「復出」時增加他們的榮耀，也使他們中的一些人對「十七年」的文學觀和文學政策有所反思（周揚等在 80 年代的表現最具代表性）。因而，在 80 年代政治與文學的複雜關係中，他們的態度和處理也顯示其複雜

---

[11] 1953 年十月中國作協第二次理事會選舉作協主席為茅盾，副主席為周揚、丁玲、巴金、柯仲平、老舍、馮雪峰、邵荃麟（丁玲、馮雪峰 1957 年成為右派分子，被撤銷職務，1960 年增選劉白羽）。1979 年 11 月第三屆理事會選舉的中國作協主席為茅盾，第一副主席巴金，副主席為丁玲、馮至、馮牧、艾青、劉白羽、沙汀、李季、張光年、陳荒煤、歐陽山、賀敬之、鐵衣甫江（周揚此時已擔任全國文聯主席，老舍、馮雪峰、邵荃麟已去世）。在 1985 年第五次理事會上，除了丁玲、艾青等「復出」作家外，王蒙、劉賓雁、陸文夫也推選中國作協副主席。賀敬之、劉白羽則落選。

[12] 如當時為中共中央政治局委員的胡喬木，擔任中國文聯主席、中宣部副部長的周揚，任中共中央宣傳部部長的王任重等。

性。文學界這一核心權力機構，在 80 年代仍擁有很高威望[13]。
自然，這個時期出現的文化思想衝突、文藝政策的分歧，也表
現在文學權力機構內部，有了不難辨認的不同的派別的存在[14]。

在「新時期」，國家和執政黨在文藝方針、政策上也做出
相應的調整。與「當代」的其他時期一樣，文藝的政治功能，
文藝的領導、控制與作家「自主性」的關係，是調整的中心點。
「文藝為工農兵服務」、「文藝為政治服務」等在「當代」通
行多年的口號被放棄，代之以文藝「為人民服務，為社會主義
服務」的「二為」方針[15]。這個提法，顯然是 1962 年周揚等在
文藝調整中提出的「為最廣大的人民群眾服務」論題的翻版──
──在「文革」期間，這一提法因模糊、取消文藝及其服務對象
（工農兵）階級性，被批判為「全民文藝論」[16]。鑒於社會轉軌

---

[13] 由於環境和自身的諸多複雜原因，90 年代以後，中國作協的權威性大為降
低。

[14] 有研究者根據「文革」後到 1984 年 12 月中國作協第四次理事會之前「文
學官員」在對待當時發生的重要事件（如批判電影《苦戀》、人道主義論
爭等）上的表現，將他們區分為兩派：其中「惜春派」（指珍惜文藝界「來
之不易的春天」）有周揚、張光年、夏衍、馮牧、唐因、唐達成、王蒙；
「偏『左』派」有胡喬木、王任重、林默涵、賀敬之、劉白羽。不過，衝
突雙方也存在「根本性的一致」。參見許志英、丁帆主編《中國新時期小
說主潮》上卷第 29-34 頁，北京，人民文學出版社 2002 年版。

[15] 「為人民服務，為社會主義服務」首先在 1980 年 7 月 26 日的《人民日報》
社論《為人民服務，為社會主義服務》中提出。文中稱，「最近，黨中央
提出，我們的文藝工作總的口號應當是：文藝為人民服務，為社會主義服
務」，這個口號，「為我國的社會主義新時期的文藝工作指出了正確的方
向」。

[16] 1962 年 5 月 23 日，《人民日報》發表社論《為最廣大的人民群眾服務》
（由周揚等執筆，收入《周揚文集》第 4 卷）。在姚文元《評反革命兩面
派周揚》一文中，說這篇社論是用「『全民文藝』來代替無產階級文學，
用為『全體人民』服務來篡改為工農兵服務的毛澤東文藝方向」，是一個

對包括知識份子等「積極因素」的動員的需要，也出於「文革」期間嚴酷的文化專制政策，以及「十七年」頻繁運動、鬥爭留下的讓許多人厭憎的記憶，營造一個文藝創造的「寬鬆」環境，是普遍的期望。「百花齊放，百家爭鳴」方針再次被著重強調；對這一方針的不同解釋，在 80 年代初的文學界引發新一輪的爭論[17]。這一用以處理執政黨與知識份子關係的政策，其比喻性修辭所預留的闡釋空間，在新的歷史情景下得到相應的調整；寫作、批評的「自由度」有了增加。當然，與那種「價值多元」和理想化的「創作自由」的要求[18]相反，「雙百方針」的政治意識形態前提、原則再次得到堅定的強調。承接 50 年代毛澤東的裁決「香花」、「毒草」的「六條標準」的，是「四項基本原則」的提出[19]。

「修正主義的口號」（北京，《紅旗》雜誌 1967 年第 1 期）。

[17] 這次有關「雙百方針」的討論，提出的問題和論述的方式，與發生於 1956-1957 年間的爭論如出一轍。當代文學的許多「理論」問題常常反覆出現，但每一次都沒有多少實質性的推進。

[18] 「文革」後一段時間，一些作家、理論家基於「創作自由」、「文藝獨立」的想像，提出文藝應該「無為而治」（王若望：《談文藝的「無為而治」》，北京，《紅旗》雜誌 1979 年第 9 期），「文藝，是文藝家自己的事，如果黨管文藝管得太具體，文藝就沒有希望，就完蛋了」（趙丹《管得太具體文藝沒希望》，《人民日報》1980 年 10 月 8 日）等觀點。他們顯然都忘記了 1957 年所做的申明：雙百方針是一項「堅定的階級政策」。因此，這些觀點毫無疑問地受到嚴厲批判。

[19] 「六條標準為毛澤東 1957 年在《關於正確處理人民內部矛盾的問題》（《毛澤東選集》第 5 卷第 383 頁，北京，人民出版社 1977 年版）中提出。1979 年 3 月鄧小平在中共中央理論工作務虛會上的講話提出「四項基本原則」：「第一，必須堅持社會主義道路；第二，必須堅持無產階級專政；第三，必須堅持共產黨的領導；第四，必須堅持馬列主義，毛澤東思想。」「這四項基本原則不是新東西，是我們黨長期以來所一貫堅持的」。

　　80 年代，文學在社會政治、文化生活中具有重要位置，成為政治表達和情緒釋放的重要載體，而流行文化又尚未形成一定規模，「純」文學擁有大量讀者。因而，「純」文學刊物和文學書籍的出版機構，比起「十七年」來有了很大發展。「十七年」中原有的刊物先後復刊。普通日報和各種專業報紙，都闢專欄刊發文學創作、評論的稿件。除了一般的文學期刊外，大型的、可刊發中、長篇小說的刊物，也從「文革」前的一種（《收穫》），增加到近一、二十種。其中，《收穫》（上海）、《當代》（北京）、《十月》（北京）、《中國作家》（北京）、《鍾山》（南京）、《花城》（廣州）等有較大的影響[20]。由於每月在期刊上發表的作品數量龐大，於是，創辦了多種集選式的文學期刊[21]。它們受到讀者的歡迎，也一定程度起到「經典化」篩選的效果。在眾多的文學期刊中，中國作協主辦的，和在北京、上海地區出版的刊物仍具有更大的影響力，但「十七年」中形成的中央與地方刊物的等級制已受到挑戰而有所削弱。一些「地方」刊物在發表某些重要作品上，在文學運動的開展上，也發揮有影響力作用。所有文學刊物仍由各級文聯、作協或研究機構主辦，執行國家規定的文藝政策、方針。在這一框架內，刊物的傾向，與編輯部成員的思想、趣味有明顯的關聯。有些

---

[20] 這些刊物有的長期出版，有的維持一段時間就停辦，因而數目難以準確統計。先後創辦的大型文學刊物，尚有《長城》（石家莊）、《新苑》（長春）、《清明》（合肥）、《長江》（武漢）、叠彩》（桂林）、《江南》（杭州）、《小說界》（上海）、《昆侖》（北京）、《芙蓉》（長沙）、《柳泉》（濟南）等。

[21] 先後有《小說月報》、《小說選刊》、《中篇小說選刊》、《詩選刊》等刊物出版。

刊物因此帶有某種「同人」性的色彩，甚或有時成為先鋒性探索的陣地。這表明 80 年代文學生產體制內部，以及對「主流意識形態」的「論述」，已從原先的單一到出現一定程度的分散的現象。

三、文學規範制度的調整

「新時期」政治、文學體制對文學生產的控制、規範方式，與 50-70 年代並沒有很大的不同。一方面對「越界」的觀點、創作的批評、懲戒[22]，另方面則是對合乎規範的作家作品加以褒獎。在 80 年代，「政治體制」掀起、支持的否定「文革」、反思「當代」歷史的潮流，也存在發展到質疑、動搖「體制」本身合法性的可能。因此，「四項基本原則」的宣布，為思想文化領域，包括文學領域的「創新」和「思想解放」劃定了限度，規定了禁忌（這些限度、禁忌，自然隨著現實語境與國家政策的變化不斷調整）。在 80 年代，出現一系列或大或小的對觸犯「禁忌」、跨越界限的作家、作品的批評（批判）事件。可以列舉的有：1979 年前後，對小說《飛天》、《在社會的檔案裏》和劇本《假如我是真的》（又名《騙子》）的批判。70 年代末和 80 年代對若干表現了「資產階級自由化」傾向的作品的批判[23]。1980 年，根據國家刊物出版法規，禁止北島、芒克等

---

[22] 80 年代文學界重要的批判事件有：對《飛天》、《在社會的檔案裏》、《假如我是真的》（又名《騙子》）的批判；對白樺《苦戀》的批判；對詩歌「三個崛起」論的批判；在「人道主義」、「異化」問題上的批判；在「清除精神污染」和「反資產階級自由化」運動中的批判等。

[23] 這些作品，有葉文福的《將軍，不能這樣做》，孫靜軒的《一個幽靈在中

主持的「民辦」刊物《今天》的出版。1981 年，對白樺等的電
影文學劇本《苦戀》，和根據《苦戀》拍攝尚未公演的影片《太
陽與人》展開的批判[24]。1983 年開始的「清除精神污染」運動，
對周揚、王元化、王若水等在「人道主義」、「異化」等問題
上的觀點的批判，以及在詩歌上對「三個崛起」論的批判。1987
年，中國作協停辦由丁玲、牛漢主編的文學刊物《中國》。1989
年，停辦文化（文學）類刊物《新觀察》、《文匯月刊》。……
由於對批判運動普遍存在的厭倦、牴觸心理，更由於權力階層
在新的歷史情境下改變領導、控制的策略，80 年代的批判運動，
大多控制在一定範圍，沒有形成如「十七年」那樣的規模；有
的批判，在當事人做出檢討之後，便有意識做「降溫」收縮的
處理。

　　與「十七年」沒有制度性的文學評獎不同，「新時期」開
始重視獎勵制度的設立。這也是「意識形態按照自己的意圖，
以權威的形式對文學藝術的導引與召喚」，以實現其「文化領
導權」[25]的組成部分。1978 年，受中國作協委託，《人民文學》

國大地上遊蕩》，曲有源《我歌頌西單的民主牆》，楊煉《諾日朗》，北
島、舒婷、顧城的一些詩，馬建《亮出你的舌苔或空空蕩蕩》，張正隆的
紀實文學《血紅雪白》等。

[24] 80 年代初這一重要的文化思想事件的具體情況，與對這一事件的分析，可
參見朱育和《當代中國意識形態情態錄》（北京，清華大學出版社 1997 年
版），許志英、丁帆主編《中國新時期小說主潮・上卷》（北京，人民文
學出版社 2002 年版）第 1 章，徐慶全《風雨送春歸──新時期文壇思想解
放運動記事》（開封，河南大學出版社 2005 年版）下篇「《苦戀》風波的
前前後後」。

[25] 參見孟繁華《1978：激情歲月》第十章「1978 年的評獎制度」。濟南，山
東教育出版社 1998 年版。

編輯部舉辦全國優秀短篇小說評選，是「當代」首次舉辦的文
學評獎活動。這次評獎肯定了當時尚存在爭論的「傷痕文學」
的價值，「也使一批作家確立了自己在當代文學上的位置」[26]。
此後，該雜誌社連續舉辦 1979-1981 年的全國優秀短篇小說評
獎。《詩刊》社也舉辦了 1979-1980 年全國優秀新詩獎。從 1982
年起到 1986 年，獎項除短篇小說之外，擴大至中篇小說、報告
文學、兒童文學等門類，並改為由中國作協主辦。其他全國性
的文學獎項，尚有解放軍文藝獎，少數民族文學創作獎等。90
年代以後，各省、市、自治區，各種刊物、機構設立的文學獎
項數目繁多[27]。90 年代由中國作協主辦的全國性重要文學獎
項，一是 1981 年設立的茅盾文學獎，另一是 90 年代設立的魯
迅文學獎[28]。這些獎項的宗旨、規則，評委人選由中國作協確定。
出於意識形態功能的考慮，也需要顧及不同文學集團的利益，
以及評委構成的某種複雜性，結果總是顯示了標準混雜的狀

26　《人民文學》1978 和 1979 年短篇小說獎獲獎作家有王蒙、張承志、賈平
　　凹、張潔、李陀、陸文夫、劉心武、宗璞、鄧友梅、盧新華、蔣子龍、高
　　曉聲、張潔等。
27　以 1981 年為例，當年舉辦文學評獎的，就有《中國青年》、《解放軍文藝》、
　　《當代》、《兒童文學》、《十月》、《北京文學》、《河北文學》、《山
　　西文學》、《鴨綠江》、《萌芽》、《雨花》、《青春》、《安徽文學》、
　　《福建文學》、《星火》、《山東文學》、《芳草》、《芙蓉》、《南方
　　日報》、《湖南日報》、《廣西文學》、《星星》、《延河》、《飛天》、
　　《新疆文學》等報刊。另外，內蒙古、遼寧、吉林、浙江、山東、河南、
　　廣東、廣西、貴州、西藏、甘肅等還舉辦省級的文學評獎。
28　茅盾文學獎對象是長篇小說作品，每四年為一屆。1982 年頒發第一屆。魯
　　迅文學獎獎項分設中短篇小說、報告文學、詩歌、散文、雜文、文學理論
　　和文學批評、文學作品翻譯等門類，每兩年為一屆。第一屆評獎對象為
　　1995-1996 年度。

況：或者是得獎者良莠不齊，或者是開列了長串清單而削弱獎
項的價值。一些獲獎作品缺乏基本的說服力，而一些較優秀之
作卻被遺漏[29]。因而，對茅盾文學獎、魯迅文學獎，每屆都引發
各種非議和爭論。不過，獲得「國家級」的文學獎項肯定將取
得可觀的經濟收益和「象徵資本」[30]，儘管其權威性總是受到質
疑，也總還為許多人所追慕。

四、80 年代的作家構成

　　「文革」後，許多作家都有一種「解放」感，並普遍認為
自己將進入藝術生命的「春天」。基於這一估計，當時有中國
作家「盛況空前」，「五世同堂」的描述[31]。不過，既然社會生

---

[29] 茅盾文學獎第一屆：《許茂和他的女兒們》（周克芹）、《東方》（魏巍）、
《李自成》（第二部，姚雪垠）、《將軍吟》（莫應豐）、《冬天裏的春
天》（李國文）、《芙蓉鎮》（古華）。第二屆：《黃河東流去》（李準）、
《沉重的翅膀》（1984 年修訂本，張潔）、《鐘鼓樓》（劉心武）。第三
屆：《少年天子》（淩力）、《平凡的世界》（路遙）、《穆斯林的葬禮》
（霍達）、《第二個太陽》（劉白羽）、《都市風流》（孫力）。第四屆：
《白鹿原》（陳忠實）、《戰爭和人》（王火）、《白門柳》（劉斯奮）、
《騷動之秋》（劉玉民）。第五屆：《抉擇》（張平）、《塵埃落定》（阿
來）、《長恨歌》（王安憶）。第六屆：《張居正》（熊召政）、《無字》
（張潔）、《歷史的天空》（徐貴祥）、《東藏記》（宗璞）、《英雄時
代》（柳建偉）。顯然，其中不少作品已被讀者忘卻，也不被有一定權威
性的文學研究、教學機構認可。
[30] 所謂經濟收益，不限於獎項的獎金數目，更重要是有些獲獎，可能轉化為
在出版、作者所屬部門的「追加獎勵」等方面的收益。而在「象徵資本」
上，則與 50-70 年代的情況，沒有很大不同。
[31] 這種大團圓式的描述，見諸當時的許多文章、報告中。對於 1979 年 10 月
召開的第四次全國文代會，朱寨主編的《中國當代文學思潮史》的描述，
代表了當時許多人的看法。說這次大會是「全國文藝大軍的盛大會師」，

活和文學環境已發生了「轉折性」變化，作家也將做出選擇和面臨被選擇。除了年齡上的因素之外，最重要的是基於文學觀念和與此相關的創造力導致的分化和更替。因而，也出現了類乎四、五十年代之交的作家分化、重組的現象。不同的是，80 年代的重組，雖然也借助政治權力機制進行，但更主要是以社會需求、讀者選擇的方式實現。50 年代中期到「文革」前這段時間，被當時的文學界所舉薦的作家，在「新時期」大多數已失去其文壇的「中心」地位[32]。在一個對「社會主義現實主義」話語，對「十七年」確立的政治、文學規則感到厭倦的時期，不願、或無法更新感知和表達方式的作家的「邊緣化」，就在所必然；即使他們中一些人的新作仍得到某些讚賞，甚且獲得重要文學獎[33]，也無法改變這種情況。

　　出席會議的，有五四時期的「文壇老將」，有五四以後各個階段出現的文藝家，有新中國「培養起來」的風華正茂的文藝家，有鋒芒初露的藝壇新秀有錯劃為「右派」重返文壇的代表，真是「『五世同堂』，盛況空前」。《中國當代文學思潮史》第 562 頁，北京，人民文學出版社 1987 年版。

[32] 在「十七年」受到很高評價的作家、詩人，有的相繼去世，如趙樹理、老舍、田漢、柳青、周立波、聞捷、李季、郭小川等。在 80 年代繼續有作品問世的，已難以引起關注。這些作家如李准、王汶石、杜鵬程、胡萬春、梁斌、楊沫、王願堅、峻青、歐陽山、臧克家、賀敬之、劉白羽、魏巍、秦牧、陳登科、嚴陣、梁上泉、雁翼等。

[33] 80 年代以後，曲波出版了長篇《山呼海嘯》、《戎荽碑》、《橋隆飆》，楊沫出版了長篇《東方欲曉》、《芳菲之歌》、《英華之歌》，歐陽山出版了「一代風流」的第三、四、五卷《柳暗花明》、《聖地》、《萬年春》，魏巍有長篇《地球的紅飄帶》、《東方》，浩然有「鄉俗三部曲」的《迷陣》、《樂土》、《蒼生》，陳登科有長篇《破壁記》。魏巍的長篇《東方》、李准的長篇《黃河東流去》和劉白羽的長篇《第二個太陽》均獲得茅盾文學獎。

　　80年代作家的「主體」，主要由兩部分人組成。一是在50年代因政治或藝術原因受挫的者。他們在80年代被稱為「復出作家」（或「歸來作家」）。這些作家有：艾青、汪曾祺、蔡其矯、牛漢、綠原、鄭敏、唐湜、王蒙、張賢亮、昌耀、高曉聲、陸文夫、劉賓雁、鄧友梅、公劉、邵燕祥、從維熙、劉紹棠、李國文、流沙河等。他們50年代提出、實踐的文學觀念和藝術方法（寫真實、干預生活、人道主義、題材擴大和方法的探索等），正是80年代所要挖掘，用以建構「新時期文學」的知識資源；在觀念和藝術上，他們似乎不需要更多的「轉換」，就能加入到推動「新時期文學」的潮流中去。一個容易產生的錯覺是，「文革」中大多數作家都是激進文化路線的受害者，因而也都存在「復出」與「歸來」的事實。其實差別是明顯的。與僅在「文革」中受到衝擊，認為自己是「非正常」歷史境遇的蒙冤者不同，50年代起就被「放逐」的作家，在相當時間裏有一種「棄民」的身份意識。這種差別，在作家的心理上，會留下不同的印記。「復出」作家的大多數在50年代確立他們的知識結構和精神氣質，他們與現代「左翼」文學和「社會主義現實主義」話語之間，存在「既即又離」的複雜關係。他們80年代的寫作反映了這一特徵。自然，這一總體描述，並不能覆蓋他們的每一個體；從一個方面說，「復出」作家後來的成就，與「突破」這一總體特徵的程度成正比。

　　80年代作家的另一重要構成，是「知青」的一群。「知識青年」（「知青」）這一常用詞，在七、八十年代是特定的歷史概念。60年代初，尤其是「文革」中的1968年底開始，大批

城市的初中、高中畢業生，在毛澤東的號令下[34]，自願抑或被迫到鄉村「插隊落戶」，或到邊陲省份的「生產建設兵團」參加以農事為主的生產勞動。這一制度，一直持續到「文革」結束。知青在「文革」中，經歷了從「革命主力」到「接受再教育」的身份上急遽改變，也經歷從城市到鄉村、從經濟較發達城鎮到貧困、落後地區的生活變遷。這種具有「落差式」的特殊境遇的經歷與體驗，以及他們在「文革」結束後的返城的處境，對「知青」作家創作的影響是顯而易見的。他們的知識結構與「十七年」作家有相近之處，但一部分「知青」作家在「文革」期間，通過閱讀打破這一界限，獲得對世界認知、表達的新的視域和方法。另一重要差別是，「復出」作家進入「新時期」，就意味著回歸中心「軌道」，回到「目的地」，並獲得「文化英雄」的榮耀身份；而「知青」一群在「新時期」的身份、生活位置，卻含糊不明而需要尋求和證明。因而，雖然都寫到當代歷史的曲折，都參與了對「傷痕文學」等的製作，但作品的結構、情緒，「復出」作家多表現為封閉與完滿，而不少「知青」作家的作品，有一種前者缺少的躁動和焦慮。

　　「知青」作家中的不少人在「文革」期間便開始文學寫作：有的表現了「異端」特徵而處於「地下」狀態，有的則符合當

---

[34] 1968 年 12 月，毛澤東發布了「知識青年到農村去，接受貧下中農的再教育，很有必要。要說服城裏幹部和其他人，把自己初中、高中、大學畢業的子女，送到鄉下去，來一個動員」的「最高指示」。全國範圍掀起知識青年「上山下鄉」的運動。知青「插隊」的集中地，一般為經濟文化落後的地區，如晉北、陝北、雲貴山區、內蒙草原、海南島的農村和山區，各省的經濟落後農村（如粵北、皖北、閩北山區），軍隊生產建設兵團則主要是黑龍江省的北大荒，雲南、海南的生產建設兵團。

時文學潮流，作品得以在公開出版物上發表[35]。由於「文革」與「新時期」之間的「轉折」，包含著「嚴重」的政治倫理意義，因而，「知青」作家（也包括「文革」期間「祕密寫作」或在公開出版物上發表作品的其他作家），對原先的藝術經驗會做不同的調整，對待自己的寫作歷史的處理，也有或張揚、或遮蔽的區別[36]。在 80 年代，曾被看作「知青」作家的，有韓少功、張承志、史鐵生、賈平凹、王安憶、鄭義、張辛欣、梁曉聲、孔捷生、陳建功、李杭育、張抗抗、阿城、何立偉、葉辛、鐵凝、李曉等。詩人多多、食指、芒克、江河、楊煉、舒婷、北島、林莽、嚴力，雖說也具有「知青」的身份和經歷，但文學界一般不把他們稱為「知青」作家，或「知青」詩人，一般也不把他們的詩歌創作置於「知青文學」的論題上。這種處理方式，與詩歌、小說（散文）的題材，以及作家身份特徵在作品中的呈現狀況的不同有關[37]。「復出作家」與「知青作家」的稱

---

[35] 許多「知青」作家，以及後面提到的在 80 年代進入寫作活躍期的中年作家，「文革」期間就開始發表（出版）作品。如諶容、蔣子龍、劉心武、張抗抗、葉辛、陳建功、韓少功、賈平凹、鄭萬隆、路遙、周克芹、陳忠實、古華、陸天明、雷抒雁、葉文福等。他們「文革」期間和「新時期」的創作，「都經歷了一個模仿、進入社會主義現實主義寫作規範和否定社會主義現實主義寫作規範並且學習與適應『新時期』寫作規範的過程」（曠新年《寫在當代文學邊上》第 15 頁，上海教育出版社 2005 年版）。

[36] 因為「文革」與「新時期」被看作是包含「政治倫理」意義的斷裂，較少有作家將自己「文革」中在公開出版物上刊登的作品（文章）列入著作簡歷的，他們中的有些人，也諱言「文革」期間曾在「官方」控制的報刊（出版社），發表（出版）符合當時主流意識形態的作品。

[37] 北島、多多、芒克、舒婷等詩人在「文革」期間和 80 年代初的作品，很少（食指的《這是四點零八分的北京》、《相信未來》等是個別的例外）見到「知青」的生活情景和相關的生活經驗，其「知青」身份在作品中難以直接見識。

謂，雖然能有效地表明 80 年代作家的身份和創作的總體特徵，但也有可能模糊其中存在的差別和逐漸明顯的分化。因而，這些概念的有效性又是有限的，從時間上說更是如此。

除了上述的兩大「作家群」之外，一些「文革」後已屆中年才進入寫作活躍期的作家，也是「新時期文學」的不容忽視的力量。他們有張潔、馮驥才、古華、戴厚英、劉心武、高行健。女作家在 80 年代的大批出現，成為這個時期引人注目的現象，被認為是繼「五四」之後第二次女作家湧現的「高潮」。

80 年代中期以後，「復出」作家和「知青」作家中的一部分，創作活力已明顯衰減。是否能超越 80 年代初形成的寫作觀念和方式，超越「復出」與「知青」的題材、主題、敘事模式，是能否保持創作活力的關鍵問題之一。與此同時，更年輕的作家開始帶來了新的藝術風貌，表現了新銳的探索和革新精神。莫言、劉索拉、殘雪、馬原、余華、蘇童、葉兆言、格非、孫甘露、北村、劉恒、方方等的寫作，構成 80 年代後期小說的「風景」。而所謂「第三代」（或「新生代」）的詩歌寫作也開始浮現。海子、駱一禾、西川、翟永明、于堅、陳東東、柏樺、張棗、歐陽江河、李亞偉、王家新等，已寫出顯示其藝術品格的詩作。與五、六十年代作家相比，這些作家普遍經受高等教育，生活經驗、文化素養、閱讀範圍都發生了許多變化。當然，重要的區別可能在於，五、六十年代那些受到舉薦的作家，是以他們的寫作來闡釋、印證統一「總體性」觀念，而 80 年代後起的一些作家，傾向將文學理解為「個體」對人的存在狀況，以及人與世界複雜關係的探索。

五、文學著譯的出版

　　「文革」的文化封鎖的「開禁」，首先是從被禁錮的革命文藝開始的[38]。接著，中外文學名著的翻譯出版也逐漸放開。在五、六十年代，對於中外文化著譯的出版，採取的是有高度選擇性的方針。「文革」期間則實行嚴格的「自我封閉」[39]的政策，

---

[38] 50-70 年代拍攝的影片，「十七年」出版的文學作品等。

[39] 60 年代初到「文革」期間，對西方、蘇聯和東歐的現代文學理論和創作的翻譯、出版，根據現實政治需要有選擇地進行。這些出版物均以「供內部參考」的名義「內部發行」，向少數特定人群提供。這些譯作主要有：
《山外青山天外天》，〔蘇〕特瓦爾朵夫斯基，飛白、羅昕譯，作家出版社，1961 年 10 月。
《局外人》，〔法〕亞爾培·加繆，孟安譯，上海文藝出版社，1961 年 12 月。
《憤怒的回顧》，〔英〕奧斯本，黃雨石譯，中國戲劇出版社，1962 年 1 月。
《托·史·艾略特論文選》，周煦良等譯，上海文藝出版社，1962 年 1 月。
《關於文學和藝術問題》（文件彙編）（增訂本），作家出版社，1962 年 2 月。
《現代美英資產階級文藝理論文選》（上下編），中國科學院文學研究所西方文學組編，作家出版社，1962 年 7 月。
《往上爬》，〔英〕約翰·勃萊恩，貝山譯，作家出版社，1962 年 11 月。
《在路上》（節譯本），〔美〕傑克·克茹亞克，石榮、文慧如譯，作家出版社，1962 年 12 月。
《生者與死者》，〔蘇〕西蒙諾夫，謝素台等譯，作家出版社，1962 年 12 月。
《人、歲月、生活》，〔蘇〕伊里亞·愛倫堡，作家出版社。第一部，王金陵、馮南江譯，1962 年 12 月；第二部，馮南江、秦順新譯，1963 年 2 月；第三部，秦順新、馮南江譯，1963 年 8 月；第四部，1964 年 1 月；第五部連同前四部，1979 年 4 月重版；第六部，1980 年 5 月。
《解凍》，〔蘇〕愛倫堡，作家出版社。第一部，沈江、錢誠譯，1963 年 1 月；第二部，錢誠譯，1963 年 11 月。
《爸爸、媽媽、女僕和我》，〔法〕讓—保羅·勒·夏諾阿，陳琪譯，中國電影出版社，1963 年 5 月。
《南方人》，〔法〕讓·雷諾阿，麥葉譯，中國電影出版社，1963 年 5 月。
《蘇聯文學與人道主義》，現代文藝理論譯叢編輯部編，作家出版社，1963 年 8 月。

《麥田裏的守望者》，〔美〕傑羅姆・大衛・塞林格，施咸榮譯，作家出版社，1963 年 9 月。

《〈娘子谷〉及其它》（蘇聯青年詩人詩選），葉夫杜申科、沃茲涅辛斯基、阿赫馬杜林娜等，蘇杭譯，作家出版社，1963 年 9 月。

《帶星星的火車票》，〔蘇〕瓦・阿克蕭諾夫，王平譯，作家出版社，1963 年 9 月。

《蘇聯文學中的正面人物、寫戰爭問題》，現代文藝理論譯叢編輯部編，作家出版社，1963 年 11 月。

《蘇聯青年作家及其創作問題》，現代文藝理論譯叢編輯部編，作家出版社，1963 年 11 月。

《伊凡・傑尼索維奇的一天》，〔蘇〕索爾仁尼津，斯人譯，作家出版社，1963 年 12 月。

《蘇聯文學與黨性、時代精神及其他問題》，現代文藝理論譯叢編輯部編，作家出版社，1964 年 2 月。

《焦爾金遊地府》，〔蘇〕特瓦爾朵夫斯基，丘琴等譯，作家出版社，1964 年 2 月。

《蘇聯一些批評家、作家論藝術革新與「自我表現」問題》，現代文藝理論譯叢編輯部編，作家出版社，1964 年 3 月。

《娜嘉》，〔南斯拉夫〕姆拉登・奧利亞查，楊元恪、巢容芬、金谷譯，作家出版社 1964 年 7 月。

《人》，〔蘇〕B・梅熱拉伊斯，孫瑋譯，作家出版社，1964 年 10 月。

《索爾仁尼琴短篇小說集》，孫廣英譯，作家出版社，1964 年 10 月。

《新生活——新戲劇》（蘇聯現代戲劇理論專輯），中國戲劇家協會研究室編，中國戲劇出版社，1964 年 11 月。

《艾特瑪托夫小說集》，陳韶廉等譯，作家出版社，1965 年 1 月。

《戲劇衝突與英雄人物》（蘇聯現代戲劇理論專輯），中國戲劇家協會研究室編，中國戲劇出版社，1965 年 1 月。

《蘇聯青年作家小說集》（上、下冊），作家出版社，1965 年 2 月。

《厭惡及其他》，〔法〕讓—保爾・薩特，鄭永慧譯，作家出版社上海編輯所，1965 年 4 月。

《等待戈多》，〔英〕薩繆爾・貝克特，施咸榮譯，中國戲劇出版社，1965 年 7 月。

《勒菲弗爾文藝論文選》，〔法〕亨利・勒菲弗爾，現代文藝理論譯叢編輯部編，作家出版社，1965 年 8 月。

《同窗》，〔蘇〕瓦・阿克蕭諾夫，周樸之譯，作家出版社上海編輯所，1965 年 10 月。

並對傳統文化的某些部分，從實用政治的目的做出牽強附會的闡釋。從 70 年代末開始，出現了本世紀不多見的大規模譯介西

《老婦還鄉》，〔瑞士〕弗里德利希‧杜倫馬特，黃雨石譯，中國戲劇出版社，1965 年 12 月。

《審判及其他》，〔奧地利〕弗朗茲‧卡夫卡，李文俊、曹庸譯，上海：作家出版社上海編輯所，1966 年 1 月。

《椅子──一齣悲劇性的笑劇》，〔法〕尤琴‧約納斯戈，黃雨石譯，北京：中國戲劇出版社，1967 年 11 月。

《豐饒之海》第四部《天人五衰》，〔日〕三島由紀夫，人民文學出版社，1971 年 12 月。第三部《曉寺》，1972 年 8 月。第二部《奔馬》，1973 年 5 月。第一部《春雪》，1973 年 12 月

《你到底要什麼？》，〔蘇〕柯切托夫，上海新聞出版系統「五‧七」幹校翻譯組譯，上海人民出版社，1972 年 10 月。

《多雪的冬天》，〔蘇〕伊凡‧沙米亞金，上海新聞出版系統「五‧七」幹校翻譯組譯，上海人民出版社，1972 年 12 月。

《摘譯》（外國文藝），1973 共出版三期，1974 年出版八期，1975 年出版八期，1976 年出版十二期。上海人民出版社。

《白輪船（仿童話）》，〔蘇〕欽吉斯‧艾特瑪托夫，雷延中譯，上海人民出版社，1973 年 7 月。

《落角》，〔蘇〕柯切托夫，上海人民出版社編譯室譯，上海人民出版社，1973 年 9 月。

《普隆恰托夫經理的故事》，〔蘇〕維‧李巴托夫，上海外國語學院俄語系譯，上海人民出版社，1973 年 10 月。

《美國小說兩篇──〈海鷗喬納森‧利文斯頓〉和〈愛情故事〉》，理查德‧貝奇，埃里奇‧西格爾，蔡國榮譯，上海人民出版社，1974 年 3 月。

《禮節性的訪問──蘇聯的五個話劇、電影劇本》，齊戈譯，上海人民出版社，1974 年 4 月。（包括《禮節性的訪問》、《外來人》、《幸運的布肯》、《湖畔》、《馴火記》）

《樂觀者的女兒》，〔美〕尤多拉‧韋爾蒂，葉亮譯，上海人民出版社，1974 年 11 月。

《點燃朝霞的人們》，〔玻利維亞〕雷納托‧普拉達‧奧魯佩薩，蘇齡譯，人民文學出版社，1974 年 11 月。

《蘇修短篇小說集》（《摘譯》外國文藝增刊），上海人民出版社，1975 年 12 月。

方文化思想、現代文學作品的持久熱潮。這種情況對「新時期文學」產生直接的影響。

　　70 年代末，最初是重印五、六十年代的出版物——主要是 20 世紀以前的古典文學理論和文學創作。1977-1978 年間，人民文學出版社的「名著重印」引起轟動，出現購書熱潮[40]。接著，60 年代前期一些出版社（商務印書館、中華書局、作家出版社、人民文學出版社、上海人民出版社等）出版的供「內部參考」（或供「批判」）的文學理論和文學著作，大都重印發行。在五、六十年代，專門發表外國文學翻譯、研究的刊物只有《譯文》（後改名為《世界文學》）一種。80 年代以來，除了《世界文學》外，又陸續創辦了《外國文藝》、《外國文學》、《當代外國文學》、《譯林》、《譯海》、《外國小說》、《蘇聯文學》、《俄蘇文學》、《日本文學》、《外國文學研究》、《外國文學報導》、《外國文學動態》、《外國文學研究集刊》等刊物[41]。除各地的出版社紛紛出版文學譯本，並成立了專門的外國文學出版機構，如外國文學出版社（從人民文學出版社分

---

[40] 兩年間，該出版社重印了外國古典名著《希臘的神話和傳說》、《一千零一夜》、《死魂靈》、《悲慘世界》、《戰爭與和平》、《安娜·卡列尼娜》、《唐吉訶德》、《大衛·科波菲爾》、《高老頭》、《歐也尼·葛蘭台》、《名利場》、《契訶夫小說選》、《莎士比亞全集》等 40 餘種。各大城市的新華書店出現半夜排隊搶購的場面。有學者認為，當時的「名著重印」的思想文化意義在於，「它在國內植入了新的話語生長點，為新時期的知識構造提供了動力，其直接結果是促進了新時期最早的思想文化潮流——人道主義的話語實踐」。見趙稀方《翻譯與新時期話語實踐》第 5 頁，北京，中國社會科學出版社 2003 年。

[41] 它們有的一直出版，有的只辦了一段時間。在 80 年代初，以《俄蘇文學》為刊名的雜誌，就有分別在北京、武漢、山東出版的幾種。

出）、上海譯文出版社、中國對外翻譯出版公司等。外國文學
作品和理論著作的翻譯出版，很快形成規模。外國文學和上海
譯文兩家出版社的「20 世紀外國文學叢書」、「外國文學名著
叢書」（外國文學出版社、上海譯文出版社），「諾貝爾文學
獎獲獎作家作品集」（灕江出版社），「詩苑譯林」（湖南人
民出版社）「現代外國文藝理論譯叢」、「西方學術文庫」（北
京三聯書店），「外國文學研究資料」（外國文學出版社）[42]，
「20 世紀西方哲學譯叢」等，是有影響的書系。在 80 年代，文
化界的譯介重點，特別轉移到 20 世紀的西方文論和文學創作上
面，當時中國語境中所稱的「現代派文學」，成為關注的重點，

---

[42] 「外國文學研究資料」除了作家的專集（莎士比亞、巴爾扎克、海明威、
福克納、加西亞・馬爾克斯、薩特、川端康成）外，尚有「流派」（荒誕
派戲劇、新小說等）專集。在這些叢書中，三聯書店（北京）的「現代外
國文藝理論譯叢」、「西方學術文庫」，上海譯文出版社的「20 世紀西方
哲學譯叢」對 80 年代的文學研究、批評的影響最大。「現代外國文藝理論
譯叢」在 80 年代，翻譯出版了佛克馬、易卜思的《20 世紀文學理論》、
霍夫曼的《弗洛伊德主義與文學思想》、巴赫金的《托思陀耶夫斯基詩學
問題》、韋勒克、沃倫的《文學理論》、卡岡的《藝術形態學》等產生廣
泛影響的著作。「西方學術文庫」出版的著作有尼采的《悲劇的誕生》、
卡西爾的《語言與神話》、榮格的《心理學與文學》、什克洛夫斯基等的
《俄國形式主義文選》姚斯等的《接受美學文選》、托多洛夫的《批評的
批評》、瓦特的《小說的興起》、艾柯的《結構主義和符號學——電影理
論文選》、狄爾泰的《體驗與詩》、本雅明《發達資本主義時代的抒情詩
人》和《機械複製時代的藝術》、德里達的《消解批評文選》、馬爾庫塞
的《審美之維》和《愛欲與文明》、薩特的《詞語》和《存在與虛無》、
巴爾特的《符號學原理》、布魯姆的《影響的焦慮》、貝爾的《資本主義
文化矛盾》、韋伯的《新教倫理和資本主義精神》、波伏娃的《第二性》、
海德格爾的《存在與時間》等。「20 世紀西方哲學譯叢」出版了卡西爾的
《人論》（1984 年版，這在當時成為文學界的暢銷書）、馬爾庫塞的《愛
欲與文明》和《單向度的人》、薩特的《存在主義是一種人道主義》、波
普爾的《猜想與反駁》、胡塞爾的《現象學觀念》等。

並引發了從 1978 年到 1982 年針對「現代派」文學的論爭。卡夫卡、海明威、薩特、加繆、艾特瑪托夫、埃利蒂斯、帕斯、福克納、加西亞‧馬爾克斯、Ｔ‧Ｓ‧艾略特、博爾赫斯、里爾克、阿蘭－羅布‧格里耶、普拉斯、史蒂文森……是當時活躍的作家、詩人耳熟能詳的名字。西方 20 世紀哲學、美學、文化學、社會學、心理學等社會科學和人文學科的重要成果的譯介，也受到文學界的熱情關注；弗洛依德心理學、存在主義、現象學、俄國形式主義、結構主義、闡釋學、新批評、符號學、後結構主義、女性主義文學批評等，都得到介紹，並在 80 年代的文學過程中留下或深或淺的痕迹。

除了西方學術文化成果的介紹引進以外，在 80 年代，中國現代作家作品的重評和出版，對「新時期」的文學理論和創作，也發生重要的影響。除了現代文學傳統名著的出版外，在 50-70 年代被忽視、貶抑的作家、流派的著作，也開始大量印行。這包括李金髮、徐志摩、戴望舒的詩歌選集、全集，沈從文的作品集，30 年代上海的「新感覺派」小說，張愛玲、錢鍾書、師陀的小說，老舍、蕭乾、廢名在「當代」被湮沒的一部分作品，路翎的小說，周作人、梁實秋、林語堂的散文，胡風、朱光潛、李健吾的理論批評著作，「七月派」、「中國新詩派」（「九葉派」）詩人的作品。

第十七章

80 年代文學概況

一、80 年代文學過程

　　1976 年底「文革」結束後的一段時間，文學並未實現從「文革文學」的轉變。寫作者的文學觀念、取材和藝術方法，仍是它的沿襲。「文革」模式的明顯脫離，是從 1979 年開始。因此，不少批評家和文學史論著談到「新時期文學」的開端，並不以「文革」結束作為界限[1]。當然，在此之前，已有一些作品預示了這種「轉變」的發生。如發表於 1977 年 11 月的短篇小說《班主任》（劉心武）和發表於 1978 年 8 月的短篇《傷痕》（盧新華）[2]。這些藝術顯得粗糙的作品，提示了文學「解凍」的一些重要徵象：對個體命運、情感創傷的關注，啟蒙觀念和知識份子「主體」地位的確立等。

---

[1] 朱寨主編的《中國當代文學思潮史》認為，他們把當代文學思潮史的下限劃在 1979 年，而不是劃在「粉碎『四人幫』的 1976 年」，原因是 1979 年以前，「文藝思想並沒有從根本上解除禁錮」；「文藝思想上的撥亂反正，文藝創作有了新的突破」，是在 1978 年底的「十一屆三中全會前後」開始，而「貫徹十一屆三中全會精神的第四次全國文代會，成為文藝史上轉折的里程碑」。《中國當代文學思潮史》第 8-9 頁，北京，人民文學出版社 1987 年版。

[2] 分別刊載於 1977 年第 11 期《人民文學》和 1978 年 8 月 11 日《文匯報》（上海）。

　　以 1985 年前後為界，80 年代文學可以區分為兩個階段。80
年代前期，文學界在紛雜的思想文化「發掘」與「輸入」的熱
潮中，尋求反叛「文革」模式和社會主義現實主義話語的思想、
文學資源。人道主義的啟蒙精神、「現代派」文學等，是集中
的關注點。在這段時間，文學理論和文學創作可以說都與對「文
革」的批判、反思有關。小說方面，出現了「傷痕小說」和「反
思小說」的潮流。詩歌創作的主要成就，表現在「復出詩人」
的「歸來的歌」，和青年一代的「朦朧詩」創作。承接「當代」
的傳統，戲劇（特別是話劇）也主要是與「文革」有關的「社
會問題劇」。藝術觀念和方法上更為深入的變革尚未受到關注。
總體而言，這個階段文學的取材和主題，主要指向社會－政治
層面，並大多具有社會－政治干預的性質。文學承擔了政治預
言與動員任務，扮演觸及思想理論和文學「禁區」的先驅者角
色，與公眾的生活情感建立緊密關係。作家、知識份子在「新
時期」的這種「文化英雄」身份[3]──後來不再能夠重現，它們
成為一些人長久懷戀的光榮記憶。在這個期間，不同的政治觀
念、文學想像，以及權力結構中的利害關係，演化為一系列的
論爭與衝突。這表現在有關「向前看」與「暴露黑暗」，「朦

---

[3]　宗福先的話劇《於無聲處》在中共中央尚未正式為 1976 年的「天安門事件」
　　平反時，就提出這一問題；在劇場和電視螢幕前，許多人聽到「冤案必須
　　平反，政策必須落實」（艾青）「詩句」的朗誦而落淚；1978 年《人民日
　　報》就短篇《神聖的使命》（王亞平）發表了「本報評論員」文章；《班
　　主任》、《傷痕》、《愛情的位置》、《愛，是不能忘記的》、《喬廠長
　　上任記》等作品的發表引起的轟動；葉文福因發表《將軍，不能這樣做》
　　等作品，在成都的詩歌朗誦會上，聽眾呼喚「葉文福萬歲」；⋯⋯

朧詩」、人道主義與「異化」、「現代派」文學等問題上，也表現在對若干作品的評價上。

大致在 80 年代中期，文學界革新力量積聚的旨在離開「十七年」的話題範圍和寫作模式的「革新」能量，開始得到釋放，創作、理論批評的創新出現「高潮」。因為 1985 年所發生的眾多文學事件，使這一年份成為作家、批評家眼中的轉變的「標誌」[4]。出現了一批與「傷痕」、「反思」小說在藝術形態上不同的作品；《岡底斯的誘惑》（馬原）、《北京人》（張辛欣、桑曄）、《命若琴弦》（史鐵生）、《你別無選擇》（劉索拉）、《小鮑莊》（王安憶）、《少男少女，一共七個》（陳村）、《透明的紅蘿蔔》（莫言）、《爸爸爸》（韓少功）、《山上的小屋》（殘雪）、《繫在皮繩扣上的魂》（札西達娃）等，均發表於這一年[5]。在文學「潮流」上，有所謂文學「尋根」的提出，和由此產生的「尋根文學」。另外則是「現代派」文學的出現。雖說「尋根」主要著眼與民族文化的探尋，「現代派」傾向於從西方現代文學獲取靈感，但是這兩者都產生於 80 年代中／西、傳統／現代的思維框架，並根源於「走向世界文學」的巨大壓力。1985 年或更早的時間，「朦朧詩」已經「式微」。與此同時，出現了受「朦朧詩」滋養的「朦朧詩」反叛者，他

---

[4]　當時和後來，不少作家、批評家用「85 新潮」、「雪崩式巨變」、「轉折的重要時期」、「新時期文學的一個新起點」等說法，有些誇張地描述他們心目中 1985 年前後發生的變化。

[5]　這些小說分別刊於 1985 年的《上海文學》第 2 期、《上海文學》第 1、7 期、《現代人》第 2 期、《人民文學》第 3 期、《中國作家》第 2 期、《文學月報》第 5 期、《中國作家》第 2 期、《人民文學》第 6 期、《人民文學》第 8 期、《西藏文學》第 1 期。

們自稱「第三代」（或被稱「新生代」）。組織名目繁多的詩歌社團，自編、自印詩報、詩刊、詩集，進行各種先鋒性的實驗，改變了 80 年代前期的那種詩歌面貌。

在 80 年代中後期，「回到文學自身」和「文學自覺」是熱門話題。這些命題的提出，既延續了對文學在人的精神領域的獨特地位的關切，也表現了對人道主義為核心的啟蒙精神的某種程度的「離異」。在涉及文學存在的問題上，則有多個方面的含義：對文學承擔過多的社會責任的清理（「干預生活」的啟蒙式口號成為疑問）；對文學只關注社會政治層面問題的反省；對文學的「本體」、「形式」問題的重視。這說明，當代作家注重社會政治問題的「傳統」出現了分裂；「日常生活」的「世俗」關注進入作家的視野。在此時，「文學自覺」既是一種期待，也可以說是對 80 年代後期已存在的部分狀況的描述。詩歌有了「詩到語言為止」的說法，出現探索語言和敘述的可能性的「先鋒小說」。離開重大社會、政治問題的「日常生活」寫作、「個人寫作」，在詩歌、小說（如「新寫實小說」）等文類中湧動。與此相關，理論批評在 80 年代中後期也實行著「轉換」。其目標是要改變「從 30 年代開始」的「庸俗的階級鬥爭論和直觀反映論的線式思維慣性」，要以「科學的方法論代替獨斷論和機械決定論」。文學批評、研究從側重「外部規律」（文學與社會、政治意識形態的關係），轉移到「內部規律」，也就是著重研究「文學本身的審美特點，文學內部各要素的互相關係，文學各種門類自身的結構方式和運動規律」[6]。

6　上述引文，見劉再復《文學的反思和自我的超越》（1985 年 8 月 31 日《文

這種「外部研究」與「內部研究」的區分，和強調轉向「內部研究」的主張，是文學「回到自身」的籲求在批評、理論上的表現[7]。為此，批評界有些饑不擇食地引進、實驗各種方法。1985年也因此被稱為文藝學的「方法年」。

　　不過，期待之物也帶來「苦果」。文學開始失去其在 80 年代初的顯赫地位，失去其與社會，與公眾的曾經有關的「蜜月」期。這種情況，被敏銳的作家表述為「失卻轟動效應」[8]。這既

藝報》）、《文學研究應以人為思維中心》（1985 年 7 月 8 日《文匯報》）、《文學研究思維空間的拓展》（《讀書》1985 年第 2、3 期）等文。

[7] 文學研究「外部」與「內部」的區分，和轉向「內部研究」的趨勢，與當時歐美的「新批評」、俄國的「形式主義」的引進，特別是韋勒克、沃倫的《文學理論》中譯本的出版（1984 年 11 月，北京，三聯書店，劉象愚、邢培明、陳聖生、李哲民譯。第一次印刷發行三萬四千冊，很快脫銷）有關。不過，在中國特定的歷史、文化語境中，當時的批評家其實並沒有將精力集中於文學作品的「符號」，它的聲音、句法、結構、敘述等方面。他們關心的是超越傳統的「內容」與「形式」、符號結構與意義價值之間的割裂，通過符號結構的分析闡釋意義和價值，是他們的主要動力。這在當時一些有影響的批評家的論著中可以清楚見到。如屬於「新人文叢」書系（浙江文藝出版社）的《文學的選擇》（吳亮）、《郁達夫新論》（許子東）、《文明與愚昧的衝突》（季紅真）、《論「五四」新文學》（劉納）、《沈思的老樹的精靈》（黃子平）、《理解與感悟》（南帆）、《論小說十家》（趙園）、《一個理想主義者的精神漫遊》（蔡翔）、《先驅者的形象》（王富仁）、《在東西方文化的碰撞中》（陳平原）、《正統的與異端的》（藍棣之）、《所羅門的瓶子》（王曉明）、《批評與想像》（陳思和），以及「文藝探索書系」（上海文藝出版社）的《性格組合論》（劉再復）、《艱難的選擇》（趙園）、《文藝心理闡釋》（魯樞元）、《藝術鏈》（夏中義）、《心靈的探尋》（錢理群）、《十年文學主潮》（宋耀良）等論著。

[8] 1988 年 1 月 30 日《文藝報》發表了王蒙的文章《文學：失卻轟動效應以後》（署名陽雨）。文章說到 80 年代初文學在社會中引起陣陣熱潮，後來，熱潮成為文學圈內的事，而到了 80 年代後期，「連圈內的熱也不大出現了」：「不論您在小說裏寫到人人都有的器官或大多數人不知所云的『耗

是社會「轉型」，公眾的注意力從政治有所轉移的表現，也是
作家分化，大眾文化興起，「嚴肅文學」（或「純文學」）邊
緣化必然產生的結果。自然，這種種趨向，要到 90 年代才有更
充分的展示，文學界的「憂傷」和恐慌這時還不至於那麼嚴重。
對於「失卻轟動效應」的文學，作家和批評家有的認為是文學
的「疲軟狀態」，是作家「脫離現實」、失去對社會迫切問題
的敏感和把握能力所致。另外的看法則認為，這正是文學走向
自覺、深沉，走向成熟的開端。

二、「新時期文學」的話語資源

在 80 年代，從「文革」中走出的人，普遍認同「文革」是
「封建主義」的「全面復辟」，實行的是蒙昧主義的「封建法
西斯專制」，是對人性、個體尊嚴、價值的剝奪和踐躪。因此，
「新時期」存在著如「五四」那樣的人的解放，將人從蒙昧、
從「現代迷信」中解放的「啟蒙」的歷史任務，在思想文化上，
「新時期」也因此被看成是另一個「五四」[9]。這種與「五四」
的聯接，還根源於對中國現代歷史的有關「救亡」與「啟蒙」
的關係的論斷，即「五四」開啟的啟蒙的歷史任務，由於民族

散結構』，不論您的小說是充滿了開拓型的救世主意識還是充滿了市井小
痞子的髒話，不論您寫得比洋人還洋或是比沈從文還『沈』，您掀不起幾
個浪頭來了。」

[9] 李澤厚：「一切都令人想起五四時代。人的啟蒙，人的覺醒，人道主義，
人性復歸……都圍繞這感性血肉的個體從作為理性異化的神的踐踏踐躪下
要求解放出來的主題旋轉。」《中國現代思想史論》第 209 頁，北京，東
方出版社 1987 年。

危機、革命戰爭的原因，受到「擠壓」，始終是未完成的事業，以致在「當代」釀成封建主義「復辟」的苦果。因此，「新時期」急迫的任務是要補「五四」的課，推進這一未竟之業；「反封建」成為「新時期」的「總任務」[10]。與社會政治關係緊密的文學也不例外。面對這一歷史任務，文學界（知識界）熱切尋找新的認知、批判工具，確立新的闡釋框架。在 80 年代，人道主義、主體性等，成為 80 年代「新啟蒙」思潮的主要「武器」，是進行現實批判，推動文學觀念更新的最主要的「話語資源」。

　　70 年代末到 80 年代，人道主義思潮首先表現在「傷痕文學」的創作，以及針對這些作品的評論文章上。接著，知識界對這個問題，連同相關的人性、異化問題，展開持續多年的探討和爭論[11]。在「當代」，「新的人民文學」是以階級論為其基礎，意識到人道主義可能構成的銷蝕、顛覆的威脅，因此，不管是理論還是創作，都對其保持很高的警惕。許多時候它被列為禁

---

[10] 李澤厚發表於 1985 年《走向未來》創刊號的《啟蒙與救亡的雙重變奏》（收入李澤厚《中國現代思想史論》）的文章中，這樣敘述中國現代歷史：「封建主義和危亡局勢，不可能給自由主義以平和漸進的穩步發展」，革命戰爭「又擠壓了啟蒙運動和自由思想，而使封建主義乘機復活」；「啟蒙與救亡的雙重主題關係，在五四以後並沒有得到合理的結局」，「特別是近 30 年的不應該的忽視，終於帶來了巨大的苦果」。另參見周揚《三次偉大的思想解放運動》，《人民日報》1979 年 5 月 7 日。

[11] 王若水在 1983 年對這一熱潮曾有這樣的描述：「一個怪影在中國知識界徘徊——人道主義的怪影。三年來，有關『人』的問題的論文發表了四百多篇，其中有相當一部分是探討馬克思主義的人道主義的。在文藝創作中，關心人的命運、富於人情味和具有人道主義色彩的作品也多起來了」（《為人道主義辯護》）。人道主義體現在一批作品中，如小說《班主任》、《愛情的位置》（劉心武）、《傷痕》（盧新華）、《楓》（鄭義）、《在小河那邊》（孔捷生）、《生活的路》（竹林）、《啊！》（馮驥才）、《人啊，人！》（戴厚英）、《被愛情遺忘的角落》（張弦）等。

區，一些作品也因為表現資產階級人性、人道主義受到批判[12]。
「新時期」從理論上重提這些問題時，都就具有辯護、「衝破禁區」的理論形態。1979 年初，朱光潛的《關於人性、人道主義、人情味和共同美問題》，是最初提出這個問題的文章之一。隨後幾年中，報刊發表有關人性、人道主義問題的文章有三、四百篇，並出現了爭論的熱潮。王若水、周揚、胡喬木、邢賁思、陸梅林等都就這一問題發表了意見[13]。爭論的問題涉及如何理解人道主義，馬克思主義與人道主義的關係，人在馬克思主義中的地位，「異化」的問題等。這些問題，在 60 年代初中國文學界人道主義、人性論批判時已經提出；它們同樣也是國際

---

[12]　在「十七年」因為表現資產階級人性、人道主義而受到批判的，重要的有《關連長》（電影）、《窪地上的「戰役」》（路翎）、《紅豆》（宗璞）、《小巷深處》（陸文夫）、《來訪者》（方紀）、《同甘共苦》（話劇，嶽野）、《一個和八個》（郭小川，長詩，未發表在中國作協內部批判）、《英雄的樂章》（劉真）、《無情的情人》（電影文學劇本，徐懷中）、《上海的早晨》（周而復）、《北國江南》（電影）、《早春二月》（電影）、《舞臺姐妹》（電影）等文藝作品，以及《論人情》（巴人）、《論「文學士人學」》（錢谷融）、《論人情和人性》（王淑明）等理論文章。

[13]　朱光潛的文章《關於人性、人道主義、人情味和共同美問題》刊發於《文藝研究》（北京）1979 年第 3 期，是「新時期」較早從理論上提出人道主義、人性問題的文章。其後，這方面重要文章有：汝信《人道主義就是修正主義嗎？——對人道主義的再認識》（《人民日報》1980 年 8 月 15 日）、王若水《文藝與人的異化問題》（《文匯報》1980 年 9 月 25 日）、陸梅林《馬克思主義與人道主義》（《文藝研究》1981 年第 3 期）、周揚《關於馬克思主義的幾個理論問題的探討》（《人民日報》1983 年 3 月 16 日）、黃枬森《關於人的理論的若干問題》（《人民日報》1983 年 4 月 6 日）、李銳《人道主義不是馬克思主義》（《工人日報》1983 年 11 月 9 日）、胡喬木《關於人道主義和異化問題》（《人民日報》1984 年 1 月 27 日）、王若水《為人道主義辯護》（《文匯報》1983 年 1 月 17 日）、王若水專著《為人道主義辯護》，北京，三聯書店 1986 年。

共產主義運動五、六十年代爭論的問題。50年代中期以後,西歐的共產主義運動在反思史達林及其制度的時候,批判者運用的主要思想武器就是人道主義。中國 80 年代初的人道主義思潮,其批判對象的性質,問題提出和展開的方式,爭論的癥結,都與前者相似,甚或可以說是「國際共運」這個浪潮的延續(或餘波)。馬克思的早期著作《1844 年經濟學——哲學手稿》,同樣是他們主要的理論依據。他們都從《手稿》中的「意識形態火焰裏」,「重新發現自己熾熱的熱情」,將人道主義作為一種多少與「具體歷史環節」脫離的信念,作為「獲得解放的感受和對自由的喜愛」的口號[14]。他們在與「教條主義」的制度和思維模式決裂,卻也繼承了「教條主義」的遺產。儘管存在著理論上的缺陷(這是當時論爭中就已經指出的),由於這種思想武器所發揮的批判力量,由於除舊布新的激情,人道主義及其持有者,在當時的文學界、知識界獲得更多的同情和支持。作為一種思想武器和社會理想的人道主義,擁有無可置疑的地位,是創造「新時期文學」,創造新的社會制度和「新人」的理論、情感資源。

在人道主義論爭中,「異化」是其中最為敏感,也帶來「麻煩」的問題。這個問題最先由王若水、周揚提出。在 60 年代初周揚的一些內部講話中,已經出現這一問題的雛形。1983 年初周揚發表了《關於馬克思主義的幾個問題的探討》[15]的引起爭議

---

[14] 這也是五、六十年代西歐共產黨人在批判史達林制度時的,有爭議的處理方式。參見阿爾都塞《保衛馬克思》第 3 頁,顧良譯,杜章智校,北京,商務印書館 1984 年版。

[15] 刊發於 1983 年 3 月 16 日《人民日報》。據王元化《為周揚起草文章始末》

的文章。文章試圖清算幾十年來中國「左」的政治思想路線的哲學根源，以推動「思想解放」的深化。它指出馬克思主義是發展的學說，批評了「終極真理」的觀點。它雖然不同意把馬克思主義歸結為人道主義，但認為馬克思主義包含人道主義。在解釋《1844 年經濟學──哲學手稿》的「異化」概念時，認為馬克思、恩格斯理想中的人類解放，不僅是從剝削制度下的解放，而且是從一切異化形式束縛下的解放。文章認為不僅是資本主義，而且在社會主義條件下，也存在「異化」，包括經濟領域、政治領域（權力異化）和思想領域（個人崇拜，或宗教異化）的異化，也即認為社會主義制度中也存在「異化」的問題。這在當時的國家權力階層看來，已經越過「思想解放」的界限，文章很快受到激烈批評[16]。系統，並最具權威性的批評，

（廣州《南方周末》1997 年 12 月 12 日）稱，這篇文章是周揚與王元化、王若水、顧驤一起討論，後由王元化、王若水、顧驤起草。王元化主要撰寫有關重視認識論問題的部分，王若水撰寫有關人道主義部分。在此之前，王元化已就認識論和知性方法的問題發表過文章（刊於 1979 年上海《學術月刊》和 1981 年《上海文學》上的《論知性的分析方法》等）。王若水在這一時期也發表了多篇論人道主義的文章，如《為人道主義辯護》（上海《文匯報》1983 年 1 月 17 日）、《文藝與人的異化問題》（《文匯報》1980 年 9 月 25 日）。周揚的文章由王元化定稿，周揚作最後潤色。並由周揚於 1983 年 3 月 7 日在中共中央黨校召開的紀念馬克思逝世 100 周年學術報告會上演講。

[16] 這篇文章最初由周揚於中共中央黨校召開的紀念馬克思逝世 100 周年學術報告會上（1983 年 3 月 7 日）以演講方式發表。在周揚發表講話後，本來定於 3 月 9 日結束的「學術報告會」突然決定延期，並開始對講話的觀點進行批評。3 月 16 日，《人民日報》在發表周揚講話時，同時刊發會上對這一講話的批評發言，題目為《黃枬森等在紀念馬克思逝世一百周年學術報告會上的發言摘要》。

由胡喬木在《關於人道主義和異化問題》[17]一文中進行，指出「宣傳人道主義世界觀、歷史觀和社會主義異化論」不是一般的學術理論問題，是「牽涉到離開馬克思主義的方向，誘發對社會主義的不信任情緒」的，「帶有根本性質錯誤的」思潮。在1983-1984年間開展的抵制和清除「精神污染」的運動中，作為「資產階級自由化」和「精神污染」現象列舉的，除了周揚等的關於人道主義和異化問題的觀點外，還包括：「把西方『現代派』作為我國文藝發展的方向和道路」，創作上「熱衷於表現抽象的人性和人道主義」，「渲染各種悲觀、失望孤獨、恐懼的陰暗心理」，「把『表現自我』當成惟一的和最高的目的」等等現象[18]。

　　人道主義問題的討論因為這一批判運動，在1984年告一段落。但隨後又在哲學、文藝學上獲得「主體論」、「詩化哲學」等表達方式。文學「主體論」的提出在當時文學界影響廣泛。文學「主體論」以人道主義作為理論基礎，是一個「以人為思維中心的文學理論和文學史研究系統」。建造這一體系的動力，自然也是來自對「當代」文學對政治的依附，和文學創作上的機械反映的厭惡。「主體論」的提出也引發激烈爭論，在賦予「主體」以超越具體時空、擁有無限可能性這一點上，當時和後來也受到批評[19]。

---

[17] 這是胡喬木1984年1月3日在中共中央黨校的講話。經修改後刊於《紅旗》1984年第2期，並由北京的人民出版社以國家重要政策、文件的裝幀版式，出版單行本。

[18] 參見1983年第11期《文藝報》社論和12期座談會報導。

[19] 在文學上提出「主體論」的是批評家劉再復。他發表了《論文學的主體性》（《文學評論》1985年第6期，1986年第1期）等論著，引發爭論。其理

人道主義思潮在 80 年代（特別是 80 年代前期）的文學創作中留下深刻的印記。它被一些批評家概括為「新時期文學」的主潮；「文明與愚昧的衝突」也被看作是「新時期文學」的總主題[20]。

三、文學歷史的「重寫」

對文學歷史的「改寫」、「重寫」，是文學「轉折」實現的條件之一。以新的歷史圖景取代原有的居主流地位的歷史描述，為「新時期文學」提供歷史依據，也提供建構「新時期文學」的思想藝術資源。

大規模的歷史「重寫」在「當代」不止一次，40-50 年代之交，以及「文革」期間都曾發生。在 50 年代，20 世紀中國文學

論來源，主要是李澤厚重新闡發康德基礎上形成的哲學論述。但他們之間「存在著微妙的差異」：李澤厚在強調人的能動性的同時，也指出了歷史、社會對人的行為、心理的「規範」和制約，劉再復則將受制於歷史的具體有限的「主體」，「演化成一個漫遊於歷史時空之外的無限能動的『主體』」。參見夏中義《新潮學案──新時期文論重估》（上海三聯書店 1996 年版）第 31 頁、賀桂梅《人文學的想像力》（河南大學出版社 2006 年版）第 51 頁。當時對文學「主體論」進行批評的，主要有陳涌（《文藝學方法論問題》，《紅旗》1986 年第 8 期）、姚雪垠（《創作實踐和創作理論──與劉再復同志商榷》，《紅旗》1986 年第 21 期）、程代熙、敏澤等。

[20] 季紅真在《文明與愚昧的衝突》（浙江文藝出版社 1986 年版）一書中，對此做了集中討論。劉再復認為，「新時期文學的發展過程，是社會主義人道主義的觀念不斷地超越『以階級鬥爭為綱』的觀念的過程。我們可以找到一條基本線索，就是整個新時期文學都圍繞著人的重新發現這個軸心而展開的。新時期文學的感人之處，就在於它以空前的熱忱，呼喚著人性、人情和人道主義，呼喚著人的尊嚴和價值。」見《論新時期文學主潮》，《文學評論》（北京）1986 年第 6 期。

是一幅進化、上升的圖景：「新文學」存在的重要弱點、局限，由「延安文學」和「當代文學」加以解決；「當代文學」是更高的發展階段。新文學被描述為無產階級文學在與資產階級文藝路線鬥爭中發生、發展到確立其主導地位的過程。這一歷史描述，在「新時期」受到廣泛質疑，文學史研究界開始進行「翻轉」式的改寫，它逐步被高峰─下降─復蘇的軌迹所取代。新文學經由「五四」的輝煌和蓬勃生機，而不斷下降，到「當代」跌入低谷，只是到了「新時期」才得以復興。「現代文學」遠勝於與「社會主義實踐」相聯繫的「當代文學」[21]。

「重寫」在「還歷史本來面目」的口號下，以顯著或悄然的方式進行。重新建構文學史書寫的理論依據和評價標準，是歷史「重寫」最重要的工作。啟蒙主義、現代化成為取代階級論的標準[22]。由於 50-70 年代大陸文學史存在的嚴重偏見和空白，激發了「重寫」的極大的能量和激情。一方面，作為文學潮流，二、三十年代的革命文學、左翼文學，40 年代「解放區

[21] 80 年代最早系統地勾畫這一歷史圖景的文章，是刊於《新文學論叢》（北京）1980 年第 3 輯的趙祖武的《一個不容迴避的歷史事實──關於「五四」新文學和當代文學的估價問題》。他提出了 20 世紀中國文學後 30 年（也就是 50-70 年代）的成就不如前 30 年的論斷；這是對「當代」確立的論斷的「顛覆」。隨後陳思和的「新文學整體觀」，黃子平、陳平原、錢理群的「20 世紀中國文學」對文學歷史圖景的描述，也有相近之處。

[22] 李澤厚對啟蒙與救亡的論述，王瑤、樊駿、嚴家炎等在 80 年代的現代文學研究中對「現代化」標準的提出，是理論確立的最初工作。嚴家炎的《魯迅小說的歷史地位》（《文學評論》1981 年第 5 期），是當時較先提出文學「現代化」和「世界文學」目標的文章。他說，「中國文學」的「現代化的起點」從五四開始，「從五四時期起，我國開始有了真正現代意義上的文學，有了和世界各國取得共同語言的新文學。而魯迅，就是這種從內容到形式都嶄新的文學的奠基人，是中國文學現代化的開路先鋒。」

文學」和當代 50-70 年代文學，逐漸失去其主導位置，它們的
代表性作家、作品的「經典」地位發生動搖。另一方面，出現
發掘、提升在「當代」受到忽視、湮沒的作家、流派的熱潮[23]。
列入後者的名單有：二、三十年代的新月派、象徵派、現代派
詩歌，30 年代上海的「新感覺派」小說，沈從文、廢名、卞之
琳、蕭乾、朱光潛、李健吾等「京派」作家的創作和批評，胡
風、路翎等「七月派」的理論、創作，「孤島文學」中的錢鍾
書、張愛玲、師陀，穆旦、杜運燮、鄭敏等「中國新詩」派的
詩。「重寫」也發生在魯迅、茅盾、老舍、曹禺等一些歷史地
位似乎沒有很大變化的作家身上。例如，在一些研究者那裏，
當代革命、階級論者的魯迅，為個性主義的激進啟蒙者，甚至
為表現個體生命困境的「存在主義者」的魯迅所取代[24]。

---

[23] 80 年代現代文學史的「改寫」，「境外」的一些文學史論著起到重要推動
作用。如司馬長風 70 年代在香港出版的共 3 卷《中國新文學史》，將新
文學的過程劃分為「誕生期」、「收穫期」和「凋零期」。特別是夏志清
的《中國現代小說史》的中文譯本（經過刪改的大陸簡體字本遲至 2005 年
才問世，80 年代初在大陸流傳的是台灣傳記文學出版社等的繁體字本），
對張愛玲、錢鍾書、沈從文等的高度評價。有人認為，「夏志清的《中國
現代小說史》構成了大陸 80 年代以來『重寫文學史』的最重要動力」，「在
『重寫文學史』的實踐上具有明顯的規範意義」（曠新年《寫在當代文學
邊上》第 177-178 頁，上海教育出版社 2005 年版）。

[24] 對這些文學史地位「穩定」的作家重評、改寫，表現在闡釋的轉移上。如
魯迅的《野草》的價值得到空前肯定，在「當代」受到更高肯定的後期創
作其價值開始下降。茅盾、老舍、曹禺等在「當代」不被重視，或受到否
定的作品，如《原野》、《蝕》、《霜葉紅於二月花》、《寒夜》、《離
婚》等的文學史地位上升。對作品內涵的解說也發生變化。有研究者指出，
「作為『新時期』魯迅研究的標誌性成果，王富仁的《中國反封建思想革
命的一面鏡子》、錢理群的《心靈的探尋》和汪暉的《反抗絕望》清晰地
顯示了對於魯迅從啟蒙主義解釋規範到現代主義解釋規範的轉變過程。」
曠新年《寫在當代文學邊上》第 9 頁，上海教育出版社 2005 年版。

　　80 年代中後期，這一文學歷史「重寫」活動，得到了具有文學史形態的理論表述而凝聚和加強。這指的是「新文學整體觀」，「20 世紀中國文學」等命題的提出，和有明確規劃意識的「重寫文學史」活動的開展[25]。「『20 世紀中國文學』這一概念並不簡單地是以西元紀年取代 50 年代後期形成的政治分期，更包含著倡導者特定的理論內涵」[26]。這個期間的「重寫」，是以「走向世界文學」、「文學現代化」和「回到文學自身」（「純文學」）等作為它的目標和尺度；而「世界文學」、文學「現代化」，和文學「自身」的特質，主要體現在「現代派」文學中。中國當代語境中的「現代派」（或「現代主義」），是個囊括自 19 世紀末到 20 世紀中期的，包括象徵主義、表現主義、未來主義、意識流文學、超現實主義、存在主義、新小說派、垮掉的一代、荒誕派戲劇、黑色幽默、魔幻現實主義等名目的概念。對這一概念的這種理解，在五、六十年代就已形成[27]。在「文革」後到 1985 年間，對西方「現代派」文學及其

---

[25] 陳思和《新文學研究中的整體觀》，刊於《復旦學報》1985 年第 3 期，隨後出版《中國新文學整體觀》（上海文藝出版社 1987 年版）一書。黃子平、陳平原、錢理群的《論「20 世紀中國文學」》刊於《文學評論》1985 年第 5 期，他們並在這一年的《讀書》（北京）上，連續就「20 世紀中國文學」的話題發表「三人談」。論文和對話編為《20 世紀中國文學三人談》由人民文學出版社於 1988 年出版。陳思和、王曉明在《上海文論》1988 年第 4 期（7 月出版）至 1989 年第 6 期（11 月出版）主持「重寫文學史」專欄。專欄發表的文章，對現當代文學一些重要作家（趙樹理、柳青、郭小川、丁玲、茅盾、曹禺、胡風、何其芳）、作品（《子夜》、《青春之歌》、《女神》）、流派（「鴛鴦蝴蝶派」、「新感覺」派）進行重新敘述和評價。

[26] 賀桂梅《人文學的想像力》第 67 頁，開封，河南大學出版社 2006 年版。

[27] 參見茅盾《夜讀偶記》中對「現代派文學」的界定（《文藝報》1958 年第 1 期起連載）。80 年代大陸對「現代派」的討論，以及當時熱銷的《外國

理論，有大規模熱情譯介，並出現了爭論。當時，「現代派」
在一些人眼裏，與「現代化」是聯繫在一起；中國正在開展的
「現代化」運動，直接成為支持「現代派」文學的依據[28]。「現
代派」在「新時期」之所以受到「急渴」的[29]追慕，形成熱潮，
原因主要是：第一，在 50-70 年代的中國大陸，「現代派」被
看作沒落資本主義的腐朽文化而加以封鎖，成為「禁忌」，人
們存在急切瞭解的心理。其次，「現代派」文學對於現代人生
存困境的揭示，為「新時期」作家思考、表現「異化」、精神
危機，在世界觀和藝術方法上可能提供仿效的對象。第三，「現
代派」在 80 年代經過「新啟蒙」文化邏輯的轉化，成為當時作
家的「反叛」的資源，以「非寫實」的方法來對抗當代確立的
僵化的現實主義文學成規和語言。當然，最主要的動力是，西
方「現代派」文學滿足了這樣的想像：它將提供擺脫中國當代
文學「時間上的滯後性，和空間上的邊緣性」，以匯入「世界
文學」的有效方案[30]。對「新時期文學」與「現代派」關係的這

現代派文學作品選》（共 4 卷 8 冊，袁可嘉、董衡巽、鄭克魯編選，上海
文藝出版社 1980-1985 年版），都體現了對這一概念的這種理解。

[28] 這鮮明地體現在當時徐遲著名文章《現代化與現代派》（《外國文學研究》
1982 年第 1 期）中。徐遲說，「我國沒有實現現代化建設之時，我們不可
能有現代派的文藝」，「不管怎麼樣，我們將實現社會主義的四個現代化，
並且到那時候將出現我們現代派思想感情的文學藝術」。

[29] 1982 年 3 月，馮驥才在寫給李陀的信中說，「我急急渴渴地要告訴你，我
像喝了一大杯味醇的通化葡萄酒那樣，剛剛讀了高行健的《現代小說技巧
初探》。如果你還沒見到，就請趕緊去找行健要一本看。我聽說這是一本
暢銷書。在目前『現代小說』這塊園地還很少有人涉足的情況下，好像在
空曠寂寞的天空，忽然放上去一隻漂漂亮亮的風箏，多麼叫人高興！」（《中
國文學需要「現代派」》，《上海文學》1982 年第 8 期）

[30] 參見賀桂梅《西方「現代派」和 1980 年代中國文學的現代主義──一種知

種理解，也受到堅持社會主義現實主義「經典話語」的作家、批評家的之一和責難，並在 1983 年的「清除精神污染」運動中，與「人道主義」、「異化」等一起，列入資產階級「精神污染」的名單[31]。

80 年代引入「現代派」的參照系以「離棄」中國「左翼」文學傳統的歷史改寫，在當時產生了創造的激情和空間。不過，所產生的偏頗，在 90 年代變化的語境中也顯露出來，而引起包括「當事人」在內的另一向度的反思[32]。

四、文學諸樣式概況

詩歌在「新時期」的初始階段，尤其是「朦朧詩」運動中曾經引人矚目。事實上，詩歌在八、九十年代，在文學觀念、

識社會學的歷史考察》。

[31] 有關「現代派」文學論爭的資料，可以參閱人民文學出版社（北京）1984 年版的《西方現代派文學問題論爭集》（上、下兩冊，何望賢編，內部發行）。除收入有代表性的文章外，還附有「關於西方現代派文學問題討論文章目錄索引（1978-1982）」。該書的《出版說明》認為，「在文藝戰線，清除和防止精神污染的重要任務之一，就是要批評和抵制試圖將反映西方資產階級意識形態的現代主義文藝移植到我國來，以表現所謂『社會主義異化』為主題，按照形形色色的個人主義世界觀來歪曲我國社會主義現實的錯誤主張和錯誤作品。」

[32] 80 年代文學「主體論」的倡導者劉再復 2002 年撰文說：90 年代「大陸有些作家學人，刻意貶低魯迅，把左翼文學和工農兵文學說得一錢不值，與此同時，又刻意製造另一些非左翼作家的神話，這在思維方式上又回到兩極擺動的簡單化評論。現在真需要對 90 年代大陸的文學批評與文學史寫作有個批評性的回顧。」其實，劉再復批評的這種現象，其根子在 80 年代就已植下。劉再復《評張愛玲的小說與夏志清的〈中國現代小說史〉》，《視界》（石家莊）第 7 輯，河北教育出版社 2002 年 7 月。

方法的更新、探索，以及在人的生活、精神處境的關注上，常常走在文學其他樣式的前面。但是，這並不能改變詩歌的「邊緣」地位。「邊緣」不僅指詩在公眾社會生活中的地位，也指它與小說、散文等其他文類的關係。這是現代消費社會的必然趨勢，也與新詩自身存在的問題有關。一方面，新詩的合法性在新詩有了六、七十年的歷史時仍是問題；另方面，詩人在詩歌觀念、詩歌想像上的分裂，比其他「文類」都要激烈、明顯。詩歌界內部不同層面的分裂與衝突，以及詩歌活動方式上的「圈子化」、「江湖化」，雖說並不是只有負面的意義，但製造的泡沫也確實使真誠、專注的詩人蒙受損害。從 80 年代詩歌藝術的總體狀況看，為了能夠更好觸及現代經驗，出現了對中國新詩強大的「浪漫主義」抒情傳統「修正」的潮流，「世俗」生活的細節和敘述性語言，逐漸成為時尚。它面臨的問題是，瑣屑「敘事」與詩歌想像力，與精神高度的探索之間如何建立一種新的關係。

　　60 年代初到「文革」期間，將世界看作是兩極化對立的觀念，在文學寫作上體現為「戲劇化」傾向。設計類型化的人物，構造有開端、發展、高潮、結局的情節，運用臺詞式的政治詞語──不僅出現在小說、戲劇中，詩歌、散文也留有明顯的痕迹。這種形態在「文革」後仍延續一段時間，但也很快受到質疑和摒棄[33]。在小說創作中，40 年代「京派」小說家倡導的「散文化」，是用來「解放」這種僵化文體的最初憑藉。另外，在

---

[33] 去「戲劇化」的潮流，在小說、散文、詩歌，甚至戲劇寫作的革新中都有明顯表現。在中國電影理論和電影史中，也提出電影與戲劇「離婚」的問題，並引發相關問題的論爭。

「現代派」熱中習得的象徵、意識流、變形等方法，以及明清白話小說傳統，都是 80 年代小說藝術創新的重要依據。傳統意義上的「典型人物」、「典型環境」等現實主義成規的重要性有所下降。自然，重要變革來自對小說與現實世界關係，以及對「敘事」的性質的重新思考。「敘事」與「歷史真實」的複雜關係，它的「虛構」的權利得到承認；而這在 50-70 年代，是「文學敘事」所遭遇的最大難題，和陷入的最深困境[34]。

從 70 年代末開始，中篇小說數量猛增，質量也有很大提高。50-70 年代，在大多數的情況下，小說家寧願取短篇與長篇這兩端[35]。1978 年，中篇小說有三十多部，到 1981-1982 兩年，數量增加到一千一百多部，1983 年和 1984 年，各有八百餘部。其中不乏在當時產生重要影響的作品[36]。從形態學的角度說，長短篇

[34] 從 50 年代批判電影《武訓傳》開始到「文革」期間，許多小說、戲劇、電影作品，都在歪曲「生活真實」，歪曲「歷史規律」、醜化工農兵和革命幹部「真實形象」上受到批判。

[35] 據不完全統計，1949 年到「文革」前的十七年中，中篇小說約四百餘部，較有影響的，僅有《鐵木前傳》（孫犁）、《水滴石穿》《康濯》、《辛俊地》（管樺）、《在和平的日子裏》（杜鵬程）、《歸家》（劉澍德）、《賣煙葉》（趙樹理）等不多的幾部。

[36] 如 1977-1980 年發表的《人到中年》（諶容）、《在沒有航標的河流上》（葉蔚林）、《天雲山傳奇》（魯彥周）、《犯人李銅鍾的故事》（張一弓）、《蝴蝶》（王蒙）、《啊！》（馮驥才）、《大牆下的紅玉蘭》（從維熙）、《三生石》（宗璞），1981-1982 年發表的《高山下的花環》（李存葆）、《洗禮》（韋君宜）、《人生》（路遙）、《黑駿馬》（張承志）、《那五》（鄧友梅）、《流逝》（王安憶），1983-1984 年發表的《今夜有暴風雪》（梁曉聲）、《美食家》（陸文夫）、《棋王》（阿城）、《沒有鈕扣的紅襯衫》（鐵凝）、《遠村》（鄭義）、《北方的河》（張承志）、《祖母綠》（張潔）、《綠化樹》（張賢亮）、《臘月·正月》（賈平凹），1985-1986 年的《桑樹坪紀事》（朱曉平）、《小鮑莊》（王安憶）、《紅高粱》（莫言）、《你別無選擇》（劉索拉）等等。

的區別主要在內在結構上，而有所區別的「結構形態」，則與
它們處理的素材的規模有重要關係。中篇小說在對現實問題反
應的速度，和作品的容量上，是短篇和長篇的「過渡」（或「邊
界」）形態。既有較大容量，又能較為迅捷地講述「文革」故
事，中篇小說是當時的小說家樂於採用的。中篇小說的發達，
又與刊物和出版條件的變化有關。每期二、三百頁碼的大型文
學期刊的大量創辦，使大量中篇小說的發表成為可能。另外，
當時繼續採用的、主要以字數作為文稿計酬標準的方法，也有
一定關係。需要指出的是，在五、六十年代，短篇小說的字數
膨脹的「中篇化」現象，就已相當普遍；如何寫「短」的短篇，
成為作家、批評家經常討論的問題。因此，中篇小說的興盛又
不是突然發生的事情。不過，80 年代以來，小說體裁、樣式上
劃分的重要性，在作家的觀念中已趨於淡薄[37]。長篇小說在 80
年代也有一定的數量，但它的「高潮」要到 90 年代。80 年代比
較重要的長篇小說有《芙蓉鎮》（古華）、《沉重的翅膀》（張
潔）、《活動變人形》（王蒙）、《浮躁》（賈平凹）、《古
船》（張煒）、《金牧場》（張承志）等。

　　戲劇（這裏主要指話劇）在「文革」後一段時間，創作和
演出都十分活躍。配合時勢，表現切近的社會政治問題，發揮
論辯和教諭的功能──這一「當代」戲劇的「傳統」仍在繼續。
這些「社會問題劇」引起轟動，產生明顯的「社會效應」[38]；自

---

[37] 在 50-70 年代，有側重短篇或長篇小說寫作的作家，因而也出現「短篇小
　　說作家」的概念。80 年代以後，這種區分基本上已不存在。小說家在「體
　　裁」上的考慮重心發生了變化。

[38] 如《於無聲處》（宗福先編劇）、《楓葉紅了的時候》（王景愚、金振家

然，它們又只有短暫的時效。80 年代的大量話劇與 50-70 年代的情況相似，只有極個別能有稍長一點時間的藝術生命。另外，現代文學中，作為表演藝術的話劇的「文學文本」性質（如曹禺、郭沫若、丁西林等的作品），在「新時期」已不大可能得到保持。這既是現代戲劇的發展趨勢，但也跟戲劇作者的觀念、能力相關。因此，大多數話劇在上演時，就不被閱讀；在不再上演時，更不會被閱讀。

　　戲劇存在的種種問題，引發了戲劇界「戲劇危機」的討論[39]。涉及的問題主要是兩個方面，一是對戲劇「功能」的再認識，以調整那種戲劇是回答社會問題，進行宣傳教育最好的工具的流行看法，改變創作上搶題材、趕任務、說教等弊端。另一是「戲劇觀」和藝術方法的多樣化，改變當代創作上「易卜生模式」，和演劇體系上「斯坦尼斯拉夫斯基模式」的一統地位，達到對多種戲劇觀和戲劇模式的開放。即不僅肯定「寫實」（創造生活幻覺），也承認「寫意」、「象徵」（排除幻覺）的戲劇存在的合理性，承認布萊希特、梅特林克的經驗，和中國傳統戲曲的經驗。「戲劇觀」的探討，繼續的是 60 年代那次夭折了的討論[40]。80 年代文藝上廣泛的創新要求，在戲劇創作和演

編劇）、《丹心譜》（蘇叔陽編劇）、《曙光》（白樺編劇）、《陳毅市長》（沙葉新編劇）、《報春花》（崔德志編劇）、《權與法》（邢益勳編劇）、《誰是強者》（梁秉坤）、《未來在召喚》（趙梓雄編劇）、《血，總是熱的》（宗福先、賀國甫編劇）等。

[39] 比較集中的如《戲劇藝術》1983 年第 4 期開始，歷時一年半的「關於戲劇觀念討論」，《戲劇報》、《戲劇界》、《劇本》等刊物同時也刊發有關討論文章。另外，戲劇的「民族化」等問題，在《人民戲劇》、《劇本》等刊物上，也有不少討論文章。

[40] 1962 年 3 月，時任上海人民藝術劇院院長的黃佐臨，在全國話劇、歌劇創

出上也得到表現，出現了一批探索性的作品[41]。其中，高行健的創作有更突出的表現。他的《絕對信號》、《車站》、《野人》等作品，在當時的文學、戲劇界產生較大反響[42]。不過，80 年代戲劇革新，有時會表現出對形式（手法）因素的倚重，「視境」、主題的拓展在有的探索性創作中，不是都能有相應的進展[43]。

在 80 年代，散文從「戲劇化」模式中解放，擺脫楊朔式的矯情「詩意」，是一個時期散文作家的努力。與此相關的是，存在著散文概念「窄化」的趨勢，這是散文觀念變革的一個重要方面。提出和重新界定「散文」、「美文」、「抒情散文」、

作座談會（廣州）上，作了「戲劇觀」問題的發言，並在同年 4 月 25 日的《人民日報》上發表了《漫談「戲劇觀」》的文章。他提出了斯坦尼斯拉夫斯基、布萊希特、梅蘭芳的三大演劇體系的說法，主張在戲劇觀上應多樣化，應該重視在當代受到忽略的布萊希特、梅蘭芳的演劇經驗的吸取。當時圍繞這一問題，曾有一些討論。

[41] 這些運用象徵、荒誕、虛擬寫意，以及具象表現人物心理等方法的探索性戲劇作品，有《一個死者對生者的訪問》（劉樹綱編劇）、《屋外有熱流》（馬中駿、賈鴻源編劇）、《WM（我們）》（王培公、王貴編劇）、《紅房間　白房間　黑房間》（馬中駿、秦培春編劇）、《桑樹坪紀事》（陳子度、楊健、朱曉平編劇）、《潘金蓮》（魏明倫編劇）、《耶穌・孔子・披頭士列農》（沙葉新編劇）等。

[42] 《絕對信號》、《車站》、《野人》的文學劇本分別刊於《十月》（北京）1982 年第 5 期、1983 年第 3 期、1985 年第 2 期，並都由北京人民藝術劇院演出（林兆華導演，《絕對信號》和《車站》是「文革」後較早出現的「小劇場」藝術）。它們在演出後，都引起評價上分歧的爭論。爭論涉及形式、手法上的問題，也涉及「存在主義」等思想觀點的問題。

[43] 在 50-70 年代，編劇、演劇的探索也時有進行，如《茶館》（老舍編劇，焦菊隱導演）的「長卷」展開方式，《蔡文姬》（郭沫若編劇，焦菊隱導演）的某些寫意方法，《十三陵水庫暢想曲》（田漢編劇）的打破舞臺界限，《激流勇進》（胡萬春編劇，黃佐臨導演）運用「具象」方法表現人物心理等。

「藝術散文」等概念的涵義，包含著將雜文、報告文學（甚至「隨筆」）從「散文」中分離的意向。散文概念的「窄化」，是對「當代」散文範圍「無邊」，和敘事性成為散文中心因素的情況的反撥；也與80年代文學強調「回歸文學自身」的潮流有關。報告文學在80年代，曾有兩次「高潮」。一是「文革」結束後不久，另一次是80年代末[44]。報告文學常常擁有大量讀者，引起熱烈反應。原因之一是，由於特定語境中新聞受到的限制，報告文學有時承擔了新聞的某些功能，以「文學」的形式來「報告」讀者關心的社會新聞和現象。這種「跨界」的文體顯然有它的生命力，但對堅持「文學性」的批評家來說，如何看待、處理這類社會問題、社會事件的「調查報告」性質的文字，總是令人困惑的問題。

　　在80年代，儘管「文學自覺」曾是激動人心的口號，不過，即使是強調「純文學」的作家，也擺脫不了時勢關切和責任承擔。面臨著具體境遇中的「歷史」提問，使有關「歷史」清算和記憶（群體的和個人的）的書寫，幾乎是80年代作家有意無意的選擇。這不僅是「題材」意義上的，而且是視域和精神意向上的。作家的意識和題材狀況，影響了80年代文學的「結構」的和美感的形態。沉重、緊張是一種可以經常在作品中遭遇的基調[45]。沉重與緊張，既是指情感上的，也指結構形態上的。在

---

[44] 80年代初重要的報告文學作家、作品，有徐遲的《哥德巴赫猜想》，黃宗英的《大雁情》、《小木屋》，陳祖芬的《祖國高於一切》，理由的《揚眉劍出鞘》等。80年代中後期有影響的報告文學作品有錢鋼的《唐山大地震》，李延國的《中國農民大趨勢》，以及《中國的小皇帝》、《惡魔導演的戰爭》、《伐木者，醒來！》、《世界大串聯》等。

[45] 黃子平以「緊張」來描述「新時期文學」的一個方面的特徵。參見《1990

一個實行著「轉折」的時期，經驗了許多挫折的作家有那麼多
悲劇故事需要講述，那麼多被壓抑的情緒要求釋放、宣泄（這
個時候，「激情的作用往往勝過技巧的效果」），有那麼多的
觀念，社會、人生問題需要探討和重估——它們逐一被發現、
挖掘，並「排隊」要求進入文學文本。作品中擁擠著無數問題、
觀念，有過多的意象、隱喻、象徵、寓言也就不難理解。在 80
年代，能夠持較為裕如、放鬆的姿態和筆墨的作家當然也有，
但不是很多。

　　探索、創新的強烈意識，是 80 年代文學的另一特徵。探索、
創新、突破、超越等，是當時文學界使用頻率很高的幾個詞。
開放的環境提供的文學比較（與西方現代文學，與本國「五四」
到 40 年代的文學，與當代的台灣文學），使作家產生中國當代
文學「滯後」和「邊緣」的尖銳感覺。他們普遍期望在不長的
時間裏，走完他人百年走過的道路，創造一批有思想深度和藝
術獨創性的作品。不同知識背景和不同年齡段的作家，都努力
從各個方面，去獲取啟動「超越」的創造力，追求「從題材內
容到表現手段，從文藝觀念到研究方法」的「全方位的躍動」[46]。
不同思想藝術基點和不同層面上的文學探索，表現為多種情

年度小說選·序言》，香港，三聯書店 1991 年版。

[46] 上海文藝出版社 1986-1988 年間出版的「文藝探索書系」的《編輯前言》。
編者說，該書系「在比較的基礎上」，收入「探索色彩更為濃厚而又確實
在某些方面實現了突破和超越的作品」。書系創作部分除按體裁出版有《探
索詩集》、《探索小說集》、《探索戲劇集》、《探索電影集》外，還有
個人的探索作品集合多人的作品集。理論部分則為組織撰寫的專題論著，
如劉再復《性格組合論》、趙園《艱難的選擇》、魯樞元《文藝心理闡釋》、
夏中義《藝術鏈》、錢理群《心靈的探尋》、宋耀良《十年文學主潮》等。

形：發掘從前列為「禁區」，或未曾涉獵的題材（「陰暗面」，愛情，性，監獄，勞改隊，庸常瑣屑的日常生活，心理和潛意識）；創造難以用正面、反面的標準劃分，在道德判斷上曖昧不明的人物；嘗試某種美學風格（悲劇，悲喜劇，反諷，「零度情感」）；運用在「當代」也屬「禁區」的藝術方法（意識流，開放性結構，多層視點，多種敘述人稱，荒誕性描述，紀實與虛構互滲）；偏移、顛覆當代文學「正統」的歷史敘述，以「欲望」取代「階級鬥爭」成為歷史動力……接踵而至的頻繁新變，既表明由於「文化封閉」積累的有待解決的問題重重疊疊，表明文學界的激情、活力和目標感，也表明因個人和整體面臨的壓力而過分的焦躁。

持續的超越、創新的壓力，給80年代文學到來「潮流化」的特徵。雖說這也是「五四」以來新文學的一種表現，但其程度與規模，都遠不及80年代。推動文學「現代化」進程的作家，在這十多年的時間裏，經常採取組織運動、掀起潮流、發表宣言的方法，以推動其目標加速實現。批評家和文學報刊編輯，也熱衷於歸納、命名文學現象的某些類同點；或者借助某種契機，有意識組織文學派別。這種情形，表現為各種社團式的文學「圈子」大量出現（尤其是詩歌界），和創作上一定階段取材、主題、方法的趨近。批評家因此能方便地對「新時期」的文學做出「潮流」性質的描述（諸如朦朧詩、傷痕文學、反思文學、改革文學、尋根文學、第三代詩、先鋒小說……）。對於創作上的「社會性」和「類同化」的偏離，80年代末出現了強調表現個體經驗的「個人化」寫作。但是「個人化」在一個崇尚「潮流」的語境中，具有諷刺意味的是也成為一種新的「潮流」。

第十八章

「歸來者」的詩

一、「文革」後的詩歌變革

「新時期」許多詩人都抱有與「文革」（以至「十七年」）詩歌「斷裂」，實現詩歌重建的期待[1]。詩歌「復興」的最初努力，是對詩人的「誠實」和詩歌的「真實性」的籲求[2]。這涉及詩人與當代政治關係，和詩歌寫作的「自主性」問題。將詩歌寫作與對當代政治權力的依附中剝離，是這一籲求的指向。它雖然不能囊括當代詩歌病症的全部問題，卻是實現詩歌變革的重要起點。當然，比起文學的其他樣式來，詩歌面臨的問題要複雜得多。不僅當代詩歌觀念和寫作需要檢討，也要面對新詩

---

[1] 1978 年邵燕祥、鄭敏的兩首詩──《中國又有了詩歌》，《如有你在我身邊──詩呵，我又找到了你》，表達了當時普遍的有關當代新詩「斷裂」與「重建」的意識。鄭敏在將「詩」擬人化之後，說「從垃圾堆、從廢墟、從黑色的土壤裏，／蘇醒了，從沉睡中醒來，春天把你喚起，」「呵，我又找到了你，我的愛人，淚珠滿面」。這是自 50 年代鄭敏停筆之後重新寫作的第一首詩。

[2] 艾青、公劉等「復出」詩人，此時都把「真實」、「誠實」作為詩歌復興的首要問題提出。艾青激烈抨擊那些憑「政治敏感性」，「誰『得勢』了就捧誰」的詩歌寫作，提出「詩人必須說真話」。公劉在《詩與誠實》一文中認為，詩的第一要義是「真實性」，它的實現取決於詩人的誠實：「誠實無罪，誠實長壽，誠實即使被迫沉默依然不失為忠貞的沉默，而棍子在得意的呼嘯中也不過是沒有心肝的棍子」。

從誕生起就存在的難題。詩歌這個時候面臨雙重的「合法性」的詰難，一是當代詩歌相對於現代詩歌的「貧困」，另一是新詩相對於古典詩歌的「羸弱」。因此，「詩歌危機」這一「永恒」命題在 70 年代末又再次提出。有關詩歌「危機」引發的爭論牽涉的問題紛繁：包括詩與「現實」的關係，詩的「反映現實」與「自我表現」，詩的特徵與社會「功能」，新詩的傳統和外來影響，新詩的「形式」，詩與讀者的關係，等等。有趣的情形是，人們對「危機」的徵象和原因的指認，常常正相反對：一些人認為是「當代」詩歌道路造成的惡果，一些人則歸結為「文革」後新詩潮帶來的弊病。

　　不過，文學界對於當時的詩歌，大體上持肯定的態度，詩歌在公眾中也得到普遍關注。詩和戲劇、小說一樣，在當時承擔了表達社會情緒的「職責」，受到主流文學界在詩的「戰鬥性」，表達「人民心聲」的層面的肯定。這種肯定所依據的評價尺度，與 50-70 年代居統治地位的詩歌標準並無很大不同[3]。不過，在這種延續「當代」詩歌觀念和評價標準的同時，已經積聚多時的重要的變革力量，開始顯露出來。以自辦刊物《今天》為核心的，被稱為「新詩潮」的先鋒性詩歌群體，在思想觀念和

---

[3] 　對「新時期」詩歌，當時主流文學界肯定的依據是：「文學的戰鬥性、人民性、真實性的傳統在詩歌中得到了恢復和發揚」，詩「奏響了向四個現代化進軍的號角，唱出了人民強烈的心聲，大膽地揭露了現實生活中的矛盾」，「從揭批罪惡『四人幫』到歌頌革命老一代，從追念張志新烈士到歌頌各條戰線上的英雄，從投入思想解放的洪流到掃除新長征路上的絆腳石，詩，始終站在時代的前列，跟隨黨和人民前進的步伐」。參見有關 1980 年 4 月在南寧召開的全國當代詩歌討論會情況的報導。《中國文學研究年鑒（1981）》第 256 頁，中國社會科學出版社 1982 年版。

藝術方法上表現的創新精神，在當時思想、文學的「解放」運動中，處於前沿的位置，釋放出不限於詩歌領域的「震動」。

「政治詩」（或「政治抒情詩」）是 50-70 年代最主要詩歌樣式，在「文革」結束後的幾年裏，它的興盛得到繼續。在詩歌主題上，通常涉及對「文革」的批判，對「老一輩革命家」功績的讚頌，表達重獲「解放」的快感，以及對「現代化」的呼喚。[4]與此相關，詩歌朗誦、與歌舞配合的詩表演，在城市中又一次成為熱潮[5]。相比起「十七年」來，政治詩面貌有了一些調整。一是強調對社會現實的「干預」和批判精神——這一處理「現實」的立場，和相關的美學風格，在當代前此的時間裏總是受到壓制。另一是個人體驗的加入，郭小川 50 年代為獲取這一空間而受到非議。政治詩在此時的調整，還表現為對現實社會問題在處理上的「超越」的追求[6]。政治詩寫作者除「復出」詩人外，一部分「文革」期間開始寫作的青年詩人，也加入這

[4] 《詩刊》社主持的首次詩歌創作評獎（1979-1980 年全國中、青年詩人優秀新詩）中，獲獎作品絕大部分為上述主題的政治詩。如《呼聲》（李發模）、《沉思》（公劉）、《春潮在望》（白樺）、《不滿》（駱耕野）、《現代化和我們自己》（張學夢）、《關於入黨動機》（曲有源）、《祖國啊，我親愛的祖國》（舒婷）、《小草在歌唱》（雷抒雁）、《重量》（韓瀚）、《請舉起森林一般的手，制止！》（熊召政）、《無名河》（林希）、《乾媽》（葉延濱）、《雪白的牆》（梁小斌）等。當時流行甚廣的郭小川的《團泊窪的秋天》、李瑛《一月的哀思》，也都屬這類作品。

[5] 這與「文革」前夕的 1964-1965 年的情景相似。最早是 1976 年 11 月，《詩刊》編輯部和中央人民廣播電臺文藝部於北京的工人體育館聯合舉辦了「縱情歌頌華主席，憤怒聲討四人幫」的詩歌朗誦演唱會。後來，這種大型的詩歌朗誦演唱會多次舉行。

[6] 後面這種情形，特別體現在 80 年代初的「史詩」性作品中，諸如艾青的《羅馬的大門技場》、《光的讚歌》，邵燕祥的《我是誰》、《走遍大地》，流沙河的《太陽》、《理想》等。

一行列。其中，雷抒雁[7]的長詩《小草在歌唱》，曲有源[8]的「樓梯體」的《關於入黨動機》、《打呼嚕會議》，葉文福[9]的《將軍，不能這樣做》，駱耕野[10]的《不滿》，張學夢的《現代化和我們自己》，是這個時期政治詩最受歡迎的一組作品。不過，這種為「革命」和政治運動催生、推進的詩體，在「後革命」時代裏，已失去其大規模存在的歷史條件。80 年代初政治詩的「集體出演」，應該說是「當代」這一潮流的餘波。

在 80 年代，不同詩歌「力量」的分裂，是詩界的重要現象。這種分裂以「朦朧詩」的論爭為其發端。在開始階段，年輕的詩歌革新者曾試圖獲得主流詩界的支持，有的文學領導機構和刊物主持人也主張以開放態度來處理分歧。但是，《今天》在1980 年被迫停刊，一些權威詩人對「朦朧詩」採取的拒斥態度，1983-1984 年間「清除精神污染」運動中國作協、《詩刊》對「朦朧詩」和「崛起論」展開的批判，加劇了這一分裂。此後到 90年代初，詩界的不同部分，有屬於自身的不同「區域」：這包

7　雷抒雁（1942-），1967 年畢業於西北大學中文系後，曾一度在軍隊服役。著有詩集《沙海軍歌》、《漫長的邊境線》、《小草在歌唱》、《雲雀》、《春神》、《綠色的交響樂》、《父母之河》、《跨世紀的橋》等。《小草在歌唱》發於《詩刊》（北京）1979 年第 8 期。

8　曲有源（1943-），吉林懷德人。著有詩集《愛的變奏曲》、《句號裏的愛情》、《曲有源白話詩選》等。

9　葉文福（1944-），湖北蒲圻人。1964 到 80 年代初，在人民解放軍服役；寫作《將軍，不能這樣做》時，為工程兵政治部文工團創作員。1969 年開始發表作品。著有詩集《山戀》、《雄性的太陽》、《天鵝之死》、《苦戀與墓碑》、《牛號》等。

10　駱耕野（1951-），四川成都人。70 年代開始寫詩，首次發表作品是 1979年。等。《不滿》這首詩刊於《詩刊》（北京）1979 年第 5 期。除此之外，還寫有《車過秦嶺》、《沸泉》等作品。著有詩集《不滿》、《再生》等。

括詩人聚合、寫作、交流、評價的「圈子」，傳播的渠道、方式等。總體而言，具有先鋒、探索意味的詩人和詩歌群體，他們經常被排除於國家控制的文學組織、文學刊物之外，更多採用自辦詩歌報刊，自印詩集的方式存在[11]。但由於「自印」的出版物傳播範圍有限，也缺乏有效的評價系統，因此，爭取得到「主流詩界」的認可，還是一部分人的期待。而擁有權力和豐厚「文化資本」的方面，也迫切希望能接納新的詩歌元素，和「新詩潮」中已被讀者廣泛承認的詩人，以修改自身的「守舊」形象。因此，詩歌界的分裂情況常有複雜的表現。

　　比起 50-70 年代，80 年代的詩歌環境有了許多改善，尤其是在可能獲取的「詩歌資源」方面。「五四」以來的新詩受到重新審視，過去受到壓抑的，和具有「現代主義」傾向的詩人和詩派，被發掘並給予積極評價[12]。海峽對岸台灣 50 年代以來

[11] 自辦詩歌報刊、自印詩集的現象，持續到 90 年代，成為觀察 80 年代以後中國大陸詩歌難以忽略的情況。在現代中國，存在不是經由出版社，而由詩人本人和朋友自印出版詩集的情形，如王辛笛《珠貝集》（1935）、紀弦《易士詩集》（1934）、《穆旦詩集（1934-1945）》（1947）等。50 年代以後，國家全面控制書刊出版業，個人自印、出版書刊不被允許（但「文革」期間控制一定程度失效）。80 年代以後，由於印刷、出版條件變得非常方便，嚴格控制已不可能。不過，這些出版物通常採用「內部交流」的非營利方式發行，因此也有「內部交流資料」、「非正式出版物」、「民辦刊物」等名稱。

[12] 這包括新月派的徐志摩，李金髮等的「初期象徵派」，戴望舒等的「現代派」，以及 80 活躍於 40 年代的「七月派」和「九葉派」。這些詩人和詩歌流派的選集、全集紛紛出版，對他們的研究也成為 80 年代現代文學研究中的「顯學」。較早將在「當代」被列為禁忌的「現代主義」詩作作為學術研究對象的，有孫玉石等人。他的《中國初期象徵派詩歌研究》由北京大學出版社於 1983 年出版。在此期間，並在北京大學開設「中國現代詩導讀」課程，入選的也均為具有「現代主義」傾向的詩人，如李金髮、穆木

的詩歌理論和實踐，也開始為大陸詩人和批評家所瞭解[13]。當然，外國詩論和詩歌創作的大量譯介，更是顯要的事實。在 80年代的詩歌發展過程中，外國詩歌和大陸三、四十年代「現代主義」傾向的詩歌，被革新者置於首要位置，作為啟動詩創造的主要推動力[14]。

　　對於 80 年代的旨在偏離、反叛當代詩歌「傳統」的「新詩潮」來說，「運動」是他們表現自身，引起關注的重要方式。這主要表現為通過成立詩歌流派、社團，發表宣言、出版書刊、宣布斷裂、引發爭論等方式。在中國新詩史上，從未有如八、九十年代如此的情景：大量的「民間」詩歌社團、刊物輪番出沒。以詩歌主張來建立宗派是一種方式，而「代際」的群體劃分也被經常使用[15]。在開始階段，藝術探索、革新的因素可能在詩歌運動中佔有主要成分，到了後來（如 90 年代中後期），不

天、戴望舒、卞之琳、何其芳、廢名、路易士、金克木等。

[13] 「文革」後大陸最早出版的台灣詩歌選本為人民文學出版社 1980 年 4 月《台灣詩選》（該社 1982 年又出版《台灣詩選（二）》）。《台灣詩選》的「出版說明」提供了當時對台灣詩歌編選的標準，說這些詩「有的抒發懷念家鄉，盼望家人團聚、要求祖國統一的熾烈情感；有的歌頌勞動、讚美愛情、描繪自然風光，反映人民生活。」與這一編選標準近似的是《台灣懷鄉思親詩詞選》（上海人民出版社 1982 年版）、《台灣愛國懷鄉詩詞選》（北京時事出版社 1981 年版）。1983 年 8 月，流沙河的《台灣詩人十二家》由重慶出版社出版。此後，台灣詩歌選本、詩歌社團和個人選本陸續出版。

[14] 有詩人認為，在中國現代漢語詩歌的建設中，「對西方詩的翻譯一直在起著作用」，「已在暗中構成了這種寫作史中的一個『潛文本』」，王家新《取道斯德哥爾摩》，《特朗斯特羅姆詩全集·跋一》，海口市，南海出版公司 2001 年版。

[15] 前者如「莽漢主義」、「非非主義」、「新整體主義」等，「代際」區分方式則有「第三代詩」，和 90 年代出現的「60 年代詩人」、「第四代詩」、「中間代詩」等名目出現。

同派別的劃分與衝突，其動力更多來自對被「遮蔽」的焦慮，和「去蔽」的「野心」。

80 年代，除一般文學刊物闢有一定篇幅刊載詩歌作品外，專門的詩刊、詩報比起五、六十年代來，也有了明顯增加。除中國作協主辦的，老資格的《詩刊》外，1980 年復刊的《星星》（成都）復刊，在當時是另一重要的詩歌刊物。其他省市在 80 年代創刊的專門詩歌報刊，還有多種（有的存在時間並不長）。以 1985 年為例，除上述兩種外，還有《詩神》（石家莊）、《詩選刊》（呼和浩特）、《詩潮》（瀋陽）、《青年詩人》（長春）、《詩林》（哈爾濱）、《綠風》（新疆石河子）、《詩歌報》（安徽）等。不過，詩集的出版卻並不容易；一些有成就的詩人是這樣，更遑論剛涉足詩壇的年輕者。

二、「歸來者」的詩

1980 年，艾青把他恢復創作之後的第一本詩集名為《歸來的歌》，與此同時，流沙河、梁南也寫了題為《歸來》、《歸來的時刻》的作品。在這個期間，「歸來」是一種詩人現象，也是一個有眾多詩人涉及的詩歌主題。被稱為「歸來」（或「復出」）詩人的，主要有：50 年代的「右派」詩人（艾青、公木、呂劍、唐祈、唐湜、蘇金傘、公劉、白樺、邵燕祥、流沙河、昌耀、周良沛、孫靜軒、高平、胡昭、梁南、林希等），1955年「胡風集團」事件中罹難者（牛漢、綠原、曾卓、冀汸、魯藜、彭燕郊、羅洛、胡征等），因與政治有關的藝術觀念，在

五、六十年代陸續從詩界「消失」的詩人（辛笛、陳敬容、鄭敏、杜運燮、穆旦、蔡其矯）。

上述詩人 70 年代末「歸來」時，在一段時間裏紛紛把生活道路的挫折、磨難所獲得的體驗，投射在他們的詩作中。他們追憶著「翅膀被打傷」的那「致命的一擊」，以及「跌落在荒野裏」的「顫抖」（呂劍《贈友人》），也為終於「活著從遠方歸來」而欣幸（流沙河《歸來》）。這些「天庭的流浪兒」（林希《流星》），由於長時間沉落在社會底層，這加深了對歷史、人生體驗的深度，也使他們多少與六、七十年代的詩風保持距離。他們中的許多人，將這種「復出」，看作是回歸曾脫離的軌道，回歸原先置身的文化秩序的「中心」。這個時期的創作，大多將他們有關歷史「斷裂」和「承續」的感受，融入個人的生命形態中，試圖重續他們曾被阻斷的社會理想、美學理想和詩歌方式。相近的追求，使「歸來」詩人的作品呈現某些共同點，如某種「自敘傳」的性質，以「歷史反思」為核心的理性思辨傾向等[16]。

艾青[17]具有敏銳的「象徵」意識的讀者，將艾青「歸來」後發表的第一首詩，看作是詩歌「春天」到來的標誌[18]。比起 50

---

[16] 由謝冕編選並作序的《魚化石或懸崖邊的樹》（歸來者詩卷），是集中展示「歸來」詩人「文革」後到 80 年代前期創作的詩歌選本。收艾青、白樺、蔡其矯、昌耀、陳敬容、陳明遠、杜運燮、公劉、宮璽、胡昭、黃永玉、冀汸、梁南、流沙河、林希、魯藜、呂劍、綠原、羅洛、穆旦、牛漢、彭浩蕩、彭燕郊、孫靜、孫靜軒、邵燕祥、蘇金傘、田地、王遼生、雁翼、曾卓、張志民、趙愷、鄭玲、鄭敏、周良沛、朱紅、鄒荻帆等 38 家作品。北京師範大學出版社 1993 年版。

[17] 艾青（1910-1996）成為「右派分子」的 1958 年起，先到黑龍江的農場勞動，後來在王震的安排下，轉到新疆生產建設兵團。在此期間，寫有長詩

年代前期來，80 年代創作取得顯著進展。個人體驗和情感表達的外部障礙有所破除，藝術方法的選擇也有了較為開闊的空間。他的許多作品，顯示了飽經憂患而洞察人情世態的意識，情感的表達為「哲思」所充實，語言、句式也趨於簡潔凝煉。這個時期的不少短詩，如《魚化石》、《失去的歲月》、《關於眼睛》、《盆景》、《互相被發現》等，都有著平易、質樸的詩歌方式，從中透露了坎坷的人生經歷的感悟；有一種豁達，但也有沉痛。不過，艾青顯然不滿足於寫個人經歷，概括激蕩的時代，對歷史給予評說，一直是他難以忘懷的抱負[19]。三、四十年代的《北方》、《向太陽》、《火把》、《時代》，和發表於 1957 年的長詩《在智利海岬上》，都表現了他概括時代的宏願。「復出」後，也貫注精力於《在浪尖上》、《光的讚歌》、《古羅馬的大鬥技場》、《面向海洋》、《四海之內皆兄弟》等長詩的寫作，期望從縱深、開闊的時空基座上，來把握民族、

《踏破荒原千里雪》、《蛤蟆通河上的朝霞》（詩稿已遺失）。80 年代以後出版的詩集有《歸來的歌》、《雪蓮》等。1991 年出版《艾青全集》（1-5 卷）。

[18] 1978 年 4 月 30 日他在《文匯報》（上海）發表「復出」後的第一首詩《紅旗》，這是他的名字在時隔 21 年之後第一次在報刊出現。當時有讀者致信艾青，「我們找你找了 20 年，我們等你等了 20 年。現在，你又出來了」，「『艾青』，對於我們不再是一個人，一個名字，而是一種象徵，一束綠色的火焰！——它燃起過一個已經逝去的春天，此刻，它又預示著一個必將到來的春天！」艾青在他的《艾青詩選·自序》（人民文學出版社 1979 年）中，摘引了「我們找你找了 20 年，我們等你等了 20 年」的話。

[19] 和一些「復出」詩人有所不同，他在詩中絕少直接書寫個人 20 年間的生活狀況，和純屬個人遭遇的情感經驗。這為詩人自我設計（也是批評家所設計）的詩歌標準、詩人身份所決定。因此，在 80 年代他不能理解、也拒絕有關「自我表現」的命題。

以至人類的歷史過程，提出由生命過程所感悟的歷史哲學。其中的《光的讚歌》、《古羅馬的大鬥技場》發表後在批評界獲得很高讚譽[20]。不過，受囿於他已顯露缺陷的思想視野和情感方式，這一創作理想實際上並沒有實現。

　　在四、五十年代，艾青一再堅持「寫作自由」、「獨立創作」的理念[21]，並因此在延安文藝整風和反右運動中，受到打擊。他反覆宣言：詩人「是一切時代的智慧之標誌」，他「給一切以生命」，「給一切以性格」；「他們要審判一切，──連那些平時審判別人的也要受他們的審判」；「作者除了自由寫作之外，不要求其他的特權。他們用生命去擁護民主政治的理由之一，就是因為民主政治能保障他們的藝術創作的獨立精神」……對於詩人的社會地位、職責，和歷史闡釋、表達上的權利的這種理解，面對現實社會政治體制，自然會引發嚴重的衝突。這種「個人和時代相抵觸、『天才』和『世俗』相對立的情緒」，導致他在「當代」必然「淪入」「一個難以想像的深淵」[22]。雖然「它的臉上和身上」「像刀砍過的一樣」，「但它依然站在那裏／含著微笑看著海洋……」（艾青《礁石》）

<hr>

[20] 參見羅君策《讀〈艾青詩選〉》（《讀書》1980 年第 3 期）、呂劍《艾青〈歸來的歌〉》（收入艾青詩集《歸來的歌》，四川人民出版社 1980 年版）等文。呂劍認為，《光的讚歌》是艾青的「又一座里程碑」，艾青的思想、藝術「更加成熟了」。

[21] 參見艾青《詩論》（1941 年桂林三戶圖書社初版，此後陸續由不同出版社出版不同版本。篇目有所增刪，文字也有許多改動。現在常見的有人民文學出版社 1956 年和 1980 年的版本。收入《艾青全集》第 3 卷），《瞭解作家，尊重作家》（1942 年 3 月 11 日《解放日報》），以及《時代》、《礁石》、《黃鳥》、《蟬的歌》等詩作。

[22] 馮至《論艾青的詩》，《文學研究》（北京）1958 年第 1 期。

——他以這樣的「形象」，來維護在當代被極大削弱的獨立的詩歌精神。艾青「文革」後的寫作，繼續了他對這一詩歌立場的堅持。不過，由這種「獨立寫作」的想像引發的衝突某種程度上和緩之後，詩人的創造力，精神強度，他與世界建立的聯繫的獨特程度，他對於生命和語言的敏感，……這一切便構成更嚴峻的考驗。對於艾青來說，也不能例外。他「歸來」後的創作取得了成績，但沒有能夠追及 30 年代至 40 年代初那段時間的成就。

黃永玉[23]在「當代」主要以畫家身份出現（雖說他 40 年代也發表過一些詩）。但是 80 年代以來，他的活動留給人們深刻印象的，也包括他的文字寫作：詩和筆記體的隨筆。詩大多寫於 70 年代末和 80 年代初，其「方法」和風格，表現為不同的趨向。有的時候，他運用畫家捕捉對象形態的敏感，在簡潔的具象描述中來傳達詩人的情感。這主要體現在寫 1976 年「天安門事件」的那組作品（《天安門即事》）中。另一些時候，則用概括性的詞語和對比性的敘述（如「最老實的百姓罵出最怨毒的話，／最能唱歌的人卻叫不出聲音」），來強化對令人顫慄的「那種時候」的荒謬性的揭發。在抒情風格上，表現為嘲諷的和溫情的不同的展開。《我認識的少女已經死了》、《獻給妻子們》等，呈現的是真摯的柔情。與此並存的，是用素描，有時是謠曲的體式，把當代的製造災難者，出賣友朋的告密者，阿諛奉承的「馬屁客」，作為刻畫的對象。《不如一索子吊死

---

[23] 黃永玉（1924-），湖南鳳凰人。五、六十年代在中央美術學院任教。80 年代出版的詩集有《曾經有過那種時候》，《我的心，只有我的心》。他的隨筆集有《罐齋雜記》、《力求嚴肅認真思考的札記》、《芥末居雜記》等。

算了》、《擦粉的老太婆笑了》、《混蛋已經成熟》等的詩題，
表現了詩人作為歷史見證者的勝利姿態，也透露對現實的不無
隱憂的思考。

公劉在成為右派分子之後，他的生命接連發生重要變故[24]，
使他「歸來」後的詩，離開了 50 年代的清新明快，有著火一樣
激情的噴發。對此，他有這樣的陳述：「過去了的三十年，竟
有多一半的時間我被驅趕於流沙之中；生命為大饑渴所折磨，
喑啞了」；但是，「流沙覆蓋著的下層依舊有沃土膏壤」，「多
情而有義的歌聲並未棄我而去」，「只是由於缺乏活命的水，
連它也變成火了」[25]。《為靈魂辯護》、《竹問》、《寄冥》、
《哦，大森林》、《刑場》、《讀羅中立的油畫〈父親〉》、
《關於〈摩西十戒〉》、《解剖》、《乾陵秋風歌》等，都直
面現實和歷史問題，表達對現代迷信的造神運動、民主與法制、
詩與政治等社會、思想問題的思考。公劉在詩中進行社會批判，
由於聯繫自身靈魂的觀照反省，使詩具有坦誠的動人素質。他
這個階段的詩的情感基調，是痛苦的冷峻；未曾嘗試以幽默、
嘲諷來緩解這種憤激。詩中常運用大量的以設問為核心的排比
句式，來構成他所稱的「大哭大笑」的宣洩方式。儘管他的視

---

[24] 公劉成為「右派」之後，妻子棄他而去，留下不滿一周歲的女兒。又被
遣送到山西等地「勞動改造」，只好將女兒託付老母撫養。「文革」期
間再次受迫害，父母經受不了反覆打擊，相繼亡故。1978 年起出版的詩
集有：《尹靈芝》、《白花‧紅花》、《離離原上草》、《仙人掌》、
《母親──長江》、《駱駝》、《大上海》、《南船北馬》、《刻骨銘心》、
《相思海》、《我想有個家》等。

[25] 公劉《離離原上草‧自序》，北京，人民文學出版社 1980 年版。關於公劉
詩歌風格的這種變化，當時批評家用「從雲到火」來概括。參見黃子平《從
雲到火》，《沉思的老樹的精靈》，杭州，浙江文藝出版社 1986 年版。

點與現實政治問題過於靠近，而為了獲得情感的酣暢表達又使詩缺乏控制。但是，有一部分詩，複雜的思想內涵和強烈的情感，因奇特的想像成為有獨創性的詩歌意象。如構思於「文革」後期的短詩《家鄉》、《皺紋》、《象形文字》，以及《繩子》、《空氣和煤氣》等。最重要的是，他的寫作真誠地實踐了他一再申明的詩歌準則：「沒有靈魂的詩是詩的贗品。」

　　邵燕祥在 80 年代出版了十餘部詩集[26]，大多是新作，也有自 50 年代以來的詩選。1994 年出版的《邵燕祥詩選》，為作者自己編選的「大半生詩稿的一個選本」：它們「記下了好夢，也記下了噩夢；記下了好夢的破滅，也記下了噩夢的驚醒」[27]。邵燕祥的詩，有情感體驗中細緻幽微的一面。詩中有南國的「微涼的雨」，山間深谷無可捉摸的回聲，有早春黎明難以追尋的迷惘，有夜雨中芭蕉矜持的沉默。長篇組詩《五十弦》對於人生的情感的「碎片」，有一種「古典」式的溫婉和痛楚的訴說。但是，對於有著強烈的社會干預意識，和不容折衷的正義感的邵燕祥來說，「復出」後的大多數作品，承續的是他 50 年代的青春的詩情，尤其是《賈桂香》的那種社會批判的立場。《憤怒的蟋蟀》一詩，可以看作是詩人自況。這不是在窗下鳴琴，在階前鼓瑟的「快樂的蟋蟀」，不是在燈陰繒線，織半夜冷露的「悲哀的蟋蟀」，而是五百年前那個「苦孩子的魂」，為了救人，為了補過而化成的「憤怒的蟋蟀」。歷史和現實問題的

---

[26] 《獻給歷史的情歌》、《含笑向 70 年代告別》、《在遠方》、《為青春作證》、《如花怒放》、《遲開的花》、《邵燕祥抒情長詩集》、《歲月與酒》、《也有快樂，也有憂愁》等。

[27] 《邵燕祥詩選‧序》，天津，百花文藝出版社 1994 年版。

取材傾向，尖銳的論辯色彩，是他 80 年代最初一批作品（《中
國又有了詩歌》、《歷史的恥辱柱》、《關於比喻》、《誠實
人的謊話》、《我們有行乞的習慣嗎》）的特徵。隨後，轉向
社會性主題與歷史內涵交錯的寫作，發表了《我是誰》、《長
城》、《走遍大地》、《與英雄碑論英雄》等十三首抒情長詩。
50 年代開啟的民族物質和精神的現代化追求，是這些詩的主
題。與 50 年代不同的是，它們中不僅有「結成鹽粒的汗珠」，
而且更有歷史滄桑的「淚滴」。讀者從這些作品中獲得的印象，
也許主要不是對於歷史和現實現象的一些智慧的評說，而是其
中表現的精神人格，不苟且的正直秉性和維護思想情感獨立性
所作的努力。大概意識到詩在承擔這樣的發言上的困難，邵燕
祥 80 年代後期開始，主要力量放在雜文、隨筆的寫作上。他找
到更適合於他的介入社會和人生的文字載體[28]。

　　流沙河在 1957 年因寫作散文詩《草木篇》和編輯詩刊《星
星》而成為「右派」，並被作為「地主階級的孝子賢孫」而遣
送原籍（四川金堂縣）勞動改造，當了十多年的拉大鋸、釘木
箱的「體力勞動者」[29]。重新寫作的最初作品，多表達對這段歲

---

[28] 80 年代以來，邵燕祥的雜文隨筆集有：《蜜和劍》、《憂樂百篇》、《綠
燈小集》、《小蜂房隨筆》、《無聊才讀書》、《捕捉那蝴蝶》、《改寫
聖經》、《自己的酒杯》、《大題小作集》、《雜文作坊》、《真假荒誕》、
《熱話冷說集》等。另編有多種選集。

[29] 《流沙河詩集·自序》（上海文藝出版社 1982 年版）中談到，40 年代，
流沙河父余營成任四川金堂縣政府軍事科長。1951 年「鎮壓反革命運動」
中被處死刑。1957 年流沙河發表散文詩《草木篇》（《星星》1957 年第 1
期），引起爭論、受到批判。毛澤東認為詩中發泄了流沙河的「殺父之仇」。
70 年代末「復出」後出版的詩集有《故園別》、《遊蹤》等。一段時間，
致力於詩歌理論和台灣現代詩的評介工作，著有《台灣詩人十二家》、《隔
海談詩》。

月的傷感，青春年華無法追回的失落。有一些詩（《情詩六首》、《夢西安》、《蝶》），記錄在「遇難」時得到的情感慰藉，寫得委婉、細密；情感上滲合著苦澀、淒清和甜蜜。另一些作品，則是詼諧的謠曲體制（《故園九詠》等），以調侃、揶揄、自嘲的語調，寫貧賤夫妻的恩愛，相依父子的苦中作樂，被迫焚書的無言之痛……，在可以體會到的悲憤和對環境的抨擊中，又有普通人可資慰藉的溫暖情意，有對自己的懦弱的自責和無力主宰自身命運時的自尊。80 年代中期以後，流沙河的詩作漸少。

　　蔡其矯[30]是當代的重要詩人。從 40 年代以來到現在，他的寫作一直沒有中斷。40 年代寫於解放區的一些詩（《兵車在急雨中前進》、《張家口》），可以見到惠特曼美國南北戰爭時期的自由體詩的影響（當時，蔡其矯正翻譯惠特曼的作品）。在來自「解放區」的詩人中，蔡其矯走的藝術路線，與晉察冀詩人，如抗戰早期的田間，以及陳輝、魏巍、邵子南等相近。即主要以自由體詩的體式，表達詩人的感受和情緒。這一「路線」在進入 50 年代之後，如果不轉化為「政治詩」的創作（如郭小川、賀敬之），則受到較多的冷落，也不能如以民歌體式來表現勞動者生活的詩那樣受到推舉。50 年代，受當時詩風的影響，他也寫了一些歌頌新生活、但缺乏個性的作品。當他試

---

[30] 蔡其矯（1918-2007），福建晉江人。幼年僑居印尼。11 歲時歸國。1938年去延安，在魯藝學習，次年到晉察冀邊區，從事教學和文化工作。50 年代出版了詩集《回聲集》、《回聲續集》、《濤聲集》。「文革」後的詩集主要有《祈求》、《雙虹》、《福建集》、《迎風》、《醉石》、《傾訴》，和自選集《生活的歌》、《蔡其矯詩選》等。

圖尋找自己的詩歌道路時，那些作品卻被冠以「唯美主義」（《南
曲》、《紅豆》）和「反現實主義」（《川江號子》、《霧中
漢水》）的標籤，多次受到批判[31]。60 年代很難再發表作品。
「文革」中，一度成為「現行反革命分子」，流徙在閩西北山
區八年。不過，並沒有放棄寫作；未在刊物發表的作品在當地
文學青年中傳抄，影響了包括舒婷等在內的青年詩人的寫作。

　　蔡其矯強調詩人的創造應以「全人類的文化成果」作為背
景，不過，對詩人個體而言，與「傳統」關係總有所選擇。他
處理的題材，詩歌想像方式和語言，更多接受西方浪漫派詩歌
的影響（50 年代以後，也關注中國古典詩歌養分的吸收）。他
認為詩「必須是從我們整個心靈、希望、記憶和感觸的噴泉裏
射出來的」[32]。和一些經歷過革命、戰爭的詩人一樣，他的作品
具有很強的社會感和政治意識。1962 年寫的《波浪》，是對人
民力量的象徵（「對水藻是細語／對風暴是抗爭」）。「文革」
期間也寫了許多具有強烈政治意識的作品，如《悼念》、《哀
痛》、《祈求》、《木排上》、《玉華洞》等[33]。他一再發出的
「警示」是，不能在人民的心上建立強暴的統治。同時，可能
受到智利詩人聶魯達的啟示[34]，他又以對大自然的摯愛和對人的

---

[31] 批判蔡其矯詩歌的文章，主要有：沙鷗《一面灰旗》（《文藝報》1958 年
　　第 5 期），蕭翔《什麼樣的思想感情》（《詩刊》1958 年第 7 期），呂恢
　　文《評蔡其矯的反現實主義的創作傾向》（《詩刊》1958 年第 10 期），
　　蕭翔《蔡其矯的創作傾向》（《詩刊》1960 年第 2 期）。

[32] 《福建集·前言》，福建人民出版社 1982 年版。

[33] 這些作品公開發表，都在「文革」後的 70 年代末和 80 年代初。

[34] 指聶魯達出版於 1950 年的《詩歌總集》。該書中譯者為王央樂，上海文藝
　　出版社 1984 年版。1951 年人民文學出版社的《聶魯達詩文選集》中，收
　　有《詩歌總集》的部分篇章。

關懷，寫了大量的愛情詩、山水詩和表現故鄉（福建）人文地理、歷史習俗的風物詩。女性的美和大自然的美，是他經常涉及的詩歌主題。他認為，自然的美根源於人類美的精神的照耀。這提示了他不少作品想像、構思的線索：揭示人的感情活動，常從自然中找到比喻和意象；在對自然的描述中，則貫注人的活潑的生命。人道主義是貫穿蔡其矯詩歌的精神線索。他曾用惠特曼的詩句，來表示這一立場：「無論誰心無同情地走過咫尺道路／便是穿著屍衣走向自己的墳墓」[35]。對於他來說，人道主義是社會理想，倫理準則，也是寫作的動力和目標。他堅持對人類未來的信心，認為詩人可能是一座橋梁，經過鬥爭，甚至是孤立的掙扎，來聯結現實和夢想，將美和歡樂帶給世界。在藝術方法上，蔡其矯稱自己處在「傳統和創新的中途」，他的任務是「過渡」：既不向「傳統貼然就範，也不轉向退出，而是在兩者之間自立境界」。在 70-80 年代詩歌革新運動中，蔡其矯和牛漢等，雖然與青年詩人的藝術觀念並不完全相同，卻始終給有時候處於困難境地的探索者以支持，建立了在當代詩界並不經常出現的那種扶持，並承認超越的「代際」關係。

　　90 年代後期，昌耀[36]詩的價值開始得到詩歌界的重視。他屬於 50 年代開始寫詩的青年詩人。在此期間，編選流傳於青海、

---

[35] 《生活的歌·自序》，北京，人民文學出版社 1982 年版。

[36] 昌耀（1934-2000），湖南桃源人。1950 年棄學從軍，參加朝鮮戰爭，1953年負傷歸國，隨後開始文學創作。1955 年回應「開發大西北」號召，從湖南來到青海，在青海省文聯任創作員。1957 年被劃為「右派分子」。著有詩集《昌耀抒情詩集》、《命運之書——昌耀 40 年詩作精品》、《昌耀的詩》（人民文學出版社「藍星詩庫」）、《昌耀詩文總系》等。

甘肅一帶的民歌，輯為《花兒與少年》[37]。1957 年，因在文學刊物《青海湖》（西寧）詩歌專號上發表十六行的小詩《林中試笛》獲罪，成為「右派分子」，隨後，有了長達 22 年的監禁、苦役、顛沛流離的生活。關於這段經歷留下的印記，昌耀說，「與泥土、糞土的貼近，與『勞力者』、『被治於人者』的貼近」，使「我追求一種平民化，以體現社會公正、平等、文明富裕的烏托邦作為自己的即使是虛設的意義支點。……也尋找這樣的一種有體積、有內在質感、有瞬間爆發力、男子漢意義上的文學」[38]。保存下來的寫於 50 年代前期的詩篇（均在 80 年代才得以發表），寫「以奶汁洗滌」的柔美的天空，篝火燃燒的「情竇初開」的處女地，品嘗初雪滋味的「裸臂的牧人」，在黃河狂濤中決死搏鬥的船夫……，表現他對於這塊有著原始野性的荒漠、以及「被這土地所雕刻」的民族的奇異感受。「復出」後，在《寓言》等作品裏，也曾有回顧這段遭遇時的濃重哀傷，但他的寫作很快就與 50 年代的詩歌主題相銜接，繼續表現對這心魂所繫的高原的摯愛。在《鄉愁》裏，那個思鄉人思念的不是江南的家鄉，而是「自己的峽谷」。長詩《慈航》和《雪，土伯特女人和她的男人及三個孩子之歌》，無疑有著詩人經歷的投影。詩的敘述者，一個「摘掉荊冠」踏荒原而來的青年，在土伯特人中找到生命、愛情的依歸。他稱那些佔有馬背，敬畏魚蟲，酷愛酒瓶的人，那些「圍著篝火跳舞」，「卵

---

[37] 該書 1958 年由青海人民出版社（西寧）出版時，由於昌耀成了「右派」，編輯者改署王歌行、劉文泰。

[38] 昌耀《我的「業務自傳」》，《詩探索》（北京）1997 年第 1 輯，中國社會科學出版社 1997 年版。

育了草原、耕作牧歌」的人，是他所「追隨的偶像」。個人坎坷的人生體驗，融入一個民族的歷史生活之中，使他很快將自己詩中的歷史意識，從對某一歷史過程作簡單評判中解脫出來，而傾心於貫穿不同歷史時代的古老、然而新鮮的命題：對愛和生命的審視和吟詠。他從古老的、帶有原始表徵、並且世代綿延不息的生活中，尋找生命的美，尤其是在艱苦、充滿磨難的人生境遇中發揮的生命的勇武、偉力和韌性，靈魂中躁動不安的對達到彼岸的渴求。在這種時候，昌耀冷峻、雄渾的詩行中，流貫著英雄的血脈。與這種體現偉力和「內在質感」的詩質相伴隨的，是昌耀詩中強烈的悲劇性的因素，對生命的不幸，對或悲哀，或壯烈的死亡（「旋風在浴血的盆地悲聲嘶嗎」的戰死者，被誤殺的蜜蜂，角枝做成工藝品的鹿……）的深切不安與關切。

在昌耀的詩中，有一種來自「心靈深處」的「形而上的孤獨感」[39]。這種「孤獨感」，在 80 年代後期到他去世的十餘年中，愈發擴大、加深。在很大程度上，這是由於他強烈體驗到，懷鄉人、朝聖者、東方的勇武者、為太陽和巨靈召喚的趕路者、負笈山行的僧人，在一個「紅塵已洞穿滄海」，「神已失蹤，鐘聲回到青銅」，而「遊牧部落失傳他們的土風」的時代的眩惑和孤憤；他用「烘烤」來描述這些「孤兒浪子」、「單戀情人」的精神的悲劇處境。

昌耀對詩有一種「殉道者」、「苦修者」的執著態度。他向著所確立的「僅有」、「不容類比」的方向而「廢寢忘食」、

[39] 見邵燕祥為昌耀《命運之書》所作的序。西寧，青海人民出版社 1999 年版。

「勞形傷神」[40]。他的詩歌的重要價值，是從 50 年代開始，就
離開當代「主流詩歌」的語言系統，抗拒那些語彙、喻象，那
些想像、表述方式。為著不與詩界的「流俗」和「惰性」相混
淆，也為了凸現質感和力度，他的語言是充分「散文化」的。
他拒絕「格律」等的「潤飾」，注重的是內在的節奏。常有意
（也不免過度）採用奇倔的語彙、句式，並將現代漢語與文言
詞語、句式相交錯，形成突兀、衝撞、緊張的效果。[41]詩的意象
構成，一方面是高原的歷史傳說、神話，另方面是實存的民族
世俗生活和細節。人類最基本的生活追求，和最高貴的精神品
質，就存在於日常的生活形態中──這是昌耀的哲學意識，也
轉化為詩的情感內涵和形態的構成因素。因而，高原的自然圖
景、生活事件和細節，在他的詩中不是「植入」的比喻和象徵，
而是像化石般保留著活的生命的印記。在短詩，以及一些長詩
的局部上，他傾心捕捉、並凝定某一瞬間，以轉化、構造具有
雕塑感的空間形象[42]。

---

[40] 這是邵燕祥的評語。昌耀在《播種者》這首詩中說，「……我在自己的作
坊卻緊扶犁杖／赤腳彎身對著堅冰墾殖播種。／每一聲坻裂都潛在著深淵
或大慟，／而我前衝的撲跌都是一次完形的摩頂放踵。／還留有幾滴鮮血、
幾瓣眼淚。」

[41] 《烘烤》是昌耀詩的題目。詩中寫道，「烘烤啊，烘烤啊，永懷的內熱如
同地火。／毛髮成把脫落，烘烤如同飛蝗爭食，／加速吞噬詩人貧瘠的脂
肪層。……」

[42] 昌耀在詩《聽候召喚：趕路》中寫道：「你，旅行者／沿途立起鑿刀／以
無名雕塑家西部尋根的愛火／──照亮摩崖被你重鑄的神祇」。有評論者
指出，這幾乎是昌耀創作的「精煉而概括的自道」；「在這裏趕路的旅行
者，同時也就是執有鑿刀的人，是創造雕塑的雕塑者……」（駱一禾、張
夫《太陽說：來，朝前走》，《西藏文學》1988 年第 5 期）。昌耀在一首
詩中寫道，「時間是具象。可雕刻。可凍結封存。可翻檢傳閱而讀。」（《曠

　　昌耀在當代詩界是「真實」的（在「邊緣」已成為另一種時髦時）邊緣者。八、九十年代頗長的時間裏，他與當代湧動不息的各種潮流無涉，也從未捲入詩界派別的紛爭之中。加上身處距政治文化權力中心遙遠的「外省」。重要的是，他對於詩美，對於詩歌「宗派」，對於榮辱興衰所持的態度，有可引發思考的地方：「我總是基於美的直覺以定取捨，而不盲從舉薦或服從脅迫。我總是樂於保持一種自由的向度，一種可選擇的餘地。其實，一切事理都是以一種被選擇的動態過程呈示，所謂『天下理無常是，事無常非』，唯時間一以貫之。」[43]者還使用了「中國新詩派」（《中國新詩》是他們在 40 年代創辦的刊物），「新現代派」（區別於戴望舒等的「現代派」）等稱謂。其後，這些詩人的詩集、詩論集多有出版重印。如袁可嘉的詩論集《論新詩現代化》，唐湜《新意度集》（在原來的《意度集》基礎上增補）。1996 年，中國文學出版社在名為「20 世紀桂冠詩叢」的叢書中，出版了《穆旦詩全集》（李方編）。在 80 年代，對「九葉」詩人的研究，影響較大有藍棣之的《正統的與異端的》（浙江文藝出版社 1988 年版）等論著。

　　原之野》）

43　昌耀《以適度的沉默，以更大的耐心》，《命運之書》第 305 頁。在這篇文章裏，昌耀又說，「一切宜在一定的時間截面去量取、把握，凡是得以發生、存在或延續者必有其這一切的緣由。反之亦然。我於藝術方法、風格、個性的態度僅是：暫且各行其是，衰榮聽任天擇。取極端說，世間並無詩名的不朽者。」

三、詩歌流派的確認

　　在 40 年代後半期，「綠原們」和「穆旦們」確實各自形成「詩群」的特徵，他們被看成當時詩歌界最富活力的「新生代」[44]。進入 50 年代，它們因不同的原因相繼從詩界消失。「文革」之後，它們中的一些詩人重新發表作品，歷史功績也得到重新評價，並從詩歌史上確認了它們作為重要詩歌流派的存在。在 80 年代，這種確認，和對它們的詩歌價值、經驗的闡釋，既是新詩史的「重寫」，也是「新時期」詩歌「復興」運動的組成部分。

　　1980 年，發生於 1955 年的「胡風反革命集團」案件得到「平反」，被迫害的作家（大多數為詩人）所蒙受的冤情得以更正。他們中的一些人陸續重返詩界，「七月詩派」的名譽也得到恢復。1981 年，綠原、牛漢編選的這一詩歌群體的詩合集《白色花》出版[45]，扉頁以阿壠寫於 40 年代的《無題》作為題辭：「要

---

[44] 唐湜在《詩的新生代》（《詩創造》第 8 輯，1948 年 2 月。該文收入唐湜《意度集》，上海，平原出版社 1950 年版）中，將綠原、穆旦和他的朋友稱為「詩的新生代」。說綠原他們「私淑著魯迅先生的尼采主義的精神風格，崇高，勇敢，孤傲，在生活裏自覺地走向了戰鬥」，他們「一把抓起自己擲進這個世界，突擊到生活的深處去」；而穆旦他們，則「氣質是內斂又凝重的，所要表現的與貫徹的只是自己的個性」，「永遠在自我和世界的平衡的尋求與破毀中熬煮」。

[45] 人民文學出版社 1981 年版。《白色花》入選的詩人為阿壠、魯黎、孫鈿、彭燕郊、方然、冀汸、鍾瑄、鄭思、曾卓、杜谷、綠原、胡征、蘆甸、徐放、牛漢、魯煤、化鐵、朱健、朱谷懷、羅洛。綠原在《白色花・序》中說，「即使這個流派得到公認，它也不能由這 20 位作者來代表；事實上，還有一些成就更大的詩人，雖然出於非藝術的原因，不便也不必邀請到這本詩集裏來，他們當年的作品卻更能代表這個流派早期的風貌。」這裏所說的詩人，當指艾青、胡風等。另外，《白色花》中沒有收入伍禾的詩，

開作一支白色花──／因為我要這樣宣告：我們無罪，然後我們凋謝」。這一引用雖說在詩意內涵上已有更易，但這仍是一個讓人感慨的「讖語」。

　　「七月詩派」的詩人們，大多在抗戰時期開始寫詩，且大多有著曲折的人生道路。他們在苦難的年代寫詩，又為詩蒙受苦難。因此，當他們「復出」而回顧自己的經歷時，某些經驗竟是如此相似[46]。他們「復出」後最初的作品，也就具有相近的，以人生的苦難體驗作為基點，去把握歷史的特徵。在詩的體式上，仍然依循他們的自由體詩傳統，追求感情表達和語言運用上的自然、樸素、流暢；但與他們早期的詩相比，也看出對「控制」的重視。這些詩人中，牛漢、綠原、曾卓、魯藜、羅洛、冀汸等，寫得較多。特別是牛漢，寫作持續不斷，成為八、九十年代的重要詩人之一。

　　和「七月詩派」不同，在 50 至 70 年代，並沒有「中國新詩派」（「九葉派」）的名稱；80 年代對這個流派的確認，具有明顯的「重塑」的性質[47]。「文革」結束後，辛笛、陳敬容、

據主編綠原說，是因為「他的家屬不同意，心有餘悸」。參見黎之《文壇風雲錄》第 21 頁，鄭州，河南人民出版社 1998 年版。

[46] 「憂患」、「苦難」是這些詩人「復出」後經常提及的「關鍵字」：「我……可以說是生長於憂患裏的，也可以說我是憂患的寵兒」（魯藜），「我和詩從來沒有共過歡樂，我和它卻長久共過患難」（綠原），「是人生和詩冶煉並塑造了我這個平凡的生命。……為了這個難題，一再地蒙受屈辱和災難」（牛漢），「當我真正懂得人生的嚴肅和詩的嚴肅時，卻幾乎無力歌唱了。這是我的悲哀」（曾卓）……

[47] 在 50 年代，「七月」詩派在有關中國新詩歷史的敘述（包括對它的批判）中，已得到普遍承認。而穆旦等的「中國新詩」（「九葉」）詩人，不管是作為詩人個體，還是詩歌群體，都未出現在任何詩史（文學史）的論述中。

杜運燮、鄭敏、唐祈、唐湜等陸續發表新作。但詩歌界將他們
作為群體看待，要遲至 1981 年《九葉集》[48]的出版。作為一個
新詩史上被普遍承認的「流派」，是 80 年代之後，當事人和研
究者敘述與闡釋的結果；就連它的最通用的名稱「九葉」，也
是此時所給定[49]。借助這部詩集，讀者看到「在那個黎明前的黑
暗年代裏，除了人們經常提及的諷刺詩、山歌和民歌體詩之外，
還有這麼一些不見經傳的美麗葉片在呼嘯，在閃光」[50]。流派的
這一「確認」，和「文革」後當代詩歌的藝術取向有直接關聯，
而穆旦等在新詩史上的地位也不斷提高。不過，讓他們有可能
繼續中斷多年的詩藝探索的時間來得稍晚。穆旦已於 1977 年去
世。杭約赫 50 年代之後不再寫詩。袁可嘉則專事外國文學研究。
辛笛、陳敬容、鄭敏、唐湜、唐祈、杜運燮等各有新作問世，
但多數人已難以和他們 40 年代的成果相比。只有鄭敏，在最近

---

[48] 南京，江蘇人民出版社 1981 年版。《九葉集》是辛笛、陳敬容、杜運燮、
杭約赫、鄭敏、唐祈、唐湜、袁可嘉、穆旦 9 人寫於 40 年代作品合集。「九
葉詩派」的名字由此而來。由於他們在 40 年代後期，集結於詩歌刊物《中
國新詩》，詩歌史家也有稱他們為「中國新詩派」的。辛笛等此後除各自
整理、出版收入新、舊作的詩集外，還出版了除杭約赫外的 8 位詩人 50 至
80 年代作品合集《八葉集》（三聯書店香港分店 1982 年版），作為對《九
葉集》的補充。

[49] 袁可嘉在《九葉集・序》中，以確認流派的自覺意識，來描述、歸納他們
在 40 年代後期的詩歌實踐。後來，袁可嘉又把他 1946-1948 年寫的詩論選
輯出版（《論新詩現代化》，北京，三聯書店 1988 年版，藍棣之編選）。
人民文學出版社 1992 年出版的《九葉派詩選》，列入「中國現代文學流派
叢書」中。80 年代及以後，對「中國新詩派」（「九葉派」）及其詩人的
研究，成為中國新詩史、文學史研究的熱點之一，有若干著作、大量論文
發表。在最初階段，藍棣之在研究和資料搜集上出力甚多。參見藍棣之《正
統的和異端的》（浙江文藝出版社 1987 年版）。

[50] 孫玉石《帶向綠色世界的歌》，《文藝報》1981 年第 24 期。

20 多年的寫作（包括詩歌理論研究），在當代詩界都發生了很大影響。

　　30 年代到 1944 年，是曾卓[51]詩歌創作的第一階段。此後，相當長的時間裏沒有詩集問世[52]。1955 年因為「胡風集團」案件被捕，獄中曾用詩來緩解孤獨的煎熬。這些標明寫於 50 至 70 年代的作品，據作者所說，當時沒有紙筆只是默記，後來才補錄公開發表。一部分是為孩子們寫的 30 多首《給少年的詩》，另一部分則是有關受難者情感和信念的記載；後者後來仍是他寫作的基本主題。在這些詩中，敘述者驚異於這突然襲來的風暴，期待著理解、友誼、愛情之手的伸出。有的時候，思緒情感寄託於自然「物象」。他以臨近深谷的懸崖邊的樹，創造一個有著沉重「時代感」的，掙扎然而不屈的形象——這首題為《懸崖邊的樹》的詩，在 80 年代常被用來說明眾多「復出者」相通的心態：落寞而不甘沉淪，遭遺棄而不倦地重新確定位置，品嘗孤獨而渴望被接納，有所怨恨但更多的是愛和信念。比較其他「七月」詩人「復出」後的詩，曾卓有溫煦的一面。牛漢說，「他的詩即使是遍體鱗傷，也給人帶來溫暖和美感。不論寫青春或愛情，還是寫寂寞與期待，寫遙遠的懷念，寫獲得第二次生命的重逢……節奏與意象具有逼人的感染力，淒苦中帶

51　曾卓（1922-2002），祖籍湖北黃陂，生於武漢。1941 年曾與鄒荻帆等編《詩墾地》詩刊，後就讀於中央大學（重慶、南京）。1944 年出版第一本詩集《門》。1955 年因「胡風集團」案被捕入獄。出版的詩集另有《懸崖邊的樹》、《老水手的歌》、《曾卓抒情詩選》、《給少年們的詩》等。

52　在 40 年代後期，胡風對他的詩不滿意，他的詩未能列入胡風主編的「七月詩叢」出版。50 年代後則因被列入「胡風集團」，使寫作、發表受阻。

有一些甜蜜。」又說，「他的人與詩都沒有自己的甲冑，他是一個赤裸的『騎士』。」[53]

　　按照曾卓的說法，綠原[54]的生活道路充滿了坎坷，沒有什麼浪漫色彩和玫瑰芬芳。第一部詩集是由胡風出版的《童話》（1942）：在陰冷的背景中，仍保有純真心靈，構撰夢幻般的境界。其後，詩轉向直面現實、揭發時弊的風格。50 年代前期的詩作明顯減少。對其緣由，綠原後來有頗為晦澀的解釋：由於當時那種「一些不應有而竟有，亟待克服而又無從著手的分歧意見」；還有「藝術見解的分歧一搞不好，就被視作政治立場的分歧」[55]。80 年代綠原引人矚目的幾首詩，是標明寫於受囚禁年月裏的《又一個哥倫布》、《重讀〈聖經〉》[56]等。他將與他命運相似的受難者，比喻為 20 世紀航行在「時間的海洋上」的哥倫布；「他的『聖瑪麗亞』不是一隻船」，而是監牢中「四堵蒼黃的粉牆」；而且，這個哥倫布已「形銷骨立，蓬首垢面」，仍堅信定會發現新大陸。但其實，所等待的不過是「時間」的「公正判決」：這是這個時代受難英雄崇高、也可悲憫的姿態。《重讀〈聖經〉》卻不是「自況」，而轉向對「文革」中出演

---

[53] 牛漢《一個鍾情的人──曾卓和他的詩》，《文匯》月刊（上海）1983 年第 3 期。此文為《曾卓抒情詩選》「代序」，中國文聯出版公司 1988 年版。

[54] 綠原（1922-），湖北黃陂人。16 歲開始過流亡的學生生活。讀高中時因受到迫害，從家鄉逃亡到重慶。40 年代初就讀於重慶的復旦大學。未及畢業到川北一個小縣當教師。1955 年因胡風集團案件受「隔離審查」。1942 年開始詩歌寫作。著有詩集《童話》、《又是一個起點》、《集合》、《人之詩》、《人之詩續編》、《另一支歌》、《我們走向海》等。另有散文集、外國文學論文集和外國文學翻譯多種。

[55] 綠原《人之詩·自序》，北京，人民文學出版社 1983 年版。

[56] 它們各自標明寫於 1959 和 1970 年，都是綠原沒有人身自由的年代。

的各式人等的刻畫；《聖經》中的故事、人物成為現實政治的隱喻和比附。綠原後來還發表了許多作品，如組詩形式的《西德拾穗錄》、《酸葡萄集》、《1986 年詩抄》等。由於環境和心理因素的變化，以往的直率、熱烈的風格，為冷靜的語調所取代。這種「理念化」和「書卷氣」傾向，作者自己雖然不大滿意，但並非就是弊病：選材與表現都更走向平淡、自然，哲思更多蘊含於信手拈來的吟詠中，這終歸是一個年老的學者更容易趨近的詩藝境界。

在「復出」的「七月」詩人中，牛漢[57]是成績顯著，並對自身的局限做出不斷調整的超越者。在中國現代詩人中，牛漢是屬於那種堅持詩和人生一體的詩人；詩是人的生命的實現，而生命又因詩得以豐富[58]。80 年代初，牛漢影響最大的，是「文革」間寫於湖北咸寧「五七幹校」，在 80 年代才公開發表的作品[59]。牛漢說，在古雲夢澤勞動了整整 5 年，「大自然的創傷與

---

[57] 牛漢（1923-）生於山西定襄。1940 年開始發表詩作。40 年代曾就讀西北大學。1946 年因參加學生運動入獄。1955 年因胡風案件被拘捕。50 年代初出版的詩集有《彩色的生活》、《祖國》、《在祖國面前》、《愛與歌》，「復出」後的詩集有《溫泉》、《海上蝴蝶》、《蚯蚓和羽毛》、《沉默的懸崖》，和詩選集《牛漢抒情詩選》、《牛漢詩選》等，並有多種詩論集和散文集出版。在八、九十年代，牛漢參與了重要的新文學史料刊物《新文學史料》（人民文學出版社）的編輯工作，並擔任 1985 年創刊的《中國》的執行副主編。

[58] 牛漢說，「我的詩和我這個人，可以說是同體共生的」：「經歷過戰爭、流亡、饑餓，以及幾次的被囚禁……幸虧世界上有神聖的詩，使我的命運才出現轉機」，「詩在拯救我的同時，也找到了它自己的一個真身（詩至少有一千個自己）。於是，我與我的詩相依為命。」（《牛漢詩選·代自序》，北京，人民文學出版社 1998 年版）。詩與人的這種關係，當然也是「七月詩派」的基本信念；「人與詩」是他們常用的一個片語。

[59] 這些詩寫於 1970-1976 年間，發表於 1980-1982 年間。主要有《鷹的誕生》

痛苦觸動了我的心靈」[60]。但也可以說，他所經驗的人生創傷和剛強，在「大自然」的創傷中找到詩歌構型的方式。枯枝、芒刺、荊棘構築的巢中誕生的鷹（《鷹的誕生》），荒涼山丘上，被雷電劈去半邊仍挺立的樹（《半棵樹》），受傷但默默耕耘的蚯蚓（《蚯蚓的血》），美麗靈巧，卻已陷於槍口下的麂子（《麂子，不要朝這邊跑》），……它們涉及美麗生命因毀滅的悲傷，和陷於困境而精神不屈的驕傲。《華南虎》一詩，常被看作是這個時期牛漢的「代表作」，並視為詩人精神性格的「自我寫照」。除了這些情感激烈的作品之外，牛漢的另一些詩（如《悼念一棵楓樹》），情緒會流溢般散播於以自然物作為客體的敘述中，作為情感、體驗的映象的自然物，也超出簡單比喻、象徵的關係。

這種物我對應的詩意構成方式，是牛漢這個時期作品的基本形態。80 年代中後期，牛漢意識到這種方式已趨於「固化」，並可能成為束縛。他開始了對這一「模式」的掙脫和超越[61]，由此出現了寫作上的「裂變」。這主要指《夢遊》、《空曠在遠

（《哈爾濱文藝》1980 年第 5 期），《毛竹的根》、《蚯蚓的血》（《詩刊》1980 年第 5 期）、《半棵樹》（《文彙》增刊 1986 年第 2 期）、《華南虎》（《詩刊》1982 年第 2 期）、《悼念一棵楓樹》（《長安》1981 年第 1 期）、《麂子，不要朝這裏奔跑》（《文匯》增刊 1980 年第 7 期）等。

[60] 指 1969 年 9 月到 1974 年 12 月，在湖北咸寧文化部「五七幹校」的勞動。《蚯蚓和羽毛》代序：《對於人生和詩的點滴回顧和斷想》。人民文學出版社 1986 年。

[61] 任洪淵敏銳指出：「牛漢這類主／客同構的詩，不斷重複的物／我對應的直線，只能是同一生命平面的延展。牛漢意識到這仍然是對生命的一種囚禁，他必需打破它。」《「白色花」：情韻・智慧・生命力——談曾卓、綠原、牛漢》，《詩刊》1997 年第 7 期。

方》，《三危山下一片夢境》等的發表。歷史語境的變化是重要因素，另外的重要原因是，生命挖掘在層面、深度上的轉移。考慮到《夢遊》1976 年就已動筆[62]，顯然，那時自我生命中的某些方面已被關注，但也被忽略和壓抑。80 年代後期寫作上的變化，表明牛漢已超越 40 年代「七月詩派」對完整、自足的生命個體的信心，察覺了它的內在裂縫和它的限度。這一體驗、認知，自然會導致詩歌經驗和想像力空間的開拓，導致新的詞語、表現方式的出現。牛漢曾說，他是「命定屬土的」，「每一個詞語下面都帶著一撮土，土是我的命根」。但他又說，「真渴望我的砂土一般苦澀而燥熱的語境和情境裏，能有一條小河潺潺有聲地流過」[63]。如果不只是從一般風格特徵的意義上來理解，那麼，是在擁有確定、執著、堅韌的詩性品格的同時，也表現了對另一品格——流動擴展，虛謙，探詢，隨物賦形——的傾慕。

穆旦[64]並沒有親歷「新時期」的「復出」，他在 1977 年就已病故。但他的寫於晚年的詩，是「新時期」詩歌的重要構成。1949 年，穆旦赴美國芝加哥大學研究院學習，1952 年底歸國，任教於南開大學。在 40 年代，處於創作高潮的穆旦，被認為是最能表現中國「現代知識份子令人痛苦的自覺性」的詩人。他

---

[62] 從 1976 年開始，《夢遊》前後凡三稿，改動頗大，1987 年改定。人民文學出版社的《牛漢詩選》收入各稿文本。

[63] 《談談我的土氣》，《命運的檔案》第 221-222 頁，武漢出版社 2000 年版。

[64] 穆旦（1917-1977），原名查良錚，祖籍浙江海寧，生於天津。在天津南開中學學習時開始新詩寫作。1935 年到 40 年代初，在清華大學、西南聯大學習。著有詩集《探險隊》、《穆旦詩集》、《旗》等。去世後，出版的詩集有《穆旦詩選》、《穆旦詩全集》等。

對於民族、歷史的審察，常常深入到對內心的剖析中。「對於
穆旦，現代主義的重要性在於它多少能看到表面現象以下，因
此而有一種深刻性和複雜性」，同時，「這也是他的語言的勝
利」[65]。他力避陳詞濫調，以自覺的態度和「新月」等浪漫詩風
的語言保持距離，把對那個時代的控訴深入到對內心「近乎冷
酷」的解剖，揭示「一個平凡的人」裏面蘊藏著的「無數的暗
殺，無數的誕生」（《控訴》）。個體探索、挖掘的這一主題，
在後來的寫作中繼續伸展（如發表於 1957 年的《葬歌》、《我
的叔父死了》[66]）。1958 年，他因為 1942 年任赴緬甸抗戰的中
國遠征軍翻譯，被定為「歷史反革命」，失去正常的教學、研
究的權利，此後一直在大學圖書館工作。到他去世的 20 年間，
以查良錚的本名和梁真的筆名，翻譯外國詩歌作品十餘種[67]。

---

[65] 王佐良《論穆旦的詩》，《穆旦詩全集》第 5 頁，北京，中國文學出版社
1996 年版。

[66] 穆旦 1957 年這些詩，在後來受到批評。如邵荃麟在《門外談詩》中引述了
穆旦這些詩句後認為，這裏的思想感情和語言都是「沙龍式」的，「不但
工農群眾聽不懂，就是知識份子聽了也要皺眉」（《詩刊》1958 年第 4 期）。
徐遲說，穆旦的「『平衡把我變成一棵樹』，寫得很隱晦，很糟糕。他是
有老祖宗的，可以指出他模仿英國的那幾個詩人。穆旦的詩確是很典型的
西風派」（《南水泉詩會發言》，河北保定，《蜜蜂》1858 年第 7 期）。

[67] 穆旦（查良錚）50-70 年代翻譯的文學理論和詩歌作品有：《文學概論》（季
摩菲耶夫）、《怎樣分析文學作品》（季摩菲耶夫）、《文學發展過程》
（季摩菲耶夫）、《波爾塔瓦》（普希金）、《青銅騎士》（普希金）、
《高加索的俘虜》（普希金）、《歐根·奧涅金》（普希金）、《普希金
抒情詩集》、《普希金抒情詩二集》、《加普利頌》（普希金）、《拜倫
抒情詩選》、《布萊克詩選》、《濟慈詩選》、《雲雀》（雪萊）、《別
林斯基論文學》、《雪萊抒情詩選》、《唐璜》（拜倫）、《普希金抒情
詩選集》、《拜倫詩選》、《普希金敘事詩選》、《英國現代詩選》、《丘
特切夫詩選》等。

　　也許是基於一種預感，在中斷詩歌寫作近 20 年後，1976年生命臨近終點的最後的半年多裏，穆旦重又動筆，留下了《智慧之歌》、《演出》、《冥想》、《自己》、《停電之後》、《秋》、《冬》等二十幾首作品。這是走過曲折的生命之途，「歇腳」時的回望和沉思[68]。它們也有一些觸及社會情勢，更多的仍是對現代生存境遇中個體生命，對現代知識者心理悲劇的質詢與揭示。這些作品，已少有 40 年代的尖銳、緊張，節奏趨於平緩，用語也樸素、冷靜，為回想的語調所籠罩（「寂靜的石牆內今天有了回聲」）。然而，也處處閃著因時間而「堆積」於內心的睿智，懷疑、反諷的精神態度，奧登式的語言方式也仍隨處可見。明白「沉默是痛苦的至高的見證」，卻不願讓痛苦在沉默中隨身而沒；驕傲於那「智慧之樹不凋」，又「詛咒它每一片葉的滋長」；愛、青春、友誼「使那粗糙的世界顯得如此柔和」，但對於「永久的流亡者」來說，「美」會很快「從自然，又從心裏逃出」，幻想的盡頭不過是「一片落葉飄零的樹林」。生命的回顧雖近於哀痛，但仍不放棄對於溫暖的期待。在以春、夏、秋、冬季節命名的四首詩中，穆旦以嚴冬為基點去回望曾有過的春綠和秋熟，追尋生命的價值和意義，使這一組詩具有繁複交錯的多重情緒的結構。1976 年底「文革」結束，然而「他沒有能夠嘗到『感情的熱流』所能給的『溫暖』」，

---

[68] 《秋》（1976）中寫道：「你肩負著多年的重載，／歇下來吧，在蘆葦的水邊，／遠方是一片灰白的霧靄／靜靜掩蓋著路途的終點。」這些作品，均公開發表在穆旦去世後的八、九十年代。《詩刊》1980 年第 2 期在「穆旦遺作選」的總題下，刊發《演出》、《春》、《友誼》、《有別》、《自己》、《秋》、《停電之後》、《冬》等作品。隨後，這批陸續在報刊發表。

這些作品成為「他遠行前柔情的告別」，他的這條河水，經過了「初生之苦的春旱」，「度過夏雨的驚濤」，「終於流入了秋日的安恬」（穆旦《秋》）[69]。

　　鄭敏[70]50 年代自美歸國後，因多種原由不再寫詩。1979 年秋，在參加了與辛笛、曹辛之、唐祈、陳敬容等為編輯詩合集《九葉集》而舉行的聚會後回家的路上，構思了在沉默 20 多年之後的第一首詩：《詩呵，我又找到了你》[71]。恢復寫作初期尚欠缺特色的詩中，值得稱道的是她對青年時代的記憶。在這裏，她尋找到與「年輕」時期藝術的銜接點，並將它轉化為創造的起點。建立與細緻、寧靜的哲思的聯繫，有賴於作者藝術個性中某些支柱的修復。一是與自然、與人的生活所建立的默契，一種身心參與的親切感，用心去捕捉自然呼吸的氣息和脈搏的跳動，借感覺的尖銳和細膩達到靈智上的呼應相通。二是戰勝觀察、思考上的狹窄視角，掙脫在「當代」形成的觀念束縛，

---

[69] 王佐良在《論穆旦的詩》（《穆旦詩全集》第 8 頁）中說，「1976 年初，他從自行車上摔下，腿部骨折了。1977 年 2 月，在接受傷腿手術前夕，他突然又心肌梗塞。一個才華絕世的詩人就這樣過早地離去了」。

[70] 鄭敏（1920-），福建閩侯人，生於北京。1943 年畢業於西南聯大哲學系。1952 年獲美國布朗大學英國文學碩士學位。回國後，在中國科學院文學研究所工作，1961 年後，任教於北京師範大學。著有詩集《詩集 1942-1947》、《尋覓集》、《心象》、《早晨，我在雨中採花》、《鄭敏詩集》。翻譯《美國當代詩歌》。另有《英美詩歌戲劇研究》等論文集。

[71] 收入鄭敏詩集時，題名為《如有你在我身邊（詩呵，我又找到了你）》。鄭敏後來說，「當時我正在公共汽車上馳回西郊。我們剛開過第一次『九葉』碰頭會，我也是第一次見到唐祈、陳敬容和曹辛之這幾位在京的『葉』友。由於大家的鼓舞，我覺得彷彿又回到了詩的王國，在汽車裏這首〈詩呵，我又找到了你〉突然連同它的題目、聲調、情感、詩行，完整地走入我的頭腦。」《鄭敏詩集·序》，《鄭敏詩集》第 9 頁，北京，人民文學出版社 2000 年版。

從紛紜的現象中體會到平凡，又從平凡中探尋深奧，在事物面前保持虛心、坦率的探尋的態度。詩藝「修復」上所要建立的連接，除了自身的創作實踐外，也包括曾私淑的里爾克、馮至等的詩歌經驗。這種創作意識，以及由此形成的抒情格調和冥想的哲理氛圍，在《古屍》、《曇花又悄悄地開了》、《白楊的眼睛》、《第二個童年與海》、《冬天懷友》等作品中，開始呈現。而寫於 1986 年的《心象》組詩，則是她「走出早期的詩歌語言，找到適合新的歷史時期的自己的風格」的標誌[72]。

於是，在她陸續發表的新作中，有對歷史運動（同時也是個體生命）的「太強的生是死的親吻」的體認。有對「不再存在的存在」──詩歌、音樂、宗教中力量的蹤迹的探尋。有對預置的邏輯程式偏離，而接受無意識的暗示和指引。形式上也有耐心的試驗，「格律」是其中的追求之一種：「相信詩的格律可以助你，迫使你打開自己靈魂深處的糧倉」。從《心象》開始，「超驗力量」，特別是「死亡」，是鄭敏詩歌的不斷涉及的主題。但她並不以無奈、畏懼的態度處理，而以宗教式的虔誠，與這「謎樣的力量」展開對話：「我知道有一刹那／一種奇異的存在在我身邊／我們的聚會是無聲的緘默／然而山也不夠巍峨／海也不夠盈溢」（《我從來沒有見過你》）。

組詩是鄭敏常用的寫作方式。有許多思緒和哲理，需要有一種阻斷，但又連綿延續的形式加以表達。它們在鄭敏的詩中，總能達到較高的水準。如《詩的交響》、《裸露》、《心象組詩》、《不再存在的存在》、《藍色的詩》、《秋的組曲》、

---

[72] 《鄭敏詩集》第 2 頁。

《生命之賜》等。寫於 90 年代初的十四行組詩《詩人與死》[73]，
是評論界和作者本人都重視的作品。詩的寫作，緣於「九葉詩
人」陳敬容和唐祈的相繼辭世。但它不是單純的悼亡詩。作者
在其中顯然放置了許多有關時代，有關歷史和個人的情感和思
考。要由它來承擔的有，對於亡友真摯的哀念，對於特定社會
歷史的批判，對於死亡的探詢，以及詩在當代的命運和可能的
探索：這些，圍繞著中國現代知識份子的命運這一中心展開。
《詩與形組詩》被作者稱為「試驗的詩」。這種試驗包括「讓
詩有畫的形」的「具象詩」，借用中國古典絕句寫的短詩，和
在「口頭白話」中加入「古典詩語」種種。這些試驗當然不是
鄭敏首創，試驗本身也不見怎樣出色。但具有創新活力的年輕
心態，總會讓人感動。

　　在八、九十年代鄭敏的詩歌理論中，值得注意的是它對中
國新詩所作的反思、檢討。她的《世紀末的回顧：漢語語言的
變革與中國新詩創作》[74]等文章，是新詩歷史上持續不斷的反省
的回聲與延續[75]。鄭敏所要做的，是「重新體認漢語傳統和古典

---

[73] 共 19 首。組詩在《人民文學》刊發時，題目誤為《詩人之死》。作者說，
「⋯⋯『與死』的原因，是死對於我來說本身就是一個重要的主題，可以
獨立於詩人，又與詩人的死有關。」（《讀鄭敏的組詩〈詩人之死〉》，
北京，《詩探索》1996 年第 3 期）。組詩收入《早晨，我在雨裏採花》和
《鄭敏詩集》中時，恢復《詩人與死》的題目。

[74] 刊於《文學評論》（北京）1993 年第 3 期。此外她的相關文章還有《中國
詩歌的古典與現代》（《文學評論》1995 年第 6 期）、《語言觀念必須變
革》（《文學評論》1996 年第 4 期）。

[75] 有批評家把鄭敏的這些論文，與 50 年代以來反省新詩的重要論著排列在一
起，稱為「當代自覺反思『新詩』語言、形式問題的新古典主義理論主張」
（王光明《現代漢詩的百年演變》第 659-660 頁）。這些論著有林以亮《論
新詩的形式》（署名餘懷，香港《人人文學》1953 年第 15 期），《再論

詩歌的魅力，為現代中國的詩歌尋找解困的策略」。她主張今
天詩歌的建構，「必須回接傳統的血脈，包括重新佔有被邊緣
化和『遺忘』的語言珠寶」[76]。由此，在 90 年代，引發了從語
言、形式上對新詩「局限」和發展道路的新一輪爭論。她的主
張，得到支持，也受到質疑[77]。

新詩的形式》（署名餘懷，香港《人人文學》1953 年第 18 期）；梁文星
（吳興華）《現在的新詩》臺北《文學雜誌》1956 年第 1 卷第 4 期；胡菊
人《論新詩的幾個問題》、《文化反芻：中文革命與伊薩‧龐德》（均收
入《文學的視野》，臺北，遠景出版事業公司 1986 年版）；余光中《談新
詩的語言》（收入《掌上雨》，台北，大林出版社 1984 年版）；葉維廉《比
較詩學》（台北，東大圖書公司 1983 年版）、《中國詩學》（北京，三聯
書店 1992 年版）。

[76] 王光明《現代漢詩的百年演變》第 660 頁，石家莊，河北人民出版社 2003
年版。

[77] 參見奚密《現代漢詩的文化政治》（《學術思想評論》第 5 輯，賀照田主
編，遼寧大學出版社 1999 年版），臧棣《現代性與新詩的評價》（《現代
漢詩：反思與求索》，作家出版社 1998 年版）等。

第十九章

新詩潮

一、《今天》與朦朧詩

　　80 年代，當代詩歌中的創新活力，主要來自「崛起」的，以青年詩人為主體的「新詩潮」。60 年代後期至 70 年代期間，一些地方存在著後來稱為「地下詩歌」的寫作活動。「文革」結束之後，社會政治、詩歌文化環境出現重要變化。在目標上，帶有與「當代」前 30 年的詩歌主流「斷裂」的詩歌思潮開始湧動，這一詩潮當時難以為「主流詩界」所認可。不過，在主要是城市知識青年和大學生的閱讀群體中，已迅速蔓延，並產生強烈反響。作品在公開出版的報刊上登載的可能性很小，因而，大多採用「非正式」的發表方式：文革期間延續下來的傳抄仍是手段之一；自辦詩報、詩刊，自印詩集也開始風行。

　　最早創辦且影響廣泛，並成為「新詩潮」標誌的自辦刊物，是 1978 年 12 月創刊於北京，由北島、芒克等主編的《今天》[1]。

---

[1]　創刊於 1978 年 12 月 23 日，由北島、芒克等主辦。關於《今天》的主辦者、編委，以及參加工作的人員，前後發生許多變化。詳細情況參見廖亦武等主編的《沉淪的聖殿》（烏魯木齊，新疆青少年出版社 2000 年版）《今天》除詩歌外，刊登了萬之、北島的多篇短篇小說。北島的小說有中篇《波動》、短篇《在廢墟上》、《稿子上的月亮》、《歸來的陌生人》（均署石默）、《旋律》（署艾珊）。刊登格林（英）、葉甫圖申科（蘇）、小庫爾特‧

創刊號上署名「本刊編輯部」的《致讀者》（代發刊詞，由北島執筆），在引用了馬克思的論述來批判「文革」實行的「文化專制」之後，表達了這些革新者的「創世紀」式的激情和主張：「……『四五』運動[2]標誌著一個新時代的開始，這一時代必將確立每個人生存的意義，並進一步加深人們對自由精神的理解；我們文明古國的現代更新，也必將重新確立中華民族在世界民族中的地位，我們的文學藝術，則必須反映出這一深刻的本質來。」[3]《今天》共出版 9 期。它發表了食指、芒克、北島、方含、舒婷、顧城、江河、楊煉、嚴力等的寫於「文革」期間，和寫於當時的作品；其中，不少後來被看作是朦朧詩的「代表作」[4]。除刊物外，還出版《今天》文學資料 3 期，《今天》叢書 4 種[5]。其間還組織過詩歌朗誦活動，並協助舉辦當時

馮尼格特（美）等的短篇小說，多篇評論文字，以及攝影和美術作品等。

[2] 指發生在 1976 年 4 月間的「天安門事件」，在「文革」後一段時間，被許多人稱作具有與「五四運動」同樣意義的「四五運動」──引者注。

[3] 《致讀者》隨後宣告：「今天，當人們重新抬起眼睛的時候，不再僅僅用一種縱的眼光停留在幾千年的文化遺產上，而開始用一種橫的眼光來環視周圍的地平線了。……我們的今天，植根於過去古老的沃土裏，植根於為之而生，為之而死的信念中。過去的已經過去，未來尚且遙遠，對於我們這代人來說講，今天，只有今天！」在現代中國，政治、文化的變革者都無例外地有著對「今天」，對「新時代」、「新紀元」的強烈意識。

[4] 如舒婷的《致橡樹》、《中秋夜》、《四月的黃昏》、《呵，母親》，北島的《回答》、《冷酷的希望》、《太陽城札記》、《一切》、《走吧》、《陌生的海灘》、《宣告》、《結局或開始》、《迷途》，芒克的《天空》、《十月的獻詩》、《心事》、《路上的月亮》、《秋天》、《致漁家兄弟》，食指的《相信未來》、《命運》、《瘋狗》、《魚群三部曲》、《四點零八分的北京》、《憤怒》，江河的《祖國啊，祖國》、《沒有寫完的詩》、《星星變奏曲》，顧城的《簡歷》，楊煉的《烏篷船》，方含的《謠曲》等。

[5] 芒克詩集《心事》，北島詩集《陌生的海灘》，江河詩集《從這裏開始》，艾珊（即趙振開、北島）中篇小說《波動》。

著名的先鋒美術活動「星星畫展」。到了 1980 年 9 月，《今天》
被要求停刊。其後成立「今天文學研究會」也很快停止了活動[6]。

　　在 79 至 80 年間，《今天》詩人的作品的廣泛流傳，已是
無法視而不見的事實。一些「正式」出版的文學刊物，也開始
慎重、有限度地選發他們的作品。1979 年 3 月，《詩刊》刊出
發表於《今天》創刊號上的北島的《回答》；繼之，舒婷同樣
刊於《今天》的《致橡樹》、《祖國啊，我親愛的祖國》等詩
也為《詩刊》所登載。1979 年 10 月的《星星》（成都）在頭條
位置，發表顧城的《抒情詩 19 首》，並配以公劉的評論。《詩
刊》繼選載北島、舒婷作品之後，1980 年第 4 期又開闢「新人
新作小輯」的專欄。當年 8 月，《詩刊》邀集舒婷、顧城、江
河、梁小斌、張學夢、葉延濱、高伐林、徐敬亞、王小妮等參
加「改稿會」，並在該刊第 10 期，以「青春詩會」[7]的專輯發
表他們的作品和詩觀。這讓由《今天》引領的新詩潮影響進一
步擴大。1980 年創辦的詩歌理論刊物《詩探索》，在《請聽聽
我們的聲音》[8]的總題下，刊登了江河、舒婷、顧城、梁小斌、
徐敬亞、高伐林、張學夢等的筆談。中國需要「全新的詩」，
需要調整和改善人們對詩的感受心理，應該允許進行探索——
是筆談的主要觀點。在此期間，各地的刊物，也都陸續刊發青

6　1980 年 9 月，根據政務院 1951 年的法令「刊物未經註冊，不得出版」，
　要求《今天》雜誌停刊。後申請註冊復刊，不被允許。12 月再次通知《今
　天》停止一切活動。

7　《詩刊》「青春詩會」的組織和發表方式，一直延續至今；其宗旨是發現、
　推出詩界的有潛力的新人。

8　專欄標題這一祈請、籲求的語調，雖然主要出自刊物主辦者之口，但也反
　映了當時詩歌革新者爭取主流詩界理解、接納的意願。

年詩人的作品；其中，具有新銳的探索性的作品，佔有顯要位置[9]。

　　對以《今天》為代表的「新詩潮」的評價，很快成為詩界的中心問題。意見的歧異，和爭論的激烈程度出人意外。最早在「正式」出版物上討論這一詩潮的，是「復出」詩人公劉[10]。曾經有過思想、文學探索而命運坎坷的公劉，對顧城等的作品基本上持理解、同情的態度。但基於他的政治、文學觀，也為顧城等在講述歷史時的「片面」，以及意象的破碎而擔憂；主張要給予「引導」，「避免他們走上危險的道路」[11]。不過，「新詩潮」詩人中的激進探索者，並不認可這種「引導」的論調和被引導的位置[12]。1980 年 4 月在南寧召開的，以新詩現狀和展望為主題的「全國詩歌討論會」上，北島、顧城、舒婷等的作品的評價，成為爭論的焦點。有趣的是，不論是認為新詩將出現繁榮前景，還是認為已陷於深重危機者，都把很大一部分原

---

[9]　這些刊物有《星星》（成都）、《上海文學》、《萌芽》（上海）、《安徽文學》（合肥）、《青春》（南京）、《醜小鴨》（南京）、《芒種》（鄭州）、《春風》（瀋陽）、《長江文藝》（武漢），《四川文學》（成都）等。

[10]　公劉的文章題為《新的課題——從顧城同志的幾首詩談起》，載《星星》（成都）復刊號，1979 年 10 月出版。《文藝報》1980 年第 1 期全文轉載，並加了編者按語。

[11]　《文藝報》轉載公劉文章所加的《編者按》也認為，「他們肯於思考，勇於探索，但他們的某些思想、觀點，又是我們所不能同意，或者是可以爭議的。如視而不見，任其自生自滅，那麼人才和平庸將一起在歷史上湮沒；如加以正確的引導和實事求是的評論，則肯定會從大量幼苗中間長出參天大樹來。」

[12]　針對公劉和文學界有關的「引導」的說法，青年詩人和一些批評家曾私下議論道，還不知道是誰「引導」誰；是顧工引導顧城，還是顧城引導顧工？（顧工為顧城之父，50 年代初開始寫詩的軍隊詩人。）

因歸結為這類詩歌的出現。南寧會議後不久，詩評家謝冕發表了《在新的崛起面前》[13]一文，對「不拘一格、大膽吸收西方現代詩歌的某些表現方式」，「越來越多的『背離』詩歌傳統」的「一批新詩人」給予支持。支持的依據，來自於他對詩歌「適應社會主義現代化生活」的要求（這其實也是新詩潮批評者批評的依據[14]）。謝冕以「歷史見證人」的身份籲請詩界的寬容：「對於這些『古怪』[15]的詩」，主張「聽聽、看看、想想，不要急於『採取行動』」，「急著出來『引導』」；說「我們有太多的粗暴干涉的教訓（而每次粗暴干涉都有著堂而皇之的口實），我們又有太多的把不同風格，不同流派，不同創作方法的詩歌視為異端，判為毒草而把它們斬盡殺絕的教訓。而那樣做的結果，則是中國詩歌自五四以來沒有再現過五四那種自由的、充滿創造精神的繁榮。」在此後的多篇文章中，這位批評家以他理想的「五四」精神作為尺規，表達了營造自由的藝術創造空氣、支持多元並立的創新的看法。接著，孫紹振、徐敬亞也分別撰文，對這一詩歌潮流給予熱情支持[16]。到了 1980 年

---

[13] 此為謝冕在「全國詩歌討論會」上的發言，經整理後刊發於《光明日報》（北京）1980 年 5 月 7 日，和《詩探索》（北京）1980 年第 1 期。

[14] 新詩潮的大多數支持者與批評者，在當時其實擁有相同的前提，分歧在於對「現代化生活」，以及詩歌和「現代化生活」關係的不同想像。

[15] 詩評家丁力等把這些有爭議的詩稱為「古怪詩」。後來，《新詩的發展和古怪詩》（《河北師院學報》1981 年第 2 期）中，正式肯定了這一說法：「『朦朧詩』這個提法很不準確，把問題提輕了。……我的提法是古怪詩，也就是晦澀詩。」「現在的古怪詩，不是現實主義的，有的甚至是反現實主義的。它脫離現實，脫離生活，脫離時代，脫離人民。」他並將支持「朦朧詩」的觀點，稱為「古怪詩論」（《古怪詩論質疑》，《詩刊》1980 年第 12 期）。

[16] 孫紹振《新的美學原則在崛起》，《詩刊》1981 年第 3 期；徐敬亞《崛起

下半年，這些備受爭議的詩獲得一個同樣備受爭議，卻延續下來的命名：「朦朧詩」[17]。1980 年，新思潮論爭的另一熱點發生在福建省。《福建文學》（福州）以當時已獲得大量讀者，但仍褒貶不一的舒婷的詩作為對象，展開長達一年的從這一年的「新詩創作問題」的討論；論題並從對新詩潮，進而擴展至中國新詩 60 年的經驗和問題。在「朦朧詩」論爭中，支持者普遍指出，青年詩歌摒棄空洞、虛假的調頭，厭惡陳腐的套式，探索新的題材、新的表現方法和風格，是「對權威和傳統的神聖性」的挑戰，是「新的美學原則的崛起」；它推動了當代詩歌自由創造、多元並立的藝術創新局面的出現。批評者則認為「朦朧詩」思想藝術傾向不健康，撿拾西方「現代派」的餘唾，表現了「反現實主義」的性質。按照中國當代慣用的分析方法，它們被指為詩歌的「逆流」[18]。到後來，對「朦朧詩」的批評，

的詩群》，《當代文學思潮》（蘭州），1983 年第 1 期。與謝冕的文章一樣，它們在標題上都使用「崛起」這個詞，便被稱為「三個崛起」。

[17] 1980 年 8 月，《詩刊》發表章明的《令人氣悶的「朦朧」》一文，對那些「寫得十分晦澀、怪僻，叫人讀了幾遍也得不到一個明確印象，似懂非懂，半懂不懂，甚至完全不懂，百思不得其解」的詩，稱為「朦朧體」。文中的舉例雖不是《今天》詩人的作品，但談及的現象，和後來爭論的舉證，大多與「新詩潮」的探索者有關，如卞之琳所言：「這位批評家雖然不中要害，卻也不是無的放矢」（《今日新詩面臨的藝術問題》，《詩探索》1981 年第 3 期）。對於「朦朧詩」命名，一些詩人、詩評家後來指出，「朦朧詩」的稱謂，並不能概括《今天》詩人為主的詩歌內涵和特徵，有的且說「朦朧詩」「這是由外行發明的一個低智商術語」。但這一稱謂目前仍被廣泛接受。文學史上的命名歷來都有複雜的情形，常有「約定俗成」的成分。

[18] 「朦朧詩」論爭的文章刊發於文學刊物和多家報紙，主要文章可參見《朦朧詩論爭集》（姚家華編，學苑出版社 1989 年版）。批評性的觀點有，「所謂『朦朧詩』，是詩歌創作的一股不正之風，也是我們新時期的社會主義

更多地轉移到持支持態度的詩歌批評家身上。在 1983-1984 年間的「清除精神污染」政治運動中，「三崛起」被看作是有「代表」性的「錯誤理論」，是「程度不同並越來越系統地背離了社會主義的文藝方向和路線，比起文學領域中其他的錯誤理論更完整、更放肆」，因而「不能低估」「它們給詩歌創作和詩歌理論帶來的混亂和損害」[19]。但時過境遷，這種威嚇已經難以產生如在 50-70 年代的那種效果。新詩潮的影響迅速擴大，並確立了它在中國當代詩歌轉折期的地位。

　　《今天》或「朦朧詩」不是傳統意義上的詩歌流派。但其成員在詩歌精神和探索意向上具有共同點。其思想意義和詩學貢獻是多方面的。詩歌寫作上對「個體」精神價值的強調，是

文藝發展中的一股逆流」，「門戶開放以後，……有一些外國資產階級腐朽落後的文藝思潮和流派，在我國也泛濫起來，這是『朦朧詩』等產生的國際方面的影響」（臧克家，載《河北師院學報》1981 年第 1 期）；「朦朧詩」的創作者和提倡者的「理論的核心，就是以『我』作為創作的中心，每個人手拿一面鏡子只照自己，每個人陶醉於自我欣賞」，「這種理論，排除了表現『自我』以外的東西，把『我』擴大到了遮掩整個世界」（艾青，載上海《文匯報》1981 年 5 月 12 日）。有的批評家把這些詩稱為「古怪詩」，說「現在的古怪詩，不是現實主義的，有的甚至是反現實主義的。它脫離現實，脫離生活，脫離時代，脫離人民。……古怪詩的特點，就是玩弄恍惚朦朧的形象，表達閃閃爍爍的思想」（丁力，載《河北師院學報》1981 年第 2 期）。

[19] 《重慶詩歌討論會紀要》（呂進，見《文藝報》1983 年第 12 期。這期間對「崛起論」批評，尚有《在「崛起」的聲浪面前——對一種文藝思潮的剖析》（鄭伯農，《詩刊》1983 年第 6 期。該文又先後刊於《當代文藝思潮》、《文藝報》、《光明日報》），《給徐敬亞的公開信》（程代熙，《詩刊》1983 年第 11 期），《關於詩的對話——在西南師範學院的講話》（柯岩，《詩刊》1983 年第 12 期）等。在這種壓力下，徐敬亞發表了自我批評的文章（《時刻牢記社會主義的文藝方向》，1984 年 3 月 5 日《人民日報》）。

首要的一點。《今天》和「朦朧詩」的「啟蒙主義」激情，歷史承擔的崇高、但也有些自戀的姿態，突破「當代」詩歌語言、想像模式的變革，對當時的詩界形成強烈衝擊，也給後繼者提供了前行的動力和經驗。雖說「朦朧詩」的命名常為人所詬病，但它的價值也許又正在於「朦朧」。朦朧、晦澀在「當代」中國，並非單純的風格層面的問題。朦朧詩與當時「環境」構成的緊張衝突，根源於它的語言的「異質性」，它表現了某種程度的「語言的反叛」：「拒絕所謂的透明度，就是拒絕與單一的符號系統」的「合作」[20]。

　　朦朧詩在論爭中確立其地位，同時也建構了自身的「秩序」。這涉及到朦朧詩的定義，「代表性」成員、「經典」文本的確立等諸多方面；也涉及「朦朧詩」與《今天》、與「文革」中的「地下詩歌」等的關係的理解。從 80 年代初到 90 年代後期，對這些問題所做的不同闡釋，一直在進行[21]。由於「朦

---

[20]　劉禾《持燈的使者·編者的話》，第 XVI 頁，香港，牛津大學出版社 2001年版。

[21]　如哪些詩人可以看作是「朦朧詩人」，和它的「代表性」詩人，看法存在差異。1982 年遼寧大學中文系編印的《朦朧詩選》（油印本），收舒婷、芒克、北島、顧城、江河、楊煉、梁小斌、王小妮、呂貴品、徐敬亞、杜運燮、傅天琳 12 人作品。徐敬亞《崛起的詩群》一文中列舉的詩人名單，比起《朦朧詩選》來，少了芒克、徐敬亞、呂貴品、杜運燮，增加了孫武軍。1985 年《朦朧詩選》（閻月君編）修訂本（春風文藝出版社）刪去杜運燮，增加武軍。1986 年作家出版社出版詩集《五人詩選》，北島、舒婷、顧城、江河、楊煉似乎成了「朦朧詩」最重要代表。徐敬亞等編的《中國現代主義詩群大觀 1986-1988》（上海，同濟大學出版社 1988 年版），列為「朦朧詩派」的成員是北島、江河、芒克、多多、舒婷、楊煉、顧城、駱耕野、梁小斌、王家新、王小妮、徐敬亞。在 80 年代後期到 90 年代的多種當代文學史、詩歌史著作中，相當一致的將北島、舒婷、顧城、江河、楊煉作為最重要的評述對象。春風文藝出版社《朦朧詩選》2002 年再版時，

朧詩」地位開始顯赫，並在很大程度上成為當代詩歌「復興」的標誌，80 年代中期以後，建構將「朦朧詩」包含在內的，與當代「主流」詩歌剝離（甚至「對抗」）的詩歌史線索，受到批評界的重視。零碎、雜亂的記憶與不多的資料，在這一敘述目標中，得到加工、串連、整合。發掘被壓抑（「地下」）的詩歌，一是作品的搜集、整理和出版，另一是「新詩潮」歷史脈絡的「清理」和意義的闡釋。在「地下詩歌」的發掘中，對食指重要性的指認，和「白洋淀詩群」面貌的浮現，是最重要的成果[22]。

二、新生代或「第三代詩」

1983 年以後，《今天》作為「詩群」已不存在，「朦朧詩」的新銳勢頭也在衰減。部分原因在於「朦朧詩」影響擴大所產生的大量模仿、複製，詩藝本來有限的革新被過度揮霍。更為主要的因素是，受惠於「朦朧詩」，對新詩抱有更高期望的「更年輕的一代」認為，「朦朧詩」雖然開啟了探索的前景，但遠不是終結，它被過早「經典化」；詩歌表現領域和詩歌語言尚

增加了食指和多多。
[22] 「地下詩歌」的發掘和意義的闡釋，體現在這個時期出版的回憶錄、詩歌選本、資料彙編和研究論著中。重要的如《新詩潮詩集》（北京大學五四文學社編印 1985 年版），楊健《文化大革命中的地下文學》（北京，朝華出版社 1993 年版），《詩探索》1994 年總第 16 期上「白洋淀詩歌群落」專欄，劉禾主編《持燈的使者》（香港，牛津大學出版社 2001 年版），廖亦武主編《沉淪的聖殿——中國 20 世紀 70 年代地下詩歌遺照》（新疆青少年出版社 1999 年版），郝海彥主編《中國知青詩抄》（北京，中國文學出版社 1998 年版）等。

有拓展的很大空間。此時，社會生活「世俗化」的加速，公眾
高漲的政治熱情有所滑落，讀者對詩的想像也發生變化。國家
賦予詩（文學）政治動員、歷史敘述責任承擔的強度明顯降低。
「新詩潮」後續者大多出生於 60 年代，他們獲得的體驗，和「朦
朧詩」所表達的政治倫理不盡相同，不可能無保留地接受雄辯、
詰問、宣告的敘述模式。80 年代中期前後，「純文學」、「純
詩」的想像，已成為文學界創新力量的主要目標。在當時的歷
史語境中，這既帶有「對抗」的政治性含義，也表達了文學（詩）
因為「政治」長久過多纏繞而謀求「減壓」的願望。「新的詩
歌」此時應運而生。各地（尤其是大學）自辦的詩歌刊物雖然
仍有許多「朦朧詩」的仿作，但也出現不少脫離「朦朧詩」「範
式」的作品[23]。「新詩潮」後繼者作品，也不得已地主要採取自
辦詩報、詩刊，自印詩集的發表方式；總體上說，當時仍處於
被漠視的狀態下[24]。為了「突圍」，他們利用一段時間掌握的媒
體，來製造大規模的斷裂、嘩變的景觀。1986 年 10 月，《深圳
青年報》和《詩歌報》（安徽合肥）聯手舉辦「中國詩壇 1986

---

[23] 如柏樺的《表達》、《春天》，張棗的《鏡中》、《何人斯》，陳東東的
《語言》、《雨中的馬》、《點燈》，于堅的《尚義街六號》、《作品 39
號》，呂德安的《沃角的夜和女人》、《我和父親》，韓東的《溫柔的部
分》、《有關大雁塔》，翟永明的組詩《靜安莊》、《女人》，以及梁曉
明、張真、歐陽江河、陸憶敏、王寅、小君等的一些作品，都顯示了探索
方向轉移的徵兆。

[24] 後來，也出版了不多的收入他們作品的詩歌選本，如《探索詩集》（收入
部分新生代詩人作品，上海文藝出版社 1986 年版），唐曉渡、王家新編選
《中國當代實驗詩選》（瀋陽，春風文藝出版社 1987 年版），牛漢、蔡其
矯主編《東方金字塔——中國青年詩人 13 家》（合肥，安徽文藝出版社 1991
年版）等。一些支持探索的刊物，如丁玲、牛漢主編的《中國》（後被中
國作協要求停刊），也刊載他們的一些作品。

現代詩群體大展」[25]，陳列了「朦朧詩」後自稱的「詩派」60
餘家[26]。「大展」主持者對當時「民間」的詩歌景觀做了這樣的
「廣告」式的描述：「要求公眾和社會給以莊嚴認識的人，早
已漫山遍野而起」，「1986——在這個被稱為『無法抗拒的年
代』，全國兩千多家詩社和十倍百倍於此數位的自謂詩人，以
成千上萬的詩集、詩報、詩刊與傳統實行著斷裂，將 80 年代中
期的新詩推向了瀰漫的新空間，也將藝術探索與公眾準則的反
差推向了一個新的潮頭。至 1986 年 7 月，全國已出的非正式列
印詩集達 905 種，不定期的列印詩刊 70 種，非正式發行的鉛印
詩刊和詩報 22 種。」[27]

　　新生代（「第三代詩」）採取組織詩歌社團、發表宣言的
「運動」方式開展。其參與者的集結地，主要分布在南方的四
川、上海、南京一帶。「新生代」或「第三代詩」的稱謂後來
也得到廣泛使用，但存在不同的理解。一種意見是，它專指始
於 80 年代前期由韓東、于堅等發動，由「他們」、「非非主義」、
「莽漢主義」等社團繼續展開的詩歌線索。主張詩與「日常生

---

[25] 在 1986 年 10 月 21 日和 24 日分 3 輯刊出。《詩歌報》刊第一輯，《深圳
　　青年報》第二、三輯。因為使用六號字，總字數達到 13 萬字。「大展」主
　　要籌劃者為徐敬亞、姜詩元。兩年後，由徐敬亞、呂貴品、曹長青等將這
　　些材料整理、補充，出版了《中國現代主義詩群大觀 1986-1988》（上海，
　　同濟大學出版社 1988 年版）。
[26] 展示的「詩派」的名目有：非非主義、整體主義、大學生詩派、流派外離
　　心份子、野牛詩派、新傳統主義、莽漢主義、莫名其妙派、他們、新口語
　　派、日常主義、海上詩派、撒嬌派、闡釋主義、男性獨白、深度意象、地
　　平線詩歌實驗小組、八點鐘詩派、病房意識、體驗詩、生活方式、三腳貓、
　　黃昏主義等等。「大展」的主持者認為，人們將從這裏「飽覽和對比突進
　　在不同詩藝空間的本時代中國現代詩的各路中堅」。
[27] 見 1986 年 9 月 30 日的《深圳青年報》和安徽《詩歌報》。

活」建立有「實效」性質的關聯，與浪漫主義的詩意性質、語言構成保持警覺的距離，在詩歌風貌上呈現「反崇高」、「反意象」和口語化的傾向。另外的理解，則將「第三代詩」看作「朦朧詩」之後的青年先鋒詩的整體，泛指「朦朧詩」之後的青年實驗詩潮。因而，「反崇高」、「口語化」等特徵並非「第三代詩」的全部，與此並存的還有別一傾向的展開，即將超越的浪漫精神和詩藝的「古典主義」結合，在展開的現實背景上，執著於人的精神提升的探索。

　　作為有一定影響的詩歌團體，南京的「他們文學社」創立於 1984 年冬[28]。「成員」有韓東、于堅、呂德安、王寅、小君、陸憶敏、丁當、于小韋、朱文、朱朱等人。《他們》的作者來自不同城市和地區，詩歌風格也互有差異。自 1985 年至 1995 年，這份民辦刊物共出版九期。據韓東稱，「《他們》僅是一本刊物，而非任何文學流派或詩歌團體」，「它沒有宣言或其他形式的統一發言，沒有組織和公認的指導原則。它的品質或整體的風格（如果有的話）也是最終形成的結果，並非預先設計」[29]。不過，就《他們》最主要成員及其影響而言，在八、九十年代的詩歌語境中，其詩歌品質的共同點卻可以予以辨認。「回到詩歌本身」、「回到個人」，以及語言上對於「日常口語」的重視——是他們後來對其整體傾向的總結[30]。在紛繁雜亂

---

[28]　據《中國現代主義詩群大觀 1986-1988》的記載，他們文學社創立時間為 1984 年冬，而 1998 年 5 月灕江出版社出版的《他們 1986-1996》（《他們》十年詩歌選）「後記」，稱《他們》這一民間文學刊物 1985 年創辦。

[29]　《〈他們〉略說》，《詩探索》（北京）1994 年第 1 輯。

[30]　見韓東為「他們文學社」寫的《藝術自釋》（《中國現代主義詩群大觀 1986-1988》第 52-53 頁），和發表於 1994 年的《〈他們〉略說》（《詩探

的「第三代詩」的「詩歌暴動」中，「他們」確立了自身的詩學基礎和實踐路向。這些主張，無論是作為詩歌指向，還是作為詩歌風格，對「朦朧詩」之後的當代詩歌「轉變」，起了重要推動作用。其中一些重要作品，呈現一種「滿不在乎」的，「存心抹煞想像與本質的界限」的傾向，被有的批評家稱為「表現出更刻骨的陰影、疲竭和黑暗」的「日常還原主義」集團[31]。某些詩作的乾淨、清晰，具體的語言形態，呈現了中國新詩前此較為少見的風貌。韓東這個期間提出的「詩到語言為止」，也一度成為引起爭議的詩學論題。

在 80 年代中期，上海的「新生代」顯示了另一重要向度：關注城市人的生活與精神處境，和詩藝上重視控制的「古典主義」趨向。孟浪、劉漫流、王寅、陸憶敏、陳東東、宋琳、張真、默默、張小波等大多就讀（或畢業）於這座城市的幾所大學[32]。組織的詩社有「海上」、「大陸」、「撒嬌」等。「撒嬌派」[33]類乎四川的「莽漢主義」，卻沒有「莽漢」的野性；這可以看作是與地域文化相關的美學趣味差異。最重要的「詩群」

索》1994 年第 1 輯）。《〈他們〉略說》指出，「回到詩歌本身是《他們》的一致傾向。『形式主義』和『詩到語言為止』是這一主張的不同提法。」為何以「他們」命名，是因為它透露了「那種被隔絕同時又對相對獨立的情緒」（韓東《〈他們〉，人和事》，《今天》1992 年第 1 期）。

[31] 陳超《打開詩的漂流瓶》第 308 頁，河北教育出版社 2003 年版。

[32] 孟浪 1982 年畢業於上海機械學院。宋琳、劉漫流、張小波畢業於華東師範大學。王寅、陳東東、陸憶敏、京不特畢業於上海師範師範大學。張真畢業於復旦大學。

[33] 京不特撰寫的《撒嬌宣言》稱，「活在這個世界上，就常常看不慣。看不慣就憤怒，憤怒得死去活來就碰壁。」「光憤怒不行。想超脫又捨不得世界。我們就撒嬌。」參見《中國現代主義詩群大觀 1986-1988》第 175-176 頁。

是「海上」。出版總共只有 4 期的《海上》詩刊。終刊號（1990）名為「保衛詩歌」，扉頁引用里爾克的「哪有什麼勝利可言，挺住就是一切！」這個「挪用」，寄託著特定情境中對詩歌「責任」的理解。詩人們的孤獨感，源自生活在這個東方大都市的「無根」的、紛亂的狀態所帶來的精神焦慮，他們試圖通過詩歌「恢復人的魅力」。作品普遍有更多的「知性」色彩和矜持的「貴族」氣息。一些作品，寫城市日常生活的荒誕，人的孤獨。死亡是經常涉及的主題。另外，懷舊作為一種「逃離」或「自救」的方式，也普遍出現在他們的作品中。

　　從 1984 年開始的以後幾年裏，四川是「新生代」實驗詩歌最活躍的地區。引人注目的最先是所謂「現代史詩」的寫作；他們以「整體主義」、「新傳統主義」等不同的名稱來概括他們的藝術追求。「整體主義」的倡導者有石光華、楊遠宏、劉太亨、宋渠、宋煒等，「新傳統主義」的人物則是廖亦武、歐陽江河。他們的詩作與楊煉這一時期的藝術探索有更多聯繫。對於「傳統」的認知態度其實各有差異：有的想從民族文化的「磁心」中尋求現代人擺脫現實困境和精神危機的機遇，有的則是在對「傳統」的回歸中，來動搖「外在的、非藝術的道德、習慣、指令和民族惰性的壓力」。他們傾向於從南方的遠古習俗、神話傳說取材，以構成一個想像之中的、作為他們的精神形式的遠古世界——新的現代「神話」。這些「史詩」往往宏篇巨構，詩中密集著各種典故、傳說，語言運用（語詞、句式）上的怪異、艱澀和複雜，都為新詩前所未見[34]。

---

[34] 這些作品有宋渠、宋煒的《大佛》，廖亦武的《巨匠》，歐陽江河的《懸

　　與「整體主義」、「新傳統主義」的路向相異的，是「莽漢」、「非非」實行的對「文化」的反叛與「超越」。他們以「搗亂、破壞以至炸毀封閉式或假開放的文化心理結構」為宣言，作品中表現了一種「反文化」的姿態。主要成員萬夏、馬松、李亞偉當時均就讀於四川南充的一所大學[35]。他們和胡冬等在 1984 年，寫出一批驚世駭俗、「不合時宜」的作品[36]，並發表了「莽漢主義宣言」。在詩歌方面，列入「莽漢們」所要「搗亂、破壞以至炸毀」的名單的，有「吹牛詩」，「軟綿綿的口紅詩」，「艱澀的象徵體系」。這些詩人自我意識到他們「『拋棄了風雅，正逐漸變成一頭野傢伙』，是『腰間掛著詩篇的豪豬』」，「認為詩就是『最天才的鬼想像，最武斷的認為和最不要臉的誇張。』」，聲稱他們的詩「是為中國的打鐵匠和大腳農婦而演奏的轟隆隆的打擊樂，是獻給人民的禮物」[37]。玩世不恭的調侃、嘲諷姿態，隨意性、口語化的語調，是相近的風格。在「莽漢」詩人中，李亞偉[38]影響最大，《中文系》等詩流

棺》，石光華的《囓鷹》，萬夏的《梟王》等。

[35] 南充師範學院。「莽漢」的另一主要成員胡冬，來自四川大學。

[36] 李亞偉的《中文系》、《硬漢們》，萬夏的《打擊樂》、《莽漢》，胡冬的《女人》、《我想乘上一艘慢船到巴黎去》，馬松的《咖啡館》等。

[37] 《現代詩內部交流資料》（民辦刊物）1985 年第 1 期。李亞偉在《二十歲》詩中言：「我扛著旗幟，發一聲吶喊／飛舞著銅錘帶著百多斤情詩來了／我的後面是調皮的讀者，打鐵匠和大腳農婦」。他後來回顧當時情景時說，「莽漢主義幸福地走在流浪的路上，大步走在人生旅程的中途，感到路不夠走，女人不夠用來愛，世界不夠我們拿來生活，病不夠我們生，傷口不夠我們用來痛，傷口當然也不夠我們用來哭……」。轉引自柏樺《左邊——毛澤東時代的抒情詩人》第 153 頁，香港，牛津大學出版社 2001 年版。

[38] 李亞偉（1963-）四川酉陽人。著有詩集《豪豬的詩篇》，詩合集《莽漢‧撒嬌——李亞偉、默默詩選》。

傳頗廣。在 80 年代末和 90 年代的寫作中，表現了持續的詩藝臻進和更新能力。「非非主義」源於 1986 年 5 月周倫佑、藍馬、楊黎等編輯、印行的，名為《非非》的「詩歌交流資料」和《非非年鑒》。後來，還出版了兩期報紙形式的《非非評論》。先後在「非非」的刊物上發表詩作的，還有何小竹、尚仲敏、吉木狼格、劉濤、敬曉東、梁曉明、小安等。其理論主張和詩歌實踐的核心，是「前文化」的「還原」，即感覺、意識、語言獲得原初的存在狀態；而其現實指向，則是對「既有」知識、思想、邏輯、價值、語言的「逃避」、「超越」和「拆解」。他們的出版物中，理論文章占居重要部分[39]。這種以對抗「文化」對人的束縛的表達，是 80 年代烏托邦文化姿態和精神現象的組成部分。其實，「非非」的發動者與參與者的文化、詩歌訴求一開始就存在差異。在以口語的方式來消解「文化」的禁錮與壓力上，楊黎的《冷風景》（《街景》）、《高處》，藍馬的《世的界》，何小竹的《組詩》等，有更「典型」的體現。

「朦朧詩」退潮之後，新詩潮的中心轉移到了南方。北方（主要是北京）的青年詩歌呈現相對沉寂的局面。當時如果不僅重視潮流式的詩歌「運動」，黑大春、駱一禾、西川、海子等，都有佳作發表。在 80 年代，「女性詩歌」通常與翟永明、陸憶敏、王小妮、唐亞平、伊蕾這些名字聯繫在一起。翟永明

---

[39] 周倫佑、藍馬、敬曉東都寫作系列長文闡述其主張。這些文章有《前文化導言》、《非非主義詩歌方法》、《變構：當代藝術啟示錄》、《語言作品中的語言事件及其集合》、《人與世界的語言還原》、《反價值》等，並編寫了《非非小辭典》，釋義「非非」的關鍵字。

的《女人》（組詩）及其序言《黑夜的意識》[40]，陸憶敏的《美
國婦女雜誌》，常被看作中國當代「女性詩歌」開端的「標誌
性」作品。隨後，作為「女性詩歌」重要「事件」和文本，還
有唐亞平、伊蕾、張燁、海男等的詩作的面世，和由此引起的
爭論。這導致在 80 年代後期，出現了「女性詩歌」的熱潮[41]。
在這個期間，「女性詩歌」一個凸出特徵，是「『黑夜』以及
與『黑色』相關的語象在她們手裏被作了集束性的、刻骨銘心
的、有時近於誇張程度的使用」[42]。另外，「自白」的敘述方式，
也被看成是「女性詩歌」最顯要的特徵。唐亞平[43]的主要作品有
組詩《黑色沙漠》（內含「黑色沼澤」、「黑色金子」、「黑
色洞穴」、「黑色睡裙」等短詩），伊蕾[44]反響最大、爭議最多
的作品則是《獨身女人臥室》。

三、新詩潮主要詩人（一）

在「朦朧詩」潮流中，食指[45]並未受到廣泛注意。他在
80 年代末期到 90 年代，是作為被埋沒的有價值詩人「發掘」

---

[40] 刊於《詩刊》（北京）1985 年第 11 期。

[41] 從 1985 年到 1989 年，《詩刊》、《人民文學》、《詩歌報》先後以大幅
版面刊出翟永明、伊蕾、唐亞平、海男等的作品。《詩刊》還開闢了「女
性詩歌筆談」專欄。

[42] 李振聲，《季節輪換》，第 218 頁。

[43] 唐亞平（1962-），四川通江縣人。1983 年畢業與四川大學哲學系。著有詩
集《蠻荒月亮》、《月亮的表情》、《黑色沙漠》等。

[44] 伊蕾，原名孫桂貞，1951 年生於天津。80 年代末，曾就讀於北京大學作家
班。出版的詩集有《獨身女人的臥室》、《愛的火焰》、《女性年齡》、
《愛的方式》等。

[45] 食指（1948-），祖籍山東魚台，生於山東朝城。原名郭路生。60 年代末開

的[46]。據一些當事人的回憶，文革間食指的詩在北京、河北、山西等地文學青年中，有範圍不小的流傳。他的寫作的貢獻，主要是在個體經驗發現的基礎上，對當時詩歌語言系統的某種程度的背離。這一點，對後來詩歌革新者有重要的啟示。在詩體形式和抒情方法上，食指與當代「十七年」詩歌有許多聯繫。寫於 1968 年的《相信未來》、《這是四點零八分的北京》[47]，最為讀者熟悉。後者記錄了青年學生下鄉「插隊」，離開城市居住地時的情感和心理反應。詩中出現了有著深刻精神體驗的「細節」（當時公開發表的詩，語言、象徵意象的程式化、空洞化是普遍現象）：在尖厲的汽笛聲長鳴時，

始新詩寫作；《魚兒三部曲》，《相信未來》、《這是四點零八分的北京》、《海洋三部曲》等寫於這一期間。「文革」中曾在山西杏花村插隊，後入伍從軍。「文革」後期患精神分裂症。著有詩集《相信未來》、《食指‧黑大春現代抒情詩合集》、《詩探索金庫‧食指卷》、《食指的詩》等。

[46] 80 年代前期，《今天》刊登過他不多的作品，《詩刊》也登載《我的最後的北京》，但「朦朧詩」運動中很少提到他的名字。當時編集的「朦朧詩」選集和相關詩選，也沒有或很少選入他的作品。出於一種「還原」歷史「真相」的動機，從 80 年代後期開始，有了重新「發現」這一詩人的工作。多多在《被埋葬的中國詩人》強調他的創作的價值。1988 年，灕江出版社（南寧）出版了他的詩集《相信未來》。1993 年，他與黑大春的詩歌合集出版；北京作協分會舉行了食指作品討論會。同年出版的「當代詩歌潮流回顧叢書」的《朦朧詩卷》中，選入食指詩 10 首。1994 年《詩探索》（總第 14 期）開闢了「食指專欄」，刊發了食指創作談，和林莽的《並未被埋葬的詩人──食指》的論文。在後來的幾年裏，北京多種報刊刊發了對食指的專訪，和評論、回憶文章多篇（參見《沉淪的聖殿》第二章「平民詩人郭路生」）。食指因此成了「新詩潮」的前驅式人物，其詩歌藝術也得到極高的評價。

[47] 《詩刊》1981 年第 1 期刊登了《這是四點零八分的北京》，題為《我的最後的北京》。

北京車站高大的建築「突然一陣劇烈的抖動」，「我的心驟然一陣疼痛，一定是／媽媽綴扣子的針線穿透了心胸」。對於疼痛、依戀，和因腳下土地飄移而惶恐的感覺，是有著歷史印痕的個體經驗的表達。在八、九十年代，因為精神分裂症，食指多數時間生活在北京的社會福利院，但仍堅持詩歌寫作。後期的作品，顯得沉穩和有更多的哲理意味。他經常涉及詩人的責任與榮譽，寫作持續的可能和寫作的有效性等問題。另一個持續出現的主題，是關於孤獨、痛苦、死亡方面的；他表達了以詩「跨越了精神死亡的峽谷」的信心。

　　1969 年初，16 歲的芒克[48]和多多「同乘一輛馬車來到白洋淀」，他在這裏一直居住到 1976 年初，是在白洋淀鄉村居住時間最長、後來仍與它保持聯繫的詩人。芒克現存的作品，最早的標明寫於 1971 年。白洋淀期間的詩，寫對於美、溫情，對有著耕種、成熟和收割的生活的幻夢，寫這種幻夢與「時代」的衝突；詩中能清晰看到針對歷史壓力所做出的想像性反應。但一般來說，芒克並不直接對「歷史」、「政治」發言。雖然也和這個時期的詩人一樣，喜歡賦予作品哲理、思索的色彩，但他的凸出之處，是詩中呈現的「感性」。評論家普遍認為，芒克是個「自然的詩人」，「他詩中的『我』」是「肉感的、野性的」；「無論從詩歌行為還是語言文本上，都始終體現了一種可以稱之為『自然』的風格」[49]。「自然的風格」，或「自然

---

[48] 芒克（1950-），生於遼寧瀋陽。1969-1976 年在河北白洋淀「插隊」。1970 年開始文學寫作。著有詩集《心事》（《今天》叢書）《陽光中的向日葵》、《芒克詩選》等，並出版有長篇小說《野事》。

[49] 參見多多《被埋葬的中國詩人》（《開拓》1988 年第 3 期），唐曉渡《芒

詩人」的說法，可以發掘的多層涵義是，率真、任性的生活和
寫作態度；重視感性的質樸、清新的語言和抒情風格；想像、
詩意上與大自然的接近和融入。

　　多多[50]70 年代初開始寫詩，最初的作品就顯示了個人獨創
的風格[51]。但他被詩界較多談論和重視，則要晚至 80 年代末至
90 年代。這種「遲到」的現象，一定程度與他沒有捲入 80 年代
初的詩歌運動，作品也沒有得到有效傳播有關[52]。多多白洋淀時
期的詩尚存 40 餘首。其中有《無題》、《當人民從乾酪上站起》、
《能夠》、《致太陽》等，有不難分辨的社會政治的主題。但
後來多多對這類作品並不特別重視。寫於 1973 年的《手藝》（副
題是《和瑪琳娜・茨維塔耶娃》）的重要性在於，它表明了多
多在當時和後來相當一段時間，對語言與自我，詩與世界的關
係的理解[53]。對於處境的怨恨銳利的突入，對生命痛苦的感知，

克：一個人和他的詩》（《詩探索》1995 年第 3 期）。

[50] 多多（1951-），生於北京，原名栗世征。1969 年到河北白洋淀插隊。1972
年開始寫詩。著有詩集《行禮：詩 38 首》、《里程》、《阿姆斯特丹的河
流》、《多多詩集》等。

[51] 據《新詩潮詩集》和多多的詩集對作品寫作時間的標示，《蜜周》寫於 1972
年，組詩《陳述》（其中包括《當人民從乾酪上站起》）、《能夠》、《手
藝》、《致太陽》等均寫於 1973 年。

[52] 在《今天》和 80 年代前期的公開或民辦刊物上，未發現有多多的詩。讀者
較多讀到他的作品，是「非正式」出版於 1985 年的《新詩潮詩集》。多多
個人詩集的出版晚至 1988 年。至今，文學史家也無法為多多那些標明寫於
70 年代初的作品的繫年，找到足夠的史料依據。多多有的作品在不同詩集
中的繫年不同，如《當春天的靈車穿過開採硫磺的流放地》、《北方閒置
的田野裏有一張犁讓我疼痛》，《新詩潮詩集》標明寫於 1976 年，《阿姆
斯特丹的河流》中則標明寫於 1983 年。

[53] 其中寫道，「我寫青春淪落的詩／（寫不貞的詩）／寫在窄長的房間中／

想像、語言上的激烈、桀驁不遜，這些趨向，構成他的詩的基本素質，並在後來不斷延續、伸展，挑戰著當代讀者對中國新詩語言可能性的設定。但也不乏以機智的反諷來控制這些感情和詞語的「風暴」。詩中隨處可見的「超現實」的「現代感性」，不完全出於技巧上讓人目眩的考慮，而有更深層的對於「詩歌真實」的理解。他想像和表達上的怪異和難以捉摸，得到一些讀者的激賞。多多對詩藝的探索十分自覺。常使用一些陳述句（「一個故事有他全部的過去」，「北方閒置的田野有一張犁讓我疼痛」，「我始終欣喜有一道光在黑暗裏」……）作為詩題。一些副詞、形容詞在詩中的反覆出現，詩的可吟誦的音樂性，也是他所追求的。1988 年，在國外出版的《今天》以「今天文學社」的名義，授予他首屆「今天詩歌獎」。「授獎理由」是：「自 70 年代初期至今，多多在詩藝上孤獨而不斷的探索，一直激勵著和影響著許多同時代的詩人。他通過對於痛苦的認知，對於個體生命的內省，展示了人類生存的困境；他以近乎瘋狂的對文化和語言的挑戰，豐富了中國當代詩歌的內涵和表現力。」[54]

　　北島[55]在 70 年代初開始寫詩。「文革」後期寫過《波動》、《幸福大街十三號》等中短篇小說[56]。在「朦朧詩」論爭中，他

被詩人姦污／被咖啡館辭退街頭的詩」。

[54] 見多多詩集《里程》，今天文學社刊行。

[55] 北島（1949- ）原籍浙江湖州，生於北京。文革中學畢業後在北京當工人。《今天》（1978-1980）的創辦者之一。現旅居海外，並主編在海外出版的文學刊物《今天》。著有詩集《陌生的海灘》、《北島詩選》、《北島顧城詩選》（合著）、《太陽城札記》、《在天涯》（香港，牛津大學出版社 1993 年版）、《午夜歌手——北島詩選 1972-1994》（臺北，九歌出版

的作品最具爭議。七、八十年代之交的詩，主要表達一種懷疑、否定的精神，和在理想世界的爭取中，對虛幻的期許，對缺乏人性內容的生活的拒絕。《回答》這首影響很大的詩，普遍認為寫於 1976 年春天，與當時發生的「天安門事件」有關[57]。在《回答》（連同《宣告》、《結局或開始》等）中，詩的敘說者，在悲劇性的抗爭道路上，表現了「覺醒者」的歷史「轉折」意識，和類乎「反抗絕望」的精神態度，表現了在批判、否定中尋找個體和民族「再生」之路的激情。大體而言，沉重、悲壯是北島此時詩的主調。偶爾也會有稍嫌笨拙的柔情；而嚴肅的主題時或呈現如《履歷》那樣的嘲諷、幽默的處理方式。80年代初，北島的寫作曾有過中斷，再次執筆，否定的鋒芒並未減損，但詩中明確的社會政治取向已趨於模糊。這其實是發展了前期詩中不被讀者更多注意的部分，如《界限》中對於個體「超越」的困境的體驗。北島可能更深切意識到，就人性的「本質」而言，現實與歷史的差異，僅體現為時間上的；對於社會、人生的弱點和缺陷的批判，希望能到達人類歷史的普遍本質。

社 1995 年版）、《零度以上的風景線》、《北島詩歌集》等。另有小說集《波動》、《歸來的陌生人》。翻譯《現代北歐詩選》。

[56] 《波動》曾刊於 70 年代末的《今天》和《長江》（武漢），《幸福大街十三號》曾刊於 80 年代初的《山西文學》。

[57] 90 年代，齊簡（史保嘉）在《詩的往事》中指出，《回答》並不是寫在 1976 年春，初稿應寫在 1973 年 3 月 15 日，題名《告訴你吧，世界》，這是《回答》的「原型」。《告訴你吧，世界》的開頭和最後一節分別是：「卑鄙是卑鄙者的護心鏡，／高尚是高尚人的墓誌銘。／在這瘋狂瘋狂的世界裏，／——這就是聖經。」「我憎惡卑鄙，也不希罕高尚，／瘋狂既不容沉靜，／我會說：我不想殺人，／請記住：但我有刀柄。」齊簡保存有這首詩的手稿。參見劉禾編《持燈的使者》第 14-15 頁，香港，牛津大學出版社 2001年版。

《另一種傳說》、《空白》、《可疑之處》、《寓言》、《觸電》、《期待》等，寫到英雄的願望與人的平庸一面構成的衝突，寫到歷史變幻中人的孤立的性質，也寫到人類基於種種欲求導致的歷史盲目性。而且，代替《宣告》、《走向冬天》中的「冰山」那個決絕的悲劇形象的，是發現「我」「不是無辜的／早已和鏡子中的歷史成為／同謀」（《同謀》）。不過，北島並未放棄歷史意義的追尋，抗爭者和受難者的悲劇意境仍然存在。

　　北島開始寫詩時，更多受益於浪漫派詩人[58]。詩有著明顯的抒情「骨架」。「朦朧詩」時期的作品，象徵意象往往有明確的指向，形成可以作意義歸納的符號「體系」。這種有著確定內涵和價值取向的象徵符號的密集應用，雖然有時使表達過於直接，但在那些最好的作品裏，因為意象組織的巧妙[59]，情感的莊嚴和豐盈，這些弱點得到彌補。象徵性意象密集並置產生的對比、撞擊，在詩中形成了「悖謬性情境」，常用來表現複雜的精神內容和心理衝突，是這個時期北島最重要的詩藝特徵。80 年代末之後，北島旅居國外，寫作出現重要變化。前期那種預言、判斷、宣告的語式，為陳述、「反省」、猶疑、對話的基調所取代。作者與世界，與詩的關係，和他所扮演的「角色」，顯得複雜起來。前期寫作強烈的社

---

[58] 蘇聯六、七十年代的「第四代」詩人，特別是葉甫圖申科的政治抒情詩，與北島 70 年代中後期的寫作有一定聯繫。

[59] 北島在 80 年代初談到自己的詩歌技巧時，說過他常使用類乎電影的「蒙太奇」的意象組織方式。顯然，這種「組織」而產生的呼應、對比，激發了意象的活力和產生的新鮮感。

會政治意識，轉移為對普遍人性問題的探索、處理。意象、
情緒與觀念之間的較為單一的聯結方式得以改變，而語言、
情感也朝著簡潔、內斂的方向發展。

　　顧城[60]的詩集收入的作品，寫作時間最早的標明寫於 1964
年，當時顧城不滿十歲[61]。早期的詩是一些片斷句子，記錄對紛
亂的社會生活的反應[62]。後來，他的一些作品，如《遠和近》、
《弧線》，在有關詩的「朦朧」、「晦澀」的爭論中，常被不
同論者從正面，或從反面舉例。「黑夜給了我黑色的眼睛，／
我卻用它尋找光明」（《一代人》），因既有對「文革」的批
判，又沒有失去對未來的信心，受到異口同聲的稱讚。但顧城
的寫作，很快離開了直接觀照社會問題的視點。他努力以一個
「任性的孩子」的感覺，在詩中創造一個與城市、與世俗社
會對立的「彼岸」世界；因此在 80 年代初，被稱為「童話詩
人」[63]。他持有一種「浪漫主義」的詩觀：「詩就是理想之樹上，

---

[60] 顧城（1956-1993），原籍上海，生於北京。1969 年隨父親顧工下放山東農
　　村，1974 年回到北京。80 年代末以後，生活在紐西蘭等國。著有詩集《舒
　　婷　顧城抒情詩集》、《北島顧城詩選》、《黑眼睛》、《顧城詩集》、
　　《顧城童話寓言詩選》、《顧城詩全編》等。另著有小說《英兒》。

[61] 《黑眼睛》（北京，人民文學出版社 1996 年版）中所收作品，最早標明寫
　　於 1968 年。《顧城詩全編》（顧工編，上海三聯書店 1995 年版）最早的
　　則標明寫於 1964 年。但這些作品（包括全部寫於「文革」中的詩）與讀者
　　見面，都在「文革」結束之後。

[62] 諸如「我們幻想著，／幻想在破滅著；／幻想總把破滅寬恕，／破滅卻從
　　不把幻想放過。」又如「在那邊，權力愛慕金幣；／在這邊，金幣追求權
　　力。／可人民呢？人民／卻總是他們定情的贈禮。」

[63] 舒婷寫給顧城的詩《童話詩人》中說：「你相信了你編寫的童話／自己就
　　成了童話中幽藍的花／你的眼睛省略過／病樹、頹牆／鏽崩的鐵柵／只憑
　　一個簡單的信號／集合起星星、紫雲英和蝴蝶的隊伍／向沒有被污染的遠
　　方／出發」。

閃耀的雨滴」，詩人「要用心中的純銀，鑄一把鑰匙，去開啟
那天國的門」，表現那「純淨的美」[64]。詩的世界，對顧城來說，
不僅是藝術創造的範疇，而且是人的生活範疇。大自然既是
他所要建造的理想世界的藍圖，也是構建這一詩的世界的主
要材料。事實上，他的詩的感覺，對外部世界的感知能力，
對心靈和精神空間的關懷，是少年時代在鄉村「塑造成型」
的。他執拗地講述綠色的故事，在詩和生活中偏執地保持與
現實的間隔，實行「自我放逐」。不過，與現實世界的緊張
關係，使他為有關人生歸宿、命運等問題所纏繞，特別是「死
亡」「那扇神秘的門」，成為後期詩歌的持續性主題，並越
來越散發出神秘的悲劇意味。

　　「超現實」的夢境的想像方式，在他 80 年代中期的短詩
（《應世》、《內畫》、《方舟》、《如期而來的不幸》、
《狼群》、《周末》）中有廣泛運用。總體而言，他願意使
用簡單、平易的詞和句子。他曾表白自己對洛爾迦、惠特曼
等詩人的「純粹」的讚賞。對於前者，他喜歡那些樸素的謠
曲的「純淨」；在惠特曼那裏，傾慕的則是超乎詩藝範疇的
那種「直接到達了本體」的能力。雖然他說已學到發現人與
世界之間未知聯繫的審美方式，其實並不具備足夠的感應事
物「本體」的綜合能力。1987 年以後，顧城寄居國外，詩歌
寫作和現實生活的雙重困境越發尖銳。為了維護他刻意構
造、並已昭示給世人的那種詩和詩人的不變「姿態」，他付
出太大的代價，並加劇了內心的分裂。1993 年 10 月，在紐西

---

[64]　《請聽聽我們的聲音》，《詩探索》（北京）1980 年第 1 期。

蘭的激流島寓所，他在殺害了妻子謝燁之後自殺身亡。詩人、詩歌與「殘暴」的關係，出乎人們的想像，震動了當時的中國文學界，成為廣泛談論、爭辯的話題。在一段時間裏，顧城的死，被從生命、從道德、從詩歌、從哲學等形而上層面加以闡釋，不斷引申出各種寓言，各種象徵。[65]

舒婷[66] 70 年代末結識了北島等北方的青年詩友之後，成為《今天》的撰稿者之一。她 17 歲時到閩西山村「插隊」。70 年代初開始寫詩，1979 年 4 月，刊載於《今天》的《致橡樹》被《詩刊》轉載，此時她的詩已在各地流傳。1980 年《福建文學》「關於新詩創作問題」圍繞她的作品展開的討論，把她放到「新詩潮」的中心位置。在那個「轉折」的時代，舒婷也願意去承擔「重大主題」，雖說這不是她的所長。相對而言，自我情感和心理過程的揭示，是舒婷詩歌有特色之處。她通過內心的映照來輻射外部世界，捕捉生活現象所激起的情感反應，探索人與人的情感聯繫。其藝術方法、抒情風格的淵源，可以看到普希金、泰戈爾，和新詩中何其芳、戴望舒、蔡其矯的影響；她寫詩的最初階段，也確實較多閱讀了上述詩人的作品。舒婷的詩接續了新詩中表達個人內心情感的這一在 50-70 年代

---

65 顧城事件的始末，以及各種反應和評論，可參閱《顧城棄城》（蕭夏林主編，北京，團結出版社 1994 年版）、《顧城絕命之謎》（文昕編，北京，華藝出版社 1994 年版）等書。1993 年第 4 期的《今天》闢有紀念顧城的小輯。

66 舒婷（1952-），原籍福建晉江。1969 至 1972 年在閩西上杭「插隊」。回廈門後，在鑄造廠、燈泡廠等當工人。1971 年開始詩歌寫作。著有詩集《雙桅船》、《舒婷　顧城抒情詩選》、《會唱歌的鳶尾花》、《舒婷的詩》、《最後的輓歌》等，並著有散文集多種。

受到壓制的線索。這一寫作「路線」，使她的詩從整體上表現
了對個體價值的尊重。由於大多數讀者對浪漫派詩歌主題和藝
術方法的熟稔，由於「文革」結束後普遍存在的對溫情的渴望，
比起另外的「朦朧詩」詩人來，她的詩更容易受到不同範圍的
讀者的歡迎，和詩歌界的認可[67]。她作品中表現的情感、心理衝
突之一，是被放大了的「歷史責任」所構成的精神壓力。與「不
曾後悔過」的「承擔」[68]相伴隨的，是女性憂傷、需要呵護的願
望的傾訴[69]。在另外的詩中，她表達了對個體（尤其是女性）人
生價值的追求。用一連串的比喻性判斷句來強調這一意旨的《致
橡樹》，常被看作她的重要作品。以這樣的體驗和視角為出發
點，她因此從習見的現象和慣常的審美趣味中，揭示其中蘊含
的漠視人的尊嚴的心理因素：揭發「成為風景，成為傳奇」的
福建惠安女子被忽略的苦難（《惠安女子》），並在同樣被當
作風景的三峽神女峰上，「復活」了那美麗而痛苦的夢，表現
了對女性長期受壓抑的憤慨和悲哀。

---

[67] 在 80 年代初，她的《祖國啊，我親愛的祖國》、《這也是一切》這類詩因
「積極、昂揚」受到較高評價，但另一部分作品也受到批評（《流水線》、
《牆》等）。出版於 1982 年的詩集《雙桅船》，是「朦朧詩人」最早「正
式」出版的第一部個人詩集，並獲得了中國作協第一屆（1979-1982）全國
優秀新詩（詩集）評獎的二等獎。她的一些作品，如《致橡樹》、《祖國，
我親愛的祖國》，不久便選進中學語文教材。

[68] 這種有關「歷史承擔」的動人、也誇張的幻覺與姿態，在此時的「朦朧詩」
中普遍存在。舒婷的《在詩歌的十字架上》中這樣寫道：「我釘在／我的
詩歌的十字架上／為了完成一篇寓言／為了服從一個真理／天空、河流和
山巒／選擇了我，要我承擔／我所不能勝任的犧牲」……

[69] 如「要有堅實的肩膀，／能靠上疲倦的頭」；「在你的胸前／我已變成會
唱歌的鳶尾花」；「流浪的雙足已經疲倦／把頭靠在群山的肩上」。

　　舒婷詩的意象，多來自她生活的地域的自然景物。她偏愛修飾性的詞語，也大量使用假設、讓步、轉折等句式：這與曲折的內心情感的表達相關。1982 年以後，曾有一段時間擱筆，三年後再執筆時，詩的內容和形式都有了更多的「現代」傾向，感情狀態已趨於平靜，離開了青春期的激情。不過，從此她的詩作漸少，部分的興致轉向了散文。

　　在《今天》的詩人中，楊煉和江河[70]在最初的一段時間裏，常被詩評家放置在一起談論。這多半是他們最初的作品的相似點。在「新詩潮」的初始階段，內涵含混的「自我表現」被認為是崛起的「新的美學原則」。江河、楊煉對此卻存在異議。他們實踐的是表現時代和民族歷史的「史詩」[71]。這一追求，體現在江河的《祖國啊，祖國》、《紀念碑》、《遺囑》、《葬禮》、《沒有寫完的詩》，楊煉的組詩《土地》、《太陽，每天都是新的》[72]等作品中。這些詩顯示了介入「歷

---

[70] 楊煉（1955-），生於北京，文革後期曾在北京郊區「插隊」。在「今天」的詩人中，他開始寫詩的時間較晚，遲至 1976 年初。著有詩集《荒魂》、《黃》、《楊煉作品：1982-1997》（包括詩歌卷：大海停止之處，散文‧論文卷：鬼話‧智力的空間）、《楊煉新作 1998-2002：幸福鬼魂手記》等。江河（1949-），北京人。文革期間在鄉村「插隊期間開始寫詩。出版的詩集有《從這裏開始》、《太陽和他的反光》等。

[71] 楊煉當時說，「我的使命就是表現這個時代，……對於我，觀察、思考中國的現實，為中國人民的命運鬥爭是理所當然的事情。具體地說，就是表現長期被屈辱、被壓抑的中國人民為爭取徹底解放而進行的英勇鬥爭以及由此帶來的精神領域的巨大變革。」江河也有類似的表示，「我最大的願望，是寫出史詩」。參見《請聽聽我們的聲音》（《詩探索》1980 年第 1 期），和《詩刊》1980 年第 10 期《青春詩會》的相關部分。

[72] 楊煉的這些作品都是大型組詩。《土地》包括《秋天》等 4 首；《太陽，每天都是新的》包括 7 首長詩（《自白》、《大雁塔》、《梔子花開放的時候》、《鳥篷船》、《火把節》、《古戰場》、《長江，訴說吧》）。

史」的強烈欲望，也表現了鮮明的社會政治視角：試圖通過對民族歷史和文化傳統的探尋，來獲得對現實問題和歷史的認知。以「自我」的歷史來歸納民族歷史，既是感知角度，也是由這一視角轉化的抒情方式。詩中，敘述者與敘述對象常常交疊、轉化、重合。土地、山川、紀念碑，大雁塔等形象，既是詩歌敘述主體，也是用以象徵歷史時間的空間符號。這些作品，有在沉鬱基調上的澎湃氣勢和崇高感，也洋溢對創造、變革的信心。自由體的長詩（或組詩），是他們使用的基本體式。在意象構成、展開方式和語調上，可以看到來自惠特曼、艾青等的詩歌經驗。另一繼承的「傳統」，則是中國當代的「政治抒情詩」，包括「毛澤東時代」培育的英雄激情、理性思辨，和鋪陳排比的抒情方式。雖說作者當時傾慕惠特曼、埃利蒂斯、聶魯達等人，但這些作品的「個性」特徵卻相對模糊，感知和抒情方式在渾厚中透出內在的單薄。這種缺憾，他們很快意識到，便相繼有了寫作方向上的調整。

80 年代初，江河有幾年的沉默。重新發表的作品，面貌發生很大變化。除了一些清新的抒情詩外，最受注意的是取材中國古代神話傳說的組詩《太陽和他的反光》。理性敘說和激情衝突的風格明顯淡化；從喧騰、躁動走向溫情、平靜，甚或某些拋棄英雄姿態的「衰老」。與 80 年代中期告別詩壇的江河不同，「心高氣傲」的楊煉始終信心十足、精力充沛，寫作不曾間斷；「轉向」也在行進之中實現。離開了《大雁塔》等的社會性主題之後，也開始從古代神話傳說，從古蹟，從史書典籍取材，以現代觀照來「再現民族遙遠的往昔」，

讓「傳統」「重新敞開」。他雄心勃勃地構建了一系列的「體系性」的長詩（《禮魂》、《西藏》、《逝者》、《自在者說》、《與死亡對稱》等），以表現對人類生存、人的存在與自然的存在的關係的理解。這些大型組詩，存在作者苦心經營的「智力」結構[73]。結構的龐大繁複，詩歌意象的密集艱澀，以詩來演繹他所以為的古代哲學觀念的設計，都使大多讀者望而卻步。當然，詩中呈現的活躍的想像力，對熱烈、輝煌的氛圍、節奏的營造，和處理感覺、觀念、情緒的綜合能力，給人留下頗深的印象。1988 年夏天，楊煉開始了他自己所稱的「世界性漂流」，足迹遍及歐、美、澳洲各地。詩中繼續了他冥想、哲思和想像奔放的風格。組詩仍是經常採用的形式，「死亡」、「鬼魂」也仍是他詩歌寫作（《大海停止之處》、《同心圓》、《十六行詩》、《幸福鬼魂手記》、《李河谷的詩》），和詩歌外談論（散文《鬼話》、《那些一》、《骨灰甕》）的主題。詩的展開方式卻與 80 年代的長詩不同，走向節制、簡約。楊煉 90 年代在域外的寫作，中國大陸讀者瞭解不多。與「楊煉在國外頻頻獲獎，不停地參加各種學術和節慶活動，被譽為當代中國最有代表性的聲音之一」的境況形成巨大落差的，是「他

---

[73] 以《禮魂》為例，按作者本人的解說，它存在一個「總體結構」，裏面包括三個不同「層次」，每一層次分別由一個組詩來完成：《半坡》表現人類的生存，《敦煌》探索人類的精神，而《諾日朗》揭示人的生存和自然的關係。每個組詩中又包含若干首詩，每首詩中又有若干章節、意象，都處於這一「總體結構」中並建立起意義的關聯。至於都各由 16 首詩構成的《自在者說》、《與死亡對稱》，是「以《易經》作結構的一部大型組詩」的兩個組成部分。參見《自在者說》、《與死亡對稱》的總注，和楊煉的論文《智力的空間》。

的作品在母語語境中則仍然延續著多年來難覓知音的命運。」[74]
這確實是個值得關注、思考的問題。

　　七、八十年代之交在《今天》發表詩作，或在 80 年代被看
作是「朦朧詩」詩人的，還有嚴力、梁小斌、王小妮、徐敬亞、
林莽、田曉青等。梁小斌[75] 1980 年以《雪白的牆》、《中國，
我的鑰匙丟了》[76]兩首詩引起注意，它們後來不斷入選各種當代
詩歌選集。詩以剛剛結束的「文革」的歷史作為心理背景，「敘
說者」常以一度道路迷失，但仍堅持追尋人生理想的少年身份
出現。那面「曾經那麼骯髒，寫有很多粗暴的字」的牆，和一
個流浪的少年丟失開啟「美好的一切」的鑰匙的惶惑，其包含
的社會歷史內容顯而易見。

四、新詩潮主要詩人（二）

　　韓東[77]寫詩之初受過「朦朧詩」的影響，有過一些北島式的
具有沉重歷史感的作品。《你見過大海》、《山民》、《有關
大雁塔》等是詩風轉變的標誌。平淡、近於冷漠的陳述語調，
對修飾語、形容詞的「清除」所達到的語詞的具體、樸素、清
晰，在這些詩中有凸出體現。這種反刻意的，強調生活瑣屑、

---

[74] 唐曉渡《楊煉：回不去時回到故鄉》，《中華讀書報》2004 年 2 月 25 日。
[75] 梁小斌（1955-），生於安徽合肥。1979 年開始發表詩作，著有詩集《少女
　　軍鼓隊》等。
[76] 均刊登於《詩刊》1980 年第 10 期。
[77] 韓東（1961-），原籍湖南，生於南京。8 歲時隨父親、小說家方之「下放」
　　蘇北農村。1982 年畢業於山東大學哲學系。曾在西安、濟南等地的大學任
　　教。1980 年開始寫詩。出版詩集《白色的石頭》。另有小說集《西天上》、
　　《我們的身體》、《我的柏拉圖》等。

平庸的「日常性」的詩歌方式，在當時曾產生有震撼力的效應。
這些作品在當時其實帶有爭辯的意味，它們質疑的是以象徵、
隱喻的網絡為構架，作為抒情、想像的基本依託，「意義」由
此得以發掘或粘貼的當代詩歌想像方式。因著這樣的「爭辯」，
這些「堅決剔除隱喻」的詩事實上也置於另一種隱喻的框架之
中。韓東寫作所實踐的，是更直接、具體地觸及人的生活情狀，
在與日常生活保持審美詩意的敏感，來探索詩與真理的關係，
以及對清晰、樸素、簡潔的語言的重視。「反詩意」的傾向，
在 90 年代初的《甲乙》等作品中，有更尖銳、細緻的表現。韓
東曾說，「我反對在詩歌名義下的自我膨脹、侵略和等級觀
念，……棄絕自我不僅是詩人在其神奇的寫作中所一再體會和
經驗的，同時也是貫穿東方藝術始終的最高的精神原則」[78]。對
「自我膨脹」的「破壞性」能量的警覺，使他設法在生活「本
質」的破解、發現，與對已知經驗、自我的虛妄干預的控制上，
建立必要的平衡。他重視生活中習見的隱微細節，卻能從習見
中發現新鮮的體驗；對一些未明的複雜和陌生，有時也表現了
猶疑的生澀。90 年代以後，韓東雖然仍繼續寫詩，但精力似乎
轉向小說寫作上[79]。

　　于堅[80] 70 年代初開始寫詩，1979 年在正式出版刊物上發表
詩作。在 80 年代初的新詩潮中，曾是「大學生詩派」的主要成

---

[78]　《1996 年度劉麗安詩歌獎獲獎詩人詩選》第 1-2 頁，陳東東、黃燦然等編。
[79]　著有《我的柏拉圖》等短篇，和長篇小說《扎根》。
[80]　于堅（1954-），生於雲南昆明。當過近 10 年的工人。1984 年畢業於雲南
　　　大學中文系。1973 年前後開始新詩寫作。1984 年與韓東等創辦《他們》。
　　　著有詩集《詩六十首》、《對一隻烏鴉的命名》、《一枚穿過天空的釘子》、
　　　《詩歌·便條集》、《于堅的詩》等。另有隨筆集、詩論集《棕皮手記》、

員。與韓東、丁當等創辦民間詩歌刊物《他們》。他曾將自己80-90 年代的寫作分為三個階段：80 年代初以雲南人文地理環境為背景的「高原詩」；80 年代中期以日常生活為題材的口語化寫作；90 年代以來「更注重語言作為存在之現象」的時期。詩之外，也寫有不少隨筆和詩學論文。他對詩歌在當今社會中的地位和價值有極高認定，於自己的寫作也有很高抱負[81]。于堅的「高原詩」，寫故鄉雲南的自然山川。在這些神秘的高山大河面前，詩的高傲的敘述者也會「顯得矮小」（《高山》）；但高原似乎也賦予他即使「在沒有山崗的地方／我也俯視著世界」（《作品 57 號》）的習慣。這個時候，詩中會流露出難得的溫情與敬畏。但在大多數情形下，于堅在處理他所涉及的「人生」、「世界」時，最常見的則是那種「局外人」的「俯視」視角。「拒絕隱喻」是于堅的主張之一，這與他的詩回到「日常生活」的要求相關。事實上，他在取材、詩題上的「系列」與「符號」方式（《作品××號》，和《事件》系列），也可理解為這種取向的表現形態。雖說「拒絕隱喻」等只能在相對的意義上來理解，但由此也形成了一種樸素、直接的口語寫作，並形成重視「語感」的詩風。《尚義街六號》等作品曾產生廣泛影響；他的出色作品，大抵包含較複雜的情緒意向，如《感謝父親》、《避雨之樹》、《弗蘭茨・卡夫卡》、《懷念之二》等。其中，有對普通人生活情境的同情，和從生活現象中發現

《棕皮手記・活頁集》。

[81] 于堅：「在這個時代，放棄詩歌不僅僅是放棄一種智慧，更是放棄一種窮途末路」；「詩是存在之舌，存在之舌缺席的時代是黑暗的時代」（《于堅的詩・後記》）。

溫暖、樸素的詩意，但也多少意識到平庸對人的精神的損耗和壓抑，因而靜觀與激情、淡漠與痛苦、排斥「意義」和追尋「意義」的矛盾交織其間。90 年代于堅有多種創新實驗。《對一隻烏鴉的命名》、《啤酒瓶蓋》、《O 檔案》、《事件》系列、《飛行》等作品，對僵化的文化、意義系統以冷靜、精細的解剖方式，做出了強烈的反叛與拆解；在詩歌體制、形式上，也不斷修改、挑戰有關詩歌的想像，為詩歌寫作的當代拓展注入活力。《O 檔案》是受到廣泛關注的重要作品。它以戲仿的手法，「深入呈現了歷史話語和公共書寫中的個人狀況」。它的實驗性質，也在詩的「本體」的層面上，引發相異理解、評價的爭論。于堅等的寫作，顯示了「渺小、平庸、瑣碎的個人生活細節的文化意義和用它構建詩歌空間的可能性」[82]。

　　翟永明 1984 年組詩《女人》（及其後組詩《靜安莊》）的發表，是當時「先鋒詩歌」寫作的一個「事件」。她「從對自己的強烈關注出發，成為新一代女性的代言人」；由是，有「第三代詩歌」中的「女性詩歌」[83]。對個人經驗的深入捕捉，激情

---

[82]　王光明《現代漢詩的百年演變》第 621 頁，石家莊，河北人民出版社 2003。

[83]　韓東《翟永明‧新女性》，《翟永明詩集》第 267 頁，成都出版社 1994 年版。在這篇文章中，韓東指出，「特別需要一提的是翟永明詩中的那種自毀的激情。它使女性身份的確認沒有僅僅停留在暴露階段。」80 年代中期以來，出版多種「女詩人」、「女性詩歌」的詩集和詩歌叢書，如《中國當代女詩人詩選》（貴州人民出版社 1984 年版）、《中國當代女青年詩人詩選》（武漢，長江文藝出版社 1988 年版）、《中國當代女詩人抒情詩叢》（瀋陽出版社 1992 年版）、《蘋果樹上的豹：女性詩卷》（北京師範大學出版社 1993 年版）、詩歌叢書《中國女性詩歌文庫》（瀋陽，春風文藝出版社 1997 年版）、詩歌「民刊」《詩歌與人：2002 中國女性詩歌大掃描》等。

與神秘幻象的交纏，語言與內心經歷的呼應，當時詩歌寫作難得的自我質詢的尖銳，和對建構的非理性世界實行的控制，是這些作品的「反宣泄」的顯要特徵。對於詩歌界將其寫作作「女性主義」歸類，翟永明總是持警覺的態度。她希望擁有一個「極少主義的窗戶」[84]。在她看來，身份、主義雖然不可能迴避，但是，詩、文學更不可或缺。這是因為她對個人生活經驗的質量、深度，以及對詞語的獲取能力具有自信，有一種不事聲張，但也有時樂於流露的「高貴的」驕傲。因此她努力避免為自己的詩歌做出某種標籤式的概括，不會刻意地追求詩中的歷史感、時代感[85]。她保護著更多的與個人生命、語言相關的神秘性，她不是那種「眼觀六路」，而是「獨自清醒」，執著自身經驗挖掘的「近視者」[86]。80年代和90年代前期，是翟永明的組詩寫作時期[87]。組詩體式的持續運用，源於她對世界（也包括內心世界）的性質、形態的理解，也源於對戲劇這一藝術形式的愛好。

---

[84] 「一次我置身於一個四方的、極少主義的窗戶，發現窗外那繁複的、瑣碎的風景被這四面的框子給框住了，風景變成平面的、脆弱而又易感，它不是變得更遠，而是變得更近，以致進入了室內，就像某些見慣不驚的詞語，在瞬間改變了它們的外表。」《面對詞語本身》，《現代漢詩：反思與求索》第254頁，北京，作家出版社1998年版。

[85] 翟永明《十四首素歌──致母親》（1996）中寫到：「從她的姿勢／到我的姿勢／有一點從未改變：／那淒涼的、最終的／純粹的姿勢／不是以理念為投影」。

[86] 翟永明詩《蝙蝠》：「在夜晚 蝙蝠是一個近視者／把自己納入孤獨的境地／不停留在帶蛛網的角落／不關心外界的榮辱／它獨自醒著／渾身帶著晦澀的語言」。

[87] 除《女人》（1984）、《靜安莊》（1985）外，接著是《人生在世》（1986）、《死亡的圖案》（1987）、《稱之為一切》（1988）、《顏色中的顏色》（1989-1990）等組詩，後來的組詩還有《咖啡館之歌》、《莉莉和瓊》、《道具和場景的述說》、《十四首素歌──致母親》等。

「戲劇」是她的詩的結構的「潛中心」：場景的設置，多個層面的對比、衝突，特別是中國傳統戲曲（於她而言，大概是川劇）那種時空交錯、情景變幻，與人生、與詩歌想像之間的關聯，為她所關注。90 年代中期以後，翟永明的寫作有明顯變化。「我完成了久已期待的語言的轉換，它帶走了我過去寫作中受普拉斯影響而強調的自白語調，而帶來了一種新的細微而平淡的敘說風格。」[88] 從側重內心剖析，轉向對「外部」生活、細節的陳述。詞語色調，詩的結構、體式，也更靈活多樣，增添了過去詩中較少見到的幽默、嘲諷、戲仿等「喜劇」因素。它增強了窺視「世界真相」的更多可能性，也增強了詩敘述上的張力。在《臉譜生活》、《道具和場景》、《十四首素歌》等作品中，讀者會隱約感到，有一種「古典」的氣質在增強，不僅指（古典小說、戲曲的）詞語運用的頻率，而且涉及那種美、生命「荒涼」的情調、境界的濃度。

　　海子去世時年僅 25 歲。1989 年 3 月 26 日，「在山海關至龍家營之間的一段火車慢行道上」他臥軌自殺[89]。在短暫的七年的創作史上，留下了幾萬行詩。完整的有三百首抒情詩，三部

---

[88]　《〈咖啡館之歌〉及以後》，《稱之為一切》第 214 頁。

[89]　海子（1964-1989），原名查海生，生於安徽懷寧縣高河查灣，在農村長大。1979 年考入北京大學法律系，大學期間開始詩歌創作。1983 年秋畢業後在北京的中國政法大學哲學教研室任教。自殺時，「身邊帶有 4 本書：《新舊約全書》、梭羅的《瓦爾登湖》、海涯達爾的《孤筏重洋》和《康拉德小說選》。他在遺書中寫到：『我的死與任何人無關。』」（西川《我們時代的神話：海子》）1999 年，由崔衛平編的《不死的海子》（北京，中國文聯出版社）一書，收入了海子去世 10 年來，批評家、友人對他的研究、懷念的文章，包括奚密、崔衛平、朱大可、余虹、麥芒、程光煒、燎原、西渡、張清華、鄒建軍、譚五昌等。

長詩（《土地》、《彌賽亞》、《遺址》），一幕詩劇（《太陽》）和一部幻想、儀式劇（《弒》），另有大量的未及展開的斷章、札記。他的名篇《亞洲銅》、《阿爾的太陽》寫於 1983-1984 年間，但是在生前，有的作品雖收入一些詩選，個人詩集卻從未「正式」出版[90]。他的詩歌生命，表現為那種「衝擊極限」、「在寫作的速度與壓力中創造」、將生命力化為「一派強光」的情形[91]。他「單純，敏銳，富於創造性，同時急躁，易於受到傷害，迷戀於荒涼的泥土」，「所關心和堅信的是那些正在消亡而又必將在永恆的高度放射金輝的事物」[92]。一般認為，海子的詩作（連同詩歌道路）可以劃分為兩個部分（階段）：抒情短詩（階段）與「史詩」、「大詩」（階段）。他的短詩單純、簡潔、流暢、想像力充沛，語詞在浪漫、夢幻中飛翔。少年的鄉村生活經驗，在詩中構成一個質樸、詩化的幻象世界；麥子、

---

[90] 生前海子自印的詩集有《小站》、《河流》、《傳說》、《但是水，水》、《如一》、《麥地之翁》（與西川合著）、《太陽‧斷頭篇》、《太陽‧詩劇》。去世之後，經友人整理出版的詩集有《土地》、《海子、駱一禾作品集》（周俊、張維編）、《海子詩全編》（西川編），和屬於「藍星詩庫」的《海子的詩》。

[91] 駱一禾《衝擊極限──我心中的海子》，見《駱一禾詩全編》。

[92] 西川《懷念（一）》。收入《讓蒙面人說話》時，題目為《我們時代的神話：海子》（上海，東方出版中心 1997 年版）。海子對他熱愛的詩人的講述，也可以看作他的詩歌追求的自況：「荷爾德林的詩，是真實的，自然的，正在生長的，像一棵樹在四月的山上開滿了杜鵑」；「看著荷爾德林的詩，我內心的一片茫茫無際的大沙漠，開始由清泉湧出，在沙漠上在孤獨中在神聖的黑夜裏湧出了一條養育萬物的大河，一個半神在河上漫遊，唱歌……」《我熱愛的詩人──荷爾德林》《海子詩全編》第 915 頁。他把他所敬佩的詩人成為「詩歌王子」、「太陽王子」，他們是「雪萊、葉賽寧、荷爾德林、坡、馬洛、韓坡、克蘭、狄蘭……席勒甚至普希金」。《海子詩全編》第 896 頁。

村莊、月亮、天空、少女、桃花等帶有「原型」意味的意象是基本元素。但是，那個固執地「用斧頭飲水」，「在岩石上鑿出窗戶」的眺望者（海子：《眺望北方》），越來越體驗到無法逃避的悲劇命運。他逐漸放棄其詩歌中的「母性、水質的愛」，轉向一種「父性、烈火般的復仇」；他的利斧沒有揮向別人，「而是揮向了自己」[93]。海子雖然有了不少出色的抒情短詩，但他的理想卻不是感性的，由天賦支持的抒情詩人。可能意識到飛翔的抒情難以持久，他選擇「從抒情出發，經過敘事，到達史詩」的「轉變」。他要以但丁、歌德、莎士比亞為榜樣，寫作「史詩」（或他所說的「大詩」）。為此，他「研究史詩和文人史詩的各種文體，收集他家鄉的故事、傳說以提煉大詩所需的事件『本事』，他結合了偉大生命的傳記及範疇史以為構造因素，錘煉了從謠曲、咒語到箴言、律令的多種詩歌語體的寫作經驗。」[94]他探求著激情與理性、個人的體驗與人類文化精神的結合，並集中到對「真理」、對「永恆」的思索、追問的焦點上。對於海子的多部長詩，以及詩劇、詩體小說等創作，評價一直存在分歧；這究竟是屬於已被取代而消亡的藝術，還是那種「不是一種終結，一種輓歌，而帶有朝霞藝術的性質」的事物？

　　因了一連串的詩人死亡事件（海子、駱一禾、戈麥、顧城，以及後來徐遲、昌耀的自殺），「詩人之死」在 90 年代是被廣

---

[93] 《春天，十個海子》中寫道：「在春天，野蠻而悲傷的海子／就剩下這一個，最後一個／這是一個黑夜的海子，沉浸於冬天，傾心死亡／不能自拔，熱愛著空虛而寒冷的鄉村」。

[94] 駱一禾《衝擊極限──我心中的海子》，《駱一禾詩全編》第 858 頁，上海三聯書店 1997 年版。

泛談論的話題。除去有關事件發生的具體原因的猜測、分析不論，諸多論述，在與 19 世紀末以來國外詩人自殺現象聯繫起來之後，大多集中在這些現象的文化象徵意義，即個體生命價值、意義與所處的時代的緊張關係的方面。

第二十章

歷史創傷的記憶

一、創傷記憶與歷史反思

　　70 年代末到 80 年代中期，對「文革」傷痕的揭發和反思是文學的中心主題。批評界對這一創作潮流，先後使用了「傷痕文學」、「反思文學」（以及「改革文學」）的類型概念。這些概念既是對文學事實的概括，同時也推動這些文學潮流的建構。「傷痕文學」等所指稱的主要是小說，尤其是中、短篇小說，因此，在一般情況下，它們也與「傷痕小說」、「反思小說」、「改革小說」等互相取代。「傷痕」、「反思」等的概念，在文學形態（題材取向、敘事風格等）的區分上有它們的意義，但是，從總體上說，由於它們都是「文革」親歷者講述的創傷記憶，或以這種記憶為背景，因此，這些作品也可以統稱為有關「文革」的傷痕文學。

　　1978 年 8 月，上海《文匯報》刊發的短篇小說《傷痕》在讀者中引起轟動。在此之前，同樣產生熱烈反響的短篇是劉心武的《班主任》[1]。接著，以揭發「文革」造成的肉體、靈魂傷

---

[1]　《班主任》刊於 1977 年第 11 期的《人民文學》，《傷痕》發表於 1978 年 8 月 11 日的《文匯報》，作者為當時就讀於上海復旦大學中文系的盧新華。

害為主旨的作品大量湧現；「傷痕文學」的稱謂，正與這些作品的出現相關。《傷痕》、《班主任》在當時產生強烈反響，根源於它們表達的對個體生命的關切，揭露「文革」對「相當數量的青少年的靈魂」的「扭曲」所造成的「精神的內傷」[2]；同時，也根源於它們為「文革」中「淪落」的知識份子「正名」，企圖重建他們啟蒙者角色和「主體性」地位[3]。表現「傷痕」作品的主要內容，可以大致區分為兩個方面。一是寫知識份子、國家官員受到的迫害，他們的受辱和抗爭。一是寫「知青」的命運：以高昂的熱情和獻身的決心投入這場革命，卻成為獻身目標的「犧牲品」。「傷痕文學」的主要作品，除了《班主任》、《傷痕》外，還有《神聖的使命》（王亞平），《高潔的青松》（王宗漢），《靈魂的搏鬥》（吳強），《獻身》（陸文夫），《姻緣》（孔捷生），《我應該怎麼辦》（陳國凱），《從森林來的孩子》（張潔）、《醒來吧，弟弟》（劉心武）、《記憶》（張弦），《鋪花的歧路》（馮驥才），《大牆下的紅玉蘭》（從維熙），《重逢》（金河），《楓》（鄭義），《一個冬天的童話》（遇羅錦），《生活的路》（竹林），《羅浮山血淚祭》（中杰英），《天雲山傳奇》（魯彥周），《許茂和他的女兒們》（周克芹）、《血色黃昏》（老鬼）[4]等。

---

[2]　朱寨《對生活的思考》，《文藝報》1978 年第 3 期。

[3]　當時的中篇小說《人到中年》（諶容）、報告文學《哥德巴赫猜想》（徐遲）等作品，也主要因為這方面的原因，在知識份子中產生強烈反響。

[4]　長篇《血色黃昏》完稿於 80 年代初，寫「知青」在內蒙古農村和牧區「插隊」的悲劇生活。由於描述的直率，幾家出版社先後拒絕接受。1986 年才由工人出版社（北京）出版，成為當時的暢銷書。

　　「傷痕文學」最初是帶有貶抑涵義的概念。這些揭露性的，具有濃重感傷基調的作品，受到「社會主義文學」必須以寫「光明」、以歌頌為主的主張者的批評，認為它們對暴露太多，「情調低沉」，「影響實現四個現代化的鬥志」；是「向後看」的「缺德」文藝[5]。這延續了「延安文學」以來有關「寫真實」，有關「歌頌」與「暴露」問題的爭論。但是，「傷痕文學」在揭露「文革」上產生的效果，不僅得到多數讀者，也得到推動與「文革」決裂的政治、文學權力階層的認可。「暴露」因為它的「適時」而受到肯定，「傷痕」的寫作也很快確立其合法的地位[6]。

　　暴露「文革」的創作潮流，在經過了感傷書寫階段之後，加強了有關歷史責任的探究的成分，並將「文革」的災難，上溯到「當代」五、六十年代的某些重要的歷史段落。對這種變

---

[5]　參見《向前看啊！文藝》（黃安思，1979 年 4 月 15 日《廣州日報》），《「歌德」與「缺德」》（李劍，1979 年第 6 期《河北文藝》）等文。李劍的文章說，「堅持文學藝術的黨性原則」的文藝，應該「歌德」；因為「現代中國人並無失學、失業之憂，也無無衣無食之慮，日不怕盜賊執杖行兇，夜不怕黑布蒙面的大漢輕輕扣門。河水渙渙，蓮荷盈盈，綠水新地，豔陽高照，當今世界如此美好的社會主義為何不可『歌』其『德』？」並說那些「懷著階級的偏見對社會主義制度惡毒攻擊的人」，「只應到歷史垃圾堆上的修正主義大師們的腐屍中充當蟲蛆」。

[6]　80 年代初，為「暴露」的「傷痕文學」辯護、支持的，有曾因為「寫真實」受到打擊的「復出」作家王蒙（《生活、傾向、辯證法和文學》，《十月》1980 年第 1 期）、劉賓雁（《關於「寫陰暗面」和「干預生活」》，《上海文學》1979 年第 8 期）、秦兆陽（《斷絲碎纜錄》。《文學評論》1980 年第 3 期），以及時任中國作協副主席的陳荒煤等。陳荒煤在《〈傷痕〉也觸動了文藝創作的傷痕！》（1978 年 9 月 19 日《文匯報》）中說，「有人批評這類小說是『暴露文學』。它當然是在暴露！可是暴露的是林彪、『四人幫』迫害革命幹部的罪惡！這就是文學藝術創作……的光榮任務。」

化的描述，導致了「反思文學（小說）」概念的普遍使用。「傷痕」、「反思」的概念出現既有先後，各自指稱的作品大致也可以分列。但是兩者的界限並非很清晰。有關它們的關係，當時的一種說法是，傷痕文學是反思文學的源頭，反思文學是傷痕文學的深化[7]。「深化」指的是超越暴露、控訴的情感式宣泄，引入思考、理性分析的成分。但「深化」又可以理解為將對「傷痕」的表達和歷史責任的探究，納入已經做出清理的有關「當代史」問題的軌道[8]。「反思」作品的主題動機和藝術結構，表現了作家這樣的認識：「文革」並非突發事件，其思想動機、行為方式、心理基礎，已存在於「當代」歷史之中，並與中國當代社會的基本矛盾，與民族文化、心理的「封建主義」積習相關。這種歷史反思，以對現代化國家的熱切追求為基點；這一基點，直接表現在同時出現的「改革文學」中。「反思文學」揭示「文革」對「現代化」（尤其是人的「現代化」）的阻滯和壓抑，「改革文學」則面對「傷痕」和「廢墟」，呼喚城市、鄉村的「現代化」目標。蔣子龍等，是這個時期特別關注「改革」這一題材的作家。寫主動要求到瀕於破產的重型電機廠任廠長，以鐵腕手段進行改革的人物的《喬廠長上任記》，被看作是開風氣之作；它在讀者引發的熱烈反響，從一個方面呈現

---

[7] 何西來《歷史行程的回顧與反思》，《當代文藝思潮》（蘭州）1982 年第 2 期。

[8] 「文革」之後，有關「當代史」問題存在多樣、複雜的看法，中共中央很快便做出清理，形成「結論」性的意見。在 1981 年 6 月 27 日中共中央 11 屆 6 中全會上，通過了《關於建國以來黨的若干歷史問題的決議》。「反思」作品對當代歷史的敘述，大多（自然不是全部）運行在《決議》所給出的「軌道」上。

當時文學與社會生活的獨特關係[9]。被列入「改革文學」的作品，還有《沉重的翅膀》（張潔）、《龍種》（張賢亮）、《花園街五號》（李國文）。有的批評家，還把《人生》（路遙）、《魯班的子孫》（王潤滋）、《老人倉》（矯健），以及賈平凹、張煒的一些小說，也歸入這一行列。作為一種整體性的文學潮流，對「文革」傷痕直接描寫的作品在 1979 年到 1982 年間達到「高潮」，此後勢頭減弱。但是有關的歷史記憶，長久留存在不少作家的經驗中，在此後的創作中以不同方式不斷發掘。

　　在敘事方式上，這期間反思「文革」、表現社會改革的小說，大多可以歸入現代中國小說頗為發達的「問題小說」的類型。圍繞所提出的問題而展開的「觀念性結構」，為許多作品所使用。而且，借助人物、或敘述者，來議論當代社會政治、人生問題也很常見。不過，由於「新時期」作家「主體意識」的增強，對感性體驗和人物性格、命運的獨立性的尊重，推動他們尋找一種「平衡」，盡力避免陷入當代那種演繹觀念的寫作套路。它們常以中心人物的生活道路，來連結「新中國」（甚

---

[9]　蔣子龍在 1976 年，就以改革題材的小說《機電局長的一天》而知名。80年代前期他發表的小說，都以表現工廠、城市改革為題材。如《喬廠長上任記》、《一個工廠秘書的日記》、《拜年》、《赤橙黃綠青藍紫》、《鍋碗瓢盆交響曲》、《開拓者》等。《喬廠長上任記》（《人民文學》1979年第 7 期）刊出後，作者接到大批讀者來信，有的提出派「喬廠長」到他們單位去。批評家馮牧、陳荒煤等對作品做了高度肯定，且認為「一個工廠的廠長，怎樣領導生產？怎樣為四化做出應有的貢獻？《喬廠長上任記》為我們提供了活的樣板」（陳荒煤《不能放下這枝筆》，1979 年 10 月 15日《工人日報》），「願有更多的喬廠長上任」（滕雲《願有更多的喬廠長上任》，1979 年 9 月 10 日《工人日報》）。

至更長的歷史時間）的重要社會政治事件（如四、五十年代之交的社會轉變，50 年代的反右運動和「大躍進」，60 年代初的經濟危機等），作品中的「命運感」，具體可感的生活細節，使觀念框架得到一定程度的化解。這種處理方式，幾乎囊括被看作「反思小說」的那些著名作品，如短篇《內奸》（方之），《李順大造屋》（高曉聲），《「漏斗戶」主》（高曉聲），《剪輯錯了的故事》（茹志鵑），《月食》（李國文），《小販世家》（陸文夫），《我是誰》（宗璞），《小鎮上的將軍》（陳世旭），中篇《布禮》（王蒙），《蝴蝶》（王蒙），《人到中年》（諶容），《犯人李銅鐘的故事》（張一弓），《河的子孫》（張賢亮），《洗禮》（韋君宜），《美食家》（陸文夫），長篇《芙蓉鎮》（古華）。其實，「反思小說」的藝術價值，並不都表現在這一相近的觀念框架上。在許多時候，反而存在於這一敘述結構的「縫隙」裏，或游離於這一結構的那些部分：恰恰是在這裏，可以發現作家獨特的感性體驗和歷史的思考深度[10]。

二、三部中篇小說

　　一般認為，文學對「文革」的批判性反思，始於「新時期」的「思想解放運動」。事實上，「文革」中這種反思就已出現。70 年代初，一些作家，尤其是當時「上山下鄉」的知識青年中

---

[10]　例子之一是，陸文夫的《美食家》雖然以反思、檢討「建國」以來的城市政策為基點，但是作品最出色部分，是對於與人物命運相關的蘇州民俗、文化的講述。

的一些寫作者，已經開始用詩歌、小說等形式，表達這一境遇中產生的精神困惑。詩歌是這種表達的最主要樣式[11]。除此之外，「文革」後期以「手抄本」形式流傳的幾個中、短篇小說，也是最初的反思性講述的重要例證。

這些小說，有短篇《幸福大街13號》（趙振開）、中篇《波動》（趙振開）、《公開的情書》（靳凡）和《晚霞消失的時候》（禮平）。《公開的情書》是靳凡發表的唯一的文學作品[12]。初稿完成於1972年，曾以手抄和打印本形式流傳。1979年經作者修改後，發表於文學刊物《十月》（北京）。小說由幾個「文革」中大學畢業，在山區、農村勞動的青年（真真、老久、老嘎、老邪門）之間在半年的時間裏的43封通信組成。沒有完整的情節，也沒有通常小說的人物描寫和性格刻畫。思辨、說理色彩和強烈的感情抒發，是它的構成要素。這些往來信件所處理的，是已脫離（自覺的，或被動地）規範的生活軌道，但處於迷惘中的年輕人，對現實處境和生活道路的思考，對所關切的人生、愛情、責任、民族未來的探索。對未明道路的充滿浪漫激情的思考、辯論，使這一抒情性作品彌漫著一種緊張、焦躁的情緒。趙振開（北島）的《波動》寫於1974年，也曾以手抄本形式傳閱。1976年6月和1979年4月兩次修改，先後刊於《今天》、《長江》上[13]。比較起來，《波動》表現了更多的藝

---

[11] 如當時未能公開發表的穆旦、牛漢、綠原、曾卓，特別是食指、芒克、多多、根子、北島等的詩歌作品。

[12] 靳凡以後主要從事中國近代思想史研究。「文革」中畢業於北京大學中文系，原名劉莉莉，又名劉青峰。現為香港中文大學中國文化研究所研究員。與金觀濤合著有《興盛與危機——論中國封建社會的超穩定結構》等。

[13] 《波動》1978-1979年在北島、芒克等主辦的刊物《今天》上連載，後刊發

術探索的成分。它也沒有清晰的事件、情節，由不同人物的第一人稱敘述構成多層的獨白。和《公開的情書》相似，「訴說」是這個時間寫作最重要的動機，但《波動》提供了更多的細節描述，情感、觀念的表達也更有控制。小說的主要部分，雖也圍繞青年人（蕭淩、楊訊、白華、林媛媛等）的命運展開，寫他們的愛情，他們精神上的扭曲，對「荒謬」所作的抗爭，但在展現他們存在的環境上，比《情書》要較為開闊。小說中透露了這樣的有關「轉折」、「崩潰」的資訊和感知：「一種情緒，一種由微小的觸動所引起的無止境的崩潰。這崩潰卻不同於往常，異樣的寧靜，寧靜得有點悲哀，仿佛一座大山由於地下河的流動而慢慢地陷落……」

《晚霞消失的時候》共四章，分別以春、夏、冬、秋命名，是一個整飭的「古典式」結構。借兩個出身「對立階級」家庭的中學生李淮平（共產黨高級將領後代）和南珊（國民黨起義將領楚軒吾的外孫女），在「文革」前夕到「文革」結束的十多年裏的四次巧遇，來鋪排有關歷史、人生、愛情、宗教等問題的討論。其中，有關歷史「含混性」的思考，對理性力量和人控制歷史的信心的疑慮，是當時所涉及的問題中最激動人心、而又最具爭議性的。由於小說對這些誘人問題敘述、討論的熱忱和真誠，對這個「寫實小說」違逆「寫實」成規的種種瑕疵，讀者有可能忽略不計。

這三部中篇對「文革」現實的批判，主要從精神悲劇的角度展開。它們都涉及知識青年人生道路的問題。它們寫到原先

於 1981 年第 1 期的《長江》（武漢）。發表時均署名趙振開。

確立的信仰的潰散，並為他們的「精神叛逆」的合法性辯護。
「代際」的問題，以提供與 60 年代不同答案的方式被討論[14]。
當「成年人」以他們的經驗和信仰出來批評這種精神失落和懷
疑情緒時，《波動》的回答是，他們的「悲劇生活」是不應該
被否定的，更不是上一輩人的經歷和思考所能包容和取代：那
些自以為能洞察一切的「引導者」，其實「既被歷史的惰性所
擊敗，又被歷史惰性所同化」。三部小說從思想和精神價值取
向上，包容了在 80 年代思想論爭和文學創作中廣泛涉及的觀念
和命題。比如「存在主義」[15]，比如「新啟蒙」的精英意識。至
於對精神出路的規劃，這些作品的指向則有差異。《情書》所
張揚的是超人式的「精英主義」，一種「世人皆醉我獨醒」的
先覺者的驕傲。作品中那個被看作是這一圈子的「精神領袖」
的人物申明，人們將從「我們的思想」能給他們多少光明「來
判斷我們的工作價值」。它重視的是積極的思想探索和社會行
動。對於精神出路，《波動》並沒有結論和方案。它堅持一種
人性的理想，但也質疑、破壞一種把握歷史、預言未來的自信；
它表達了悲觀，同時也試圖反抗悲觀。

---

[14] 在 60 年代和「文革」期間，有關青年人生道路的作品，矛盾的解決通常由
「老一輩」（老工人、老貧農、老革命幹部）對「問題青年」加以引導、
教育。如 60 年代的話劇《年輕的一代》（陳耘編劇）、《千萬不要忘記》
（叢深編劇）、《家庭問題》（胡萬春編劇）等。

[15] 對《波動》的批評之一，是作品以存在主義為指導思想：「作者提倡一種
『懦夫使自己懦弱，英雄把自己變成英雄』（讓－保爾·薩特）的哲理」；
這是「對客觀世界採取虛無主義態度，……企圖用普遍的人性和人道主義
來代替馬克思主義的世界觀」（易言《評〈波動〉及其他》，《文藝報》
1982 年第 4 期）。

在這三部小說中，《晚霞》的主人公（南珊）相信「善」的
價值和人類推廣、實現這種價值的能力，支持個體心靈反省以達
到人格的提升，批評了「動輒以改革社會為己任，自命可以操縱
他人」的「狂妄」。它提出了宗教式的心靈完善，作為拯救和自
贖的理想道路。由於《晚霞》事實上「超越」了成為 80 年代「思
想主潮」的啟蒙主義意識形態，「超越」樂觀的歷史進化論，因
此，它不僅受到文壇「守舊者」的批評，也受到「思想解放」先
鋒的拒絕。這看起來有些出人意料，其實也在情理之中[16]。

三、「復出」作家的歷史敘述

「新時期」歷史記憶書寫者的主要成員，是在 50 年代開始
寫作並遭遇挫折，有過多年苦難經歷的作家。他們有王蒙、張
賢亮、林斤瀾、宗璞、李國文、從維熙、方之、陸文夫、高曉

---

[16] 這三部中篇發表後都有過一些爭論。對《晚霞消失的時候》的討論，從 1981
年起延續到 1983 年。許多文章持批評的態度。重要的評論文章有：仲呈祥
《「春華」，但並未「秋實」——南珊形象得失芻議》（《作品與爭鳴》
1981 年第 10 期）、敏澤《道德的追求和歷史的道德化》（《光明日報》
1982 年 2 月 8 日）、劉燕光《戰鬥的唯物主義還是宗教信仰主義》（《光
明日報》1982 年 6 月 3 日）、張雨生《應該向哪裏尋求信念》（《解放軍
報》1983 年 12 月 11 日）等。宣揚「宗教唯心主義」是這部小說當時最受
指責的一點。在當時的「思想解放」運動中，哲學家王若水是領先人物；
他對《晚霞》的批評，見《南珊的哲學》（《文匯報》1983 年 9 月 27 日）
一文。王若水批評了南珊的獨善其身，尋求道德自我完善的「訴諸抽象的
人類心靈而否定實際的鬥爭」的人生哲學，並說，「在地上的神還原為人
以後，為什麼又要去尋找天上的神呢？在思想從新的宗教中解放出來以
後，為什麼又要用老的教條去重新束縛思想呢？」對於作品「宣傳了宗教」
和「抽象人性」的批評，作者禮平在當時不予承認，說南珊的信念，是「堅
強而樂觀的心聲」，「與馬克思主義的任何一個觀點都是絕不相悖的」（《談
談南珊》，上海《文匯報》1985 年 6 月 24 日）

聲、魯彥周、張弦等[17]。這些作家的多數，是在四、五十年代之交確立他們的政治信仰、文學立場的。他們投身革命政治和革命文學，接受了共產社會理想的許諾，願意以「階級論」和「集體主義」作為自己的世界觀，也接受文學「服務」於政治和社會行動的文學觀。不過，他們之中的許多人，人道主義和個人主義的思想「陰影」，通過俄國、西歐的古典作品，和「五四」作家的創作，在他們的血液中流動，並在某些時機，成為思想情感中的主導因素。他們「復出」之後，個人的和社會的創傷記憶，很自然地成為這個時期創作取材的中心。

王蒙 70 年代末「復出」，在八、九十年代持續保持創作活力，是一位多產作家[18]。作品以小說為主，也涉及散文隨筆、新舊詩、創作談、文學批評、古典文學研究等方面。他的以「文革」和「當代史」為題材的作品（《最寶貴的》、《表姐》、

---

[17] 雖然牛漢、綠原、昌耀、曾卓、公劉、邵燕祥、流沙河、白樺、林希這一時間的詩歌創作，巴金、楊絳、陳白塵等的散文隨筆，也有相似的歷史創傷主題，但批評家一般不用「傷痕」、「反思」等概念談論詩歌等文類的創作。

[18] 王蒙（1934-），生於北京祖籍河北南皮。40 年代末在北京參加進步學生運動，50 年代初從事共青團工作。1954 年發表短篇《春節》的處女作。1956 年的《組織部新來的青年人》產生很大反響。1957 年被定為「右派分子」，到京郊農村勞動改造。1962 年在北京師範學院任教，並有作品發表。1963 年舉家赴新疆，先後在新疆文聯、自治區文化局工作，一度在伊犁地區農村勞動。1979 年返回北京。1986 年至 1989 年間，曾任國家文化部部長。著有長篇小說七部，中篇、短篇、微型小說集十餘部，評論集、散文集各十餘部，古典文學研究集、古詩集、新詩集多部。主要小說作品集有《王蒙小說報告文學選》、《王蒙中篇小說集》、《深的湖》、《木箱深處的紫綢花服》、《在伊犁——淡灰色的眼珠》，以及《青春萬歲》、《活動變人形》、《青狐》、「季節」系列等單獨出版的長篇小說。另有《王蒙選集》、《王蒙文集》等。

《布禮》、《蝴蝶》、《雜色》、《春之聲》、《海的夢》、
《相見時難》等），一開始就與流行的揭露、控訴的題材和情
感方式保持距離，雖然有的作品也採用流行的以當代歷史事件
為結構框架，但表現了可貴的思想深度和藝術控制力，和重視
心靈現實，重視歷史理念的思辨剖析的傾向。從中篇《布禮》
到後期的「季節」系列的長篇[19]，投身革命事業的青年知識份子
在當代的生活、情感際遇，是王蒙小說不斷開掘的土層。他的
主要作品的基本主題，是知識個體與他所獻身的「理想社會」
之間無法掙脫的複雜、纏繞關係。小說的主人公一開始都具有
獨特年代所賦予的理想化信念，並熱情參與對「新世界」的創
造。但「理想社會」不僅沒有能夠提供實踐信念的條件，反而
使獻身者受到傷害，陷入精神上的迷誤。在探索這一歷史現象
時，他表現出一種自己（有的批評家也這樣分析）的「辯證」
觀點。他不把歷史的責任歸於某一或某幾個人，也不想以某種
僵硬的倫理觀來裁決人、事。他竭力要從混亂中尋找「秩序」
重建的可能，從負有責任者那裏發現可以諒解之處，也會在被
冤屈、受損害者中看到弱點，和需要反省的「劣根性」。在一
些作品那裏，歷史和個人曲折命運會被歸結為某一浮淺的政治
命題（如革命者與「人民」的「魚水關係」），但在同一作品
或另外的篇章中，又有深沉的人生感悟浮現，並接觸到現代中
國歷史的一些基本主題（「啟蒙者」的悲劇命運等）。他既警

---

[19] 「季節」系列，指 90 年代以後發表的，有連續性的系列長篇小說《戀愛的
季節》、《失態的季節》、《躊躇的季節》、《狂歡的季節》。寫青年知
識份子從 50 年代初到「文革」期間，在複雜社會生活和政治運動中的心理
歷程。

惕地提防對純粹的精神理念的沉迷，並質疑知識者的「精英」意識，而又流露出對成為「精神旗幟」的留戀。對於歷史和自身的反省態度，使他的小說避免了普遍性的感傷，不過，思想信仰有時也會被抽離了具體的歷史形態和實踐內容，在他的小說中成為不可分析、懷疑的教條，轉化為對人的壓迫的力量：這一思想框架的封閉性，限制了思想境域的拓展。……種種的矛盾和複雜性，構成他的小說的較為豐厚的內涵，也同時存在一種含糊不清的歷史和精神態度；而「辯證」觀點所具有的穿透力，與精神上策略性的曖昧的界限，也常常難以分清。在他的創作中，長篇《活動變人形》從結構上說雖然存在欠缺，卻是王蒙自己，也是 80 年代長篇中獨特、而且重要的一部[20]。它寫倪吾誠的人生的失敗，試圖表現在東西文化衝突中，啟蒙知識份子身、心的困窘處境，表現了執著的反省精神。作者曾說，這部小說他寫得十分痛苦。這種痛苦其實主要不是來源於認識到的文化矛盾，而與幼年就深藏的刻骨銘心的記憶，與這種記憶後來的折磨有關。在這裏，王蒙似乎離開了他的矜持，暫時忘卻在另外的作品中刻意保持的「平衡」，而流露出深切的精神的失望。在這部長篇中，人的隔膜和嫉恨所展示的殘酷和野蠻，更多由一組女性人物（特別是靜珍）來承擔。缺乏諒解的深層的情感經

---

[20] 中篇《雜色》（《收穫》1981 年第 3 期）也是王蒙出色的另一部作品。當時有批評家認為，「當代作品如果能有傑作，我想王蒙的《雜色》可以屬於這傑作之林」（高行健《讀王蒙的〈雜色〉》，《讀書》1982 年第 10 期）。

驗，使這些女性的「惡魔」性格，被細緻而不留情面地刻畫得令人驚悚[21]。

王蒙在小說藝術上，作了多方面的探索。80 年代初的《布禮》、《蝴蝶》、《春之聲》、《夜的眼》，採用了主要寫人物意識流動，並以之組織情節，結構作品的敘事方法，這在「現代派」熱的當時，被看作是學習西方「意識流小說」的成果[22]。在《名醫梁有志傳奇》、《來勁》、《球星奇遇記》和《堅硬的稀粥》等作品中，使用的是戲謔、誇張，帶有荒誕色彩的寓言風格。他似乎有意離開了規範的「寫實」小說的路子，放棄了專注於典型情節的構思和人物性格的刻畫；不過，《活動變人形》也許是「例外」。總之，王蒙關心的，是對於心理、情緒、意識，印象的分析和聯想式的敘述。這形成了一種流動傾瀉的敘述方式：語詞上的變化和多樣組合，不斷展開的變化的句式，對於誇張、機智、幽默才能的充分展示，等等。在「敘述之流」中，也不乏鮮活的細節和場面的刻畫。當然，當敘

---

[21] 小說出版的 20 年後，王蒙談到它的時候說，「然而我畢竟審判了國人，父輩，我家和我自己。我告訴了人們，普普通通的人可以互相隔膜到什麼程度，忌恨到什麼程度，互相傷害和碾軋到什麼程度。我起訴了每一個人，你們是多麼醜惡，多麼罪孽，多麼不幸，多麼令人悲傷！我最後宣布赦免了他們，並且為他們大哭一場。」見王蒙《關於〈活動變人形〉》，《南方文壇》（南寧）2006 年第 6 期。

[22] 這種探索，對於習慣於閱讀有完整故事、人物的小說讀者，既引起一些人的驚喜，也讓另一些人失望，發生了有關藝術創新和「意識流」問題的爭論（主要在 1980 年 7 至 8 月間的《北京晚報》進行）。80 年代中期，在西方的現代小說和藝術方法大量譯介之後，對王蒙等的探索重新進行評價。有批評家認為，王蒙這些以理性為主幹的「意識流」，並非「真正的」意識流小說，王蒙等是把技法與其哲學內涵剝離。但為這些小說辯護者，則認為他並不亦步亦趨，而創造了「東方意識流」的藝術形態。

述者有時過分迷醉於敘述過程所體現的智力和語言運用的優越感時，也會情不自禁失去控制，在「文體」上出現欠缺「厚度」的鬆散。

張賢亮[23] 1979 年「復出」重新寫作。與他的生活經歷相關，他的小說的故事，大多發生於西北地區的鄉村。從題材上說，一部分寫 80 年代農村、工廠的經濟改革，如長篇《男人的風格》，中篇《龍種》、《河的子孫》，主要部分則以自己近二十年的「苦難生活」經歷為素材；後者在當時文壇影響最大，也被看作是他的代表性作品。它們是《土牢情話》，《邢老漢和狗的故事》、《靈與肉》、《綠化樹》，《男人的一半是女人》，長篇《習慣死亡》，和出版於 90 年代的長篇《我的菩提樹》（又名《煩惱就是智慧》）、《青春期》。張賢亮的一些小說，曾在不同時間、不同問題上引發熱烈爭議[24]。由於他對當代某些特殊領域（設置於荒涼邊遠地區的勞改農場）、某些特殊人群（冤屈，卻自認有罪的受難知識份子）的描述，也由於作品引發的論爭，在 80 年代，他是知名度很高的作家之一。

---

[23] 張賢亮（1936- ），江蘇盱眙人。50 年代初到甘肅的學校任教，並開始文學創作。因在《延河》1957 年 7 月號發表詩《大風歌》，成為「右派分子」。據張賢亮自述，在 1958 年到 1976 年的 18 年中，他兩次勞改，一次管制，一次「群專」（即交由「人民群眾」監督改造），一次投入監獄。1979 年開始重新寫作。出版有長篇《男人的風格》、《習慣死亡》、《我的菩提樹》，中短篇集《靈與肉》、《肖爾布拉克》、《感情的歷程》，以及《張賢亮自選集》（1-4 卷）、《張賢亮近作》等。

[24] 《靈與肉》、《綠化樹》、《男人的一半是女人》、《早安，朋友》（一部以中學生早戀為內容的長篇）、《習慣死亡》等發表後，對它們的思想藝術傾向都發生過爭論。爭論涉及怎樣理解「愛國主義」，如何描寫、看待苦難，性描寫，知識份子反思當代歷史的蒙昧主義與批判精神等問題。

　　張賢亮在 80 年代小說藝術上的突出貢獻，是細緻、「逼真」地展示他在作品中展開的生活情境和人物複雜心理活動；這是另外一些寫近似「題材」的「復出」作家難以企及的。他的帶有「自敘傳」色彩的小說，一再出現的中心人物，是被流放、勞改的「右派」，一個被社會所遺棄的「讀書人」（他的名字，或者是許靈均，或者是章永璘）。他在西北貧瘠的荒漠地區經受著飢餓、性的饑渴和精神的困頓。他們在這裏遇到生理和精神的救贖者──生存、勞動方式都相當「原始」的底層勞動者，尤其是其中潑辣、能幹而又癡情的女性（《靈與肉》中的秀芝，《土牢情話》中的喬安萍，《綠化樹》中的馬纓花，《男人的一半是女人》中的黃香久）。底層勞動者堅韌的生命力和靈魂的美，撫慰了他們瀕於崩潰的生命，成為超越苦難的力量。因此，動人的愛情故事成為作品的重要結構因素；而知識者的懦弱、委瑣，與這些底層女性的無私、熱烈，形成鮮明對比。這些小說在結構模式和人物設計上，無意中接續了某些「傳統」因素。不論是對於啟蒙思潮的對「原始性」的崇拜，還是閱讀《資本論》以清洗西方「人道主義」的影響[25]，都不能改變男性「讀書人」敘事中以貶抑方式呈現的優越感，那種憑藉知識以求聞達的根深蒂固的欲望。因而，正如有批評家指出的，《綠化樹》等作品，暗合了古典戲曲、小說的表現「落難公子」的敘事模式[26]。在長篇《習慣死亡》中，「讀書人」的苦難經歷已

---

[25] 《綠化樹》與《男人的一半是女人》等，是作者設定的「唯物論者的啟示錄」小說系列中的兩部。

[26] 參見黃子平《同是天涯淪落人──一個「敘事模式」的抽樣分析》，《沉思的老樹的精靈》，杭州，浙江文藝出版社 1986 年版。

成為無法擺脫的夢魘，糾纏於主人公與異國戀人的情愛中；性
愛也無法拯救受難者，死亡、恐懼的記憶，化為精神存在，將
他「異化」為非人。寫於 1993 年的長篇《我的菩提樹》，通過
日記和對日記的注釋，以「記實」方式展示勞改生活的內幕。
後來的長篇《青春期》（1999），也以作者的經歷為素材。這
些作品，都圍繞著那段苦難生活記憶打轉，成為再也無法掙脫，
因而雖有所拓展，但又不斷複製衍生的創作題材的「牢籠」。
在「復出」作家中，似乎無法吸納、融入另外的生活經驗的情
況，不限於張賢亮一人。

　　高曉聲[27]的第一個短篇小說《解約》發表於 1954 年。1978
年開始恢復寫作。1979 年到 1984 年是高曉聲創作旺盛時期，每
年都有短篇小說結集出版。此後，作品漸少。在 80 年代初，他
的作品以表現當代農民的命運著稱，短篇《李順大造屋》、《「漏
斗戶」主》、《陳奐生上城》等，是當時有影響的作品。和大
多數「反思小說」一樣，人物的坎坷經歷與當代各個時期的政
治事件、農村政策之間的關聯，是作品的基本結構方式。在這
些小說中，引人注目的是有關當代農民性格心理的「文化矛盾」
的描寫。從當代歷史發生的挫折與傳統文化積習相關的理解出
發，作者揭示了作為一個「文化群體」的農民的行為、心理和

27　高曉聲（1928-1999），江蘇武進縣人。1957 年因為與作家葉至誠、陳椿年、
　　陸文夫等在南京籌辦「探求者」文學社和文學刊物，提出要開展不限於社
　　會主義現實主義的多樣化探索，成為「右派分子」，開除公職，被迫返回
　　家鄉務農 21 年。主要作品集有《79 小說集》、《高曉聲 1980 年小說集》、
　　《高曉聲 1981 年小說集》、《高曉聲 1982 年小說集》、《高曉聲 1983 年
　　小說集》、《高曉聲 1984 年小說集》、《陳奐生》、《高曉聲小說選》、
　　《高曉聲代表作》、《高曉聲幽默作品自選集》等。

思維方式的特徵：他們的勤勞、堅韌中同時存在的逆來順受和隱忍的惰性，對於執政黨和「新社會」的熱愛所蘊含的麻木、愚昧的順從。因為在探索當代農民悲劇命運的根源上，提出了農民自身責任的問題，因此，這些小說被批評家看作是繼續了魯迅有關「國民性」問題的思考。顯然，高曉聲在一個時期，為《陳奐生上城》等作品受到的盛讚所鼓勵，並醉心於要留下80 年代以後農村變革步履的每一痕迹，而讓人物（陳奐生等）不斷變換活動場景——上城、包產、轉業、出國，而寫作的思想藝術基點則並未有多大變化[28]。高曉聲的另一類短篇，如《錢包》、《魚釣》、《繩子》、《飛磨》等，以簡單、富於民間色彩的故事，來寓意某種生活哲理，在有的批評家那裏，得到更多的肯定。高曉聲小說的語言平實質樸而有韻味，敘述從容、清晰。善於在敘述中提煉有表現力的細節，表現人物的心理活動。他的有節制的幽默，也常以不經意的方式傳達出來，在對人物適度的嘲諷中蘊涵著濃郁的溫情，表現了一種將心比心的體諒。

　　劉心武[29] 1961 年在北京任中學教師起，開始寫作和發表作品。1977 年發表《班主任》，和隨後發表《愛情的位置》、《醒

---

[28] 高曉聲 1980 年發表了短篇《陳奐生上城》之後，又陸續寫作以陳奐生這一人物為主人公的系列小說《陳奐生包產》、《陳奐生轉業》、《陳奐生出國》。

[29] 劉心武（1942- ），生於四川成都，在北京讀小說、中學。1961 年起在北京13 中任教，並開始發表作品。1975 年出版中篇《睜大你的眼睛》。80 年代以來出版的小說集主要有：《劉心武短篇小說選》、《班主任》、《綠葉與黃金》、《如意》、《到遠處去發信》、《立體交叉橋》、《王府井萬花筒》、《大眼貓》、《5‧19 長鏡頭》等，長篇小說《鐘鼓樓》、《風過耳》、《四牌樓》、《棲鳳樓》、《仙人承露盤》。今年致力於《紅樓夢》研究。另有八卷本的《劉心武文集》。

來吧，弟弟》等短篇，提出「文革」在青少年心靈上留下的「內傷」的「後遺症」問題，作品反響很大而聲名大噪。一度擔任《人民文學》主編（1986-1990），因發表馬建的存在嚴重爭議的小說《亮出你的舌苔或空空蕩蕩》而被停職[30]。

　　劉心武的小說均以北京市民作為表現對象。80 年代，他以以人道主義的精神立場，關注作為社會個體的普通人的生活狀況和處境。80 年代後期，以「紀實小說」形式，發表《5・19 長鏡頭》、《王府井萬花筒》、《公共汽車詠歎調》，寫北京市民的生活和文化心態。上述的創作，都在作品中明確地提出某一社會問題，並呼籲一種解決方案，表現了他創作的「憂患意識」和說理傾向。當那種單一的問題意識稍有消褪的時候，劉心武以較裕如的視角和筆墨，來描述具有特定風情、習俗、世態的北京市民社會生活圖景，這體現在《如意》、《立體交叉橋》，和《鐘鼓樓》、《四牌樓》、《風過耳》等長篇中。這些小說，被稱為「京味都市小說」。進入 90 年代，劉心武提有「大眾文學精緻化，精緻文學大眾化」的構想，試圖溝通「雅」、「俗」兩途，並以通俗小說形式，在通俗刊物上連載的中篇《一窗燈火》。他在文化論爭中所表達的觀點，和他的寫作實踐本

---

[30] 馬建《亮出你的舌苔或空空蕩蕩》發表於《人民文學》1987 年 1、2 期合刊，當時劉心武任主編。作品發表後受到嚴屬批評、國家民委和中國作協召開座談會，唐達成代表中國作協書記處宣布劉心武停職檢查，《人民文學》副主編周明代表編輯部做了檢查。檢查稱：小說「用聳人聽聞、低級下流的筆調，肆意歪曲西藏地區的風貌，極力醜化藏族同胞的形象，同時無恥宣揚主人公沉迷肉欲與追求金錢的卑劣心理。這是一篇內容荒謬、格調低下的所謂『探索性』作品。」《嚴重的錯誤　沉痛的教訓》，1987 年 2 月 21 日《文藝報》。

身，顯示了部分在 80 年代呼喚「救救孩子」，持精英「啟蒙」立場的作家在 90 年代的「市民化」轉向。不過，他也為這種「市民化」趨向設限，事實上仍堅持內在的「精英」本位。這反映了「社會轉型」過程中的某種「身份」設計：以「精英」文化身份去表現、引領「大眾」，又以想像性的「大眾」心態來闡釋和認同「轉型」的現實。90 年代以後，劉心武的創作影響減弱（包括新的作品，和「新時期」曾轟動一時的短篇）；這是文學閱讀、評價發生重要變化的結果。

　　講述「文革」記憶的作家，還有宗璞、從維熙、李國文、張一弓、張弦、魯彥周等。李國文[31]1957 年因為發表短篇《改選》成為「右派」。「文革」後的主要作品有短篇《月食》，短篇系列《危樓記事》，長篇《冬天裏的春天》、《花園街五號》等。張一弓[32]在 80 年代反響最大的小說，是寫五、六十年代和「文革」中農民命運的中篇《犯人李銅鐘的故事》，《張鐵匠的羅曼史》，均屬「反思小說」的「典型」之作。從維熙[33]50

李國文（1930-）祖籍江蘇鹽城，出生於上海。50 年代開始發表小說。80 年代以來出版的作品有，長篇《冬天裏的春天》、《花園街五號》，中、短篇小說集《第一杯苦酒》、《危樓記事》、《沒意思的故事》、《涅槃》等。

[32] 張一弓（1934-），河南開封人。50 年代中期開始文學寫作，1959 年因發表短篇《母親》受到批判。80 年代以後發表的重要作品，尚有《黑娃照相》、《流淚的紅蠟燭》等。

[33] 從維熙（1933-），河北玉田縣人。1950 年開始發表作品。1957 年成為「右派」後，在勞改農場「勞改」近 20 年。80 年代以來出版的作品集有：中短篇小說集《遺落在海灘上的記憶》、《潔白的睡蓮花》、《遠去的白帆》、《燃燒的記憶》、《驛路折花》、《雪落黃河靜無聲》，小說選集《從維熙小說選》、《從維熙中篇小說選》、《從維熙集》，長篇小說《北國草》、《逃犯》（上篇《風淚眼》，中篇《陰陽界》，下篇《斷腸草》）、《裸

年代初開始發表作品。「文革」後他的小說受到關注，在很大
程度上與「題材」選取有關。在成為「右派」之後的 20 年間，
他被遣送至「勞改隊」；熟悉監獄和勞改隊的狀況。在此前「當
代」的文學創作中，這是沒有涉及的「禁區」。從維熙這一期
間的大部分作品，寫受難的知識份子在監獄、勞改農場的遭遇。
它們是《大牆下的紅玉蘭》、《第十個彈孔》、《燃燒的記憶》、
《泥濘》、《遺落在海灘上的腳印》、《遠去的白帆》、《雪
落黃河靜無聲》、《斷橋》、《風淚眼》。故事既發生在勞改
隊和監獄大牆裏面，又有中篇《大牆下的紅玉蘭》這樣的題目，
因此，批評界稱為「大牆內小說」，或「大牆文學」。從取材上
說，讀者容易聯繫起俄國作家索爾仁琴的《伊凡・傑尼索維奇
的一天》、《癌病房》、《古拉格群島》。但它們之間在視角、
思想立場和審美意向上，卻有很大差異。從維熙的這些悲情浪漫
小說，繼承的是傳統戲曲、小說的歷史觀，即把歷史運動，看作
是善惡、忠奸的政治勢力之間的較量。「文革」等的歷史曲折，
這其間正直者的蒙冤受屈，都是奸佞之徒（在小說中，他們或者
是「國民黨還鄉團」，或者是「四人幫」及其「幫兇」）一時得
勢的結果。這種道德化的歷史觀，制約了從維熙小說的藝術形態。
人物被處理為某種道德「符號」，著力刻畫的「正面人物」（或
「英雄人物」），都顯現為靈魂「純淨」，道德「完美」[34]。複雜
的生活現象，被條理、清晰化為兩種對立的道德體現者的衝突，

雪》，紀實回憶錄《走向混沌》。另有八卷本的《從維熙文集》。
[34] 《雪落黃河靜無聲》中范漢儒這一人物的取名，就包含「中國知識份子的
典範」和「民族之魂」意義。小說中對他使用了「看不見他身上的一點雜
質，透明得就像我們醫藥上常用的蒸餾水」的描述。

並以此構造小說的情節。敘述者與人物、情境之間的欠缺距離、間隔，詞語的誇張，表現了情感上節制的欠缺。比較而言，在涉及當代知識者的苦難歷史這一主題上，他的紀實性回憶錄《走向混沌》更值得重視。它以作家在 1957 年及以後幾年的遭遇為主線，涉及當時北京文壇的狀況。環境和人物不再被抽象化、理念化，對「受難者」自身也有了反省，而提供了對當時情景的較為可信的陳述。

四、「知青小說」的演變

「知青」出身的作家，是 80 年代文學的重要支柱。他們的創作，在當時獲得「知青文學」（或「知青小說」）的命名。批評界對這一概念的使用，在涵義上並不一律。較普遍的說法是，第一，作者曾是「文革」中「上山下鄉」的「知識青年」；第二，作品的內容，主要有關知青在「文革」中的遭遇，但也包括他們後來的生活道路，如返城以後的情況[35]。與「傷痕文學」等一樣，這個概念專指敘事體裁（小說，或紀實性敘事作品）的創作，而北島、舒婷、芒克、多多、食指等，一般不被稱為「知青作家」，他們的創作，也較少被納入「知青文學」（或「知青詩歌」）的範圍。這種命名的狀況，從一個方面表現了詩歌題材、主旨的「超越性」特徵；事實上，這些詩人的作品，

---

[35] 趙園認為，「知青文學」是「知青作者寫知青生活的文學」，是「作者身份與題材的雙重限定」；但也不是題材和身份兩者相加，「知青文學」已構成一種「文學品格」，是「一代人的自我闡釋」。趙園《地之子──鄉村小說與農民文化》第 240 頁，北京十月文藝出版社 1993 年版。

也難以用「知青」的詞語描述。表現「知青」的生活道路的創作，在「文革」期間已經存在[36]，但這一概念在 80 年代才出現，這說明它開始被看作一種文學潮流，具有可被歸納的特徵。雖然存在一種「知青文學」的文學現象，但這裏並不特別使用「知青作家」的說法。這是因為許多在這一時期寫作「知青文學」的作家，後來的寫作發生了很大變化，這種身份指認已經失效。況且，有的「知青作家」，其最重要作品並非他們所寫的「知青文學」[37]。70 年代末到 80 年代，發表過以「知青」生活為題材的小說作家有韓少功、孔捷生、鄭義、王安憶、史鐵生、張煒、張承志、梁曉聲、張抗抗、柯雲路、葉辛、陳村、李銳、蕭復興、竹林、李曉、陸天明、朱曉平、陸星兒、老鬼等。

與 50 年代罹難的「復出」作家相似，「知青文學」也常帶有明顯的自傳色彩。他們與「復出」作家有相似的意識，即書寫與國家社會政治緊密關聯的個人經歷，有超出表現個人命運的重要價值。不同之處在於，50 年代的受難者「文革」後「冤情」得以洗清，他們受難的因由，連同受難的經歷，在「新時期」轉化為榮耀，在公眾心目和自我意識中，成了「文化英雄」。而「知青」這一代人在「文革」中的生活意義，卻是可疑和含混不明的。這是推動「知青」（不限於作家，也不限於以文學

---

[36] 如長詩《理想之歌》（北京大學中文系 72 級工農兵學員集體創作）、《金訓華之歌》（仇學寶），長篇小說《分界線》（張抗抗）、《千重浪》（畢方、鍾濤）等。一般來說，批評界也不把「文革」期間的這類作品歸入「知青文學」之中。

[37] 「知青文學」「並未概括這一代作家的最優秀之作，就總體而論，這一代作者的成就更在知青文學之外」。趙園《地之子——鄉村小說與農民文化》第 240-241 頁。

為手段）持續不斷為一代人的青春立言，證明其價值和合法性
的動力。差別的另一點是，他們似乎沒有那種深刻的「少共精
神」，沒有 50 年代初那種「所有的日子都來吧，讓我們編織你
們」[38]的情感記憶。或者說，這種更多靠灌輸獲得的精神，在「文
革」中已出現裂痕，甚至破碎。這樣，「知青小說」在小說形
態上和內在情緒上，並不熱衷於以個體的活動來聯結重大歷史
事件，也較少那種自以為已洞察歷史和人生真諦的圓滿和自
得。在《大林莽》（孔捷生）、《歸去來》（韓少功）、《北
方的河》（張承志）等作品中，有更多的惶惑，和產生於尋求
的不安和焦慮。

　　由於「知青」歷史位置與現實處境的不確定，因而，「文
革」的經歷，便是為確定現實位置而不斷挖掘、重新審察的對
象。記憶的挖掘、搜尋方式，所持的價值取向，與「時間」有
關，又為作家個人經歷的獨特性[39]所制約。因此，「知青小說」
對於的「文革」敘述，一開始就呈現出體驗和闡釋的多向性。
早期的知青小說，更著重於對「文革」悲劇的感傷揭露：青春、
信念的被埋葬，心靈受到的扭曲。在盧新華的《傷痕》，陳建
功的《萱草的眼淚》，鄭義的《楓》，遇羅錦的《一個冬天的
童話》[40]，孔捷生的《在小河那邊》，竹林的《生活的路》，老

---

[38] 王蒙寫於 50 年代的長篇《青春萬歲》中，青年學生唱的歌曲中的句子。

[39] 這種「獨特性」，其實也與「知青」生活的地域、方式有關。聚集大量「知
　青」的東北北大荒軍墾農場，與雲貴邊緣地區提供的生活經驗，在「知青
　文學」中呈現的差異顯而易見。

[40] 《一個冬天的童話》有的認為是報告文學，有的認為是中篇自傳體小說。
　作者為「文革」中因為批判「血統論」而被處死刑的青年遇羅克（北島的
　有詩《宣告》「獻給遇羅克」）之妹。作品寫遇羅克罹難及家人的悲劇遭

鬼的《血色黃昏》等作品，有對生活基本權利得不到保障、真誠信仰被愚弄的憤怒，和回首往事的悔恨和悲哀。在越過這種悲劇揭露的方式之後，一部分創作，在視點、情感處理和敘述方法上出現了變化。變化緣於「知青運動」事實上已經結束，也緣於大批「知青」返城後的複雜處境。對於歸來的「遊子」，城市並不是原先企望的理想「天堂」。時間、空間的間隔，新出現的物質、精神上的困擾，推動對已逝的生活的「重構」。批評家當時普遍認為，發表於 1981 年的《本次列車終點》（王安憶）和《南方的岸》（孔捷生），表現了「知青文學」主題、情感意向上轉移的徵兆[41]。此後，「知青」生活的敘述開始分化，評價上的「分裂」也漸趨明顯。或者繼續堅持對「上山下鄉」運動的災難和荒謬的批判，或者面對複雜的歷史過程，「剝離」出值得珍惜的因素，以為一代人的「青春年華」和獻身精神作證。持續講述在北大荒軍墾農場知青的生活處境，並堅決捍衛這「極其熱忱的一代，真誠的一代，富有犧牲精神、開創精神和責任感的一代」[42]的價值，是梁曉聲八、九十年代小說的核心

遇。刊於《當代》1980 年第 3 期。對作品的思想傾向，當時曾發生爭論。

41　這兩篇小說的題目與具體敘述之間，顯然蘊含著悖謬的寓意：意味著到達、尋得歸宿「終點」與「岸」，事實上是另一種性質的漂泊的開端。

42　梁曉聲《我加了一塊磚》，《中篇小說選刊》1984 年第 2 期。梁曉聲 1949 年生於哈爾濱市，1968 年到黑龍江生產建設兵團勞動。70 年代初開始寫作、發表作品。1977 年畢業於上海復旦大學中文系。後在北京電影製片廠、中國兒童電影製片廠工作，現任教於北京語言大學。主要作品有中、短篇小說集《天若有情》、《秋之濱》、《白樺樹皮燈罩》、《這是一片神奇的土地》、《今夜有暴風雪》、《父親》、《苦戀》、《死神》，長篇小說《雪城》、《浮城》、《年輪》、《泯滅》，紀實體小說《一個紅衛兵的自白》、《京華見聞錄》等。

內容。從 1968 年起，他在黑龍江生產建設兵團生活了七年。在
《這是一片神奇的土地》、《今夜有暴風雨》、《雪城》等小
說中，也寫到知青所受的愚弄，由於特殊政治環境產生的悲劇；
但更表達了「我們付出和喪失了許多，可我們得到的，還是比
失去的多」的「無悔」宣言。他持續地堅持一種分明的道德立
場，在文體上表現的是粗獷、悲壯，偏愛營造情感高潮場面的
浪漫戲劇風格。80 年代，張承志、史鐵生的「知青」題材寫作，
對往昔生活的挖掘表現為另一趨向。他們最初便離開為社會政
治事件做出裁決的視角，而從「民間生活」中提煉有生命力的
人性品格，作為更新自我和社會的精神力量。他們並非這些地
域（陝北鄉村和內蒙古牧區）的「原住民」，也沒有在這裏「扎
根」。這種暫時的「寄身」的經歷，使這段生活有可能轉化為
刻骨銘心的記憶，並在他們的寫作上，保持長久的參照、矯正
的意義。對有「知青」經歷的作家來說，「文革」初期與後期
的「知青」，在敘述歷史上也可能會有區別。王安憶曾談及 69
屆初中生的情況，說他們並沒有形成如「老三屆」[43]那樣的社會
理想和價值觀。並沒有經歷「老三屆」的那種「痛苦的毀滅」，
不需要為自己的青春辯護，也失去了從「插隊」的鄉村中尋找
精神財富的動機。從王安憶寫她「插隊」的淮北鄉村生活的小
說，包括她的長篇《69 屆初中生》，很難看到對於這片土地的

---

[43]　「文革」開始的 1966 年已在中學就讀的，在 1963 年、1964 年、1965 年入
　　　學的初、高中學生，在「文革」中被稱為「老三屆」，以區別於後來入學
　　　的中學生。王安憶認為，她那一代的 69 屆初中生，「在剛剛渴望求知的時
　　　候，文化知識被踐踏了；在剛剛踏上社會，需要理想的時代，一切崇高的
　　　東西都變得荒謬可笑了」。

「戀情」，看到詩意的想像。持一種較為冷靜的態度來寫「知青」生活和「上山下鄉」運動，是這一題材後來出現的變化。阿城和李曉都遲至 1984 年才開始發表作品。他們的小說雖然也以「知青」生活為對象，其視角和題旨，已難以用「知青文學」來概括。這兩位作家由於家庭出身等方面的原因，「文革」中不能成為「主力」，被排除在「運動」之外。「旁觀者」的角色有可能察覺置身事態者難以發現，或被忽略的種種[44]。李曉的短篇小說，從題材的時間「次序」上說，首先寫的是「知青」返城後的情況。《繼續操練》、《機關軼事》、《關於行規的閒話》等，寫返城後從事各種職業的「知青」，為權、利等欲望的驅使，發生的鑽營、欺詐、不擇手段的傾軋的「操練」。在這之後才回過頭來，追敘這些權勢場上的「弄潮兒」「文革」中的經歷（《屋頂的青草》、《小鎮上的羅曼史》、《七十二小時的戰爭》）。這種敘述方式，寄寓著對他們現實心理行為的溯源。他關心的是這些為生存而掙扎的青年人的人性扭曲過程及後果；以嘲諷、調侃的「喜劇」方式來處理這些「悲劇事態」，也流露了濃重的宿命的悲哀。著力於「知青」生活題材的小說作家，還有葉辛[45]和張抗抗。

「知青文學」作為一種文學現象，80 年代中期以後已失去實質意義。當然，這場牽涉到千百萬人的命運的運動，留在許多人

---

[44] 阿城父親鍾惦棐，當代著名文藝批評家。1956 年到 1957 年間，因發表《電影的鑼鼓》，《上海在沉思中》等文章，成為「右派分子」。李曉的父親巴金在「文革」中，被作為「反動作家」受到迫害。

[45] 葉辛 1949 年出生於上海，1969 年到貴州「插隊落戶」。出版的以「知青」生活題材的長篇有《我們這一代年輕人》、《蹉跎歲月》、《風凜冽》、《在醒來的土地上》、《孽債》等。

記憶中的不可能很快消失，對現實的影響仍在繼續。況且，這一歷史事件所提供的文學寫作資源，也很難說已經充分挖掘。在這種情況下，這段「歷史」還會被不斷提起。80 年代後期以來，有關的作品有張抗抗的長篇《隱形伴侶》，陸天明的長篇《桑那高地的太陽》，郭小東的長篇《中國知青部落》，鄧賢的紀實性長篇《中國知青夢》，陳凱歌的自傳性作品《龍血樹》，以及 90 年代出版的「知青」回憶錄《回首黃土地》、《草原啟示錄》、《魂繫黑土地》、《劫後輝煌——在艱難中崛起的知青、老三屆、共和國第三代人》等。進入 90 年代以後，「知青」對自身經歷的回顧（尤其是回憶錄），逐漸轉化為現實的「成功者」的懷舊，對昔日「輝煌」的構造，歷史反思、批判的色彩逐漸褪色。在這樣的潮流中，陳凱歌的《龍血樹》[46]具有特別的意義。對於自己在「文革」中的經歷和見聞的講述，有一種沉痛的自省基調。一些事件和場景，被放置在敘述的關節處，構成如電影中的場景。對於「文革」中的那些受難者，那些卑微生命的毀滅，作者懷著深切的人性關懷。他既在具體情景上，也從意義的象徵上，來試圖揭示其中於時代歷史和個體命運相關的意義。

五、幾位小說家的創作

韓少功、史鐵生、張煒、張承志、阿城等，在八、九十年代的評論和文學史敘述中，常有多種「歸屬」。他們有時會被

46　《龍血樹》，香港，天地圖書有限公司 1992 年版。陳凱歌，1952 年生於北京。「文革」中 15 歲到雲南「插隊」。1978 年考入北京電影學院導演系，執導的影片有《黃土地》、《大閱兵》、《孩子王》、《霸王別姬》等。

放進「知青作家」的行列，有的則曾寄存於「尋根作家」名下。在 90 年代的文化精神語境中，一些作家又被歸入高舉理想旗幟的作家群落之中。

　　韓少功[47]是所謂「知青作家」，也是文學「尋根」的主要倡導者。在 80 年代初反思「文革」的文學潮流中，他的短篇《西望茅草地》和《飛過藍天》，超越了控訴、揭露的普遍性形態，以其對歷史的複雜性的體驗、思考的深入而受到注意。1985 年的《文學的根》一文，表達了「尋根」派的某些重要觀點。此後發表的小說《爸爸爸》、《女女女》、《歸去來》、《火宅》等，可以看作是對於「尋根」主張的實踐。在這些小說中，生活細節的寫實性的描述，與變形、荒誕的方法，哲理性的寓意等，方式不同地結合在一起，展示近乎靜態、封閉的湘楚地域的「原始性文化」，和這種文化所哺育的「群體」性格。中篇《爸爸爸》的人物丙崽，是個永遠長不大，卻也死不了的白癡、侏儒。他生活在愚昧、齷齪的環境中，長相醜陋，思維混亂，言語不清，行為猥瑣。這些是作為民族文化「劣根性」的象徵物來創造的。滯重、古樸的敘述語調，和陰鬱、壓抑的總體氣氛，顯示了對於這一衰敗腐朽的「種族」的悲觀。

　　講故事大概不是韓少功之所長，但主要出於對「小說」的功能和形態拓展的考慮，90 年代以後，他在小說藝術創新上多

---

[47] 韓少功（1953-）湖南長沙人。1968 年初中學畢業到農村「插隊」。「文革」後期在湖南汨羅縣文化館工作。1982 年畢業於湖南師院中文系後，從事報刊編輯等工作。1988 年到海南省作協任專業作家。出版有中短篇小說集《月蘭》、《飛過藍天》、《誘惑》、《空城》、《謀殺》、《爸爸爸》，長篇《馬橋詞典》、《暗示》。另有《韓少功自選集》等。

有探索。長篇《馬橋詞典》和《暗示》[48]是這種「先鋒」色彩實驗的成果，它們都帶有思辨的傾向。發表後在批評界均既受激賞，也遭到質疑[49]。《馬橋詞典》編纂名為馬橋的村落所常用的詞語，對這些「在特定的事實情境裏度過或長或短的生命」的詞語，「反覆端詳和揣度，審訊和調查，……發現隱藏在這些詞後面的故事」[50]。作品的藝術構思，可以看到作者原先文學「尋根」思路的延伸和深入。《暗示》則由一百多節隨筆、札記式的文字構成。全書並未形成傳統小說的敘事整體結構，攤開的是並無嚴密關聯的生活場景，歷史記憶、分析性言論、小故事、人物速寫、引經據典考證等片斷。作者探索的方向，是將敘述從發生的故事本身，轉向事情如何被感受與思考，並打破「文體」邊界，融合文史哲的要素[51]。《暗示》在表達對於被「符號」（語言的，和具象的）建構的同質化世界的「反抗」時，時常借助對隱藏在個人生活以及「社會生活皺褶」之處的「個別經驗」的挖掘。在這裏，韓少功「知青」生活中的個人經驗，作為一種未被「固化」的力量，提供了批判性的情感和想像力的「源泉」。

---

[48] 《馬橋詞典》刊於《小說界》（上海）1996 年第 2 期，單行本由上海文藝出版社 1996 年出版。《暗示》2002 年由人民文學出版社出版。

[49] 有關《馬橋詞典》是否「模仿」、「照搬」塞爾維亞作家米洛拉德·帕維奇的《哈札爾辭典》，以及對《馬橋詞典》的評價，在 1997 年引發爭論和訴訟。

[50] 韓少功《馬橋詞典·後記》，作家出版社 1996 年版。

[51] 《暗示》的這一文體特徵，導致批評家在其文體確定上的莫衷一是。在單行本版權頁上它被指認為長篇小說，但批評家也分別使用「長篇筆記小說」、「長篇隨筆」、「實驗性的不完全意義小說」、「長篇札記」，甚至「敘事性理論作品」的說法。

　　阿城[52]的作品不多，但中篇小說《棋王》等是 80 年代難以忽略的佳作。《棋王》發表於 1984 年，隨後又有《樹王》、《孩子王》，和總題「遍地風流」的一組短篇發表[53]。重要作品雖以「知青」生活為題材，卻難以歸入一般意義的「知青小說」。政治事件和社會矛盾在作品中已被淡化。他提供了另一種視角，即從基本的生存活動上表現「芸芸眾生」的「文革」生活。「尋根」在阿城的作品中，主要表現為從傳統文化中尋找理想的精神，作為人對世俗生活超越的憑藉。《棋王》等小說中王一生、蕭疙瘩等人物，有執著於心靈自由的追求。其精神境界的內涵，具有中國傳統文化中的道家思想的色彩：在亂世中崇尚淡泊；身處俗世，不恥世俗，但又超越世俗，也超越痛苦。作品中流露出對樸素、本源推重的生命意識，以及推重直覺體驗的感知方式。自然，在「文革」後的 80 年代語境中，人物表現的並非純然的出世精神，內核仍是爭取生命價值實現的欲望。事實上，作品對這種「超脫哲學」的精神境界的渲染，本身便具有歷史的「批判性」。阿城小說重視文學民族傳統的繼承。採用略帶幽默的白描的敘述方式，語言自然、素樸，但不淺俗；重視人物、事件直接呈現，避免情感的過分外露，也抑制敘述人的過分干預。這些，都可以見出對明清白活小說語言和敘事方式的借鑒。阿城後來還寫了一些篇幅簡短的「筆記體」小說，是古代筆記小品的現代變體。

---

[52] 阿城，原名鍾阿城，1949 年生於北京。1968 年起到山西、內蒙古農村「插隊」，在雲南農場當工人。1979 年回到北京。出版有小說集《棋王》，隨筆集《威尼斯日記》、《閒話閒說》等。現居美國。

[53] 「遍地風流」系列，包括《峽谷》、《洗澡》、《雪山》、《湖底》、《會餐》、《樹椿》、《臥鋪》、《溜索》、《迷路》等短篇。

　　史鐵生[54]初中畢業後，於 1969 年到陝北延安地區農村「插隊」。1972 年因為雙腿癱瘓回到北京。1979 年開始發表作品。初期有的小說（《午餐半小時》等），帶有暴露「陰暗面」文學的特徵。發表於 1983 年的《我的遙遠的清平灣》，既是史鐵生，也是當時小說創作的重要作品。它以「自傳體」的敘述語調，讚美在帶有「原始」生活、生產方式特徵的山村中的樸素、動人的人性。它在多個層面上被闡釋：或說它拓展了「知青文學」的視野，或挖掘它在文學「尋根」上的意義。在「尋根」問題上，史鐵生的見解是，「『根』和『尋根』又是絕不相同的兩回事。一個僅僅是，我們從何處來以及為什麼要來。另一個還為了：我們往何處去，並且怎麼去」。關於後者，他認為「這是看出了生活的荒誕，去為精神找一個可靠的根據」[55]——這可以看作他寫作的主要驅動力。史鐵生肉體殘疾的切身體驗，使他的部分小說寫到傷殘者的生活困境和精神困境。但他超越了傷殘者對命運的哀憐和自歎，也超越了肉身痛苦的層面，由此上升為對普遍性生存，特別是精神「傷殘」現象的關切。和另外的小說家不同，他並無對民族、地域的感性生活特徵的執著，一般也不接觸現實政治、性別、國族等炙熱議題。寫作在他那裏，是對個人精神歷程探索的敘述，但敘述的意義又不限於個人：「宇宙以其不息的欲望將一個歌舞煉為永恒。這欲望有怎樣一個人間的姓名，大可忽略不計」（史鐵生《我

---

[54] 史鐵生 1951 年生於北京。出版有中短篇小說集《我的遙遠的清平灣》、《禮拜日》、《命若琴弦》、《舞臺效果》，長篇《務虛筆記》，散文集《我與地壇》。另有《史鐵生作品集》。

[55] 史鐵生《禮拜‧代後記》，北京，華夏出版社 1988 年版。

與地壇》）。對於「殘疾人」（在他看來，所有的人都是殘疾的，有缺陷的）的生存狀況、意義的持續關注，對於欲望、死亡、痛苦、人的孤獨處境等的探索，使他的小說有著濃重的哲理意味和宗教感。情節、故事趨於淡化，思辨、議論和寓言成分，構成他後來小說的主要因素。有的作品，由於有著親歷的體驗，敘述貫穿一種溫情、然而宿命的感傷；但又有對於荒誕和宿命的抗爭。《命若琴弦》就是一個抗爭荒誕以獲取生存意義的寓言故事。史鐵生重要的中短篇還有《奶奶的星星》、《山頂的傳說》、《禮拜日》、《原罪‧宿命》等。隨筆《我與地壇》和長篇小說《務虛筆記》，是他 90 年代的重要作品。《務虛筆記》中通過雖有某種含糊身份（詩人、醫生、教師、畫家、殘疾人），卻無確定名姓（以拼音字母 C、L、O、WR 等標識）的一組人物的生命經歷，繼續探索有關人的生存的諸多問題。因而被有的批評家稱為哲學小說。

張煒[56] 80 年代早期的小說，寫農村青年男女的浪漫情感。從中篇《秋天的思索》、《秋天的憤怒》開始，包括長篇《古船》、《九月寓言》，對生活的複雜性的展示加強，並常在開闊的歷史背景中，通過家族、階級等矛盾交織的人物關係，來展示山東半島農村社會變革中政治、經濟、倫理的衝突。《古船》和《九月寓言》，是張煒最重要的兩部長篇。前者寫膠東

---

[56] 張煒 1956 年生於山東龍口。1978 年就讀於山東煙臺師專中文系。出版的中短篇小說集有《蘆青河告訴我》、《浪漫的秋夜》、《秋天的憤怒》、《秋夜》、《美妙雨夜》、《張煒中篇小說選》，長篇小說《古船》、《我的田園》、《九月寓言》、《如花似玉的田野》、《柏慧》、《家族》，和《張煒名篇精選》、《張煒作品自選集》、《張煒自選集》等作品選。

半島窪狸鎮隋、趙、李家族在四十年間社會歷史事變（包括土地改革、60 年代自然災害、「文革」運動和 80 年代的農村經濟改革等歷史事件）中的浮沉糾葛，展開作家對於當代歷史、政治、文化心理、人性的反思，塑造了趙炳、隋見素、隋抱樸等有深度的人物。作品具有一種「史詩性」追求的意圖。情節展開的時間跨度、作品的布局、歷史過程重要「關節」與故事、人物間確立的關係，涉及的思想、性格命題，象徵性對寫實的融入等，都可以見出作家的「史詩性」意圖。《九月寓言》正如題目所稱的，有濃重的寓言色彩，作品偏離此前的基本的寫實風格，代之以具有濃厚的抒情色彩和哲理內涵的「詩化」敘述方式；從《古船》到《九月寓言》，「是張煒從感性到理性的道路」[57]。這種從對現實的體驗、思索出發，來構建寓言、象徵世界的方式，在他後來一系列的長篇（《懷念與追憶》、《我的田園》、《家族》、《柏慧》、《外省書》、《能不憶蜀葵》）中繼續有程度不同的體現。張煒的這些作品，與他同時期寫作的散文隨筆（《憂憤的歸途》，《融入野地》，《偉大而自由的民間文學》，《純美的注視》，《精神的魅力》等），表達了一種強烈的對社會文化現實的批判立場，和以理想主義的人文精神為基尺的呼喚「大地」情懷。在這些作品中，「蘆清河」、「葡萄園」、「野地」、「田園」等，已不是實體的存在，而是一種寄託，一種理想化的「傾訴之地」，一個離棄了現實的醜惡，並使不安的心靈得到安頓的處所[58]。有批評家認為，張煒

---

[57] 王安憶《最誠實的勞動者》，《文學自由談》（天津）1993 年第 6 期。
[58] 張煒談到《柏慧》時說，「『田園』在此僅是一個傾訴之地。『田園』本身的故事已非重點，它閃爍而過，成為一個標記」《我的田園‧後記》。

的精神世界，既有俄羅斯文學的血脈，又有中國傳統文化的那種「悲憫」[59]。當然，急迫的、論辯的文化立場直接進入小說寫作，對小說「文體」可能是革新的改造，但也許會帶來某種損害：妨礙了作家專注的精神複雜性探索的展開，而有時表現出某種程度的「宣言化」傾向。

張承志[60]的小說有散文化的傾向，和「浪漫主義」的格調。這指的是作品中不懈的對於理想的堅守和追求，和那種抒情、宣泄的表達方式。1982 年發表的第一篇作品《騎手為什麼歌唱母親》，在「知青」的鄉村經歷被普遍敘述為災難的文學潮流中，他堅持在嚴峻的現實裏發現理想的光彩。《黑駿馬》和《北方的河》的發表，確立了張承志在「新時期」文學中的獨特地位[61]。他幾乎所有的重要作品，如《騎手為什麼歌唱母親》、《黑駿馬》、《北方的河》、《黃泥小屋》、《大坂》、《金牧場》、《心靈史》等，都與對理想的無條件的捍衛、追求、犧牲的主旨相關；其高揚的精神資源發掘地，也主要以生活於內蒙草原，

《張煒自選集》，北京，作家出版社 1996 年版。

[59] 郜元寶《張煒的憤激、退卻和困境──評〈柏慧〉》，《作家報》（濟南）1995 年 5 月 27 日。

[60] 張承志，回族，1948 年生於北京。「文革」初期在清華大學附中就讀時參加最早成立的「紅衛兵」，後來在內蒙古草原「插隊」。1975 年畢業於北京大學歷史系，1981 年畢業於中國社會科學院研究生院，獲歷史學碩士學位。主要作品集有：《老橋》、《北方的河》、《黃泥小屋》、《奔馳的美神》、《黑駿馬》、《神示的詩篇》，長篇《金牧場》、《心靈史》，散文集《綠風土》、《荒蕪英雄路》，另有《張承志集》、《張承志代表作》等。

[61] 1984 年，王蒙寫道，「《北方的河》的發表令人振奮、也令人鼓舞……它號召著向新的思想境界與藝術境界進軍」，它「是今年（也許不只是今年）的一隻報春的燕子」（《大地和青春的禮讚──〈北方的河〉讀後》。

特別是西北黃土高原的蒙古族、回族的歷史和現實為對象。80
年代末以後的創作，更為執著地歌頌生活於貧瘠的甘、寧、青
沙漠邊緣的回族農牧民，他們面對苦難對信念的忠貞不渝。前
期創作中已經多少存在的宗教意緒，得到展開和凸現，並成為
對抗現代金錢社會的理想、道德衰敗的根據。張承志把他的一
部小說集定名《神示的詩篇》。序言中說，「我確實真切地感
受過一種瞬間；那時不是文體的時尚而是我的血液在強求，我
遏止不住自己肉軀之內的一種渴望──它要求我前行半步便捨
棄一次自己，它要求我在崎嶇的上山路上奔跑……」「在那種
瞬間降臨時，筆不是在寫作而是在畫著鮮豔的畫，在指揮著癡
狂的歌」[62]。這表白了他精神上的體驗，也標示了他所堅持的「自
發式」的寫作方法。他因此創造了真摯情感鋪陳，語言之流傾
瀉的整體敘述形態。不過，在《心靈史》[63]這部記述聚居甘肅、
寧夏等地回族的哲合忍耶為著「心靈的純淨」，而艱苦卓絕，
忍辱負重，而赴湯蹈火的故事中，這種敘述方式得到調整。他
的敘述顯得克制，大量引述「祕史」等歷史資料的「紀實」的
方式，「以最極端真實的材料去描寫最極端虛無的東西，這東
西便是心靈」，他因此「實現了心靈最徹底的表達」[64]。

---

[62]　《神示的詩篇‧自序》，香港三聯書店 1990 年版。
[63]　《心靈史》，由廣州的花城出版社於 1990 年出版。
[64]　王安憶《孤旅的形式》，《文學自由談》（天津）1993 年第 4 期。

第二十一章

80 年代中後期的小說（一）

一、文學的「尋根」

在 80 年代中期，「尋根」是重要思想文化潮流，這一潮流因為發生相關的事件，獲得標誌性的命名，也獲得推動的力量。作為一個文學事件，指的是始於 1984 年 12 月在杭州舉行的《新時期文學：回顧與預測》的會議提出的命題，和會議參加者後來對這一命題的闡釋。參加者主要是以「知青作家」為主的中青年作家、批評家，如韓少功、李陀、鄭義、阿城、李杭育、鄭萬隆、李慶西等。會上，他們「不約而同地談到了文化，尤其是審美文化的問題」[1]。會後，與會者紛紛撰文，發表有關文學「尋根」的見解。在這一文學潮流中，韓少功表現活躍，他的《文學的「根」》[2]的文章，被有的人看作是這一文學運動的「宣言」。韓少功認為，「文學有根，文學之根應該深植於民族傳統文化的土壤裏，根不深，則葉難茂」，說我們的責任，

---

[1] 參見李慶西《尋根：回到事物本身》，《文學評論》（北京）1988 年第 4 期。

[2] 《作家》（長春）1985 年第 4 期。在這篇文章中，韓少功認為，「這大概不是出於一種廉價的戀舊情緒和地方觀念，不是對歇後語之類淺薄地愛好，而是一種對民族的重新認識，一種審美意識中潛在歷史因素的蘇醒，一種追求和把握人世無限感的對象化的表現。」

就是「釋放現代觀念的熱能，來重鑄和鍍亮」「民族的自我」。
當時發表的提倡文學「尋根」的文章，還有鄭萬隆的《我的根》，
李杭育的《理一理我們的「根」》，阿城的《文化制約著人類》，
鄭義的《跨越文化斷裂帶》等[3]。在此之前的 1984 年初，達斡
爾族作家李陀與烏熱爾圖的通訊也表達了相近的意見。李陀也
許最先使用了「尋根」這一語詞，說「我很想有機會回老家去
看看，去『尋根』。我渴望有一天能夠用我已經忘掉了許多的
達斡爾語，結結巴巴地和鄉親們談天，去體驗達斡爾文化給我
的激動」[4]。在作家、批評家「集束式」的闡述、倡導的基礎上，
80 年代初以來表現了相近傾向的言論和創作，被歸攏到這一旗
幟之下，使這一事件「潮流化」，並順理成章的生成了「尋根
文學」的類型概念。隨後，汪曾祺 80 年代初的言論，和短篇《受
戒》、《大淖記事》[5]，王蒙同樣發表於 80 年代初的系列小說
《在伊犁》，被追溯為文學「尋根」思潮的源頭。在這一思潮
影響擴大的情況下，或者是作家創作上的有意追求，或者是批
評家理論闡釋上文本搜求的需要，一時間，被列入「尋根文學」

---

[3]　鄭萬隆《我的根》（《上海文學》1985 年第 5 期），李杭育《理一理我們
　　　的「根」》（《作家》1985 年第 9 期），阿城《文化制約著人類》（《文
　　　藝報》1985 年 7 月 6 日），鄭義《跨越文化斷裂帶》（《文藝報》1985 年
　　　7 月 13 日）等。

[4]　李陀、烏熱爾圖《創作通信（作家書簡）》，《人民文學》（北京）1984
　　　年第 3 期。

[5]　季紅真認為，80 年代文學「尋根」的思潮，源頭可以追溯到汪曾祺 1982
　　　年初發表的《回到民族傳統，回到現實語言》（《新疆文學》1982 年第 2
　　　期）的文章，和他隨後發表的《受戒》等短篇。參見季紅真《憂鬱的靈魂》，
　　　瀋陽，時代文藝出版社 1992 年版。

名下的作品驟增[6]。它們包括賈平凹從 1982 年起發表的「商州系列」，稍後李杭育的「葛川江小說」系列（《沙灶遺風》、《最後一個漁佬兒》），楊煉包括《諾日朗》、《半坡》、《敦煌》在內的大型組詩《禮魂》，阿城的《棋王》、《遍地風流》，鄭義的《遠村》、《老井》，韓少功的《爸爸爸》、《女女女》，鄭萬隆的《異鄉異聞》，王安憶的《小鮑莊》，扎西達娃的《繫在皮繩扣上的魂》，張煒的《古船》，以至於張承志、史鐵生、陸文夫、鄧友梅、馮驥才的一些小說。

　　文學「尋根」的提倡，既得到熱烈回應，也受到質疑和批評[7]。批評的主要根據之一，是指責它表現了「復古」傾向，會導向對需要批判性反思的「傳統文化」的回歸。在文學取材和主題意旨上，則憂慮於可能使創作紛紛潛入僻遠、原始、蠻荒的地域和生活形態，而忽略對現實社會人生問題和矛盾的揭示[8]。從社會文化背景，以及當代文學的狀況等方面考慮，文

6　南帆對這一現象曾有這樣的描述：「不知從什麼時候開始，『尋根文學』之稱已經不脛而走，一批又一批的作家迅速趕上『尋根』的桂冠，應徵入伍似地趨附於新的旗號之下。『尋根文學』很快發展成為一個規模龐大同時又鬆散無際的運動，一系列旨趣各異的作品與主題不同的論辯從核心蔓延出來，形成了這場運動的一個又一個分支。」《衝突的文學》第108-109頁，上海社會科學出版社1992年版。

7　文學史家唐弢在《一思而行——關於尋根》（《人民日報》1986年4月30日）中說，「我以為『尋根』只能是移民文學的一部分，『尋根』問題只能和移民文學同在」，「除此之外，先生們，難道你們不是中國人，不是徹頭徹尾地生活在中國大地上的嗎？還到哪裏去『尋根』呢？」

8　李澤厚《雨點祝願》（《文藝報》1985年7月27日）在表示了對「尋根」的有限度理解之後質疑說，「為什麼一定都要在那少有人迹的林野中，洞穴中，沙漠中而不是在千軍萬馬中，日常世俗中去描寫那戰鬥、那人性、那人生之謎呢？」在文學「尋根」主張發表三年後，發起者之一的李慶西撰文，指出他們當初的主要意圖，是在於「尋找民族文化精神」，以獲得

學「尋根」的提出有其必然性。在「新時期」，「尋根」的發生，「既是連續性的，又是非連續性的，既是一種發展，也是一種斷裂」：既是以「反傳統」、「現代化」為核心內容的「新啟蒙」強大思潮的延續與推進，也是「新啟蒙」在政治改革受挫後「文化熱」轉向的結果[9]。由於人們普遍認為「文革」是「前現代」的「封建主義」的「復辟」，因此，以西方為視角重提科學、民主口號，反思「傳統」以「走向未來」，是「文革」後主要的社會思潮。經歷了 80 年代前期政治社會層面的批判之後，產生了將「反思」引入事物「本原」意義的追溯的趨向，以探索「歷史失誤」與民族文化心理「積澱」之間的關係[10]。不過，有關中國民族國家的想像和實踐，始終有著複雜的歷史脈絡。在 80 年代「反傳統」的批判熱潮中，對傳統文化的「守成」立場，也在激進氛圍的空隙間生長，並在 80 年代中後期引發新一輪的論爭。中西文化再次的強烈「碰撞」，使文化比較和不同文化的價值觀的評價重新凸顯。一些作家不僅體驗到「文革」等現實的社會政治問題，而且猝不及防地遭遇到「現代化」進程和「文化衝突」所產生的令人困惑的難題，感受到更為廣泛、

民族精神自救的能力——實際上回答了對有關他們「脫離現實」的責難(《尋根：回到事物本身》，《文學評論》1988 年第 4 期。)

9 參見曠新年《寫在當代文學邊上》第 64-66 頁，上海教育出版社 2005 年。曠新年認為，「20 世紀 80 年代的『文化熱』和『文化討論』是在政治改革受阻後另闢蹊徑的結果，在某種意義上是政治討論的隱喻即以文化批判來表達政治激情。」

10 「積澱」說由李澤厚提出。在當時影響很大的《美的歷程》（該書由文物出版社 1981 年出版，此後，分別由中國社會科學出版社、天津社會科學出版社、廣西師大出版社不斷再版，並有收入《美學三書》中的版本），做出有關民族文化—心理、審美積澱的論述。

深刻的「文化後果」的壓力。在這種情況下，他們認為，以「現代意識」來重新觀照「傳統」，尋找民族文化精神的「本原」性（事物的「根」）構成，將能為民族精神的修復，為「現代化」的進程提供可靠的根基。

　　文學「尋根」的提出，還存在著文學本身的直接動機。「文革」之後，尖銳地意識到當代文學的「貧困」、「落後」，而積極推動文學進入「新時期」的不少作家，認為可以通過借鑒西方文學（尤其是「現代派」文學）來紓解焦慮。關注西方文學的熱潮，開拓了作家的視域，引起文學觀念、方法上的革新，也產生了「翻寫」觀念、文本的現象。在對於西方現代文學的狀況有了較多瞭解之後，迫切要求文學「走向世界」（「與世界對話」）[11]的作家意識到，追隨西方某些作家、「流派」，即使模仿得再好，也不能成為獨創性的藝術創造。「尋根」在文學創作上的另一針對性，是作為「新時期文學」主體的「知青」出身作家，在80年代中期也遇到藝術創造上進一步開拓、提升的難題。他們迫切要求找到擺脫困境的有效之路。他們互有差異的講述中存在重要的共同點：中國文學應該建立在對「文化岩層」的廣泛而深厚的「文化開鑿」之中，才能與「世界文學」對話[12]。「尋根」倡導者的這些想法，為美國作家福克納和南美

---

[11] 「走向世界文學」是80年代的激動人心的口號。湖南人民出版社1985年出版的，由曾小逸主編的文集《走向世界文學：中國現代作家與外國文學》一書，曾產生廣泛影響。

[12] 「每一個作家都應該開鑿自己腳下的『文化岩層』」（鄭萬隆《我的根》），「文化是一個絕大的命題。文學不認真對待這個高於自己的命題，不會有出息」（阿城：《文化制約著人類》），「將西方現代文明的茁壯新芽，嫁接在我們的古老、健康、深植於沃土的活根上，倒是有希望開出奇異的

洲在本世紀後半期取得的（為「世界」所認可）的文學成就（特別是哥倫比亞作家加西亞‧馬爾克斯被授予 1982 年度的諾貝爾文學獎）所啟發，也認為獲得了證實[13]。心懷焦慮而又雄心勃勃的年輕作家認為，如果將自己的文學創造，植根於悠久而深厚的民族文化土壤之中（如拉美作家大量借重本土印第安文化、黑人文化的資源），以中國人的感受性來改造西方的觀念和形式，將有可能產生別開生面的成果。文學「尋根」作為一個事件（或運動）很快就不再存在，但是它的能量卻持久發散。對於 80 年代後期和 90 年代的文學寫作表現領域的轉移，審美空間的拓展，都起到重要的作用。

二、「尋根」與小說藝術形態

文學「尋根」的提出，對文學創作，尤其是小說創作產生多方面的影響。但是，這一時期小說藝術形態發生的變化，又不能說都歸結為這一事件；一些作家寫作出現的類似藝術傾向，也不見得都有十分明確的理論支持。

花，結出肥碩的果」（李杭育《理一理我們的「根」》）。

[13] 在中國「尋根」作家看來，拉美作家大量借重本土文化資源（如印第安文化、黑人文化），以其獨具『民族風味』的現代文學獲得了西方世界的承認——這就是《百年孤獨》的成功所帶來的啟示。當時另一部成為文學「尋根」主張發生的「觸媒」的作品，是美國南方作家福克納的《喧嘩與騷動》。另一位當時受到一些中國作家重視，並與文學「尋根」的意念有關的作家，是當時蘇聯的吉爾吉斯作家艾特瑪托夫。艾特瑪托夫的小說的大陸中譯本 1965 年已出版（《艾特瑪托夫小說集》，內部發行），「文革」間又「內部發行」出版他的《白輪船》等。

　　「尋根」的主張，推動了這個時期已經開始的文學表現領域的轉移，出現偏離強烈政治意識形態性，偏離現實批判、政治歷史反思的現象。這種情況的表現之一，是小說對於世俗日常生活，對於日常生活相關的風俗、地域文化的濃厚興趣。中國大陸當代，尤其是「文革」期間的小說，地域、風俗的特徵趨於模糊、褪色。主流的文學觀念是，歷史運動，人的行為、情感的基本構成和決定性因素，是階級地位和政治意識；其他的一切都無足輕重。這樣，日常生活，體現「歷史連續性」的民族文化的、人性的因素，自然會被看作是對於階級意識的削弱而受到排除。這種觀念在 80 年代受到普遍質疑，不少作家認識到，特定地域的民情風俗和人的日常生活，是藝術美感滋生的豐厚土壤，並有可能使對個體命運與對社會、對民族歷史的深刻表現融為一體[14]。加強對傳統生活方式的瞭解，表現這一生活方式在現代的變遷，為不少小說家所重視。有的甚至細緻考察某一地域的居所、器物、飲食、衣著、言語、交際方式、婚喪節慶禮儀、宗教信仰等，成為拓展創作視境的憑藉。認為「風俗是一個民族集體創作的生活抒情詩」的汪曾祺，對民俗在小說情調、氛圍、人的心理表現的重要性的理解，和三、四十年代沈從文等的藝術追求有內在聯繫。韓少功、賈平凹、陳建功、鄭義、鄭萬隆、李杭育等，也都表現了強烈關心創作中的地域文化因素的傾向。賈平凹的一系列散文、小說，有對於長期處於封閉狀態的陝南山區自然和人文景觀的描述。李杭育的一組

----

[14] 作為一種證明，這個時期文學史敘述和作家研究，也從激進歷史觀、更多從政治觀念和階級意識去品評作家作品，轉移到重視特定時空的日常生活情景的創作，以之作為文學生命力的一個重要條件。

小說，著重對浙江「葛川江」流域風情的考察。李銳[15]對山西呂梁地區的鄉土歷史習俗的精煉刻畫。其他如鄭萬隆寫黑龍江邊陲的山村，烏熱爾圖寫鄂溫克族的生活，都匯入重視民俗表現的潮流中。對「地域」因素的追求，在鄧友梅、馮驥才、劉心武、陳建功那裏有更自覺、持久的表現。他們都經歷了從社會政治性取材，到寫「民俗風味小說」的轉移。劉心武的長篇《鐘鼓樓》、《四牌樓》等，在北京城區普通市民的生活世相的刻畫中，來表現社會變遷與文化變遷的關係。陸文夫這個期間對蘇州這個城市的風俗沿革，也有專門考察。鄧友梅寫舊日北京的小說，和馮驥才的「津門系列」，對於京津的風俗和生活於其間的普通市民的語言、心理、情感和行為方式，有細微、傳神的刻畫。

　　相對於「傷痕」、「反思」小說，「尋根」傾向的小說在歷史、美學觀上，不管是整體面貌，還是個別文本，都顯得較為複雜、曖昧。倡導「尋根」的「知青」身份作家，「文革」後才有了接觸「傳統文化」的可能，於是驚訝於過去的無知，產生對於「傳統文化」的孺慕：「聚一起，言必稱諸子百家儒釋道」[16]，產生「感到自己沒有文化，只是想多讀一點書，使自己不致淺薄」的衝動。不過，他們大多更傾向於將「傳統文化」

---

[15] 李銳 1950 年生於北京。「文革」間在山西呂梁山區「插隊」。1977 年以後，在《山西文學》、山西作協分會任職。1974 年開始發表作品。出版的小說集有《丟失的長命鎖》、《紅房子》、《厚土　呂梁山印象》、《傳說之死》，長篇小說《舊址》、《無風之樹》、《萬里無雲　行走的群山》、《銀城故事》、《太平風物　農具系列小說展覽》等。另有散文隨筆集多種。短篇《厚土》系列，以及長篇《無風之樹》，是他最具特色作品。

[16] 鄭義《跨越文化斷裂帶》。

作出「規範」和「不規範」的區分。對於他們所稱的，以儒家
學說為中心的「規範」的體制化的「傳統」，持更多的拒斥、
批判的態度；而認為在野史、傳說、民歌、偏遠地域的民情風
俗，以及道家思想和禪宗哲學中，有更多的文化「精華」——
這延續了「新啟蒙」的批判立場[17]。不過，在東西文化的對話、
「碰撞」中，對「傳統文化」的態度，在許多作家那裏已不再
單一，猶疑、多元、矛盾等的複雜性開始呈現；有的也走向對
悠久而豐厚的民族文化的某些部分，對民族的審美精神的沉迷。

在小說藝術的探索上，一些作家受到諸如福克納、加西亞·
馬爾克斯的啟發，把對於生活情景、細節的真實描述，與幻想、
象徵、寓言的因素糅合，創造一種獨特的藝術情境。敘事變換
的技巧也在一些作品中得到模仿性的運用：以「現在時」和「過
去現在時」的敘述來處理歷史，在敘述者和故事人物，敘述時
間和故事時間上構成複雜關係，以此來強化小說的敘述意識。
不過，以現代意識來審察中國傳統審美思維、表達方法，開發
傳統小說的藝術要素，成為藝術創造更主要的追求。這首先表
現為小說整體情調、氛圍營造的重現。其次，小說語言或者向
著平淡、節制、簡潔的方向傾斜，或者直接融進文言辭彙、句
式，以豐富語言的內涵、表現力，增強小說語言的「柔韌性」。
另外，小說的章法、結構、敘事方式，也都可以看到向古代小

---

[17] 在「尋根」作家看來，「邊緣」的文化成為文學創造的最具活力的資源。
「我以為我們民族文化之精華，更多地保留在中原規範之外。……規範之
外的，才是我們需要的『根』，因為它們分布在廣闊的大地，深植於民間
的沃土」（李杭育《理一理我們的『根』》）；「我國的邊疆雖然偏僻、
閉塞，但那些地區確實可以說是一座沉睡著的文化寶庫」，「文學土壤的
豐沃令人驚歎」（烏熱爾圖《作家通訊》）。

說取法的情況。汪曾祺認為中國古代小說存在「兩個傳統」，即「唐人傳奇和宋人筆記」：前者是「投入當道的『行卷』」，因為要使「當道者」看得有趣，賞識作者的才華；後者卻「無此功利目的」，故清淡自然，自有情致[18]。50 年代初，孫楷第在談到當代作家向古代小說學習時，從另一角度也對唐人傳奇有所貶抑，認為「傳奇是史傳的別支，是智識階級士大夫階級的高貴文學」，「坐在屋裏自己說自己的話」，他推重的是明末白話短篇小說，因為它們的作者「化身為藝人，面向大眾說話」[19]。顯然，汪曾祺、賈平凹、阿城等在這個時期的創作，都屬師法樸素節制、清淡自然的一脈。

三、風俗鄉土小說

當代出現的小說的「農業題材」、「工業題材」等概念，在 80 年代逐漸被廢棄，這表現了小說觀念和小說創作發生的重要變化：階級和政治運動作為社會、文學結構中心的理解的退隱。這種變化自然不是自文學「尋根」提出的時候才發生。對一種更開闊的，觀察中國現代化進程中鄉村、城市發生解體、調整、變遷的視境的寫作，評論界相應運用了「市井小說」、「都市小說」、「鄉土小說」、「鄉情小說」等概念。被列入「市井」和「都市」項下的創作，有鄧友梅、陸文夫、馮驥才、

---

[18] 《中國當代作家選集叢書・汪曾祺》一書的「代序」，人民文學出版社 1992 年版。

[19] 《中國短篇白話小說的發展與藝術上的特點》，《文藝報》1951 年第 4 卷第 3 期。

劉心武等的一些作品，而歸入「鄉土」、「鄉情」的，則是高曉聲、汪曾祺、劉紹棠、古華、張一弓、路遙、陳忠實、賈平凹、張煒、矯健等那些寫鄉村生活的作家。與此相關，地域因素在小說中的地位得到重視，並且出現了以地域作為尺度的描述方式（「京味小說」、「津門小說」、「齊魯文化小說」等）。

　　在 80 年代，北京記憶的書寫成為一個文學現象（上海記憶的書寫，熱潮主要出現在 90 年代以後）。「傳統」與「現代」的衝突、糾結在都市日常生活中（心理、行為方式、居所空間、習俗風物等）的獨特表現，人對於城市、對於北京文化的體驗，成為一批作家自覺關注的對象，並出現了「京味文學」的概念[20]。鄧友梅、劉心武、陳建功，以及汪曾祺、蘇叔陽等，在一段時間都致力於這方面的寫作。由於普遍地存在一種歷史激烈錯動中對城市悠久文化標識和精神失落的憂慮，不少作品帶有濃厚「輓歌式」懷舊情調。北京地域方言（京白），四合院的空間布局及其生活方式，對「舊時」人物的興趣，構成這個時期「京味小說」幾個基本特徵。90 年代之後，具有這一藝術形態的「京味小說」創作得到繼續，也出現一些受到好評的作品，如葉廣岑寫上層旗人在現代生活變遷的長篇《采桑子》[21]。

[20] 趙園較早對「京味文學」（「京味小說」）的特徵做出精當描述。她認為，「『京味』是由人與城間特有的精神聯繫中發生的，是人所感受到的城的文化意味。『京味』尤其是人對於文化的體驗和感受方式。」她並指出，「老舍是使『京味』成為有價值的風格現象的第一人」，而「京味文學」的說法，則是「新時期」才出現的。見趙園《北京：城與人》第 9 頁，北京大學出版社 2002 年版（該書由上海人民出版社 1991 年初版）。

[21] 有關「京味文學」的演變，有所謂三代「京味文學」的說法。第一代以老舍 20 世紀 20 至 40 年代創作為代表，第二代為林斤瀾、鄧友梅、汪曾祺、韓少華、陳建功 80 年代的創作，第三代的代表則是王朔、劉恒、馮小剛、

鄧友梅[22] 50 年代開始寫作。1956 年發表的描寫青年人戀情的短篇《在懸崖上》，在當時引起爭論並受到批判；反右派運動中成為「右派分子」。「文革」後寫的小說，有「寫北京的和寫京外的」兩套筆墨；創作取材上，基本上與他的生活經歷（參加八路軍、新四軍，在日本當勞工，50 年代之後生活在老北京市民間）相對應。寫「京外」的作品有《我們的軍長》、《追趕隊伍的女兵們》、《涼山月》、《別了，瀨戶內海》等。受到好評的則是寫「京內」的那些中短篇：《話說陶然亭》、《尋找畫兒韓》、《那五》、《煙壺》、《索七的後人》、《「四海居」軼話》等。其中，寫性格、走向相異的八旗子弟那五、烏世保的兩部中篇（《那五》和《煙壺》），是他這類「京味小說」的代表作。鄧友梅寫北京的這些作品，人物包括皇族後裔、八旗子弟、工匠藝人、梨園票友、落魄文人等廣泛階層。在 19 世紀末期以來急劇社會變動中，他們與社會大潮的齟齬、衝突，和經歷的社會邊緣化的命運，使他們的性格、言談舉止中，蘊含了社會文化變遷的刻痕。這是作家特別關注的重點。在處理社會風俗（風俗民情、儀式禮節、典章文物等）與故事、

王小波、劉一達為代表。參見王一川主編《京味文學第三代——泛媒介場中的 20 世紀 90 年代北京文學》第 21 頁，北京大學出版社 2006 年版。有關「京味文學」研究，還可參考呂智敏《化俗為雅的藝術——京味小說特徵論》（中國和平出版社 1994 年版）、甘海嵐、張麗妧《京味文學散論》（燕山出版社 1997 年版）等。

[22] 鄧友梅，原籍山東平原縣，1931 年出生於天津。1942 年參加過八路軍。後在日本當過勞工，1945 年回國，參加新四軍從事文化宣傳工作。1951 年開始發表小說。1957 年成為「右派」，受到批判。主要作品集有《鄧友梅短篇小說選》、《鄧友梅代表作》、《京城內外》、《煙壺》、《鄧友梅文集》（1-5 卷）等。

人物描寫之間的關係上，鄧友梅力求兩者在敘述上形成有機結構的關係，讓風俗等成為推動情節和人物性格發展的內在動力。敘述者對於失去生命活力的「帝都」衰敗文化的揭發，和對於蘊藏於風俗文物中的文化神韻的著迷，交織在作品的字裏行間。這種矛盾性常以溫和的態度表現，避免了過分和外顯，這使各種衝突的因素在小說中得到控制。但「平和」有時也會走向「平淡」，加上作品對小說「勸誡」功能的追求，人物命運的悲劇色彩受到削弱，影響了面對歷史和現實時的體驗深度。鄧友梅小說的經過提煉的京白語言，在當代的「京味小說」中得到普遍稱道；在敘述上，能做到從容卻不拖沓呆滯。

在80年代的「京味小說」中，陳建功[23]的作品也值得注意。他的創作有兩個系列，一是以感傷筆調寫知青和知識份子遭遇，如《迷亂的星空》和《飄逝的花頭巾》，另一是表現居住於小胡同、大雜院裏的北京普通市民的日常生活：這成為他創作成績的標誌。總題為「談天說地」的作品有《丹鳳眼》、《京西有個騷韃子》、《轆轤把胡同九號》、《找樂》、《鬈毛》、《耍叉》、《放生》等，文化景觀、生活細節，社會變遷中的市民心態，得到細緻刻畫。80年代早期作品（如《轆轤把胡同九號》），有較明顯的「國民性」批判的啟蒙視角，後來，體驗了高樓林立中的縫隙間四合院的「苟延殘喘」的「悲戚」，

---

[23] 陳建功（1949-），廣西北海人。1956年隨父母到北京定居。「文革」中高中畢業到京西木城澗煤礦當工人，隨後開始文學創作。1981年畢業於北京大學中文系。出版有小說集《迷亂的星空》、《陳建功中短篇小說選》、《鬈毛》，長篇小說《皇城根》（與趙大年合著）等。

目睹「傳統的生活方式在現代文明的侵襲下崩解的圖景」，逐漸增強輓歌式的懷舊基調[24]。

馮驥才[25] 70 年代後期開始文學創作。1977 年出版歷史小說《義和拳》（與李定興合著）、《紅燈照》。隨後，反思「文革」是持續的創作主題。80 年代初影響較大的，這類題材的中短篇小說有《雕花煙斗》、《鋪花的歧路》、《啊！》、《高女人和她的矮丈夫》、《感謝生活》等。1986 年開始的名為《一百個人的十年》的「口述實錄文學」，也屬於這一性質。馮驥才寫「文革」歷史和人的悲劇性遭遇，揭示人性的扭曲，不過，人與人之間的溫情，常是處於逆境的人物苦難生活的支撐，構成作品的「底色」。馮驥才創作的另一類型，是他所稱的「怪世奇談」系列小說的創作。1984 年在中篇小說《神鞭》（寫學得祖上傳下的「辮子功」的傻二的形迹）的「附記」中，他宣稱要「另闢一條新路走走」，將筆墨上溯至清末民初，寫發生在天津的「閒雜人和稀奇事」，要寫出「地道的天津味」。因此，批評家稱這些小說為「津味小說」。除《神鞭》外，還有中篇《三寸金蓮》、《陰陽八卦》、《炮打雙燈》和系列短篇《市井人物》、《俗世奇人》。人物大多是天津市井民間的「奇人」，和發生其間的「奇事」。部分作品則取材於那些「文化遺迹」，如女人的纏足等。人物的命運、生活方式和這些「文

---

[24] 陳建功《鬈毛》自序《四合院的悲戚與文學的可能性》，北京，燕山出版社 1997 年版。

[25] 馮驥才（1942-），祖籍浙江慈溪，出生於天津。中學畢業後考入美術學院。當過籃球運動員，也做過美術工作。「文革」後開始發表作品。出版有《馮驥才中短篇小說集》、《鋪花的歧路》、《高女人和他的矮丈夫》、《義大利小提琴》、《馮驥才選集》（1-3 卷）等。

化」現象有密切關聯，甚至人物就是某種「文化」的化身。常
採用章回體，並以天津方言、俗語作為小說語言的主體。顯然，
比起表現「文革」的小說來，馮驥才的「津門系列」更受到注
意。馮驥才在寫作這些「怪世奇談」的小說時，有重視通俗小
說的故事性和傳奇色彩的融入，加強娛樂性的傳奇因素也是考
慮的因素。不過，又並非要創作單純的「通俗小說」，嚴肅的
思想批判深度也為他所追求。他表明是在追溯魯迅的「尋找劣
根性」的思路，但也努力不以簡單、粗糙的態度來處理這些習
俗所體現的文化觀念，試圖以歷史的眼光來廓清複雜、醜陋現
象產生的根據[26]。這些作品發表之後均存在一些爭議，特別是《三
寸金蓮》，在思想藝術的評價上更是差異分明。這篇細緻描寫
中國舊時女子纏足、裹腳風俗的中篇，作家的意圖是探索女性
纏腳這一陋習產生的歷史文化的依據：在特定的歷史語境中，
醜惡的扭曲如何轉化為「美」，並在「美」的掩蓋下成為「合
理」的事實的過程。不過，對傳統文化的「惰性」和「自我束
縛」的反思，卻常常難以抗拒地消失在對這些「醜態」和「陋
習」的沉迷之中。

　　陸文夫[27]寫於五、六十年代的短篇，就已具有獨特色彩[28]。
作品的故事均發生於蘇州的工廠、里巷。雖然在「十七年」，

---

[26] 參見馮驥才《創作的體驗》（《文藝研究》1983 年第 2 期）、《我為什麼
寫〈三寸金蓮〉》（《文藝報》1987 年 9 月 19 日）等文。

[27] 陸文夫（1928-2005），江蘇泰興人。1948 年高中畢業後到蘇北解放區參加
革命，進入華中大學學習。50 年代起在蘇州從事新聞工作，後到江蘇省文
聯工作。1957 年因牽涉「探求者」事件，下放蘇州機床廠當工人。1960 年
回江蘇省文聯。1964 年下放蘇州蘇繡紗廠。「文革」期間下放射陽農村。
1980 年回蘇州繼續文學寫作。出版的小說集有《榮譽》、《二遇周泰》、

小說的地域因素並不受到重視，但蘇州市井風情，和對這個城市的文化體驗已顯端倪；在人物性格、日常生活細節描寫和語言運用上，都有形迹可尋的表現。「文革」後在發表《獻身》等不久，很快離開「傷痕」寫作階段。也仍執著於對當代歷史的反思，但這種反思被放置在城市文化與個人命運關聯的背景中進行。這在《小販世家》、《井》、《圍牆》、《美食家》等作品中有鮮明體現。中篇《美食家》是他最知名作品。姑蘇地區精緻飲食等文化積澱，當代社會政治的變遷，在朱自冶這一人物命運沉浮上聚合、糾結。雖說貫穿政治性主題，但對蘇州飲食等的描述，常逸出這一軌道而成為作品中最多彩部分。敘述上張弛有序的節奏，富於韻味的幽默語言，也是這部作品的重要特色。90 年代，陸文夫還出版了上下兩部，以章回體為結構方式的《人之窩》。作品寫自舊中國到「文革」間，發生於許家大院中不同人等之間的爭鬥、糾葛。人物生存的地域文化環境，政治歷史演化，人的本性之間的關聯，仍是陸文夫觀察的重心。

四、幾位小說家的創作

在自稱或被稱的文學群體、流派湧動更迭的 80 年代，汪曾祺[29]是為數不很多難以歸類的作家之一。他的獨立姿態，為比較

《小巷深處》、《特別法庭》、《小巷人物志》（第一、二集），另出版有長篇小說《人之窩》。

[28] 這些短篇有寫於 50 年代中期的《小巷深處》，60 年代前期的《葛師傅》、《修車記》、《介紹》、《二遇周泰》等。

[29] 汪曾祺（1920-1997），江蘇高郵人。1939 年就讀於在昆明的西南聯合大學。

豐厚的生活、藝術「儲備」所支持；雖然也曾被批評家當作「尋根」作家談論，但那只是為宣言和理論尋找能在意緒上呼應的作品。他按照自己的文學理想寫作，表現他熟悉的、經過他的情感、心智沉澱的記憶。汪曾祺出生於江蘇高郵的士紳之家。在西南聯大中文系學習時，時任該校教授的沈從文對汪曾祺後來的創作多有影響。這期間所閱讀的佛吉尼亞‧伍爾芙、阿索林、紀德、普魯斯特等的翻譯作品，也在他40年代的創作中留下痕迹。「當代」的坎坷遭遇，創作處在停滯狀態。80年代以後其才情始得以展開、發揮。和「新時期」以後多數小說家不同，他不涉足中長篇，也從未試圖建造全景式（或「史詩性」）的巨構[30]。他的短篇，大多取材家鄉高郵鄉村和市鎮的舊日生活，也有的寫到昆明（40年代求學之地）、張家口壩上（成為「右派」之後勞動改造之地）、北京（50年代以後的立腳之地）等的各色人等、行狀。作品中有傳神的細節刻畫，也流動著為記憶過濾、培育的情感。「我的一部分作品的感情是憂傷，比如《職業》、《幽冥鐘》；一部分作品則有一種內在的歡樂，比如《受戒》、《大淖記事》；一部分作品則由於對命運的無可奈何轉化出一種常有苦味的嘲謔，比如《雲致秋行狀》、《異

40年代初開始發表作品。1948年出版短篇集《邂逅集》。50年代擔任過《民間文學》、《說說唱唱》等刊物編輯。1958年被定為「右派」，下放張家口農村勞動。1962年任北京京劇團編劇，參與改編京劇《范進中舉》、《蘆蕩火種》（後成為樣板戲《沙家浜》）。80年代後出版的小說、散文集主要有《汪曾祺短篇小說選》、《晚飯花集》、《汪曾祺自選集》、《蒲橋集》、《孤蒲深處》、《汪曾祺文集》、《矮紙集》等。

[30] 「我只寫短篇小說，因為我只會寫短篇小說。或者說，我只熟悉這樣一種對生活的思維方式。」《汪曾祺自選集‧自序》，南寧，灕江出版社1987年版。

秉》。但是總起來說，我是一個樂觀主義者。我的作品不是悲劇。我的作品缺乏崇高、悲壯的美。我所追求的不是深刻，而是和諧。」[31]這是他對自己作品整體藝術基調的恰當說明。對於市井平民、下層讀書人僵硬刻板的生活，和他們某些卑瑣的心理行為，他不無針砭和嘲諷，卻不苛刻且有同情；而更多的是發現鄉鎮民間生活的美和健康人性。小說中的那種中國傳統「文人」的情調和視角，也因民間具有生命活力的因素而受到「拯救」，某些陳舊氣息受到抑制。80年代末以後的創作，多以士大夫和知識份子的生活為表現對象，風格從平淡轉向蒼涼。

汪曾祺小說注重風俗民情的表現。既不特別設計情節和衝突，增強小說的故事性，著意塑造「典型人物」，但也不想把風俗民情作為故事推進、人物性格發展的「有機」因素。他執意減弱、消除「戲劇化」設計，使敘述呈現如日常生活般的「自然形態」[32]。在這方面，他繼續的是40年代「京派作家」的那種質疑「戲劇化小說」，提倡「散文化小說」的努力[33]。在「散文化」隨意輕便的敘述中，讓情致、寄託也自然地融貫其間。文字則簡潔、節制、質樸，但也不缺乏幽默和典雅。汪曾祺在

---

[31] 《汪曾祺自選集‧自序》，南寧，灘江出版社1987年版。

[32] 有關這方面的追求，參見汪曾祺《橋邊小說三篇‧後記》，《收穫》（上海）1986年第2期。

[33] 40年代，廢名、沈從文、周作人、蘆焚等，都批評「戲劇化小說」對生活進行人為的結構，將社會人生波瀾化，而主張「不裝假，事實都恢復原狀」，展示生活的「本色」，寫作「自自然然的」「散文化的小說」（或「隨筆風的小說」）。他們批評的對象，顯然針對「左翼」小說的反映重大社會衝突、生活矛盾的藝術主張。在這個期間，汪曾祺也發表了類似的看法。參見錢理群編《20世紀中國小說理論資料（第四卷）》，及該資料集《前言》，北京大學出版社1997年版。

小說（也包括他的隨筆）的文體上的創造，影響了當代一些小說和散文作家的創作。

莫言[34] 80年代初開始發表作品。1985年的《透明的紅蘿蔔》，由於感覺、想像力的豐富而受到讀者和評論界的關注[35]。次年，中篇小說《紅高粱》的發表，產生很大反響。隨後，他又寫了與《紅高粱》在故事背景、人物等有連續關係的幾個中篇，它們後來結集為《紅高粱家族》[36]。故鄉高密是莫言很長時間裏文學想像的源泉；故事大多以對故鄉的記憶為背景展開。《紅高粱》系列，《球狀閃電》、《爆炸》、《紅蝗》，以及發表於1995年的長篇《豐乳肥臀》，展開了中國現代文學此前少見的鄉村天地：狂躁、混雜，充滿酒氣和血色，有驃勇血性的人物，和無所拘束的激情。在早期，他顯然也要如福克納那樣，通過文字構造一個能不斷敘述的「高密東北鄉」。他筆下的圖景，來源於童年的記憶，在那片土地上的見聞，更來

---

[34] 莫言（1956-），山東高密人。原名管謨業。在家鄉上小學，「文革」期間輟學務農。1976年應徵入伍。1984年至1986年，就讀於解放軍藝術學院文學系。80年代初開始發表作品，主要作品集有《紅高粱家族》、《透明的紅蘿蔔》、《爆炸》、《天堂蒜苔之歌》、《懷抱鮮花的女人》，長篇小說《滿園》、《酒國》、《豐乳肥臀》、《四十一炮》、《檀香刑》、《生死疲勞》等。另有《莫言文集》（1-5卷）。

[35] 刊於《中國作家》（北京）1985年第2期。當時的評論，主要關注這篇小說對氣氛、色彩、感覺的重視，關注其中的「非現實」、寫意的因素，以及「天馬行空」的敘述方式；認為它提供了「一種新鮮的、陌生的藝術經驗」。參見徐懷中、莫言等的《有追求才有特色——關於〈透明的紅蘿蔔〉的對話》，《中國作家》1985年第2期。

[36] 《紅高粱》、《高粱酒》、《狗道》、《高粱殯》、《狗皮》等作品，1987年匯集為《紅高粱家族》由解放軍文藝出版社出版。有的批評家將《紅高粱家族》稱為長篇小說，有的則稱為系列小說。

源於他豐沛、靈動、怪異的感覺、想像。部分作品也寫到「當代」生活，但更多時候是將筆伸向「歷史」。在充滿野性活力土地上有關「先人」生命的奔放，和傳奇性經歷的敘述中，也隱含了對後代在生存上壓抑，人性的扭曲的傷感、迷惘。

　　莫言的小說，表現了開放自己感覺地那種感性化風格。他的寫作，對當代小說過分的觀念結構所形成的文體模式，是一次衝擊。他採用了一種天馬行空、不受拘束的敘述方式。在描述中，心理的流動、跳躍、聯想是敘述的角度和驅動力，並有大量的感官意象奔湧而來，而創造一個色彩斑斕的感覺世界。90 年代以來，雖然奔湧的敘述方式有了朝著內斂、節制的方向演變，但他突破藝術成規，並積極運用、轉化「民間資源」以表現其「化腐朽為神奇」的藝術探索仍在不斷推進。在小說敘事日趨「疲勞」的情景下，這種執意出奇制勝以挑戰極限的舉動[37]，既令人驚訝，受到讚賞，也引發爭議。

　　賈平凹[38]「文革」期間到 80 年代初的作品，缺乏個人創作特色沒有得到文學界注意。他開始有影響的作品，是 1983 年以後陸續發表的，有關陝西商州地區農民生活變遷的小說，即被稱為「商州系列」的《小月前本》、《雞窩窪人家》、《臘月‧

---

[37] 如 90 年代中期以後的幾部長篇《豐乳肥臀》、《四十一炮》、《檀香刑》、《生死疲勞》等。

[38] 賈平凹（1952-），陝西丹鳳縣人。1972 年進入西北大學中文系學習，並開始發表作品。此後一直在西安生活、寫作，除小說、散文創作外，主辦《美文》雜誌。除長篇《商州》、《浮躁》、《廢都》、《白夜》、《土門》、《高老莊》、《懷念狼》、《秦腔》等單行本外，作品集有《小月前本》、《臘月‧正月》、《天狗集》，以及《賈平凹自選集》、《賈平凹小說精選》、《賈平凹散文自選集》、《賈平凹文集》（1-14 卷）等。

正月》、《遠山野情》、《天狗》、《黑氏》、《古堡》、《火紙》和長篇《商州》、《浮躁》。小說中，對陝南山區自然和人文景觀的用心描寫，有意識地為人物的活動和心理特徵，提供地域文化（民居、器具、儀式、謠諺等）的依據和背景。80年代中國農村進行的經濟改革，農村發生制度、心理、人際關係等的變動，改變了傳統社會秩序，導致在價值觀和人生方式上的選擇和「較量」，也由此引發了鄉村中「新的」悲歡離合。這是這些小說持續開掘的主題[39]。其間，社會轉折期出現的「悲劇人物」，在小說中佔有重要位置。他們原先的社會地位和在世人面前所樹立的形象發生動搖，陷入恐懼，但仍堅持原有的生活準則，想挽救將要失去的東西。作者描寫了他們必然「被剝奪」的命運，但也給予深切的同情。社會變遷所引起的人生體味，是賈平凹長期關注的問題。但由於藝術上的原因，以及和許多當代作家相似的表現中國社會（城市或農村）「歷史發展」的承擔意識，使他這部分小說的命意難以擺脫視域上的單一性，帶來人物、故事上的重覆。

　　90年代初開始，情況有了改變。對真切人生體驗的開放，使他抵拒了宏大單一主題的誘惑。這種追求，出現的長篇《廢都》[40]中。小說以寫古城西京（以西安為「原型」）的作家莊之蝶等人物的生活世相，相對於80年代的小說，在文體上實現了

---

[39] 「欲以商州這塊地方，來體驗、研究、分析、解剖中國農村的歷史發展、社會變革、生活變化」，賈平凹：《小月前本・代序》，廣州，花城出版社1984年版。

[40] 最初發表於《十月》（北京）1993年的4期，7月由北京出版社出版單行本。

重要的轉換。風格和藝術韻味力求對於明清白話小說藝術的吸
納，形成自然順暢，然而含蓄、簡約的，富內在韻味的格調。
這部被作者稱為「安妥」自己的「靈魂」[41]，表達有關「世紀末」
的蒼茫、悲涼的「廢都」意識的作品在 90 年代初的出版，成為
當時文化界引人注目的事件。文學知識份子從《廢都》，找到
在社會轉折、精神脫節時代的憤懣、失落、無奈的心境釋放的
通道，由是引發一場有關《廢都》褒貶的激烈論爭[42]。一些批評
家譽之為「深得『紅樓』、『金瓶』之神韻」，「內容到形式
都頗為驚世駭俗」，人物刻畫上形神兼備，「幾近爐火純青」，
標誌作者走向成熟。另一些批評家則指責它「沒有靈魂」，作
者也因此蛻變為「趣味低級的通俗作家」。對作品中的頹廢意
緒和性的描寫，更是褒貶懸殊。

---

[41] 賈平凹《廢都・後記》，北京出版社 1993 年版。

[42] 作品出版後發表的重要報導和批評文章，及賈平凹的創作談、訪問記等，
收入蕭夏林主編《廢都廢誰》（學苑出版社 1993 年版）、陳遼主編《〈廢
都〉及〈廢都〉熱》（中國礦業大學出版社 1993 年版）、多維編《〈廢都〉
滋味》（河南人民出版社 1993 年版）、盧陽編《賈平凹怎麼啦　被刪去的
6986 字背後》（上海三聯書店 1993 年版）、劉斌、王玲主編《失足的賈
平凹》（華夏出版社 1994 年版）等書中。

第二十二章

80年代中後期的小說（二）

一、文學創新與「現代派文學」

六、七十年代就已發生，80年代初達到熱潮的西方「現代派」文學的譯介，以及由此引起的爭論，在80年代的當代文學實踐中留下深刻的痕迹。最初有「文革」間的「地下」詩歌、小說，80年代初，則有「朦朧詩」部分作品，王蒙、宗璞、李陀的部分小說[1]，高行健的探索戲劇。個體心理意識的重視，「意識流」敘事，荒誕、變形、寓言的現代技法，是「影響」的可被辨識的若干元素。

到了80年代中、後期，與「現代派」文學相關的先鋒文學探索，集中爆發形成一股潮流。這個期間，文學與政治的關係已經不像80年代初那樣呈現「粘著」狀態，文學成為政治意圖和觀念載體的方式，不再獲得普遍的讚賞、呼應，意識形態「整合」能力有所減弱。與此同時，商品經濟的發展，不可避免地改變人們的生存條件和生活方式，文學的「邊緣化」趨勢日益明顯。「文革」後湧動的文學創新壓力，又持續困擾眾多作家。

---

[1] 指王蒙的《布禮》、《蝴蝶》、《春之聲》、《夜的眼》，宗璞的短篇《我是誰》、《蝸居》，李陀的短篇《七奶奶》、《自由落體》，高行健的話劇《絕對信號》等。

在這一情勢下，文學探索、調整的步伐加速。[2]詩歌有「第三代詩」和「實驗詩歌」。小說則有「尋根」、「現代派小說」、「先鋒小說」等的出現。這些文學變革，以西方 20 世紀現代文學（「現代派」文學）作為主要參照系，並將之轉化為藝術經驗的主要來源。對於特定時空的社會政治的「超越」，擺脫經典社會主義現實主義方法，追求「本體意味」的形式和「永恒」的生存命題，成為當時富誘惑力的探索趨向。文學「尋根」和「現代派小說」，是創新潮流中首先出現的現象。在被批評家列入「尋根」的小說中，有的並不具有「先鋒」的傾向，但也有一些作品，如《爸爸爸》（韓少功），《透明的紅蘿蔔》、《紅高粱》（莫言）、《小鮑莊》（王安憶）等，出現了各別的新異特徵。但由於文學「尋根」所涵蓋的作品，從藝術思維和表達方式看多樣而龐雜，因此，在批評界，一般不被統一地納入「現代派」或「先鋒」文學的潮流。產生於這一期間的「現代派小說」，從命名上便可以看到與西方現代小說的「互文本」的關係。

　　1985 年，劉索拉的中篇《你別無選擇》[3]發表，反響熱烈，有批評家稱之為「真正的」現代派小說。這一評語，透露了當

---

[2] 陳曉明認為，「80 年代後期出現先鋒派的形式主義表意策略，其直接的現實前提就是意識形態的整合功能弱化，其直接的美學前提就是 80 年代以來一直存在的創新壓力，其直接的藝術經驗前提就是現代派和尋根派。」《表意的焦慮——歷史祛魅與當代文學變革》第 80 頁，北京，中央編譯出版社 2002 年版。

[3] 《你別無選擇》刊於《人民文學》1985 年第 5 期。劉索拉，女，1955 年生於北京。畢業於中央音樂學院作曲系。小說還有《藍天綠海》、《尋找歌王》等。後來主要從事音樂方面工作。

時文學創新者的期望：中國能誕生像西方那樣的「現代派」作品。同時被作為「現代派」小說關注的還有徐星的《無主題變奏》[4]，和殘雪陸續發表的，展示「非現實」意象的中短篇。劉索拉、徐星的小說，寫自願游離於「主流」社會的「憤怒的青年」叛逆的情緒、生活。他們對「主流」的價值觀、生活方式，持蔑視、嘲諷的姿態；以或憤世嫉俗、或戲謔的敘述，來質疑當代基於某種價值標準之上的觀念和行為規範。在這裏，人們看到這些小說與《麥田的守望者》（塞林格）、《在路上》（凱魯亞克）、《第二十二條軍規》（梅勒）等存在的主題關聯；況且這些小說中，也存在類似的藝術方法：荒誕、變形；「形象化的抽象」；「人物幾乎沒有歷史和過去」；「每一個人物都是主人公因而並沒有一個專門的主人公，人物都有一個被誇張了的特徵因而你只記住了這個特徵」[5]；等等。不過，聰明而敏銳的批評家很快就發現，劉索拉、徐星小說的滿不在乎掩蓋著惶惑和痛苦。它們表達的，與其說是反「現代性」的「非理性」精神，不如說是走出「文革」陰影的一代，在「現代化」實踐過程中追求人性、自由精神，和主體創造性的「情緒歷史」。中國和「西方」的「現代派文學」在發生的語境、小說文化內涵和藝術質地的差異（中國當代「真正的」現代派小說仍不純粹，仍沒有「嚴格意義」上的現代主義小說），在80年代後期

---

[4] 徐星1956年生於北京。1976年中學畢業後到陝北農村插隊，後參軍入伍。1981年從軍隊復員後居北京。《無主題變奏》刊於《人民文學》1985年第7期。1989年到1994年旅居德國。還發表有中短篇《城市的故事》、《無為在歧路》、《饑餓的老鼠》，長篇《剩下的都屬於我》等。

[5] 黃子平《劉索拉的〈你別無選擇〉》，《沉思的老樹的精靈》第167-168頁。杭州，浙江文藝出版社1986年版。

引發有關「偽現代派」的爭論[6]。這一爭論的啟發性之處，不在
於做出有關現代派「真／偽」的判斷，而是產生這一「真／偽」
分析的「知識類型和話語結構」；它揭示了「西方『現代派』
作為『異己』（同時也是理想的文學榜樣）參照系的存在，形
成了 80 年代文學變革的持續動力」；「西方『現代派』構成了
整個新時期文學變革的『阿基米德支點』」[7]。

二、「先鋒小說」的實驗

80 年代後期，一批年輕小說家在小說形式上所做的實驗，
出現了被稱為「先鋒小說」的創作現象[8]。「先鋒小說」雖然與

---

[6] 參見季紅真《中國近年小說與西方現代主義文學》（《文藝報》1988 年 1
月 2 日）、黃子平《關於「偽現代派」及其批評》《（北京文學）》1988
年第 2 期）、李陀《也談「偽現代派」及其批評》（《北京文學》1988 年
第 4 期）、李潔非《「偽」的含義及現實》（《百家》1988 年第 5 期）、
吳方《論「矯情」》（《北京文學》1988 年第 4 期）、賀紹俊、潘凱雄《關
於「剝離」的剝離》（《北京文學》1988 年第 8 期）等文章。黃子平認為，
「偽現代派」是一個基於「權力意願」的「功能性」概念，「這一術語背
後蘊含了一個根深蒂固的觀念，即存在一種『正宗』或『正統』的現代派
文學或別的什麼派，即使不能原封不動地引進，也可以成為引進是否成功
的明確的參照。」

[7] 賀桂梅《西方「現代派」和 1980 年代中國文學的現代主義——一種知識社
會學的歷史考察》，2005 年 8 月清華大學主辦的「比較現代主義：美學、
帝國、現代主義」的學術會議的論文。

[8] 「先鋒小說」在當時或被稱為「新潮小說」、「實驗小說」。最早對這一文學
現象進行命名、研究的文章，有吳亮《馬原的敘述圈套》（《當代作家評論》
1987 年第 3 期），《論中國當代新潮小說》（《鍾山》1988 年第 5 期），張
頤武《小說實驗：意義的消解》（《北京文學》1988 年第 2 期），李陀《昔
日頑童今何在》（《文藝報》1988 年 10 月 29 日）。後來集中研究「先鋒小
說」的著作是陳曉明的《無邊的挑戰——中國先鋒文學的後現代性》（時代文
藝出版社 1993 年出版，廣西師範大學出版社 2004 年修訂版）。

「尋根」、「現代派」文學等一同組成80年代文學創新潮流，但它們之間也有重要區別。在「先鋒小說」中，個人主體的尋求，和歷史意識的確立已趨淡薄，它們重視的是「文體的自覺」，即小說的「虛構性」，和「敘述」在小說方法上的意義。通常認為，這一對中國當代文學來說具有「革命」意義的小說「實驗」，它的觀念和方法，與法國「新小說」（阿蘭─羅布‧格里耶的「零度敘述」，也被一些批評家用來描述「新寫實小說」的文體特徵）、拉美的加西亞‧馬爾克斯、博爾赫斯的創作有關。被用來解說「先鋒小說」文體實驗的，還有六、七十年代美國的所謂「反小說」[9]。馬原[10]是這一「小說革命」的始作俑者。他發表於1984年的《拉薩河的女神》，是當代第一部將敘述置於重要地位的小說。他的小說所顯示的「敘述圈套」[11]，在那個時間成為文學創新者的熱門話題。後來又陸續發表了《岡底斯的誘惑》、《西海無帆船》、《錯誤》、《虛構》、《拉薩生活的三種時間》、《康巴人營地》、《遊神》、《大師》、

---

[9] 這一情況，在批評家的研究論著，和「先鋒小說」作家的自述中都有顯示。格非甚至被有的批評文章稱為「中國的博爾赫斯」。參見余華《虛偽的作品》（《上海文論》1989年第5期），馬原《作家與書或我的書目》（《外國文學評論》1991年第1期），張新穎《博爾赫斯與中國當代小說》（《上海文學》1990年第12期），明小毛《反小說的變異與前景》（《上海文學》1989年第5期）等。

[10] 馬原（1953-），遼寧錦州人。中學畢業後曾下鄉「插隊」。1982年畢業於遼寧大學中文系後，在西藏任記者、編輯7年，並開始小說創作。出版有《馬原文集》（1-4卷）等。除中短篇小說外，還出版有長篇《上下都很平坦》、話劇劇本《過了一百年》、《愛的季節》。現任教於上海同濟大學文學院。

[11] 吳亮《馬原的敘述圈套》。文中指出，「馬原的小說主要意義不是敘述了一個（或幾個片斷）故事，而是敘述了一個（或幾個片斷）故事」。

《疊紙鷂的三種方法》等小說，它們大多以西藏的歷史、文化為背景。繼馬原之後，洪峰 1986 年發表《奔喪》，連同他 1987年的《瀚海》、《極地之側》，是另一進行先鋒的小說探索的作家，他也被看作是馬原的追隨者。但洪峰不僅限於「文體」的實驗。《奔喪》以反諷的態度和敘述方法，來處理傳統的悲劇性故事，表現了另一意義的「顛覆性」。這種對「敘述」與「意義」關係的探索，卻是馬原最初的小說所要迴避的。

　　在 1987 年間，「先鋒小說」寫作成為一股潮流。除了馬原、洪峰外，這一年「先鋒小說」的重要作品，有馬原的《錯誤》，洪峰的《瀚海》、《極地之側》，余華的《十八歲出門遠行》、《西北風呼嘯的中午》、《四月三日事件》，格非的《迷舟》，孫甘露的《信使之函》，蘇童的《桑園留言》、《1934 年的逃亡》、《故事：外鄉人父子》，葉兆言的《五月的黃昏》，北村的《諧振》。在此後的幾年裏，上述作家還發表了許多作品，如余華的《現實一種》、《世事如煙》、《劫數難逃》，蘇童的《罌粟之家》、《儀式的完成》、《妻妾成群》，格非的《沒有人看見草生長》、《褐色鳥群》，孫甘露的《訪問夢境》、《請女人猜謎》，葉兆言的《棗樹的故事》、北村的《流亡者說》等。

　　重視敘述，是「先鋒小說」開始引人注目的共通點；他們關心的是故事的「形式」，把敘事本身看作審美對象。「虛構」與「真實」在作品中有意混淆、拼接，並把構思、寫作過程直接寫進作品，參與文本的構成。與傳統「寫實」小說竭力營造與現實世界對應的「真實」幻象不同，馬原明白交代創作就是一種編造。「我就是那個叫馬原的漢人」是經常出現在他的小

說中的句子。「虛構」是他的一篇小說的題目，裏面交代小說
材料的幾種來源，和多種不同處理的選擇。不少「先鋒小說」
的敘述，大多只是平面化地觸及感官印象，而強制性地拆除事
件、細節與現實世界的意義關聯。讀者將難以得到通常小說有
關因果、本質的暗示，和有關政治、社會、道德、人性之類的
「意義」提升。這種寫作，在開始對小說界發生巨大的衝擊，
有的作者也提供了這種「實驗」的熟練文本。它們拓展了小說
的表現力，強化了作家對於個性化的感覺和體驗的發掘；同時，
也抑制、平衡了80年代小說中「自我」膨脹的傾向。從這一點
而言，其意義不僅是「形式」上的。當然，「先鋒小說」不少
作品，在它們的「形式革命」中，總是包含著內在的「意識形
態含義」[12]。對於「內容」、「意義」的不同程度的解構，對於
性、欲望、死亡、暴力等主題的關注，歸根結蒂，不能與中國
歷史語境，與對於「文革」的暴力和精神創傷的記憶無涉。在
「先鋒小說」家的作品中尋找象徵、隱喻、寓言，尋找故事的
「意義」都將是徒勞的——這種籠統說法，並不完全是事實；
只不過有關社會歷史、人性的體驗和記憶，有時會以另類、隱
秘的方式展開。「先鋒小說」總體上以形式和敘事方式為主要
目標的探索傾向，在後來局限性日見顯露，而不可避免地走
向「形式的疲憊」。在八、九十年代之交的「轉折」的歷史

---

[12] 南帆指出，先鋒作家的語言探索，被視為一種「技術主義的狂熱」，事實
上，他們是在「抗議語言的暴政。種種固定的表述如同流水線上的預製零
件，先鋒作家不能忍受將精神視為這些零件的固定裝配。他們破壞性地瓦
解陳舊的語言結構在一片語言的瓦礫之中構思新的精神詩篇。」《邊緣：
先鋒小說的位置》，《夜晚的語言》第6-7頁，北京，科學文獻出版社1998
年版。

語境中，「先鋒小說」作家的寫作很快分化，大多數的「先鋒」色彩減弱，後繼作品也不再被當作有相近特徵的潮流加以描述。

三、面向世俗的「新寫實」

在「先鋒小說」出現的同時或稍後，小說界的另一重要現象，是所謂「新寫實小說」的出現。在最初批評家的闡釋中，這種現象的性質，有時被稱為現實主義的「回歸」[13]，有時被看作屬於「自然主義的品質」[14]。其他的名稱還有「後現實主義」、「現代現實主義」、「新現實主義小說」、「新小說派」等。其中，「新寫實小說」的概念後來被廣泛接受。「新寫實小說」作為一種創作潮流，固然是當時文學精神轉移的體現，也與文學刊物的推動相關。出版於南京的大型文學雜誌《鍾山》，在1988 年 10 月便與《文學評論》聯合召開了「現實主義與先鋒派文學」的討論會，將「新寫實小說」作為重要文學現象提出。接著，《鍾山》從 1989 年第 3 期開始，開闢了「新寫實小說大聯展」的專欄，專門提倡有類似傾向的作品。專欄的「卷首語」稱：「所謂新寫實小說，簡單地說，就是不同於歷史上已有的現實主義，也不同於現代主義『先鋒派』文學，而是近幾年小說創作低谷中出現的一種新的文學傾向。這些新寫實小說的創作方法仍以寫實為主要特徵，但特別注重現實生活原生形態的

---

[13] 雷達《探究生存本相，展示原色的魅力》，《文藝報》1988 年 3 月 26 日。
[14] 陳思和《自然主義與生存意識──對新寫實小說的一種解釋》，《鍾山》1990 年第 4 期。

還原，真誠直面現實，直面人生。雖然從總體的文學精神來看，新寫實小說仍劃歸為現實主義的大範疇，但無疑具有了一種新的開放性和包容性，善於吸收、借鑑現代主義各種流派在藝術上的長處。」同年 10 月，這家雜誌還和《文學自由談》（天津）聯合召開「新寫實小說」討論會。在此前後，評述這一創作傾向（一些文章或稱「流派」）的文章大量出現，幾年裏，總計達到一百多篇。而被稱為「新寫實」的作家的，有池莉、方方、劉震雲、劉恒，此外，葉兆言、蘇童、范小青、李銳、李曉、楊爭光、遲子建等的一些作品，也被壯大聲勢地列入[15]。方方的《風景》[16]，劉恒的《狗日的糧食》[17]、《伏羲伏羲》，劉震雲的《塔鋪》[18]、《新兵連》、《單位》、《一地雞毛》，池莉的《煩惱人生》[19]、《不談愛情》等，通常被看作「新寫實小說」的代表作。

　　「新寫實小說」與當代的奉為主流的「現實主義」小說確有明顯區別；其「新」的特徵正是指向這一現象而言。「典型化」（典型環境與典型人物），以及與此相關的表現歷史本質

---

[15] 在作家創作的歸屬劃分上，批評家意見並不一致。在當時的另外一些文章中，葉兆言、蘇童等又被稱為「先鋒小說」作家。這種情況，表現了批評和創作之間的複雜關係。有的「新寫實」小說家，對領受這一稱號並不很情願。范小青：「像我們這樣一些作家，寫不來新潮小說，但又不能在現實主義的老路上走到底，所以嘗試著新的寫法……我懷疑到底存在不存在新寫實」；葉兆言：「新寫實是被批評家製造出來的」，「作者要站穩立場，不能被這些熱鬧景象所迷惑」。參見《小說評論》1991 年第 1 期。

[16] 《當代作家》1987 年第 5 期。

[17] 《中國》1986 年第 9 期。

[18] 《人民文學》1987 年第 8 期。

[19] 《上海文學》1987 年第 8 期。

的目標，為「新寫實」所放棄，對過去「宏大歷史」敘述所捨棄、遺漏的平庸、瑣屑的俗世化「現實」表現了濃厚興趣。代替英雄的壯舉與情思的，是普通人（「小人物」）衣食住行、生老病死的煩惱、欲望，生存的艱難、困窘，和個人的孤獨、無助。「新寫實」在藝術方法上，持一種較為開放的態度，並不像當代的「現實主義」那樣畫地為牢；而它的藝術風尚，則表現了一種所謂「還原」生活的「零度敘述」的方式。敘述者持較少介入故事的態度，較難看到敘述人的議論或直接的情感、價值評價。這透露了「新寫實」的寫作企圖：不作主觀預設地呈現生活「原始」狀貌。「原生態」是批評家概括「新寫實」哲學和美學特徵的「關鍵字」，是作家所要呈現的另一種「新現實」。這使他們的創作切入過去的「現實主義」小說的「盲區」，當然也因此產生新的「盲區」。「新寫實小說為 20世紀 90 年代文學在另一個價值平面上的展開提供了新的地標。它消解生活的詩意，拒絕烏托邦，將灰色、沉重的『日常生活』推到了時代的前面」[20]。

被列為「新寫實」作家的創作，之間自然存在很大的差別。與「先鋒」小說的狀況相似，由於 90 年代作家創作的變化，「新寫實」作為一種創作傾向的描述用語，其有效性也逐漸失去。90 年代以後「新寫實」作家中的一些人，不約而同地轉向「歷史」，這讓敏銳的批評家創造了提出、使用「新歷史小說」概念的條件。

---

[20] 曠新年《寫在當代文學邊上》第 90 頁，上海教育出版社 2005 年版。

四、幾位小說家的創作

　　殘雪[21]的學歷不高，卻有廣泛的閱讀經驗。80年代初開始寫作，1985年發表第一篇小說[22]。主要作品有《山上的小屋》、《蒼老的浮雲》、《公牛》、《我在那個世界裏的事情》、《阿梅在一個太陽天裏的愁思》、《黃泥街》、《天堂裏的對話》、《突圍表演》等。她的小說將現實與夢幻「混淆」，敘述人以精神變異者的冷峻眼光，和受害者的恐懼感，創造了一個怪異的世界。這個世界佈滿惡、醜的意象，人物有不斷的夢囈和讕語。對乖戾心理的描述，將讀者帶進人的精神欲望的內心世界，展示在特定社會文化環境中人性卑陋、醜惡的黑暗面。小說以夢境展開的「心理現實」，主要指向人與人的關係，他們之間的對立、冷漠、敵意，和實施的攻擊。這種情況，不僅僅發生在一般的生活環境裏，而且存在於以血緣、親情為紐帶的家庭成員之間。殘雪創造這個世界時，並不運用以理知立場，通過變形、誇張以寓意的「寓言」方式，她更多的是訴諸個人的感覺、記憶和潛在經驗所觸發的想像。不安的、神經質的人物，被安排在有著南方酷熱，但潮濕、霉味的居所、街巷。與人一起存在的是墨色的雨，是牆壁的裂縫，是長著頭髮的枯樹，是蒼蠅、老鼠、蛆、白蟻和蝙蝠。人因無法瞭解他人，也無法把

21　殘雪湖南耒陽人，1953年生於長沙。其父1957年被當作「反黨集團」的「頭目」開除公職，遣送農村勞動。「文革」小學畢業後當過「赤腳醫生」，當過裝配工、車工，80年代經營過裁縫店。出版的小說集有《黃泥街》、「思想匯報」、《天堂裏的對話》、《蒼老的浮雲》、《種在走廊上的蘋果樹》、《布穀鳥叫的那瞬間》、《殘雪小說集》等，長篇小說有《突圍表演》、《五香街》。

22　短篇《山上的小屋》，刊於《人民文學》1985年第6期。

握自身，無法逃脫死亡的「剝奪」而精神驚恐，而不斷地自我
折磨和相互折磨。不過，殘雪的世界在範圍和深度上有它的限
度，特別是從對人的生命、人性等的發掘的角度去衡量時，更
是如此。這導致了她的小說出現某些單一、重複的現象。後期
的作品，如《五香街》等，風格發生較大變化。

　　蘇童[23] 1983 年開始發表作品，1987 年發表的，寫先人在
1934 年災荒中苦難生活的《一九三四年的逃亡》，引起文壇注
意。也因為這個作品（或許加上《罌粟之家》等），蘇童當時
被匯入「先鋒小說」的行列。敘述人身份、敘述視點轉換的詭
異，和作品的神祕感等，顯然切合當時的「先鋒」特徵。不過，
在進行現代敘事技巧實驗的同時，他也相當重視小說的那種「古
典」的故事性；在故事講述的流暢、可讀，與敘事技巧的實驗
中尋找平衡。傳統寫實小說的元素，在蘇童後來的創作中得到
展開。事實上，從《妻妾成群》開始，實驗性成份已明顯減弱。
因此，他後來又被批評家順理成章地納入「新寫實」、「新歷
史」小說家的麾下。蘇童的小說，大多取材「歷史」，但「歷
史」已被虛幻化，留存的只是一些殘片。對於「意象」的經營
他極為關注，尤其擅長女性人物的細膩心理的表現。在有關舊
時中國家族的敘事中，常流露憂傷、頹敗的情調和氣息：這應
該與對江南都市「繁華夢」的歷史記憶有關。《妻妾成群》寫

---

[23] 蘇童原名童忠貴，1963 年生於蘇州。1984 年畢業於北京師範大學中文系
後，到南京工作。主要作品有長篇小說《米》、《我的帝王生涯》、《紫
檀木球》、《城北地帶》、《武則天》、《蛇為什麼會飛》、《碧奴》（「重
述神話」系列），小說集有《一九三四年的逃亡》、《祭奠紅馬》、《妻
妾成群》、《紅粉》、《傷心的舞蹈》、《南方的墮落》、《刺青時代》、
《離婚指南》等。另有《蘇童文集》（1-8 卷）。

現代女性的婚姻悲劇，這一「五四」以來常見的題材，被作了不同的處理。主人公自願走進舊式家庭，儘管有著過人的才情和氣質，卻無法抗拒失敗的命運。他的小說有某種傳統士大夫對舊日生活依戀、融入態度，對於紅顏薄命等的主題、情調的抒寫，投入且富有韻味。這一點也引起有些人對他削弱「啟蒙」的創造性文化內涵的批評。——當然，這也許不是作者所追求、甚且是他執意偏移的。流暢而優雅的敘述風格，不少讀者所熟習的題材性質，和《妻妾成群》[24]、《紅粉》等被改編成電影，使他在「先鋒小說家」中，擁有最多的讀者。

與有更多可讀性和傳統文人小說風味的蘇童不同，格非[25]更具鮮明的「先鋒性」。發表的第一篇小說是 1986 年的《追憶烏攸先生》。他的作品常讓一般讀者感到晦澀難解，出現被稱為「敘述怪圈」的結構。這在《迷舟》（1987）《褐色鳥群》（1988）中，有令人印象深刻的體現。在《迷舟》中，傳統小說故事的重要關節（蕭去榆關是遞送情報還是與情人會面），在這裏卻出現了「空缺」，《褐色鳥群》在主旨和敘事方法上，更為晦澀玄奧。「空缺」是格非小說的「關節」；由於意義、結論、真相、故事展開的邏輯等的「隱匿」，阻隔了讀者習慣的闡釋、想像的路線，而使故事的推進變得撲朔迷離。不過，對於格非

---

[24] 《妻妾成群》改編為電影《大紅燈籠高高掛》，由張藝謀導演。
[25] 格非（1964-）原名劉勇，江蘇丹徒人。1981 年就讀於上海的華東師範大學中文系，畢業後任該校教職。現為清華大學中文系教授。主要作品集有《迷舟》、《敵人》、《邊緣》、《雨季的感覺》，長篇《敵人》、《邊緣》、《欲望的旗幟》，「人面桃花」系列的第一部《人面桃花》、第二部《山河入夢》等。另有《格非文集》。理論著作有《小說藝術面面觀》、《小說敘事研究》、《卡夫卡的鐘擺》、《塞壬的歌聲》等。

來說，這主要不是取消對「意義」的追尋，而大抵是開放對於歷史的多種可能的探索。早期的這些小說有著博爾赫斯的影響，但也不是生硬的模仿之作。此後的寫作，仍沿著這一「路線」展開，但對特定的現實和歷史情景有更深的切入，並持續地思考歷史、人的生存，特別是人的內心的一系列的難解。對中國傳統小說的敘事方式有自覺地吸納，而緩和了形式探索與讀者之間的緊張關係。不過，也不過分「取悅」讀者；某種思想、形式上的「先鋒」內核，始終堅持而不肯放棄。小說敘述人的知識者姿態，敘述方式上的沉思、智性的品質，也仍是他的小說不被混淆的特徵。除中短篇小說以外，90 年代以後致力於長篇寫作，出版有《敵人》、《邊緣》、《欲望的旗幟》等。

在 80 年代末列入「先鋒小說」的還有孫甘露、葉兆言、扎西達娃等。葉兆言[26]以《棗樹的故事》知名，在這個中篇裏，講述了一個名叫岫雲的女子的命運。在藝術方法和小說文體上，他其實有更大的包容性，「先鋒」的色彩相對淡薄，後來的作品更是朝著「通俗化」的方向發展。他的故事，大多安放在「民國」年間六朝古都的時空中，在重視風俗情景描述的基礎上，表現離亂年代普通人的悲歡離合。由《狀元境》、《十字鋪》、《半邊營》、《追月樓》等中篇組成的「夜泊秦淮」系列，表

---

[26] 葉兆言 1957 年生於南京。1982 年畢業於南京大學中文系。出版的小說集有《豔歌》、《夜泊秦淮》、《棗樹的故事》、《路邊的月亮》、《綠色陷阱》、《採紅菱》、《去影》、《紀念少女樓蘭》，和長篇小說《死水》、《1937 年的愛情》、《我們的心多麼頑固》、《后羿》（「重述神話」系列）等。

現了濃厚的「文人」情調：一種歷史滄桑感，和對世事淡然節
制的態度。其他重要作品還有《豔歌》、《去影》、《綠色陷
阱》等。除了中篇以外，90年代以後還有多部長篇（《死水》、
《一九三七年的愛情》、《花煞》等）發表。孫甘露[27] 1986年
發表《訪問夢境》，這篇小說連同隨後出現的《信使之函》、
《請女人猜謎》等，在80年代後期，與格非的《迷舟》，常被
作為「先鋒小說」在文體實驗上的典型文本加以討論。《信使
之函》等採用「極端」的「反小說」的文體形式，表現了他的
「先鋒性」和「實驗性」。在這些作品中，缺乏可供辨析的故
事情節和主題；局部語句、段落的美感和機智的碎片，與總體
的「混亂」處在同一結構中。孫甘露後來的作品還有《夜晚的
語言》、《眺望時間消逝》、《憶秦娥》，和出版於90年代的
長篇《呼吸》。90年代以後，除小說外，更多精力貫注於電影
劇本和電視連續劇的寫作。扎西達娃[28]的作品不多，但他的《西
藏：隱秘的歲月》、《西藏：繫在皮繩扣上的魂》和《去拉薩
的路上》等，是80年代重要的作品。有著80年代那種「尋根」、
「魔幻」的色彩。「尋找」是《繫在皮繩扣上的魂》的故事「原
型」，講述佛教虔誠信奉者對於天國（「香巴拉」）和神示的
尋找。其中透露了不同民族文化相遇，以及現代文明對傳統文
化的「入侵」，所產生的複雜體驗，透露了作者所稱的，「這

---

[27] 孫甘露1959年生於上海，曾在上海郵電局當過郵遞員。1982年開始發表
小說。出版的小說集有《訪問夢境》、《請女人猜謎》、《憶秦娥》，和
長篇小說《呼吸》等。

[28] 扎西達娃（1959-），藏族，四川巴塘人。著有小說集《扎西達娃小說選》、
《西藏，隱秘歲月》，長篇小說《騷動的香巴拉》，以及遊記《古海藍經
幡》。

個居住在地球之巔的民族，是正在被人類神往還是正在被人類遺忘」的困惑，和憂傷。

余華[29] 1983 年開始發表作品。如他自己所說，「1986 年以前的所有思考都只是在無數常識之間遊蕩」，直到短篇《十八歲出門遠行》和中篇《現實一種》[30]，始「尋找」到了「一種全新的寫作態度」，思考也才「脫離了常識的圍困」。在這些作品（連同《四月三日事件》、《世事如煙》）中，對於「暴力」和「死亡」的精確（也虛幻）而冷靜的敘述，和在「冷靜」後面的憤怒，讓當時的不少讀者感到駭異，以至有的批評家將這位「年紀輕輕」的作家的寫作稱為「殘忍的才華」（劉紹銘語）。這些小說以一種「局外人」的視點，和冷漠、不動聲色的敘述態度，構造「背離了現狀世界提供給我的秩序和邏輯」的「虛偽的形式」[31]。他拒絕那些關於「現實」的共享的結論，以其體驗和想像力來掙脫「日常生活經驗」的圍困。《鮮血梅花》、《河邊的錯誤》、《古典愛情》這些通常被看作是對於武俠、偵探、言情小說的戲擬作品，也參與了對於「現實秩序」的「共享」經驗的顛覆。當然，在事實上，此時的余華是發掘了過去

---

[29] 余華 1960 年出生於浙江杭州，後隨父母移居浙江海鹽。中學畢業後，當過五年的牙醫。1983 年開始發表作品，曾在魯迅文學院和北京師大聯合舉辦的文學研究生班就讀。主要作品集有小說集《十八歲出門遠行》、《一九八六年》、《偶然事件》、《河邊的錯誤》、《四月三日事件》、《現實一種》、《難逃劫數》、《往事與刑罰》、《世事如煙》，長篇小說《在細雨中呼喊》、《活著》、《許三觀賣血記》、《兄弟》。另有《余華作品集》（1-3 卷）。

[30] 短篇《十八歲出門遠行》和中篇《現實一種》分別刊於《北京文學》1987 年第 1 期和 1988 年第 1 期。

[31] 余華《虛偽的作品》，《上海文論》1989 年第 5 期。

被遮蔽、掩埋的那部分「現實」。在他看來，為人的欲望所驅
動的暴力，以及現實世界的混亂，並未得到認真的審視。他堅
持以一個藝術家對這個世界的語言和結構的獨創性發現作為基
點，來建立對於「真實」的信仰和探索。

　　但 90 年代開始，余華的寫作出現了變化。原先的這種和「現
實」，和日常經驗的「緊張」關係，在《在細雨中呼喊》[32]中有
了緩和；或者說，是嘗試新的解決方式。他意識到，作家的想
像力，和對於「真實」的揭示，並不一定都要採取與日常經驗
相悖的方式。這種變化，更重要的是來源於他與「現實」的態
度的調整。「隨著時間的推移，我內心的憤怒漸漸平息」，「作
家的使命不是發泄，不是控訴或者揭露，他應該向人們展示高
尚。這裏所說的高尚不是那種單純的美好，而是對一切事物理
解之後的超然，對善與惡一視同仁，用同情的目光看待世界」[33]。
在此以前的中短篇中，時間和空間是封閉、抽象化，缺乏延展
性的，排斥「日常經驗」的。90 年代的幾部長篇（《活著》、
《許三觀賣血記》），日常經驗（「實在的經驗」）不再被置
於與他所追求的「本質的真實」相對立的地位上。敘述當然還
是冷靜、樸素、有控制力的，但也有心境放鬆之後的餘裕，來
把握敘述上的節奏等問題。更重要的是，可以覺察到那種含而
不露的幽默和溫情。透過現實的混亂、險惡、醜陋，從卑微的

---

[32] 刊於《收穫》（上海）1992 年第 5 期，題名為《呼喚與細雨》。收入 1993
年花城出版社（廣州）的「先鋒長篇小說叢書」時，改題名為《在細雨中
呼喚》。同時收入這一從書的，還有蘇童《我的帝王生涯》、格非《敵人》、
孫甘露《呼吸》、呂新《撫摸》、北村《施洗的河》。

[33] 余華《活著》前言，《余華作品集》第 2 卷第 292 頁，北京，中國社會科
學出版社 1994 年版。

普通人的類乎災難的經歷，和他們的內心中，發現那種值得繼續生活的簡單而完整的理由，是這些作品的重心。《許三觀賣血記》發表之後[34]，余華小說寫作有長達十年的停歇，直至褒貶不一的長篇《兄弟》的出版。

　　池莉[35] 1987 年發表的《煩惱人生》，是經常用來闡述「新寫實小說」特徵的主要文本之一。它與後來的《不談愛情》、《太陽出世》，被稱為「新寫實三部曲」，並將《煩惱人生》與諶容的《人到中年》對比，指出它們在描述中年人的生存困境問題上不同態度[36]。進入 90 年代，池莉的寫作轉向迎合市民閱讀趣味的都市言情小說。方方[37] 1982 年發表富於理想熱情的小說《「大篷車」上》。隨後的《白夢》、《白霧》、《白駒》，開始轉向表現普通人灰色、沉悶的生活。1987 年的《風景》在評論界反應熱烈，這個中篇也被當作「新寫實」小說的代表作，它其實也是方方最好的作品之一。小說對於城市底層卑微、殘酷的生存狀況的表現，比起另一些「新寫實」作品來，遠為複雜，而獨特的視角（敘述人為家中早夭幼童）和敘述語調（節

---

[34] 《許三觀賣血記》刊於《收穫》（上海）1995 年第 6 期，次年出版單行本。

[35] 池莉（1957-），湖北沔陽人。插過隊，當過教師、醫生和刊物編輯。曾就讀於武漢大學作家班。主要作品集有《煩惱人生》、《小姐，你好》、《太陽出世》、《預謀殺人》、《綠水長流》等。出版有《池莉文集》（1-4 卷）。

[36] 《煩惱人生》刊於《上海文學》1987 年第 8 期。《編者的話》中說，《人到中年》的女主人公陸文婷「常常用理想主義的精神漫遊來解脫實在生活的煩惱」，而《煩惱人生》的印家厚「卻缺少這種精神氣質」，「他更多地被『現實』所拖累」。

[37] 方方原籍江西彭澤，原名汪芳，1955 年生於南京。高中畢業後當過裝卸工人。1982 年畢業於武漢大學中文系。作品集有《「大篷車」上》、《一唱三歎》、《行雲流水》，長篇《烏泥湖年譜》等。

制但有彈性）所包含的「批判性」，也更為一些評論家所重視。80 年代末至 90 年代初的《祖父在父親心中》、《行雲流水》、《一唱三歎》等，主要寫當代知識份子的生活和精神困窘，在冷靜、細緻的敘述中，仍有著沉重、無奈的情緒。

劉恒[38]創作取材的領域比較開闊。他的不同題材、不同類型的創作，都表現了較嫻熟的駕馭能力而達到一定水準。講述的農村故事，大都以京西名為洪水峪的山村為背景展開[39]；另一類小說，則寫都市、城鎮的知識份子和市民生活[40]。短篇《狗日的糧食》[41]在其創作生涯上，是顯示獨特風格的標誌性作品，它與此後的《伏羲伏羲》、《白渦》等，對於人的生存條件和基本欲望（食、性、權力等）有連續的關注。與嚴酷的自然、歷史文化環境相關的生存困窘和壓抑所導致的人性扭曲，變態和卑微化現象，有令人印象深刻的揭示。這些人性問題的具有心理深度的挖掘，並非在抽象的哲學框架中進行；生存環境，人物的行動和心理內容，有清晰、豐厚的特定歷史內涵和感性形態。劉恒的小說，細緻、從容的敘述，和內在於人物行為、心理中的恐懼和緊張，構成了一種對比。這種恐懼和緊張，不僅根源於欲望與壓抑力量之間的矛盾，而且來自對欲望本身的破壞力

---

[38] 劉恒 1954 年生於北京，原名劉冠軍。中學畢業後服過兵役，在汽車製造廠當過工人。主要小說集有《虛證》、《白渦》、《東西南北風》、《連環套》，長篇《黑的雪》、《蒼河白日夢》、《逍遙頌》等。另出版有《劉恒自選集》（1-5 卷）。

[39] 這些小說（《狗日的糧食》、《蘿蔔套》、《狼窩》、《力氣》、《伏羲伏羲》、《連環套》等），被稱為「洪水峪系列」。

[40] 《黑的雪》、《白渦》、《虛證》、《蒼河白日夢》等

[41] 《狗日的糧食》刊於《中國》（北京）1986 年第 9 期。

的驚惶[42]。人物，特別是敘述者意識到難以擺脫欲望的陷阱，因而也流露了不難辨析的宿命感。90 年代中期以後，劉恒小說的緊張感有了降低。「精英」的人文生活理想，似乎逐漸讓位給對平民生活哲理的發現和肯定。在《貧嘴張大民的幸福生活》等作品中，他開發了那種平民化的「樂觀主義」。幽默，解嘲式的自我開脫，對滲透著苦澀的溫暖的尋找，成為對艱難的雖無奈，但也積極的承受方式。劉恒除小說外，還致力於電影、電視劇本的創作、改編工作。他參與創作、改編的電影劇本《本命年》、《菊豆》、《秋菊打官司》、《沒事偷著樂》等，都產生過很大的反響。

劉震雲[43] 1982 年開始發表作品。他的《塔鋪》、《一地雞毛》、《單位》、《官場》、《官人》等，側重關注人與環境的關係，即社會結構中人的悲劇性處境。他對於「單位」這一特殊的當代社會機制，以及這一機制對人所產生的規約和銷蝕力量，作了具有發現性質的描述。無法把握，也難以滿足的欲望，人性的種種弱點，和嚴密的社會權力機制，在劉震雲所創造的普通人生活世界中，構成難以掙脫的網。生活於其間的人物（如《一地雞毛》、《單位》中的走出校門的小林夫婦），

---

[42] 《伏羲伏羲》改編為電影《菊豆》（劉恒改編，張藝謀導演）之後，小說敘述的那種從容受到削弱，而緊張與驚恐得到放大、激化，加強了作品的文化批判意義。

[43] 劉震雲（1958-），河南延津人。1973 年開始服兵役。1978 年進北京大學中文系學習，畢業後在報社從事編輯工作。出版中短篇小說集《塔鋪》、《一地雞毛》、《官場》、《官人》，長篇小說《故鄉天下黃花》、《故鄉相處流傳》、《故鄉面和花朵》、《一腔廢話》、《手機》。另有《劉震雲文集》（1-4 卷）等。

面對強大的「環境」壓力，難以自主的陷入原先拒絕陷入的「泥潭」，也在適應這一生存環境的過程中，經歷了個人精神、性格的扭曲。對於這一世界中人們複雜關係，他們的折磨，傾軋，以及委瑣、自私、殘忍的心理行為，小說採用冷靜，不露聲色，卻感受到冷峻批判立場的敘述方式。這種「批判」，在一些作品中以喜劇的、反諷的方式得到有力的表達。在 80 年代，相比起另外的「新寫實」小說來，劉震雲對瑣屑生活的講述，有對「哲理深度」的更明顯的追求，也就是對發生於日常生活中的，無處不在的「荒誕」和人的異化的持續的揭發。除中短篇外，劉震雲在 90 年代，把力量放在表現鄉村生活的長篇巨制的寫作上。先後出版的《故鄉天下黃花》、《故鄉相處流傳》和《故鄉面和花朵》，似乎沒有獲得期待的反響。

第二十三章

女作家的小說

一、女作家和「女性文學」

　　女性作家在八、九十年代的大量出現，並且在作品數量和藝術質量達到的水準，是引人矚目的文學現象[1]。性別（「女作家」）被作為描述這一時期文學現象的一種方式，與文學創作的歷史狀況有關。如有的批評家指出的，20 世紀中國文壇出現了女作家創作的兩次「高潮」；一次是「五四」時期，另一次就是 80 年代[2]。「五四」時期的女作家，如陳衡哲、冰心、盧隱、馮沅君、凌叔華、白薇、羅淑，以及稍後的丁玲、林徽音、蘇雪林等，她們也參與當時的啟蒙思潮中，以文學寫作方式，表達有關「個性解放」、「婚姻自主」的訴求和個體的情感經驗。這個時期的「女性寫作」，不僅緣於女性「發現」自身的

---

[1] 「迅速崛起並不斷更新的女作家群，是新時期重要的文化景觀之一。事實上，在 70 年代末到 80 年代中期，中國社會所經歷的深刻的文化轉型之中，女作家群成了這一文化、話語構造相當有力的參與者」，「眾多的女作家的作品不間斷地以 80 年代特有的『文學的社會轟動效應』，引發著文化轉型中的微型地震：提請或負載著社會質疑或批判的主題。」戴錦華《涉渡之舟》第 29-30 頁，陝西人民教育出版社 2002 年版。

[2] 李子雲《女作家在當代文學史所起的先鋒作用》，《當代作家評論》（瀋陽）1987 年第 6 期。

需要，還由於「婦女解放」作為一個社會問題被關注，女作家
的寫作也主要在對社會、文學變革的參與上，受到知識界中革
新力量的支持和提攜。不過，伴隨著啟蒙運動遇到挫折，以及
社會重心從文化向政治的轉移，以「自身」作為主要對象的女
作家寫作，也發生消退與分化。事實上，在三、四十年代，活
躍於文壇上的女作家，僅有丁玲、蕭紅、張愛玲等為數不多的
數人。50 至 70 年代，雖然婦女的社會地位、公共事物參與發生
很大變化，但女性文學寫作情況，並未有足夠改觀。較有成績
的女作家，只有楊沫、茹志鵑、草明、劉真、菡子等不多的幾
位。楊沫、草明的作品在「十七年」被納入文學「主流」位置，
而茹志鵑、劉真的那些表現了「女性風格」的創作，其價值則
需要加以辯護性的證明[3]。在這種情況下，80 年代女作家的大量
湧現，相比照之下便成為令人印象深刻的「景觀」。女作家的
大量出現，主要得益於文學環境的變化。社會文化意義上的「性
別」的加強，文學創作取材、藝術方法的開放趨勢，破解除了
女作家進入文學寫作領域的若干障礙。

　　從年齡（自然年齡和文學年齡）上看，80 年代女作家有如
下的構成。五、六十年代（或更早時間）已經知名，或已屆中
年而在「文革」後才表現創作活力的作家。前者有楊絳、韋君
宜、宗璞、茹志鵑、鄭敏、陳敬容、黃宗英，後者則有張潔、
諶容、戴厚英、戴晴、程乃珊、航鷹、凌力、霍達。戴厚英[4]最

---

[3]　參見 1959-1961 年有關茹志鵑創作討論茅盾、細言、侯金鏡、魏金枝等的
　　文章。艾蕪等作家、評論家也認為，劉真從「自敘傳」式的寫作，到轉變
　　為反映廣闊社會生活，是創作的走向成熟的表現。
[4]　戴厚英（1938-1996），安徽潁上人。1960 年畢業於上海的華東師範學院（現

有影響的作品是出版於 1980 年的長篇小說《人啊，人！》。它以人道主義的立場，來反思當代政治對人性的壓抑，表現當代知識份子的悲劇性遭遇。對這部作品的爭論，是 80 年代初「思想解放運動」中，有關人道主義問題爭論的組成部分。

80 年代女作家的另一部分，是所謂「知青」的一群。她們大多出生於 50 年代前期，經歷過「文革」的「上山下鄉」運動。如王安憶、竹林、喬雪竹、陸星兒、舒婷、張抗抗、蔣韻、張辛欣、鐵凝、翟永明、黃蓓佳、徐小斌等。沒有「上山下鄉」經歷的劉索拉、殘雪、蔣子丹等，與她們的年齡相仿。張抗抗[5]在 1975 年，就出版了表現當年「知青」生活的長篇《分界線》。80 年代的的許多小說，也有「知青」生活的背景。在另外的作品，如《夏》、《北極光》，討論了女性的生活位置和獨立意識的問題。張辛欣[6]在 80 年代的小說，大多與女性問題的「探討」和女性的自我反思的主題有關。另一些小說（《清晨，三十分鐘》、《瘋狂的君子蘭》），傳達了現代都市人在變動的社會生活中「主體」失落、離散的惶惑和焦慮。在她得到重視

為華東師範大學）中文系。1979 年後任教於復旦大學。主要作品有長篇小說《人啊，人！》、《詩人之死》、《空谷足音》、《腦裂》，中短篇小說集《鎖鏈，是柔軟的》。

[5] 張抗抗，1950 年生於浙江杭州。「文革」期間，作為「知青」在黑龍江的農場生活八年。主要作品集有《夏》、《張抗抗中篇小說集》，長篇小說《隱形伴侶》、《赤彤朱丹》、《情愛畫廊》、《作女》等。

[6] 張辛欣，1953 年生於南京。在北京度過童年。「文革」中曾在黑龍江建設兵團勞動，服過兵役，又在醫院中當過護士。1979 年進入中央戲劇學院學習，並開始發表小說。著有小說集《在同一地平線上》、《我們這個年紀的夢》，紀實文學《在路上》、《北京人——一百個普通中國人的自述》等。

的一組作品中，青年知識女性人格獨立、事業上的抱負，與女性對家庭、婚姻的傳統義務之間的衝突，被集中提出，描寫了現代女性的兩難的生活處境和心理矛盾。從表面看，作為夫妻的男畫家與女導演都處在「同一地平線」，但女主人公卻深切意識到其間的悖論境況：如果頑強追求事業上的成就，就難免淡化女性作為妻子、母親的角色而不被接受；如果只扮演賢妻良母的形象，則失去與「他」「在事業上、精神上對話」的條件而「仍會失去他」（《在同一地平線上》）。《我們這個年紀的夢》中，女校對員在奮鬥的挫折中，最終放棄對事業的爭取，認同於「傳統家庭」的女性地位；但內心衝突並未止息，只好拿少年時代的脆弱的夢，來撫慰、解脫對生活平庸、乏味的尖銳感覺。在這些小說中，「覺醒女性」的根本性困惑在於，她們仍然找不到真實、可靠的「歸宿」──困境不止來自外部環境，也來自女性自身（《最後的停泊地》）。在敘事方法上，張辛欣並不執意追求「現代技巧」，卻也靈活變化敘事人稱和視點，以有利於女性心理刻畫，和不同性別視點之間的對話。

80 年代女作家的另一部分，如方方、池莉、畢淑敏、徐小斌、遲子建等，出生於 50 年代末到 60 年代。她們的創作在文學觀念和方法上，與上述作家相比發生了一些變化。大多在 80 年代初就已發表作品，但到八、九十年代之交才形成自己的創作特色。陳染、林白、海男、徐坤等的創作引起文學界的注意，則主要是在 90 年代以後。

80 年代初，女作家並不以性別群體的面貌出現。她們自己，同時讀者和批評家也認為，女作家與男性作家沒有、也不應該有什麼差別。她們同樣參與了對「傷痕」、「反思」、「尋根」

等文學潮流的營造，一起被稱為「朦朧詩人」、「知青作家」。
而事實上，女作家當時的創作，也沒有刻意追求與「女性」身
份相關的「獨特性」。將性別身份與她們的創作聯結起來，尋
求兩者的內在關聯，進而提出「女作家創作」甚而「女性文學」
的概念，發生在 80 年代中期。這是由於一些女作家開始在作品
中觸及女性問題，也顯示了某種性別視角，同時也與一些批評
家（尤其是女性批評家）在當時對這一現象的關注有關[7]。在 80
年代，女作家的創作呈現出一種矛盾的狀況。一方面，由於當
代的「時代不同了，男女都一樣」的觀念，社會生活和文學表
達都普遍忽視、也有意遮蔽男女性別上的差異，女性參與寫作
不再是一種需要爭取的「權利」。女作家寫作上的「非性別化」
傾向，一般也會受到鼓勵；她們大多也熱衷於「重大」社會題
材，傾向淡化性別特徵的表達方式。但另一方面，在 80 年代的
整體文化心理上，出於對「激進文化」的反撥，潛在著向「傳
統」文化傾斜、「退卻」的傾向。這種傾向在性別上表現為「女
性」身份重新發現。純淨、抒情、細膩等在文化想像上，習慣
上被認為是屬於「女性」的特有風格；這種風格得到一些批評
家和讀者的歡迎，也在部分女作家的創作中得到體現。這樣，
在 80 年代女作家的創作（主要是小說）中，存在著一種「悖論」
的情境；女作家被讀者認可和歡迎的「女性化」風格是她們的

---

[7] 較早集中專門討論「新時期」女作家小說創作的，是李子雲的《淨化人的
心靈》（北京，三聯書店 1984 年版）一書。其他提出「女性文學」的文章
有吳黛英《新時期「女性文學」漫談》（蘭州，《當代文藝思潮》1983 年
第 4 期），《女性世界與女性文學》（北京，《文學評論》1986 年第 1
期）等。

優勢，但她們的社會地位和文化經歷，以及當代文學評價標準，又促使她們「超越」性別的特徵，追求一種「普遍化」的風格。這種矛盾，既給女作家的寫作帶來困難，但也是其活力的部分來源。

80 年代女作家的創作實績人所共見，但是否存在一種「女性文學」，卻有不同看法。不少女作家曾表示，她們既不願意在名字前面加上性別的身份標記，也否認存在一種稱為「女性文學」的類別。這是因為，「女」作家或「女性文學」的稱謂，通常會被理解為對她們的文學能力有所貶抑，至少是包含降低標準加以「照顧」的意味。但隨著西方當代女性主義理論的引進，也由於女性創作實踐的發展，文學界對「女性文學」概念的態度有所改變，爭議主要轉移到對這一概念的不同理解上。在 80 年代後期，以下的看法得到較多的認同（雖然爭議也並不因此就減少），即在肯定女作家寫作女性題材的前提下，對女性的歷史狀況、現實處境和生活經驗的探索，以及語言和敘述風格上，表現了某種獨立的女性「主體意識」。「女性文學」概念的提出和與此相關的批評活動，有助於提高女作家對女性處境與命運關注的自覺意識。不過問題的困難之處在於，對「女性文學」的各種意在劃出清楚界定的努力，也會成為一種理論預設而限制了作家的創造。因此，一些批評家更傾向於使用「女性寫作」的提法，以強調它不是一個「固化」的寫作框架，而是一種對寫作行為和文本的女性特徵的尋找和發現[8]。

---

[8] 戴錦華認為，她更傾向於以「女性寫作」的提法，取代「歧義叢生的『女性文學』的概念」。「它標識著對女性創作的作品及女性寫作行為的特殊關注，旨在發現未死方生中的女性文化的浮現與困境發現女作家中時隱時

二、女作家的小說（一）

宗璞[9]「十七年」期間最著名的作品是短篇《紅豆》，它不僅用來說明作家當時的成就，而且經常用作文學潮流的舉證。80年代的發表的中短篇小說有《弦上的夢》、《我是誰？》、《米家山水》、《魯魯》、《蝸居》、《泥沼中的頭顱》、《三生石》等。部分作品，採用變形、荒誕、寓言等現代技法，表現「文革」中經受嚴酷摧殘的知識者「主體」的崩潰、失落，以及身陷絕境仍頑強尋找、重建的過程。宗璞長期生活在大學校園環境裏，她的小說取材也多以大學校園為背景。90年代以後，總題「野葫蘆引」的寫抗戰時期的長篇《南渡記》、《東藏記》，雖然仍以大學生活的表現為主，但題材範圍有了拓展。由於出身背景和良好文化素養，宗璞小說的構思、布局和語言運用，都體現了傳統文化中那種含蓄、雅致、清淡自然的韻味，以至於得到這樣的盛讚：「宗璞的文字，明朗而有含蓄，流暢而有餘韻，於細膩之中，注意調節。每一句的組織，無文法的疏略，每一段的組織無浪費或蔓枝。可以說是字字鍛煉，句句經營。」[10]

現的女性視點與立場的流露，尋找女性寫作者在男權文化及其文本中間或顯露或刻蝕出的女性印痕，發掘女性體驗在有意無意間撕裂男權文化的華衣美服的時刻或瞬間」。《涉渡之舟——新時期中國女性寫作與女性文化》第20頁，西安，陝西人民教育出版社2002年版。

[9] 宗璞，原名馮鍾璞。祖籍河南唐河。1928年生於北平。曾就讀於南開大學外文系，1951年畢業於清華大學外文系。著有《宗璞小說散文選》、《宗璞代表作》、《風廬短篇小說集》、《宗璞文集》（1-4卷），長篇小說《南渡記》、《東藏記》。另有散文作品集多種。

[10] 孫犁《宗璞小說散文選·序》，北京出版社1981年版。

諶容[11]小說創作開始於 70 年代初。1975 年的寫農村「兩條道路鬥爭」的長篇小說《萬年青》，在「文革」後期曾有較大影響。1980 年發表的中篇《人到中年》，常被看成是「新時期」文學「復興」的標誌性作品之一。諶容是追求表現「社會深度」的作家。將人物的故事，他們的悲喜劇放置於時代歷史之中，探索決定人物命運的歷史淵源，是她自覺的藝術目標（當然也是 80 年代許多作家確立的志向）。從對社會現象的分析中，來提出人們關注的某一社會問題，是她經常使用的構思方法。《人到中年》觸及的是「當代」中年知識份子的處境「問題」，《永遠是春天》、《太子村的秘密》、《散淡的人》包含有探索「歷史悲劇」緣由的意旨，而《人到老年》、《死河》則與中國社會老年問題、生態問題日見凸出有關。「問題」意識構成她的創作特色，也限制、渙散了可能有的豐富性和感受力。80 年代中期以後，她的小說風格發生一些變化。傷感、抒情的敘述格調有所削弱，增加了荒誕、滑稽色彩等戲劇性成分，這在《減去十歲》、《關於豬崽過冬問題》中得到體現。《懶得離婚》這篇表現普遍性的家庭生活困境的小說，也增加了嘲諷的因素。

張潔[12] 1979 年發表的第一篇小說《從森林裏來的孩子》，以清新、流麗的語調而引起注目。她早期的許多作品如《愛，

---

[11] 諶容祖籍四川巫山，1936 年生於武漢。出版的小說集有《人到中年》、《永遠是春天》、《諶容中篇小說集》、《太子村的秘密》、《楊月月與薩特之研究》、《諶容幽默小說選》、《懶得離婚》等，長篇小說有《萬年青》、《光明與黑暗》、《人到老年》、《死河》。

[12] 張潔祖籍遼寧撫順，1937 年生於北京。1960 年畢業於於中國人民大學計畫統計系後，曾在國家機械工業部工作。1980 年任職於北京電影製片廠。主要作品集有《方舟》、《紅蘑菇》、《上火》、《來點蔥，來點蒜，來點

是不能忘記的》、《祖母綠》和《方舟》等，均屬體現「女性意識」，反映女性問題的作品。它們以女性人物為主人公，寫她們感傷、細膩、刻骨銘心的愛情心理，和單身女性所面臨的社會處境問題。《愛，是不能忘記的》這篇使用雙重第一人稱，以增加傾訴容量的感傷小說，在「新時期」較早地涉及愛情與婚姻的矛盾，這在當時引起有關婚姻倫理的很大爭議。女作家鍾雨對那個遭受歷史厄運的男主人公的超越一切的堅貞不渝的戀情，在很大程度上成為撫慰當時「文革」創傷的感情載體；因此，這篇並沒有直接涉及政治「傷痕」的小說，成了「傷痕文學」的代表作品。通過女性的近乎聖潔的「愛情」方式，來超越痛苦的歷史記憶的做法，在《祖母綠》中得到發展；而另一方面，女主人公曾令兒獨立承擔生活重壓的堅毅形象，又成為女性獨立意識的表徵。《方舟》則寫三個離異的單身女性，因這種身份而面臨的不公平待遇。張潔的另一部分作品，如《沉重的翅膀》、《條件尚未成熟》、《尾燈》、《他有什麼病》，也嘗試把握表現時代生活的「重大題材」。長篇《沉重的翅膀》曾被譽為「與生活同步」的「力作」。完稿於 1981 年 4 月的這部長篇，就已經將發生於 1980 年的經濟改革的事件、衝突寫入，並突破當代的「禁忌」，把筆墨伸展到社會結構的高層（中央重工業部的部、局官員）。80 年代中期以來，張潔的一些作品在「色調」上發生明顯改變，從對「詩意」的追求轉向反「詩意」，從浪漫抒情轉向粗鄙化。不過，這其實是對理想詩情堅

芝麻鹽》、《一個中國女人在歐洲》，長篇小說《沉重的翅膀》、《只有一個太陽——一個關於浪漫的夢想》、《無字》，長篇散文《世界上最疼我的那個人去了》。

守的另一表現形態。她抨擊、嘲諷某些男性人物的猥瑣、低俗趣味，詛咒他們的欲望是令人噁心的「紅蘑菇」開放在女性的生活中。這種強烈的憎惡，繼續到表現在後來的長篇《無字》中。90 年代的長篇《只有一個太陽───一個關於浪漫的夢想》，表現的是當代中國人遭遇「真實的」西方時的體驗，尤為尖銳地表現了男性知識份子（女性則以婚姻方式進入西方）精神上的焦慮、沮喪。張潔是對生活敏感，執著，有時候，對熾熱感情缺乏控制，也會導致細節（包括心理細節）把握的能力受到削弱。

　　王安憶[13]是位多產作家。她視野開闊，能駕馭多種生活經驗和文學題材。70 年代末以來，創作表現出多變的風格，並始終保持創新的活力。80 年代初的作品主要是「雯雯系列」小說，寫一個名叫雯雯的女孩子的痛苦和希望，以單純、熱情的少女眼光來看世界，這是王安憶的「自我書寫」的階段。很快關注點有了拓展，寫「知青」回城的矛盾、苦惱（《本次列車終點》），

---

[13] 王安憶，原籍福建同安，1954 年生於南京。1955 年隨母親茹志鵑定居上海。初中畢業後到安徽淮北農村插隊。1972 年在江蘇徐州地區文工團當演奏員。1978 年到上海中國福利會《兒童時代》任編輯。現為上海作家協會專業作家，復旦大學教授。出版有小說集《流逝》、《尾聲》、《小鮑莊》、《荒山之戀》、《烏托邦詩篇》、《悲慟之地》、《崗上的世紀》、《姊妹們》、《神聖祭壇》、《叔叔的故事》、《歌星日本來》、《海上繁華夢》、《隱居的時代》、《剃度》等多種。長篇小說有《69 屆初中生》、《流水十三章》、《米尼》、《紀實與虛構──創造世界方法之一種》、《傷心太平洋》、《黃河故道人》、《妹頭》、《長恨歌》，《上種紅菱下種藕》、《富萍》、《遍地梟雄》等。散文集《獨語》、《男人和女人，女人和城市》、《我讀我看》、《尋找上海》，《故事與講故事》、《乘火車旅行》、《重建象牙塔》以及《心靈的世界──王安憶小說講稿》等。另出版有《王安憶自選集》（1-6 卷）。

改革年代劇團內部的衝突（《尾聲》），動蕩的社會背景下，普通人經濟、社會地位沉浮所獲得的人生體驗（《流逝》、《歸去來兮》）。1983-1984 年的美國之旅在文化體驗上給了王安憶很大震撼。西方文化的參照使她意識到民族的，和人類世界的文化眼光。在停止一年的創作之後，寫出了《小鮑莊》、《大劉莊》等中篇，它們在 1985 年的「尋根」熱中，被作為這一潮流的有效實踐舉例。《小鮑莊》借對一個虛化時間特徵的小村莊的描述，表現對儒家文化的「仁義」，以及這種精神崩潰的理解。1986 年以後，王安憶發表了引起眾多爭議的「性題材」作品「三戀」（《小城之戀》、《荒山之戀》、《錦繡谷之戀》，類似的作品還有《崗上的世紀》等）。80 年代末開始，她的《叔叔的故事》、《烏托邦詩篇》、《紀實與虛構》、《傷心太平洋》等，通過對個人經歷、家族身世等的追述，思考時代、文化等因素對個人生存的影響，探索現實與未來、物質與精神之間的關係，以及理想、信仰的有效性等問題，對社會轉型期的普遍性困惑和焦慮做出反應。王安憶小說中的「女性意識」，表現在對兩性微妙的支配關係、男女在欲望本能和社會權力之間的掙扎，以及人的自然屬性、欲望對人的命運有何種制約力量的探詢和揭示。在對女性自主的問題上，她的視點和處理方式與張辛欣、張潔都有差異。比較起張辛欣的「投入」和敘述者女性立場的明白顯露，王安憶是冷靜而旁觀的。與《方舟》（張潔）一樣，《弟兄們》也寫三位女性靠女性間的友誼、互助，試圖擺脫男性中心社會的控制，但王安憶沒有為她們的苦鬥留下「光明的尾巴」，她無情地讓她們在本能的母性、妻性的「夾擊」下潰敗。

　　王安憶的小說也寫到農村和其他領域，不過，上海是她長期生活，並使她的心性得以安頓，經驗得以生長的唯一居所。80 年代的《流逝》，隨後的《鳩雀一戰》、《好婆與李同志》、《悲慟之地》，就顯示了她在書寫這個城市時的從容姿態。90 年代發表的長篇《長恨歌》，進一步展現了她講述這個城市故事的才能。《長恨歌》寫生活在上海弄堂裏的女孩子王琦瑤四十年的命運浮沉；她的經歷聯繫著這個都市的特殊風情、和它的變化興衰。這部小說「生長」在這樣的時刻：上海再次融入跨國市場資本主義的全球潮流；上海的舊時代的故事被重新發現和講述；也同時發現曾經講述上海的張愛玲；頹廢、衰敗、繁華之後的淒涼──又開始成為令許多人著迷的美感經驗。在《長恨歌》中，王安憶採取近似於「通俗」言情小說的講述方式，但悲劇性結局和籠罩的命運悲劇氛圍，也是執意與「言情」敘事保持距離的顯示。在八、九十年代之交，她在《叔叔的故事》與《烏托邦詩篇》中，在無意的對比中透露了一種選擇上的思考。在敘事「哲學」，也是敘事類型上，《長恨歌》顯然不願意滿足有關「嚴肅」與「通俗」的「兩極」期待。作者也許只是為讀者「展露了一處人生的此岸，一群『單純』而『不潔』的人們，一份瑣屑而欲念浮動的日子」。在同時代作家中，王安憶是「少數以寫作而不是對寫作的超越性目的的熱戀」的作家，並因此成為「新時期的最重要的作家」之一[14]。

---

[14] 戴錦華《涉渡之舟──新時期中國女性寫作與女性文化》第 250 頁。戴錦華還認為，王安憶處理的人物，都是度過一份平常日子的小人物與普通人，「他們只是始終在社會、際遇、有限的理性和強大的本能的合力間輾轉、掙扎，歷史與他們有關，但他們卻與歷史無涉」。

　　鐵凝[15] 70 年代中期開始發表作品。80 年代，她以《沒有鈕扣的紅襯衫》、《哦，香雪》等作品知名。在 80 年代藝術創新熱潮中，她的小說顯得平實而「傳統」；常以寫實的筆法，寫當代變革中的生活矛盾。社會現代化進程的表現，與對文明的質詢和對女性處境的思考相互關聯。她的作品發現沒有被現代文明浸染的，或帶有原始生命體驗的女性的寧靜，對她們的的描述，也增添了恬淡與充盈的抒情因素；如《哦，香雪》中的香雪、《麥稭垛》中的大芝娘、《孕婦與牛》中的孕婦與懷孕的牛，《河之女》中的鄉村女性群體。長篇《玫瑰門》是鐵凝的重要作品，被譽為展現女性歷史命運的厚重之作。它通過以司漪紋為代表的莊家幾代女性的歷史境遇，展示女性生存命運。在鐵凝眾多相對單純的小說中，其人物、結構都顯得豐富、複雜。司漪紋一生都在不擇手段地，通過剝奪、侵害他人，來加入歷史，改變社會對其限定的道路。卻被拒斥，始終未能得到確認。在這一過程中，她也成為令人厭棄的勢利、冷酷之人。小說選擇了司漪紋的女性後代作為敘述人，是敘述者蘇眉與她的婆婆司漪紋之間的「極不情願，卻不能自已」的對話。由於意識存在共有的宿命般的處境，敘述便愛恨交加，交織著「極為深刻地認同／拒絕認同」的複雜的情緒態度[16]。

---

[15] 鐵凝，原籍河北趙縣，1957 年生於北京。中學畢業後到農村插隊務農。著有小說集《夜路》、《沒有紐扣的紅襯衫》、《哦，香雪》、《紅屋頂》、《麥稭垛》、《遭遇禮拜八》、《對面》、《甜蜜的拍打》，長篇小說《玫瑰門》、《無雨之城》、《大浴女》，另有《鐵凝自選集》（1-4 卷）。

[16] 參見戴錦華《涉渡之舟——新時期中國女性寫作與女性文化》第 9 章：《鐵凝：痛楚的玫瑰門》。

遲子建[17]出生於黑龍江省北部漠河的一個寒冷的小村莊北
極村，她後來的重要小說的取材，散文式的優美，然而樸素的
敘述，作品中體現的人生態度，都與她童年生活的這個世界
（人、動物、大自然）有關。由於風格、描述的地域、風情等
的某種相似點，批評家有時會將她與蕭紅聯繫在一起。《秧歌》、
《東坊》等作品借助兒童視角，講述東北邊陲鄉村的風俗和人
的生存狀態，傳達出一種人在漫長時間中的滄桑感。面對紛亂、
光怪陸離的現代社會，她講述的故事，由於滲透著對善良、隱
忍、寬厚的親人的愛意，對脆弱卻從容的大自然生命的領悟，
而給讀者提供一種難得的溫暖和安定感。

三、女作家的小說（二）

80 年代即引起廣泛注意女作家，有的在 90 年代仍是小說創
作的主力，如張潔、宗璞、張抗抗、王安憶、鐵凝、殘雪、池
莉、方方等，不過在八、九十年代之交，尤其是 90 年代出現的
一批，也越來越獲得讀者的關注。她們有林白、陳染、徐小斌、
徐坤、蔣子丹、海男、須蘭等。這些作家主要大多出生於 60 年
代。她們的出現，一個時期作品題材、美學風格呈現的傾向，
經由批評家的具有取向明確的「集束式」的闡釋，以及文化市

---

[17] 遲子建，1964 年出生於黑龍江漠河。畢業於大興安嶺師範學校，曾就讀於
北京師範大學與魯迅文學院聯合舉辦的作家研究生班，現為黑龍江省作協
專業作家。主要作品有長篇小說《樹下》、《晨鐘響徹黃昏》、《偽滿洲
國》、《額爾古納河右岸》，小說集《北極村童話》、《向著白夜的旅行》、
《白雪的墓園》、《逝川》、《白銀那》、《朋友們來看雪吧》。散文隨
筆集《傷懷之美》、《聽時光飛舞》等。另有《遲子建文集》（1-4 卷）。

場、傳媒在書刊出版上的運作，這種種因素，在 90 年代中後期掀起一場「女性文學」的熱潮。90 年代女作家小說創作最引起關注的，是所謂「個人化寫作」（「私人寫作」）。林白、陳染、海男等的風格各異的作品，被歸入其中。她們的不少作品，表現了鮮明、深刻的性別經驗。一方面是更為清晰的觀察世界的「女性視點」，另一方面是對女性自我成長過程中的生命經驗、身體欲望的那種獨白、「自傳式」的書寫。有關「個人性」記憶、欲望的書寫，包括女性的身體覺醒，自戀、同性的情感、幽閉的心理狀態、創傷性心理體驗等，它們在女性「身份」建構，在挑戰男權文化中心地位，在當代小說敘事的拓展等方面的意義，在 90 年代文學界引發熱烈爭議。

　　林白[18]出生於廣西一個小鎮，父母離異，隨母親生活。南方熱帶小鎮的生活和童年經驗，後來成為林白不少作品的主要構成元素。80 年代中期開始發表小說。80 年代末 90 年代初的《同心愛者不能分手》、《子彈穿過蘋果》，確立了她此後寫作的女性主題，和獨特的個人特徵（人物身份，故事發生場景，地理氣候和心理氛圍，講述方式，……）。她對色彩、溫度、氣味感覺細膩，特別是對女性的心理有尖銳、也詭異的敏感。不少作品，常以女性的獨白語調，通過一個認同感極強的女性敘述人之口，描述孤立於平庸、雜亂的社會生活中的女性形象。

---

[18] 林白，1958 年生於廣西北流。原名林白薇。中學畢業後做過「知青」。1978 年考入武漢大學圖書館系。曾做過圖書管理員、電影廠編輯和報社記者。主要作品有長篇小說《一個人的戰爭》、《青苔》、《守望空心歲月》、《說吧，房間》、《寂靜與芬芳》、《玻璃蟲》、《萬物花開》、《婦女閒聊錄》，小說集《同心愛者不能分手》、《子彈穿過蘋果》、《迴廊之椅》、《致命的飛翔》。另有《林白文集》（1-4 卷）。

這些借助自我想像所構造的完美女性形象，與男性中心的社會
處境之間的對比和產生的悲劇性衝突，營造出強烈的情緒化氣
氛。林白在 90 年代，是具有自覺「個人化寫作」意識的作家[19]。
發表於 1994 年的長篇《一個人的戰爭》[20]，是她最知名、也影
響最大的作品。講述一個名叫多米的女孩的成長經歷，小說中
那種「擺脫出與大眾、集體共用的社會性記憶模式」，面對自
己，凸顯女性「個人的」「刻骨銘心的記憶」的方式，有關性
體驗和身體感受的描寫，既冒犯了當代的某種書寫禁忌，也偏
離了個體經驗負載社會性主題的啟蒙文學傳統，加上這種書寫
事實上被文化市場迅速轉化為大眾消費產品的現象，對這部小
說的評價在當時引起很大爭議。林白後來的小說寫作出現了重
要調整，這種變化在長篇《萬物花開》中已見端倪。

　　陳染[21]的創作經歷了多次轉變。大學期間曾寫詩，自 80 年
代中期開始寫小說。早期的小說主要表現校園中現代青年的精
神狀態，以 1986 年發表的《世紀病》為代表。其後，她以一個

---

[19] 在《一個人的戰爭》初版本所附的文章《記憶與個人化寫作》中，對她所
實踐的女性的「個人化寫作」，解釋為描寫「在民族、國家、政治的集體
話語中顯得邊緣而陌生」的女性身影，從而「將包括被集體敘事視為禁忌
的個人性經歷從受到壓抑的記憶中釋放出來」。

[20] 最初發表於《花城》1994 年第 2 期，內蒙古人民出版社 1996 年出版單行
本。後來的十年中，有過多達 8 種版本，各個本子之間，既有修訂，也有
「復原」。作者說，北京十月文藝出版社的本子是「最精美，最完整」的版本。
林白《一個人的戰爭‧寫在前面的話》，北京十月文藝出版社 2004 年版。

[21] 陳染，1962 年生於北京。幼年學過音樂。1982 年考入大學中文系，畢業後
做過大學教師、報社記者和出版社編輯。出版有小說集《紙片兒》、《與
往事乾杯》、《嘴唇裏的陽光》、《無處告別》、《獨語人》、《潛性逸
事》、《站在無人的窗口》、《在禁中守望》，散文集《斷簡殘篇》，長
篇小說《私人生活》。另有《陳染文集》（1-5 卷）。

名為「亂流鎮」的小鎮上人們怪異的生活為主要內容，寫了一
系列帶有「魔幻」與象徵色彩的小說。自 1990 年的《與往事乾
杯》起，她的創作轉向現代都市的女性生活和女性經驗，尤其
擅長表現獨居的知識女性的生活歷程和情緒體驗。這類小說往
往以女性第一人稱形式，敘述一個在家庭、婚姻和社會處境中
有著創傷體驗的知識女性在幽居生活中的情緒感受。由於小說
採取的敘述方式帶有自傳色彩，而表現的內容往往是女性個體
成長經歷中的涉及性別問題的部分，陳染的小說被稱為「私人
寫作」。長篇《私人生活》寫一個少女的成長歷程，青春期的
躁動、恐懼，女性的心理變化和身體覺醒，和逃離外部生活以
編織內心的幻夢世界。《私人生活》是她的女性成長主題、反
諷性敘述和反叛性立場的一次集中體現。陳染對小說文體頗為
精心，注重主觀感覺和「陌生化」的表達形式。「保持內省的
姿勢，思悟作為一個個人的自身的價值」，「持續地在禁中守
望『私人生活』」是她所呈現的寫作姿態；「這個姿態偏執，
頑強，以自虐的方式不停地塗抹著狂怪的自畫像」，但在「自
憐自愛的敘事中潛藏著一種銳利的東西」[22]。

　　徐小斌[23] 80 年代初開始發表小說。1989 年發表的短篇《對
一個精神病患者的調查》，寫被視為精神病患者的女孩獨特的

---

[22] 陳曉明《守望私人生活：陳染的意義》，http://www.csonline.com.cn，2004
年 06 月 30 日。
[23] 徐小斌 1951 年生於北京。1978 年考入中央財政金融學院。畢業後曾任教
於中央電視大學，現為中央電視臺電視劇製作中心編劇。主要作品有長篇
小說《海火》、《敦煌遺夢》、《羽蛇》，小說集《迷幻花園》、《如影
隨形》、《雙魚星座》、《迷幻花園》、《藍毗尼城》等。另有《徐小斌
文集》（1-5 卷）。

精神感受和神秘的心理幻象，在題材和表現方法上具有探索性
而引起注意。90 年代主要的作品是《迷幻花園》、《雙魚星座
——一個女人和三個男人的古老故事》、《羽蛇》等。徐小斌
小說的故事，和主要人物的心理內容，都帶有神秘色彩；在一
段時間，她顯然特別關注生活現象、人的命運中的不可知情景，
產生對其探索的強烈興趣。她認為這些神秘事物（異象、命數、
人的特異能力、前世記憶……），更多在女性那裏留存，是原
始生命中的本真在現代社會中的遺留，既寓意著女性的命運，
也是她們悲劇性地抗拒、逃離男權社會的精神處所。因此，以
一個可讀性的故事包裹著關於命運、生命和文化的思考，成為
她常見的結構方式。後來的長篇《德齡公主》，在取材和寫法
上，都有明顯變化。

　　在女性作家中，徐坤[24]的寫作表現了獨特的一面。主要作品
有《先鋒》、《白話》、《遊行》、《遭遇愛情》、《狗日的
足球》等。她的小說表現的是當代都市女性和知識者的生活，
縱橫恣肆的調侃、反諷來消解 80 年代形成的諸種中心話語，是
引人矚目的敘事風格。在《遊行》等作品中，通過對既有的小
說、文化材料的「再處理」，以嫻熟的辛辣的戲仿，來消解關
於人性、愛情的那種經典敘事，揭示為神聖經典敘事所遮蔽的
男性或孱弱、或偽善行為本質和內心世界。不過，在徐坤以自
覺、清醒的「女性身份」所進行的酣暢嘲諷背後，仍不難發現
女性無法逃離社會宿命、陷阱的一絲悲涼。

---

[24] 徐坤 1965 年生於瀋陽。曾供職於中國社會科學院文學研究所，文學博士。
　　現為北京作協專業作家。主要作品有小說集《先鋒》、《女媧》、《遊行》、
　　《行者嫵媚》。

　　90 年代的女作家還有海男、須蘭等。海男[25]1982 年開始文學創作，開始主要寫詩，後轉寫小說。她的小說在主題意象、結構、語言上有較明顯的詩化色彩。往往從某種帶有原型徵象的關於死亡的記憶展開，一般沒有完整的故事，人物對話也常不連貫。將小說組織起來的是死亡、生命等形而上的抽象意旨。這種充滿片斷性的情境和意象情緒描述，具有「零散化」的小說的特徵。

---

[25] 海男，原名蘇麗華，雲南人。1991 年畢業於魯迅文學院研究生班。從事雜誌編輯工作。主要作品有詩集《風琴與女人》、《虛構的玫瑰》，長篇小說《我的情人們》，小說集《香氣》、《瘋狂的石榴樹》，散文隨筆集《屏風的聲音》。

第二十四章

散　文

一、八、九十年代的散文

　　60 年代形成的散文文體模式，在「新時期」主要成為散文發展的障礙。這種寫作模式，通常表現為以表現「時代精神」的目標的「以小見大」、「托物言志」的主題和結構趨向，刻意追求散文的「詩化」和對「意境」的營造。作為 60 年代初「散文復興」標誌的楊朔、劉白羽、秦牧等為代表的當代散文創作，曾產生強大影響並日益成為創作公式。因而，在 80 年代散文的變革的起點，表現為對上述創作模式的束縛的掙脫。「回到」個人體驗，回到日常事態和心緒，在這種情境下，顯然是一種有效的「解毒劑」，並在一些作家的創作中得到初步體現。雖說對社會性主題的呼應仍為許多作家所注重，但是個人生活、情緒、心境的書寫，語言的個性特徵，普遍為散文作家所追求。這一趨向，導致 80 年代對「散文」的概念重新界定的現象。作為 50 至 70 年代的散文概念「泛化」的翻轉，「窄化」成為新的趨勢。將敘事性形態的報告文學和議論性形態的雜文從散文中剝離，或加以適當區分，似乎成為「共識」。於是，有「抒情散文」、「藝術散文」、「美文」等名稱的重新提出。報告文學、回憶錄、史傳文學等，在許多批評家和散文作家那裏，

不再籠統放置在「散文」裏面[1]。尤其是報告文學，80 年代初期的《歌德巴赫猜想》（徐遲）、《大雁情》（黃宗英）、《船長》（柯岩）等，以及 80 年代中後期引起一時轟動的長篇社會問題「報告」，基本上已不再被作為散文看待[2]。與此同時，對散文與別的體裁因素滲透、交融而形成的「混生性文體」的命名，則又為散文的「規範性」提供參照。如汪曾祺、何立偉、張承志等融會散文某些因素的「小說的散文化」或「散文化小說」；郭風、柯藍、劉湛秋等「既體現了詩的內涵又容納了有詩意的散文性細節、化合了詩的表現手段和散文的描述手段的某些特徵的」「抒情性文學體裁」，則被列入「散文詩」的類型[3]。

　　八、九十年代，散文除繼續在一般文學刊物和報紙副刊刊載外，開始出現專門的散文、隨筆刊物[4]。80 年代的主要散文作

---

[1] 在五、六十年代，散文和報告文學雖然也有所區分，但由於散文的明顯增強的敘事傾向，其界限又有不易分割的情況。因此，但是編輯的年度文學選集，散文與特寫（報告文學）通常放在一起，稱為「散文特寫選」。這種情況，80 年代以後已有改變。

[2] 80 年代前期重要的報告文學作家有徐遲（《哥德巴赫猜想》、《生命之樹長青》、《地質之光》）、黃宗英（《大雁情》、《小木屋》）、理由（《揚眉劍出鞘》、《她有多少孩子》）、陳祖芬（《祖國高於一切》、《理論狂人》）、柯岩等。80 年代中後期影響較大的報告文學作品，有《唐山大地震》（錢鋼）、《中國的小皇帝》（涵逸）、《陰陽大裂變》（蘇曉康）、《惡魔導演的戰爭》（劉亞洲）、《中國農民大趨勢》（李延國）、《世界大串聯》（胡平、張勝友）、《伐木者，醒來！》（徐剛）、《國殤》（霍達）等。

[3] 王光明《散文詩的世界》，武漢，長江文藝出版社 1987 年版。

[4] 最早創刊的有《隨筆》（廣州，1979 年 6 月）和《散文》（天津，1980 年 1 月）。以後陸續出現的散文刊物有《中華散文》（北京）、《美文》（西安）、《散文選刊》（鄭州）、《散文百家》（河北邢台）等。

家，成就顯著的是巴金、孫犁、楊絳、汪曾祺、蕭乾、黃裳等老作家，以及張潔、賈平凹、王英琦、唐敏等中青年作家。老作家的作品，大多寫個人的經歷和感受。回憶舊友和親朋，處理當代史，特別是「文革」有關傷害、苦難的記憶，是大多數作品涉及的方面。張潔、宗璞、賈平凹、唐敏、王英琦等，有時會借助某種特定視角（如天真的孩童視點），抒寫溫馨、感傷的情感，表現樸素、純淨的人性。他們的努力，大體上可以看作是在回應被「當代」忽略的二、三十年代散文的另一流脈，接續散文書寫個人生活體驗和內心感受的那一「傳統」。不過由於積習已深，不少文章在語言和結構上，仍可以看出受到「當代」散文僵硬軀殼制約、包裹的痕跡。總體而言，在 80 年代，相對於詩、小說等所取得的進展來，散文的變革略顯平淡。

　　進入 90 年代，似乎在沒有預言和策劃的情況下，散文突然顯現「繁盛」的局面，在文化、圖書市場上佔據重要地位。各種散文集、散文選本開始暢銷；專發散文的刊物擁有大量讀者；不少文學雜誌開設散文專欄；一些報紙的副刊也騰出版面來登載散文、隨筆，散文、隨筆作者人數大增：這種種景象構成了當時的「散文熱」。在各種散文選本中，20 世紀二、三十年代那些主要寫日常生活、具有閒適情調的散文小品被發掘。重版的周作人、林語堂、梁實秋、張愛玲、錢鍾書等的散文集，不僅有很大銷量，也從一個方面引導了 90 年代散文寫作的方向。在 90 年代，雖然散文作家的思想、美學取向各有不同，他們作品的風格特徵也更具個性，但是，作為一種總體狀況的「散文熱」現象，卻與市場經濟下的文化消費取向有密切關聯。即以

「閒適」為例，90 年代的散文小品與其「淵源」就存在著區別。
30 年代林語堂等的「閒適」被稱為「消極的反抗，有意的孤行」，
在閒適的表達中，包含了某種與世俗現實保持距離、對抗的文
化姿態。90 年代許多散文中的閒適，則更多表現為與世俗化的
認同傾向，是對社會的物質化追求和消費性的文化需要所做出
的趨同呼應。

　　90 年代也有專門從事散文寫作的作家，如周濤、韓小惠、
斯妤、葦岸、葉夢，但大量作者卻身兼數任，許多學者、小說
家、詩人熱情地參與散文寫作。後者可以開列頗長的名單：金
克木、季羨林、周汝昌、何滿子、韋君宜、黃宗江、王蒙、張
潔、張中行、余秋雨、史鐵生、張承志、張煒、賈平凹、王安
憶、韓少功、北島、西川、于堅、王小妮、鍾鳴……作者身份
的這一特點，也從一個方面顯示 90 年代散文文體的新趨向。雖
然仍有批評家、作家在堅執 80 年代「文體自覺」的命題，其實
這個問題已被擱置一邊。對於散文文體「規範性」強調的聲音
減弱；它的寬泛、平易、多樣為更多的人所接受。在諸種因素
之中，尤為引人注意的是學者的積極參與，加重了散文的思
想、知識品位和文化份量，使得「隨筆」幾乎成為散文中的
主體。那些從個人經驗出發，引入關於文化和人生哲理的思
考的作品，在這個時期被稱為「文化散文」或「大散文」。
學者等的散文，雖然有被譏為過於學究氣和欠缺散文的「文
學性」，不過對於那種玩味式的，和濫情的散文陳舊意象、
情調、語言、結構以至接受心理造成的偏移和衝擊，相信並
非沒有益處。

二、老作家的散文

反思包括「文革」在內的「當代」中國歷史，是 80 年代文學的重要主題。80 年代初期，構成思潮的「反思」文學，主要指小說創作。「反思小說」由於當時文學語境，和當代對小說這一文類的要求，多數作品在思想指向和藝術結構上呈現極大的相似性。它們大多關注社會上層結構和重大事件演變，主要從政治權力、政治命運的角度提出問題。與此稍有不同的倒是散文創作。表現「歷史本質」和「典型性」的壓力不是那麼嚴重的散文，多少提供了某些真切的「個人性」表達。一些作家，主要是老一輩作家，在他們的回憶往事的文章中，。或悲悼、懷念親友，或記述個人瑣碎、片斷的經歷，或對所見、所聞的諸種情、事發表感言，不拘形式地傳達或深沉凝重，或豁達灑脫的意緒。這些作家寫詩、寫小說、寫劇本，也許有點力不從心，而供寫作散文隨筆的材料，可以說是俯拾皆是[5]。從積極的方面說，則是這樣的較少拘限的文體，對直接講述個人的經歷、體驗、思考，自有其便利之處。

八、九十年代老作家的散文、隨筆作品，主要有巴金的《隨想錄》，楊絳的《幹校六記》、《將飲茶》，孫犁的《晚華集》、《秀露集》、《無為集》，蕭乾[6]的《北京城雜憶》、《未帶地

---

[5]　因此孫犁說，「老年人宜於寫散文、雜文，這不只是量力而行，亦衛生延命之道也。」見孫犁《佳作產於盛年》。

[6]　蕭乾（1919-1999），50 年代被定為「右派」。「文革」後復出，著有散文集《一本褪色的相冊》、《北京城雜憶》、《負笈康橋》、《八十自省》、《我這兩輩子》、《未帶地圖的旅人》、《玉淵潭隨筆》等。另有《蕭乾選集》（1-10 卷）。

圖的旅人》、丁玲的《「牛棚」小品》，陳白塵的《雲夢斷憶》，
梅志的《往事如煙》等。90 年代又有韋君宜的《思痛錄》，季
羨林的《牛棚雜記》，李銳的《「大躍進」親歷記》。一些寫
於五、六十年代，而在 80 年代以後出版的作品，如《傅雷家書》、
《沈從文家書》，以及《六月雪》、《荊棘路》、《原上草》
等的「記憶中的反右運動」等，也為反思歷史提供了感性的記
述「資料」。

　　巴金[7]在 1978 年到 1986 年的八年間寫作了 150 多篇隨筆，
總題為《隨想錄》。作者談到自己的寫作動機時說：「十年浩
劫教會一些人習慣於沉默，但十年的血債又壓得平時沉默的人
發出連聲的吶喊。我有一肚皮的話，也有一肚皮的火，還有在
油鍋裏反覆煎了十年的一身骨頭。火不熄滅，話被燒成灰，在
心頭越集越多，我不把它們傾吐出來，清除乾淨，就無法不作
噩夢，就不能平靜地度過我晚年最後的日子，甚至可以說我永
遠閉不了眼睛」[8]。這段話提示了《隨想錄》的內容和表達方式
的特徵。巴金懷著強烈的社會責任感，把他對歷史的反思，對
痛失的親友的追憶，對自我的拷問，對他不能認同的思想言論
的批判，質樸而直白地講述出來。文字樸實，記述流暢，沒有

---

[7]　巴金（1904-2005）從 1978 年底起，在香港《大公報》上連載《隨想錄》，
　　至 1986 年共 150 篇，並從 1980 年 6 月至 1986 年 12 月陸續在人民文學出
　　版社分五集（《隨想錄》、《探索集》、《真話集》、《病中集》、《無
　　題集》）出版。截至 2006 年，《隨想錄》的國內版本已有十多種。北京的
　　三聯書店、作家出版社出版了《隨想錄》合集，三聯書店出版《隨想錄選
　　集》，上海文藝出版社出版《巴金隨想錄》手稿本，人民文學出版社出版
　　有《隨想錄》配圖本。
[8]　巴金《探索集・後記》，北京，人民文學出版社 1997 年版。

刻意經營雕琢的痕迹。他的熱情並未因為進入晚年而消退，而遲滯。在嚴格的自我反省和社會批判中，表現了一位「世紀作家」的人格尊嚴。他對歷史持堅定介入、干預的姿態，堅持人的理性能夠認知、改造社會的世界觀，並對人類理想前景有執著堅守的信念。因此，他不僅作為親歷者的見證人身份，以啟蒙知識份子意識，對歷史重大事變進行的思考追索，以期警醒社會民眾；同時也以強烈自省意識，在揭露和譴責事態的殘酷和荒誕時，對自己的行為、心理作無情的解剖。在《隨想錄》中，追憶、懷念親朋舊人的諸多篇章，如《紀念雪峰》、《懷念胡風》、《關於麗尼同志》、《懷念方令孺大姐》等，寫的情真意切，能感受到作家生命的溫熱。《懷念蕭珊》、《小狗包弟》等，是《隨想錄》中的名篇。由於巴金講述的那段歷史並沒有從這中國人的視野中消失，甚至還是現實問題，因此，《隨想錄》在八、九十年代持續被關注（也間或被爭論），它被稱為「說真話的大書」[9]。

　　孫犁[10]自 1956 年大病之後，創作漸少。五、六十年代的散文曾題為《津門小集》出版。「文革」結束後，創作進入另一「高峰」期，並將力量全部放在散文、隨筆寫作上。他的散文

---

[9]　「講真話」是巴金在《隨想錄》中一再宣講的命題，是歷史和自我反思的倫理基點，同時也成為《隨想錄》寫作的原則。《隨想錄》中的一集，就題為《真話集》。巴金所說的「真話」，不僅僅指真實的心裏話，而且更有「真理」的涵義。因此他稱魯迅的書，是「講真話的書」（《懷念魯迅先生》）。

[10]　孫犁（1913-2002）「文革」後主要從事散文創作，共出版《晚華集》、《秀露集》、《無為集》、《遠道集》、《曲終集》、《芸齋書簡》、《耕堂讀書記》等十多部散文集。

「取眼之所見，身之所經為題材；以類型或典型之法去編寫；以助人反思，教育後代為目的；以反映真相，汰除恩怨為箴銘」[11]。筆墨平淡古樸，卻耐人尋味，與巴金的熱情峻急形成兩種可以對比的寫作姿態和文體風格。孫犁稱自己的寫作是「患難餘生，痛定思痛」[12]，「在它的容納之中，都是小的、淺的、短的和近的」[13]，在對往事故人的回憶中，流露出一種人生無常的感慨和飽經憂患的「殘破」意識。但敘述者並不沉浸在情感的旋渦中，而是化絢爛為平淡，往往以超然和平靜的眼光來看待人生的悲喜，將自己的感情隱藏在淡淡的語句之中。孫犁在文體上，有多種經營；隨筆、雜感、書信、序跋、評論、讀書札記等。從「耕堂散文」，「芸齋瑣談」，「鄉里舊聞」，「耕堂讀書隨筆」，「耕堂題跋」，「芸齋短簡」等名目，也可見其取材、格式的多樣。

楊絳[14]的《幹校六記》記述作者 1969 年底到 1972 年春在河南息縣「五七幹校」中的生活經歷。所寫的內容，大都是個人親歷親聞的瑣碎之事：下放記別，鑿井記勞，學圃記閑，「小趨」記情，冒險記幸，誤傳記妄。其總題、各章名稱，筆法和敘事「立場」，都可見對清代沈復（三白）《浮生六記》的某

---

[11] 孫犁《〈無為集〉後記》，《無為集》，人民文學出版社 1989 年版。

[12] 孫犁《文字生涯》，收入《晚華集》，百花文藝出版社 1979 年版。

[13] 孫犁《〈尺澤集〉後記》，《尺澤集》，百花文藝出版社 1982 年版。

[14] 楊絳（1911-），原名楊季康，祖籍江蘇無錫，生於北京。1932 年畢業於蘇州東吳大學。1935-1938 年留學英、法，回國後曾在上海震旦女子文理學院、清華大學任教。1949 年後在中國社會科學院文學研究所、外國文學研究所任研究員。著有小說集《倒影集》，劇作《稱心如意》、《弄假成真》，長篇小說《洗澡》，散文集《幹校六記》、《將飲茶》、《雜憶與雜寫》等。另出版有《楊絳文集》（1-3 卷）、《楊絳譯文集》（1-4 卷）。

種承傳[15]。楊絳的另一個隨筆集《將飲茶》，部分也寫到了「文革」期間的遭遇，不過似乎不如《幹校六記》的從容。這個集子中更出色的，是回憶親人往事（丈夫錢鍾書，姑母楊蔭榆等）的部分。楊絳的文字簡約含蓄，語氣溫婉，對歷史事件多少保持適度距離，作平靜審視的態度。她將筆觸專注於大時代事件中的小插曲，在對個人的見聞、感受的記述中，也能見到時代的光影。《將飲茶》中說到「卑微」是人世間的「隱身衣」，「惟有身處卑微的人，最有機緣看到時態人情的真相，而不是面對觀眾的藝術表演」[16]。這似乎楊絳在「寫作身份」上的自我表白。雖說是「卑微」，也透露了某種「優越感」：既不止於一己悲歡的咀嚼，但也不以「文化英雄」的姿態大聲抨擊，反而更能夠展示形形色色的眾生態，寫出了事件荒謬，和內心的隱痛。

三、抒情、藝術散文

由於散文寫法的不拘一格，一直存在著對「散文」作文體「規範」的努力，但也始終難以形成對散文「本體」特徵的共識。不過，在八、九十年代「文學自覺」的潮流中，有關「抒情散文」、「藝術散文」、「美文」等的提出，又表現了這個時期散文藝術發展的趨向。強調「自我」表現，和重視「抒情

---

[15] 如《浮生六記》現存四記分別為《閨房記樂》、《閑情記趣》、《坎坷記愁》、《浪遊記快》。此書最初以手抄本形式在社會上流傳，後為蘇州獨悟庵居士楊醒逋在護龍街冷攤上瞧見，慧眼識珠，立即攜回刻刊，由王韜作序，在東吳大學校刊《雁來紅》上刊出。
[16] 《將飲茶》中的《隱身衣（廢話，代後記）》。

性」，是一些散文家、散文批評家主張的基點。從文體的角度上說，是為了與敘事的報告通訊，與議論雜感文字等拉開距離，從寫作主體的方面，則將「個性」、「心靈」的抒寫、表達放在首要位置，並提倡語言、篇章結構上的「美文」素質。因而，「抒情散文」、「藝術散文」、「美文」等概念雖然沒有得到廣泛認可，卻借此可以發現一個時期散文的藝術取向。

周濤、賈平凹、王英琦、趙麗宏、唐敏、蘇葉、斯妤、李佩芝等在這個時期的散文寫作，均取得突出成績。周濤[17] 80 年代一段時間主要寫詩，曾是「新邊塞詩」（或「西部詩歌」）的提倡者和實踐者之一。80 年代中期轉寫散文。散文與他的詩歌相似，以描述西部邊陲的自然、人文景觀，抒發在這一廣袤天地的情思為主要內容。思路開闊，語句密集，情感充沛。往往借對博大而廣漠的邊疆自然山水的描述，讚美勇猛、強健、充滿陽剛之氣的野性生命力。他的長篇散文《遊牧長城》、《蠕動的屋脊》、《伊犁秋天札記》等，由一些聯繫鬆散的短章構成，但統一在奇詭的想像和流瀉的情感之中，往往融議論、抒情和敘事於一體。

這個時期的女作家的散文，也表現了獨特的一面，並出現了「女性散文」的概念。善於從日常生活的細微中發現詩意，並在對自我心理、情緒的敏感捕捉中，營造一種細膩的感性情調。從事散文寫作的女作家有王英琦、唐敏、韓小蕙、李佩芝、

---

[17] 周濤，1946 年生於山西潞城。1955 年入疆。1965 年進入新疆大學中文系學習。後在軍隊從事專業文學創作。主要作品有詩集《神山》、《野馬群》，散文集《稀世之鳥》、《秋風舊雨集》、《遊牧長城》、《高榻》等。

葉夢、蘇葉、斯妤、馬麗華、黃茵等。王英琦[18]的散文取材比較
開闊，並追求超越生活事項的有關人的生存方式、精神境界的
思考。這一切，有都以自己的體驗、生活領悟作為核心。唐敏[19]
較有影響的作品是《女孩子的花》，寫將成為母親的女人擔心
自己孩子是女性在這個世界受到更多傷害，而用水仙花來占卜
孩子的性別，溫婉而細膩地傳達出對生為女性的複雜感受。在
90 年代的「散文熱」中，許多女作家的散文都結集，並以叢書
的方式「集束」推出。這表明了女作家散文寫作的實績，但在
在市場消費的環境中，女作家散文在情感表達、題材選擇以及
作品風格上也都存在被簡化、同一化的傾向[20]。

　　小說家和詩人在八、九十年代，許多人對散文也有程度不
同的傾注。這自然也是「新文學」的「傳統」。在理解上，有

---

[18] 王英琦，1954 年生，安徽合肥人。14 歲下鄉勞動。1972 年開始發表作品。
　　著有散文集《熱土》、《漫漫旅途上的獨行客》、《我遺失了什麼》、《情
　　到深處》、《美麗地生活著》、《漫漫孤獨路》，小說集《愛之廈》、《走
　　向荒漠》。並著有電影文學劇本《李清照》。
[19] 唐敏 1954 年生於上海，祖籍山東。「文革」期間在福建山區「插隊」。後
　　曾在福建省圖書館、福州市文聯、廈門市文聯工作。主要有散文集《懷念黃
　　昏》、《心中的大自然》、《純淨的落葉》、《女孩子的花》等。
[20] 在 20 世紀 90 年代中期的「女性文學熱」中，由男性作家、批評家主編有
　　多種「女性文學」叢書，收入作品除小說外，還有散文。這些叢書有「紅
　　罌粟叢書」（王蒙主編，收 22 位當代女作家散文小說集河北教育出版社
　　1995 年版）、「她們」叢書（程志方主編，共三輯，收 22 位女作家的 37
　　部小說散文集，雲南人民出版社 1995-1998 年版）「風頭正健才女書」（陳
　　曉明主編，華藝出版社 1995 年版），「紅辣椒」叢書（陳駿濤主編，四川
　　文藝出版社 1995 年版），「當代女性文學書系」（藍棣之主編，春風文藝
　　出版社 1995 年版），「海派女作家文叢」（文匯出版社 1996 年版），以
　　及「女作家情愛小說精品選」、「女性獨白最新系列散文精華」、「新新
　　女性情調散文書系」等。

的基於「文類」的等級觀念，將散文看作是一種「業餘」寫作，或文學創作的「基本功」[21]。其實散文也可以承載他們在詩、小說中受到限制的經驗的表達。張潔 80 年代在發表《從森林裏來的孩子》、《愛，是不能忘記的》等小說的同時，散文《挖薺菜》、《揀麥穗》、《盯梢》等，透過一個名叫「大雁」的鄉村小姑娘的眼光，記述童年的往事，表現了對失落的愛、純潔、溫情的感傷懷念。賈平凹小說之外，散文也很有建樹。早期的《月迹》、《一棵桃樹》等，寫兒童眼睛中的美麗而單純的世界，注重詩意境界的醞釀。80 年代中期，在《商州初錄》、《商州又錄》等作品中，轉向風土人情，展示商州、靜虛村等陝南鄉村的自然、文化風景，生活情態。其後，又潛心構建一種「閒適」風格，描述當代的世態人情。90 年代賈平凹散文在思想意蘊、文化趣味、語言運用上，都傾向從禪宗、道家那裏取得借鑒，追求「虛」「靜」境界與簡潔古樸文風的互為表裏。80 年代以來，也費心盡力地主持著頗有影響的散文刊物《美文》。汪曾祺晚年也有不少散文作品問世。出版有《蒲橋集》、《塔上隨筆》。汪曾祺的小說和散文之間，界限本來就不很清晰。不少出色的篇章，也仍是對家鄉人情風土、對 40 年代昆明生活的記敘。一些回憶、追念舊故的文字，從容簡樸文字中蘊含真切深情。張承志的《綠風土》、《荒蕪英雄路》，史鐵生《我

---

[21] 余秋雨在最初涉足散文時，多次說到散文不是自己的「專業」，說「在今天，『專業散文家』的稱號，聽起來總有點滑稽，一個人，幹著別的事，有感而發，寫兩篇散文，這才自然」。蕭乾說認為，「不論是小說家、詩人、戲劇家，還是寫通訊特寫的記者而言，散文都是不可或缺的基本功」。張煒說，「一個人只要具有良好的文化素養，寫散文就成了他的基本能力」。見《美文》（西安）1998 年第 9 期的《90 年代散文寫作隨訪》。

與地壇》，韓少功的《夜行者夢語》，張煒《融入野地》，王安憶《漂泊的語言》等，也都是 90 年代散文的重要收穫。王安憶認為散文是小說家「放下虛構的武器」之後的「創作者對自身的記實」[22]，張煒也重視散文「可以直抒胸臆」的特點[23]，都是看到散文比小說更有利於表達作家的情意。因此，小說家的散文，或者表現了較強的抒情性，或者用以直接表達其理念和主張（如這一時期張承志、張煒的散文），並在語言運用、篇章結構上也更加留心。

　　80 年代後期以來，詩人的散文隨筆也不少見。較有影響的隨筆集，有于堅《棕皮手記》，西川《讓蒙面人說話》，翟永明《紙上建築》，王小妮《手執一枝黃花》，以及王家新、北島、鍾鳴、柏樺等的作品[24]。

四、學者的散文隨筆

　　八、九十年代散文的另一重要現象是，一些從事人文學科或社會科學研究的學者，在專業研究之外，創作了融會學者的感性體驗和理性思考的文章，而出現了被稱為「學者散文」或「文化散文」的散文形態。這一現象的出現，與學者關注現實問題，參與文化交流的新趨向有關。在明清，「文人之文」與「學者之文」的區分有時並不很清楚。隨著現代知識的專業化

---

[22] 王安憶《心靈的世界——王安憶小說講稿》第 361 頁，上海，復旦大學出版社 1997 年版。

[23] 見《90 年代散文寫作隨訪》，《美文》（西安）1998 年第 9 期。

[24] 北島、柏樺、鍾鳴的散文隨筆在 90 年代報刊發表，並於 2000 年以後結集為《失敗之書》、《旁觀者》、《左邊——毛澤東時代的抒情詩人》出版。

和學科體制的「完善」，「學者」與「作家」之間分裂越趨明顯。文學寫作普遍被看成是表達情感等感性體驗的「形象思維」領域，而與學術研究的「抽象思維」有著「類」的不同。這種清楚的分界，實際上對文學創作與人文學科的發展，都有可能帶來損害。因此，學者「越界」參與創作，是值得注意的現象。80 年代，較早進入散文創作的是金克木、張中行等老資格的學者。90 年代初期，從事藝術文化史和戲劇美學研究的余秋雨也介入其中，並引起轟動。學者的散文並不特別注意文體「規範」，而將其視為專業研究之外的另一種自我表達或關注現實的形式。對於許多類似的作品而言，引人矚目的當然也有敘述形式方面，但談論的內容更加凸出。由於談論結合了作者的文化關懷和個人感受，文字表達上的個性也隨之顯現出來。因此，這些學者比較自由的寫作，為散文融進一些新的因素。一般而言，表達大多較為節制，有的會以智性的幽默來平衡情感的泛漫。這些散文、隨筆與「雜文」的不同之處是，它更關注的往往不是「識」，而是「情」與「理」。因而，有的批評家將之稱為「文化散文」、「哲理散文」或「散文創作上的『理論干預』」[25]。

　　金克木[26]是梵文、印度文化研究專家和翻譯家，對印度宗教、哲學、文學和語言有深入研究，於中外文化交流史、比較

---

[25] 參見佘樹森《中國現當代散文研究》，北京大學出版社 1993 年版。
[26] 金克木（1912-2000），安徽壽縣人，字止默，筆名辛竹，生於江西。幼年讀私塾。中學一年即輟學。1935 年在北京大學圖書館當圖書管理員，自學多國語言，開始翻譯和寫作。1938 年任香港《立報》國際新聞編輯。1939 年任湖南桃源女子中學及湖南大學英、法文教師。1941 年在印度加爾各答遊學，兼任《印度日報》及一家中文報紙編輯，同時學習印度語和梵語。

文學、佛學也有深入鑽研。早年曾是「現代派」的重要詩人之
一。思想敏銳，博學多聞，學問文章堪稱一流。80 年代以來寫
作大量散文隨筆。也有回憶故人舊事的，但主要是思想、文化
隨筆，有讀書札記、文化漫談、甚至文獻考訂等寬泛內容。往
往是針對某一議題生發開來，融進豐富的知識，表現出思維活
躍，充滿智慧而又詼諧從容的文風。他所談論的問題，大多具
有一定的學術針對性，依據自己的人生閱歷，以及東西方歷史、
哲學、宗教、文學等方面的學識，信筆展開，但所徵引的材料
和所得結論，卻頗嚴謹。這一特點被人評為「散文小品的學術
化」[27]。他的散文、隨筆文字樸素、乾淨、簡潔，有時近乎口語，
但又自然地加入文言語彙和句式。不輕易表露情感，卻在看似
散漫的筆法中，透出世事洞明者的豁達和通透。沒有鋪張的情
感抒寫，和對於嚴重「意義」的揭發，不依憑豐富閱歷和學識，
來炫耀什麼，裁決、預言什麼。但也決沒有年邁者的老態和遲

1943 年到印度佛教聖地鹿野苑鑽研佛學，同時學習梵文和巴利文，走上梵
學研究之路。1946 年回國，應聘武漢大學哲學系。1948 年後任北京大學東
語系教授。翻譯有《古代印度文藝理論文選》、《我的童年》、《印度古
詩選》、《伐致呵利三百詠》、《摩訶婆羅多》、《雲使》、《通俗天文
學》、《甘地論》、《莎維德麗》，學術著作有《梵語文學史》、《印度
文化論集》、《比較文化論集》、《梵佛探》、《探古新痕》，散文隨筆
集有《天竺舊事》、《文化的解說》、《百年投影》、《文化獵疑》、《燕
口拾泥》、《燕啄春泥》、《金克木小品》、《書城獨白》、《無文探隱》、
《藝術科學舊談》、《舊學新知集》、《主筆輯》、《長短集》、《風燭
灰》、《路邊相》、《末班車》、《檻外人語》、《蝸角古今談》、《異
域神遊心影》、《書外長短》、《文化卮言》、《書讀完了》、《評點舊
巢痕》、《梵竺廬集》，有詩集《蝙蝠集》、《雨雪集》、《掛劍空壠》，
小說集《舊巢痕》、《難忘的影子》、《孔乙己外傳》。
[27] 謝冕《金克木散文選集·序言》，百花文藝出版社 1996 年版。

滯，對於歷史和現實，並不冷漠地超然度外，而堅持一貫的敏
銳的警覺。因此，他在回憶往事的時候，不撫摸傷痕，把舊歲
月的殘渣作為把玩、咀嚼的材料。在標為「小說」的《孔乙己
外傳》中，金克木題他攝於 30 年代的照片是：「20 世紀 30 年
代初的孔乙己造像」。書中《難忘的影子》中的那個 30 年代初
在北京既無高中畢業文憑，又無所需資費，也沒有可以依靠的
權勢，進不了大學校門的「社會中的零餘者，革命中之落伍兵」
的青年 A，應該是金克木自嘲式的自畫像。他的散文、隨筆所
表現的風度、格調，與他這一被限定，自己也有意維護的「身
份」相關。於是，在時代激蕩的風雲之外，他提供了歷史的另
一側面。從中可見為風潮遮蔽的值得珍惜的事物，體驗難以被
風雨摧毀的真情，認識在「日日新」之外，還有「日光之下並
無新事」，也在紛亂多變的炫目中，見識「舊招牌下面又出新
貨，老王麻子剪刀用的是不銹鋼」：而讓讀者去思索「歷史出
下的數學難題」[28]。

　　張中行[29] 30 年代畢業於北京大學，長期從事語文教科書和
語文教育的編輯、研究工作。80 年代開始，陸續寫下一批以 30
年代前期北京大學為中心的舊人舊事的隨筆，定名為《負暄瑣
話》出版，引起注意。後又陸續出版《負暄續話》、《負暄三

---

[28] 見金克木《孔乙己外傳》，北京，三聯書店 2002 年版。
[29] 張中行（1909-2006），河北香河人。30 年代畢業於北京大學中文系後，曾
任中學、大學教師，報紙副刊和期刊編輯。1949 年後任人民教育出版社編
輯。主要有論著《文言與白話》、《文言津逮》、《作文雜談》、《佛教
與中國文學》、《順生論》，散文隨筆集《負暄瑣話》、《負暄續話》、
《負暄三話》、《禪外說禪》、《流年碎影》、《散簡集存》，另有《張
中行作品集》（1-8 卷）。

話》以及《流年碎影》等隨筆集。張中行借古語「負暄」（一邊曬太陽一邊閒聊）做自己的書名，大體能概括所追求的寫作風格：以「詩」與「史」的筆法，傳達一種閒散而又溫暖的情趣[30]。張中行的工作與著述雖偏重於語言文字方面，但他興趣廣泛，經史子集、古今中外的知識都樂於涉獵，被人稱為「雜家」。體現在他的隨筆中，則不僅是於人、事的各種「掌故」的熟知，而且品評指點，也透出理趣和淡雅的文化品位。他的這些隨筆，在一個時期聲名大噪，甚至有將其比喻為「現代的《世說新語》」[31]的。

余秋雨[32]在 90 年代，是影響廣泛，但爭議也頗多的散文家。在《收穫》雜誌上以專欄形式發表系列散文，後結集成為《文化苦旅》出版，引起極大反響。這種將文史知識與情思、歷史蹤跡追尋與現實問題思考，將人、歷史、自然交融[33]的構思、格局，在當代應該說獨創一格[34]。《文化苦旅》、《文明的碎片》中的文章，大都以記遊的方式進行文化思考。在對某一名勝古蹟的觀感的同時，也敘述相關的文化歷史掌故，並引發出對於歷史文化的思索，在歷史時間的回溯中，讓山水和文化蹤跡，負載諸多沉重的現代問題，包括時代的興衰浮沉，知識份子的

---

[30] 參見張中行《負暄瑣話·小引》，黑龍江人民出版社 1986 年版。

[31] 呂冀平《負暄瑣話·序》，黑龍江人民出版社 1986 年版。

[32] 余秋雨（1946-），浙江餘姚人。畢業於上海戲劇學院，曾任上海戲劇學院院長。著有《戲劇理論史稿》、《戲劇審美心理學》、《藝術創造工程》等論著。出版的散文集有《文化苦旅》、《文化的碎片》、《山居筆記》、《秋雨散文》、《霜冷長河》、《千年一嘆》、《行者無疆》、《晨雨初聽》等。

[33] 參見余秋雨《文化苦旅·自序》，北京，知識出版社 1992 年版。

[34] 60 年代秦牧等的一些散文，也表現了對這一「體式」的某種探索。

使命與命運等等。語言追求文雅，行文常常直抒胸臆，講究思緒情感對史實、文化知識的引領與貫穿。余秋雨後來仍然多產，但成就不如《文化苦旅》。情感的誇張是一個方面，文章體式的「模式化」，也是原因之一。他的那些文字，本是以「苦旅」來「對抗」90 年代初流行的奢靡甜膩的散文，開闢較為恢宏的格局，卻也在「流行」中，逐漸銷蝕著活潑的內在生命，和藝術的更新能力。

在 90 年代後期，思想隨筆風行。與現實問題保持近距離的姿態，對現實、對生存的批判態度，追求思想深度與鋒芒，是思想隨筆的特徵。思想隨筆雖然發表於各種報刊[35]，但在散文集的出版上，卻經常採用「集束式」的叢書方式[36]；而廣州為中心的南方，似乎是思想隨筆最主要產地。在思想隨筆的寫作中，林賢治、邵燕祥、謝泳、鄢烈山、藍英年、崔衛平、孫郁、筱敏等，都有不少佳作。邵燕祥的隨筆集《憂鬱的力量》、《夜讀抄》，林賢治的《平民的信使》、《守夜者札記》，藍英年的《青山遮不住》，崔衛平的《帶傷的黎明》，郭宏安的《雪落在萊蒙湖上》、孫郁的《燈下閒談》等，在個人風格與思想深度上，是這類散文水準的標記，它們的出現，一定程度改變了當代散文寫作的面貌。

---

[35] 《讀書》（北京）、《天涯》（海口）、《書屋》（長沙）、《作家》（長春）、《黃河》（太原）、《南方周末》（廣州）、《北京文學》、《粵海風》（廣州）等，是刊登思想隨筆最主要的報刊。

[36] 主要的思想隨筆叢書，有廣東人民出版社的「南方新學人叢書」，作家出版社的「曼陀羅文叢」，花城出版社的「思想者文庫」等。

第二十五章

90 年代的文學狀況

一、90 年代的文學環境

「90 年代」是否可以，或在什麼意義上可以作為一個文學階段看待，文學界一直存在爭議[1]。分歧主要基於與 80 年代文學關係的不同理解，即八、九十年代文學的「延續」與「斷裂」關係的不同認識。的確，八、九十年代之交，社會文化並沒有出現「文革」結束後那樣大規模、有意識的全面調整，「當代」確立的文學規範在 80 年代的瓦解趨勢，在 90 年代仍在繼續推進。不過，市場經濟作為難以忽視的社會背景，和對文學所產生的影響、規約力量，已明顯內化為文學的「實體性」內容，也是難以忽視的事實。

---

[1] 文學界普遍意識到 90 年代社會生活和文學創作發生的變化，但對這種變化的理解和估計，卻看法紛紜。其中較有影響的是「新時期」結束論，和「後新時期」概念的提出（參見謝冕、張頤武合著的《大轉型——後新時期文化研究》，黑龍江教育出版社 1995 年版；馮驥才《一個時代結束了》，《文學自由談》1993 年第 3 期；張頤武《「分裂」與「轉移」——中國「後新時期」文化轉型的現實圖景》，《東方》1994 年第 4 期；王寧《「後新時期」：一種理論描述》，《花城》1995 年第 3 期等）。不過，「後新時期」的概念並未得到普遍的認同。

　　90 年代，尤其是 1993 年以後，中國大陸的最重要的社會現象，是市場經濟的全面展開。以市場化作為基本取向的「現代化」發展目標，在 80 年代初期就已提出。但在 80 年代，主要表現為對計劃經濟體制的某種實驗性調整。1992 年以後，市場經濟在國家體制上合法性確立[2]，中國加速融入全球經濟「一體化」，導致社會結構重組、資本重新分配、新意識形態建立、文化地形圖改寫的「社會轉型」的出現。在這一情勢下，文學的整體格局，不同文學形態的關係，文學生產、流通、評價方式，以及作家的存在方式等，也都出現明顯的變化。

　　文化（文學）體制的改革，在 90 年代初作為國家文化政策提出。減少了各級作家協會提供穩定生活保障的「專業作家」（「駐會作家」）的人數，國家對文學刊物、出版社的經濟資助也不同程度削減，有的並要求它們進入市場自負盈虧。版稅制度開始全面實施，使具有可觀經濟收益的「暢銷書」在「當代」成為事實[3]。出版社、報刊雖仍由國家控制、管理，但某種程度的文化產業化，也出現了社會、個人資本對書刊出版的注

---

[2]　以鄧小平 1992 年視察中國南方城市的經濟改革狀況，在武漢、深圳等地發表的「南巡講話」，和中共 14 次代表大會確立的「以經濟建設為中心」的「國策」作為標誌。

[3]　50 年代以後，隨著出版業收歸國有，現代中國出版業普遍實行的版稅制逐步取消。50 年代中期，全部為稿酬制取代。它將文稿分為「著作」、「翻譯」等門類，以千字作為計費的基本單位，分別規定統一的稿酬等級。除此之外，在書籍的出版上還附帶「額定印數」的規定，即超過「額定印數」之後增加部分稿酬。因為主要以計算字數作為付酬的依據，書籍印刷數量，對作家收入的重要性大為降低。這樣，暢銷書與一般圖書的經濟收入的差距並不明顯，作家在實際上也失去其在著作版權上應得的經濟利益。

入；出版、發行在國家「主渠道」之外有了另外的補充方式[4]。
由國家推動的「文化經濟」的形成，和文化產業的運作方式，
重組、拓展了社會文化空間。文學與政治權力，與市場之間，
建立了一種既抵禦、又同謀的複雜依存關係。「文化經濟」的
出現，使文化與政治相對疏離成為可能，改變了原先的權力政
治與精英文化構成的文化格局，使社會文化空間的裂隙加大。
不過，社會文化空間中的諸種成分、力量之間的關係，也更加
複雜化。一個重要的事實是，市場化本來就是「中國特色社會
主義」的「題中之義」。在 90 年代，意識形態權力經典的監管
方式仍然繼續發揮，但一個明顯的趨勢是，取代強制性的開展
群眾運動的文學（文化）干預方式，是採用更具彈性，並更多
運用經濟集團活動的方式，來影響、規範文學的取向。提倡「主
旋律」既是國家一項反覆強調的文化戰略措施，但也允許、甚
至推動一個消閒、流行文化空間的形成。因此，80 年代和政治
緊張的 90 年代初期，那種用以描述權力空間的「官方」／「民
間」、「體制內」／「體制外」的對立、分割性概念，和相應
的描述方式，在使用上已不再是那麼簡便，不再是那麼清晰有
效。在這一複雜的社會語境中，在 80 年代享有「公用空間」的
文學界，其分化不可避免，作家創作的定位，價值取向的選擇，
「靈感」的來源，對「產品」預期的市場效應等，有了更多的
可能性，也面臨更多的制約。

---

[4]　在國家的出版、流通部門之外，出現了「個體書商」、「民營書店」和「二
渠道」的發行途徑。自然，這些「民營」形態的出版部門，必須從正式出
版社購得出版的書號，其出版物也需接受國家出版管理機構的審查，因而
其「獨立性」相當有限。

　　90 年代文化上的最凸出表現，是被稱為「大眾文化」[5]的通俗、流行文化，借助大眾傳媒的迅速「崛起」。「崛起」在這裏，指的是「大眾文化」的各類產品大量出現，佔據文化市場主要領域，指其製作、生產的運作、傳播程序的日益「成熟」，也指它在社會文化中佔據的地位和影響。也就是說，「崛起」是一種繁榮，也標識了一種「擴張」。90 年代，通俗、流行文化在中國大陸基本發展成型，它成為主要的文化需求對象，並基本上形成一套產業化的生產、運作方式。它廣泛滲透在人們的日常生活中，並逐漸成為「主流文化」中的顯要組成部分。

　　通俗、流行文化在 90 年代的勃興，表現為以大眾娛樂節目和電視連續劇為主要內容的電視的蓬勃發展，以及時尚、消閒性的報紙雜誌、書籍的大量湧現。隨後則是網路的迅猛發展和在城市的普及提供的大量娛樂資訊。在文學的領域，主要為了滿足窺秘、獵奇、感官刺激、時尚需求等欲望的作品（主要是小說、通俗故事、紀實文學等類型）大批湧現，源源不斷地生產、輸送成批的這類產品。更值得注意的是，大眾文化不僅生產了具有自身典型特徵的產品，而且在挪用、招募、顛覆、消融其他文化、精神產品上釋放著巨大的能量。這是一種將其性

5　「大眾」一詞，在中國語境中，很自然會聯想起現代左翼和社會主義文化的，作為「歷史主體」的「群眾」、「人民大眾」、「工農大眾」等概念。事實上，90 年代繁榮起來的「大眾文化」，應以至少在 30 年代的上海等大都市就已形成的大眾文化工業、市場及其產品為其脈絡。只是後者在左翼文化和當代社會主義語境中，「始終是一種匿名的文化事實」，「除卻作為間或提及的批判、否定對象（『小市民文化』或封建渣滓），它幾乎不曾進入知識份子群體的關注視野」。戴錦華《隱形書寫——90 年代中國文化研究》第 9-11 頁，南京，江蘇人民出版社 1999 年版。

質、功能予以轉化的能力，即使對象原先具有精英的，或高度
政治意識形態的性質。90 年代發生的種種文學（文化）現象，
比如「文化毛澤東熱」，顧城等的「詩人之死」事件，《廢都》、
《白鹿原》等作品的出版發行，「張愛玲熱」，當代史（「反
右」、「文革」等運動）「揭秘」圖書的出版，30 年代閒適散
文熱，專業精英學者（錢穆、陳寅恪、吳宓等）成為大眾的「文
化英雄」，「女性文學」和「美女作家」產生的市場效應，「紅
色經典」的推出……[6]。這些現象的內部，其實蘊含著多種複雜
成分，包含著分裂，甚至互相衝突的多種因素，也蘊含著諸多
值得重視的思想、文化問題。不過，媒介所要竭力放大、引導
的，卻主要是對於禁忌、私秘、苦難、欲望等的感官式「消費」。
這也正是媒介製造這些事件，以構造 90 年代文學圖景主要憑藉
的手段。

　　國家經濟發展策略和文化政策的調整，大眾文化的「崛
起」，媒介權力的擴張，不可避免地影響、改變 90 年代文學的
格局，也引起作家及其創作深刻的轉移和分化。

二、文學界的分化

　　在 90 年代，一方面，「現代化」這一納入全球市場中的，
作為具體的社會組織形式的實踐得到充分展開，另一方面，人
文知識界對「現代化」的態度和文化想像卻發生了改變。在 80

---

[6]　有關 90 年代文學（文化）重要事件、現象的研究，可參見戴錦華《隱形書
　　寫──90 年代中國文化研究》、孟繁華《眾神狂歡──當代中國的文化衝
　　突問題》（北京，今日中國出版社 1997 年版）等著作。

年代，「現代化」作為一種告別「歷史暴政」和解決社會矛盾的新的發展方案，在知識界的想像中充滿希望的樂觀前景。80 年代整體的理想主義文化氛圍，大體上建立在這種想像的基礎之上。但在「現代化」具體實踐真正降臨之後，人們猝不及防地驚覺了理想和現實之間的偏差；現代化進程中出現的種種矛盾和負面效應，逐漸顯露。最重要的是，隨著市場調節機制的形成和消費文化的漸趨成熟，精英知識份子、「精英文學」在社會中位置也日趨「邊緣化」。知識份子對自身的價值、曾經持有的文化觀念產生懷疑。他們在如何看待、評估「現代化」進程產生的後果上，在如何看待「大眾文化」上，在知識份子的精神價值和社會功能上，思想態度發生了分化。分化並不是以簡單、直接的方式呈現，而是在不斷的文化爭論和文化交流中形成。文化論爭在「當代」也不罕見，80 年代也是如此。相對於有關「異化」、「人道主義」、「文化熱」等問題的論爭來，在 80 年代，居主流位置的文化群體對問題常有一種趨同的理解，有一種建立在問題意識和思想前提層面上的「共識」。但在 90 年代，這種「共識」已經破裂。

　　90 年代規模、影響較大的文化論爭，一是發生於 1993-1995 年間關於「人文精神」的討論，另一是於 90 年代中後期逐步呈現的「新左派」和「新自由主義」的分歧。後者的分歧，主要集中在如何看待中國現實社會問題，解決這些問題的方案，和知識份子以何種方式參與現實文化實踐上[7]。而發生於 90 年代

---

[7]　思想界存在的分歧，因為汪暉 1997 年長篇論文《當代中國的思想界狀況與現代性問題》（《天涯》1997 年第 5 期）的發表，和對這篇文章的反應而集中呈現。中國大陸「新左派」與「新自由主義」論爭發表的重要文章，

初的「人文精神」討論,則涉及 80 年代知識份子啟蒙理想挫敗、
失落之後的「精神危機」,和面對「大眾文化」「入侵」上
的反應,其核心也圍繞知識份子的精神價值和社會功能問題
展開[8]。現實中國主要的文化差異、矛盾,所謂「國家意識形態
文化」(「官方文化」)、「精英知識份子文化」(「高雅文
化」)和「大眾文化」(通俗、流行文化)的雖然有迹可尋,
但也互相滲透、混雜的情況,在論爭中得到了展示。

　　思想分化當然表現在文化領域的整體,但由於中國現代文
學的特殊品格(與時代、社會思潮和問題的緊密關聯,許多作
家「與生俱來」的人文知識份子的思想態度),也鮮明地體現
於 90 年代的文學界,並影響著 90 年代的文學格局和文學進程;
事實上,「人文精神危機」正是由文學界最先敏感到並最先提
出的。各種文化形態的存在,文化市場的成熟,「大眾文化」
主流地位的確立,推動作家對自身的文化姿態、思想立場、生
存和寫作方式上的選擇與調整。其中,與政治文化體制,與文
化市場建立何種關係,是面臨的重要方面。因而,相對於 80 年
代比較單一的現象,90 年代作家的「存在方式」呈現了多樣、
複雜的情形。可以從這一角度來觀察這十年中發生的種種現
象:「自由撰稿人」身份的出現;作家的「下海」經商;經商

　　參見公羊主編《思潮──中國「新左派」及其影響》(北京,中國社會科
　　學出版社 2003 年版)。

[8]　最早提出這一問題的,是上海的王曉明、陳思和、李劼等。《上海文學》
　　1993 年第 6 期刊登王曉明等五人的談話錄《曠野上的廢墟──文學和人文
　　精神的危機》,引發了這場有關人文精神失落與重建的論爭。隨後,不少
　　報刊發表爭論文章。重要文章由王曉明收入他主編的《人文精神尋思錄》
　　一書,上海,文匯出版社 1996 年版。

成功後的重回文壇；「專業詩人」成為歷史，「兼職」成為普遍現象；離開「純文學」而選擇有較豐厚報酬的「亞文學」（影視作品、通俗小說、紀實文學等）寫作；作家與傳媒、圖書市場營銷身份的「合二而一」；緊密呼應「主旋律」寫作的「詢喚」；作家進入高校成為教授的熱潮；蟄居偏遠之地以保持其獨立姿態；……自然，分化更體現在文本中，在語言、意象、敘事方式、文體格調之中得到更深刻表露。

三、文學的總體狀況

　　文學潮流的淡化是 90 年代的文學現象之一。在「新寫實」小說之後，文學界又出現過一些潮流性的命名[9]。由於概念的理論闡釋與具體創作之間存在的差異，也由於儘管存在一些類似的作品，但作家對潮流的形成和推動已失去熱情，因而，它們只是在批評中作為提示文本特徵和文體演化徵象的概念被使用，而沒有成為得到廣泛認可。已不存在類似於 80 年代那樣的以潮流方式推進的那種痕迹。在一個逐漸失去單一「主題」的社會，對世界和文學的理解更形「多元」的狀況下，對於文學的基本想像和要求已發生變化。市場的選擇和需求打破了文學的「有序」進程，而對於歷史的反省，也使得歷史發展和文學潮流對應的文學史觀受到質疑。因而，「潮流」性趨勢的削弱，是理所必然的。

9　如「新歷史小說」、「新狀態小說」、「新體驗小說」、「個人寫作」、「私小說」等等。

　　在文類狀況上，90 年代詩歌的邊緣化最為凸出，詩人的處境、詩集的出版都相當窘困。比較而言，不管出於自覺還是無奈，詩歌似乎也與政治文化和大眾文化市場機制的關係較為疏離。90 年代表現突出的是長篇小說和散文，因而批評界有「長篇小說熱」和「散文熱」的說法[10]。批評在文學界的角色，在90 年代更具「自足性」，但也頗顯尷尬。批評的理論化是這個時期出現的重要徵象。傳統的作家、文本批評自然還大量存在，但一些重要的批評成果，其注意力已不完全，或主要不在是作品的評價上，尋求理論自身的完整性和理論的「繁殖」，即在文本闡釋基礎上的理論「創作」，成為更具吸引力的目標。這與 80 年代以來對歐美現代文學批評理論的引進有很大關係。敘事學理論、後現代主義、後殖民主義、女性主義等諸種理論在90 年代的文學批評中表現頗為活躍：這大抵由「學院派」批評家引領風騷[11]。理論的發展豐富批評的認知前提，也使批評獲得了一定的「獨立性」，為文學的闡釋拓展了空間。文化研究的興起，也是 90 年代文學批評的另一重要現象。在「人文精神危機」的討論中，文學界普遍表現了對文化變革的拒斥態度，使批評失去有效闡釋大眾社會、文化市場、大眾文化的能力。文化研究逐漸在批評中佔有重要地位，是由於意識到面對變化的社會文學事實，需要做出有效的調整。關注文學產品的「商品」性質，關注文學生產、傳播、接受的體制、市場運作方式等的

---

[10] 關於 90 年代散文創作的概貌，本書在第二十四章中將其與 80 年代散文狀況放在一起評述。

[11] 文學批評力量，在 80 年代主要是各級作家協會及其主持的刊物的批評家，90 年代中後期，則轉為由身居文學研究機構，特別是在大學中的學者擔任。

問題，是文化研究著力的一個方面。而批判性的分析大眾文化的意識形態性，揭示其在「民間」、「大眾」等「正義性」面目之下實施的「暴力」，也是一些批評家的文化研究「主題」。文化研究在分析上雖然重視結構、修辭等文本結構問題，卻不關心對作品的「審美」分析，擱置對作品「文學性」的評價。在堅持傳統文學批評觀的作家、研究者看來，批評離「文學」越來越遠，離作家創作越來越遠，文本成為闡釋有關階級、民族、性別問題的材料，因而也受到嚴重質疑，而一度有了「批評的缺席」的責難。

進入 90 年代，「先鋒」探索逐漸式微。並不是說所有的作家都放棄了這一藝術「前衛」的姿態，而是說作為潮流，形式探索相對地處於「邊緣」位置。80 年代中後期的「先鋒小說」沒有得到延續。不過，從另一角度上說，也可以看作「先鋒小說」以及「先鋒」詩人在敘事和語言自覺意識上的探索，已成為一種文學「常識」被接受，融會在普遍寫作實踐之中。其實，小說和詩歌領域的先鋒性實驗仍在進行，如小說的韓少功、韓東、朱文、魯羊、述平、東西、李馮（以至新世紀初期的林白、莫言、賈平凹），詩歌方面領域的西川、翟永明、于堅、臧棣、蕭開愚等。只不過他們的方向不再具有相一致性，文學界只是將他們作為個例來看待。與「先鋒」探索的式微相對應的，是所謂「現實主義」在 90 年代中期以後的「回歸」（或「復蘇」）。大眾文化的崛起，「市場」作為一種激素注入社會肢體所產生的震蕩，所提供的大批戲劇性故事，「社會環境與人物性格之間的互相改造和互相磨合成了最為顯眼的現實景觀」，「這一

切迫切地邀請現實主義小說重新做出精彩的表演」；在這種情勢下，「現實主義」被看成是「所有文學最終回歸的原點」[12]。

在 90 年代文化意識和文學內容中，上個十年的那種進化論式的樂觀情緒有很大的削弱，猶豫困惑、冷靜、反省、頹廢等基調分別得到凸現。世俗化的現象，都市日常生活、人的欲望，代替重要社會問題，成為取材的關注點。消費時代的人的生存欲望的書寫，開始在「日常生活寫作」、「個人寫作」的命題中獲得其合法性。但是，「歷史」對這個時期的作家來說，仍是揮之不去的或苦澀、或沉重、或驚懼的記憶，也仍然是 90 年代文學寫作的主題。但是，「歷史」的指向，歷史反思的立場、方式，已發生了變化。90 年代初期起，那些寫作「先鋒小說」和「新寫實小說」的作家，都不約而同地轉向了「歷史」[13]。在這些小說中，不僅再次觸及 80 年代「傷痕」、「反思」文學所描述的「文革」、「反右」等當代史，更將筆墨伸展到 20 世紀前半期。另一顯要的區別是，它們所處理的「歷史」並不是重大事件，而是在「正史」的背景、氛圍下，書寫個人或家族的命運。有的小說（如蘇童的《我的帝王生涯》），「歷史」是一個忽略了時間限定的與當下現實不同的空間。多數以「歷史」為題材的小說中，彌漫著一種滄桑感。歷史往往被處理為一系

---

[12] 南帆《邊緣：先鋒小說的位置》，《夜晚的語言》第 11 頁，北京，科學文獻出版社 1998 年版。

[13] 如余華的《在細雨中呼喊》（最初名為《呼喊與細雨》）、《活著》、《許三觀賣血記》，蘇童的《米》、《我的帝王生涯》，格非的《敵人》、《邊緣》，葉兆言的《夜泊秦淮》系列和《1937 年的愛情》，劉震雲的《故鄉天下黃花》、《故鄉相處流傳》、《故鄉面和花朵》，劉恒的《蒼河白日夢》，池莉的《預謀殺人》、《你是一條河》，方方的《何處是我家園》等。

列的暴力事件，個人總是難以把握自己的命運，成為歷史暴行中的犧牲品。與五、六十年代的「史詩性」和 80 年代初期的「政治反思」相比，它們重視的是表達一種「抒情詩」式的個人經驗。因此，有些批評家將之稱為「新歷史小說」[14]。

　　當然，對「當代」歷史，包括「反右」、「文革」等事件的反思不會中止，在 90 年代的小說、散文創作中也仍在繼續[15]。除了虛構性敘事文體外，90 年代後期，一批有關 50 至 70 年代歷史的書籍，包括記實性回憶錄，也陸續出版[16]。與之相關的現象是，「十七年」的小說如《紅旗譜》、《林海雪原》、《紅岩》、《敵後武工隊》等的重版，並被賦予內涵曖昧、理解各異的「紅色經典」的命名[17]。它們和一些在 50 至 70 年代未能發表的《從文家書》、《無夢樓隨筆》、《顧准日記》等的發掘出版一起，構成世紀末反觀「歷史」要求中的各異的呼應。

---

[14] 「新歷史小說」是陳曉明、陳思和等批評家提出的概念，用來概括自莫言的《紅高粱》、格非的《大年》等以來的某些表現「歷史」的小說。

[15] 小說中這類作品有李銳的《無風之樹》、《萬里無雲》，王朔的《動物兇猛》，王小波的《黃金時代》，以及王蒙的季節系列的幾部長篇等。

[16] 主要有上海遠東出版社出版，陳思和、李輝主編的「火鳳凰文庫」（已收二十餘種，包括巴金《再思錄》、張中曉《無夢樓隨筆》、李銳《大躍進親歷記》、賈植芳《獄裏獄外》、藍翎《龍捲風》、朱東潤《李方舟傳》、沈從文《從文家書——從文兆和書信選》、于光遠《文革中的我》、朱正《留一點謎語給你猜》邵燕祥《沉船》等）；經濟日報出版社（北京）的「思憶文叢」（包括《原上草》、《六月雪》、《荊棘路》三卷）；韋君宜《思痛錄》（北京十月文藝出版社），朱正《1957 年的夏季：從百家爭鳴到兩家爭鳴》（鄭州，河南人民出版社），從維熙《走向混沌三部曲》《北京，中國社會科學出版社》），等等。

[17] 「紅色經典」的說法在 90 年代末以來的影視界、當代文學研究界，甚至中學語文教學中相當流行。有的是在「經典」一詞的「本源」意義上使用，有的在冠以引號之後，表明是一種借用，甚至帶有反諷的意味。一些批評家如陳思和等，反對將這些作品冠以「紅色經典」的命名。

　　八、九十年代之交的社會、文化「轉型」，商業社會的消費取向，使一部分作家更急切地關注生存的精神性問題。他們 90 年代的創作不同程度地表現了現實批判的取向。這些作家在 80 年代就已確立自己的藝術個性和文學地位，大多有「知青」生活的背景。這方面的創作有張承志的長篇小說《心靈史》和散文集《荒蕪英雄路》、《以筆為旗》，張煒的長篇小說《家族》、《柏慧》和散文集《融入野地》，韓少功的長篇小說《馬橋詞典》和散文集《夜行者夢語》，史鐵生的小說《務虛筆記》和散文《我與地壇》。這些作品在剝離 80 年代理想主義的政治含義的同時，試圖從歷史傳統、民間文化、宗教中，尋找維護精神「純潔性」的資源。在他們的作品中，人的生存意義與價值的「形而上」主題得到強化。

　　作為對特定的政治、物質威權社會的疏離，在 90 年代一些詩人、小說家的寫作中，「個人」經驗獲得特別的含義。所謂「特別含義」，指的是脫離了事實上已經解體的用以整合社會矛盾的意識形態，將未被「同質化」的個體經驗作為觀察、表達的主要依據；也指一些作家質疑整體化的「歷史」、「現實」，而將「歷史」個人化。在詩歌寫作中，遂有「歷史個人化」命題，以及「只為個人寫作」的提出。小說方面，以個人經歷和體驗，以及個人的「片斷」式感受來組織小說，為被不少作家所採用。陳染、林白等女作家的自傳體小說，以「親歷者」身份切入的「新狀態」、「新體驗」小說，都是如此。因此，「個人化寫作」（或「私人化寫作」）是 90 年代作家、批評家談論、爭議較多的話題。

在 90 年代，和對諸多現實社會問題，對現代都市物化生活，在文學創作中的展開，也都出現以前未有的特點。由於寫作與社會的行進保持著「同步」，並在不同程度上呼應消遣性閱讀的需求，這些作品往往重新被「現實主義」理論和方法整合。它們的取材和內涵，表現為兩個不同的方向。一是繼續維持某種整體性的意識形態經驗，來表現現實中政治、經濟、社會中發生的錯綜複雜矛盾，達到虛構性地彌合「發展主義」的現代化目標與傳統社會主義政治遺產之間的裂痕。這在一批被看作是「主旋律」的作品中，有鮮明的表現。另一是著力表現都市層出不窮的「新」現象，都市的消費性生活，市民的生活趣味等，也涉及「體制」外的人與事，如都市白領、個體戶、城市「漂流族」等。80 年代「現實主義」文學處理的對象主要存在於國家「體制」之內，他們通常能夠獲得某種合法的意識形態性。但上述社會現象、人物，舊有的意識形態無法涵蓋或闡釋，作家對他們的把握，也流露出含糊而猶豫不定的狀態。

第二十六章

90 年代的詩

一、90 年代詩歌概況

　　90 年代開始的「散文化」現實，加速了詩歌「邊緣化」的進程，也使詩人與「現實」之間的關係變得複雜起來。這是「歷史」演進的難以阻抑的現象。但是，由於有了 80 年代前期詩人和詩歌群體輝煌地扮演「文化英雄」的記憶，90 年代詩歌向著社會和文化邊緣的滑落，就更讓人印象深刻。海子、顧城等詩人的死亡事件，因此具有一種象徵意味。詩歌讀者日減，與大眾文化消費相比，其所占份額極小。詩歌既不能滿足大眾的消費需求，也難以符合一些批評家的對抗「現實」的批判性功能的預期，因而寫作和閱讀上的「圈子化」現象更加凸出。與這一現象相關的是，在 90 年代，「專職」的詩人已經變得相當罕見。由於靠詩歌維持生計的可能性不大，詩歌寫作者往往需要從事其他文類（散文、小說、報刊專欄文章等）寫作，或者同時從事政經事務，而更多的是擔任大學、報刊、公司機關的雇員。詩人在現代社會的「業餘」身份，此時成為「通例」。詩歌的「滑落」趨勢，誘發了新一輪的新詩「信用危機」，新詩的價值、「合法性」問題再

次被提出[1]。對於這種邊緣化現象，詩歌界反應不一。既有在對 80 年代情景的追憶中，期望詩歌「輝煌」的重振，但也有不少詩人意識到這是一個需要承受的事實，詩歌也只能在這樣的邊緣化中尋得展開之路[2]。

　　90 年代，一些詩人、詩評家敏感地意識到詩歌與歷史關係發生的變化，不約而同的思考、調整自己的詩學信念和寫作路向，調整其寫作姿態、想像方式、語言策略[3]。這種調整，其中，爭論的核心問題，是以「社會現實」、「大眾讀者」的名義來規範詩歌，「還是以詩歌來包容社會與現實，以『詩的方式』來展開語言實踐和文化想像」[4]。詩歌如何處理複雜化的經驗，

---

[1] 與「古典」的「斷裂」使新詩失去其應有的「文化資源」，是新詩不能出現「國際公認」的大詩人的原因。90 年代提出這一問題的最重要文章，是鄭敏的《世紀末的回顧：漢詩語言變革與中國新詩寫作》（《文學評論》1993 年第 2 期）。文章指出，由於以白話為媒介的新詩否定、遺忘、背棄了古典語言和文學傳統，使新詩至今沒有出現世界級的詩人和作品。

[2] 「當詩歌走到一個『邊緣』，它會發現那裏正是它本來的位置──而在這之前它與時代的糾葛與混戰倒成為不可理解的了」（王家新《回答四十個問題》）。「詩歌將習慣於這樣的位置：在某些人那裏它什麼也不意味，而在另外的人那裏，卻充滿了意義。或者說，在大眾無動於衷的地方，詩歌仍會得到某些人的厚愛」（翟永明《獻給無限的少數人》，《稱之為一切》第 212 頁，瀋陽，春風文藝出版社 1997 年版）。

[3] 參見歐陽江河《89 後國內詩歌寫作：本土氣質、中年特徵與知識份子身份》（《今天》1993 年第 3 期）、、西川《寫作處境與批評處境》、于堅《詩人何為》（《詩歌報》1993 年第 5 期）、王家新《回答四十個問題》（《南方詩志》1993 年秋季號）、臧棣《後朦朧詩：作為一種寫作的詩歌》（《中國詩選》，成都科技大學出版社 1994 年版）、王小妮《重新做一個詩人》（《作家》1996 年第 6 期）、蕭開愚《90 年代詩歌：抱負、特徵和資料》（《學術思想評論》1997 年第 1 輯）、程光煒《90 年代詩歌：另一意義的命名》（《歲月的遺照·序》，科學文獻出版社 1997 年版）、唐曉渡《重新做一個讀者》（《天涯》1997 年第 3 期）等文章。

[4] 王光明《現代漢詩的百年演變》第 613 頁，河北人民出版社 2003 年版。

如何恢復「向歷史講話」的能力，是不斷提出的問題。這包括：
「跌落」的，留心生活細節、陰影的詩歌，與精神探索、歷史
承擔之間應建立何種關係，如何有效地實現詩歌對當代題材的
處理等。「轉型」的社會生活和詩人對詩歌的認識，破壞了有
關詩歌具有巨大「政治能量」的幻覺，80年代那種抗爭、宣言
的詩人身份、自我形象，與詩的「敘述人」之間的「浪漫主義」
式重合的情景，也不大可能再回返。90年代的詩歌，從主要的
方面，是向著詩人的個性、詩人的個人經驗收縮的詩歌。「個
人化」是重要（但也不斷引起爭議）的詩歌徵象。詩歌對於複
雜的現實經驗和個人感受的容納，推動了詩人在語言、形式、
技巧上的包容性和開放性的探索。這樣，90年代詩歌出現了與
當代抒情詩歌，甚至與「朦朧詩」的不同的面貌。一些詩人和
批評家，構撰若干「自我敘述」式的「關鍵字」，來描述、指
認90年代詩歌大面積出現的藝術特徵，如「知識份子寫作」、
「個人寫作」、「中年寫作」、「日常性」、「敘事性」、「及
物性」、「綜合」等[5]。這些「關鍵字」涉及寫作身份、立場、
詩歌修辭、風格諸方面。與80年代「第三代詩」質疑、離棄「朦
朧詩」的現象相似，推動詩歌進入90年代這一「詩歌時期」的
詩人和詩評家，也將這些特徵論述為「範型」意義，並在此基
礎上，將「意識」與「事實」，「可能的方面」與「歷史的方
面」交錯、混雜，加速現象的「歷史化」。這種「構造」，當
然不是八、九十年代的新事物，它貫串20世紀新詩的過程。

---

[5]　對這些命題的闡述與討論，在90年代一直持續進行。詞語的不同使用者的
闡釋，既有差異，不同階段的理解也有不同。

　　在 90 年代，專門的詩歌刊物[6]仍在繼續出版。綜合性文學刊物對詩歌的熱情日減，但有的也會闢出一定篇幅支持詩歌寫作[7]。不過，在 90 年代，特別是前期，在詩歌的思想藝術探索、調整上，「民刊」起到更為重要的支持作用，成為展現有活力的詩歌實績的處所[8]。另外，正式出版社詩集的困難，使個人自印詩集成為普遍現象；在排版印刷條件便捷的 90 年代後期更是這樣。詩的傳播除了個人閱讀以外，一些詩人在城市裏的書店、咖啡館、茶室等處所，舉辦小型詩歌朗誦會，不少大學也定期舉辦詩歌節。詩歌朗誦後來也常與歌舞、聲光等結合，在電視臺或成為各種名目的晚會上出現，構成大眾娛樂的一部分。而「網路詩歌」的興起，也是 90 年代後期出現的重要現象。網路的「民主」和「高速度」，既催生、繁殖無數的詩和詩人，也

6　《詩刊》、《星星》、《詩林》、《詩選刊》、《詩潮》、《詩歌月刊》等。

7　如《人民文學》、《花城》、《山花》、《上海文學》、《大家》、《作家》等。

8　關於 1989 年後的中國大陸詩歌「民刊」的情況，參見西川《民刊：中國詩歌小傳統》一文：1989 年後，「詩人們對一種強大的精神存在的期盼迎來了一些全國性的民間詩刊的創立，其中首推《現代漢詩》。《現代漢詩》由芒克、唐曉渡統領，在全國各地輪流編輯。《現代漢詩》頒發過兩次空頭獎項，一次在 1992 年，獲獎者為孟浪，第二次在 1994 年，獲獎者為西川。此外，創刊於 90 年代初期的民間詩刊還有：四川的《象罔》、《九十年代》、《反對》，北京的《發現》、《大騷動》，上海的《南方詩志》，天津的《葵》，深圳的《聲音》，河南的《陣地》，新疆的《大鳥》等刊物。中國社會的轉向加速了中國詩歌的轉向，到 90 年代中期，民間詩刊日益向著小型化、私人化發展，刊載於這類詩刊的作品，其道德意識、政治意識讓位於更精緻、更溫柔的文學，於是在江浙一帶又出了《阿波里奈爾》和《北門雜誌》。這兩本雜誌為更多小型雜誌帶了個頭：北京大學創辦了《偏移》、《翼》，上海創辦了《說說唱唱》，四川、上海和北京的部分詩人一起創辦了一份小雜誌，名字就叫《小雜誌》。」

可能讓藝術探索湮沒其中，或者在迅速傳播與複製中轉化為時尚與濫調。

二、詩歌事件與「活躍詩人」

90 年代的「活躍詩人」，如果按照詩人「代際」分類方法，則有這樣幾個部分。一是「老一輩」詩人，如鄭敏、牛漢、昌耀、蔡其矯等。他們始終保持創造活力，並不斷有新的開拓，是把握 90 年代詩歌的重要構成。二是在 80 年代已初步確立寫作風格，並產生一定影響的「新詩潮」作者，如翟永明、于堅、韓東、王寅、王家新、西川、陳東東、王小妮、歐陽江河、柏樺、呂德安等。其中有的詩人的寫作，在 90 年代取得長足進展。三是雖然 80 年代開始發表作品，但創作個性明顯確立是在 90 年代，如張曙光、孫文波、臧棣、黃燦然、伊沙、西渡等。當然，在 90 年代中期以後，眾多更年輕的詩人開始受到注意。他們大多出生於 60 年代末至七、八十年代。許多人也以小型「民刊」作為聚合、聯結的方式。他們接受了「朦朧詩」、「第三代詩」，以及 90 年代詩歌的藝術經驗，但也表現了相當程度的偏移。「偏移」的對象，包括「制度化」的藝術觀念、方法，詩歌的運動方式，和因急迫的文學史意識導致的策略性寫作，也包含對他們自身的詩歌技藝的調整、反省。另外，80 年代後期以來，一些詩人移居海外。如北島、楊煉、嚴力、張棗、多多、蕭開愚、宋琳等。他們的寫作，自然也是 90 年代詩歌的重要組成，特別是多多、蕭開愚、張棗等，對 90 年代的詩歌進程，都有不同程度的影響。

　　90 年代重要的詩歌事件中，「詩人之死」（海子、駱一禾、戈麥、顧城，以及後來的徐遲、昌耀的相繼自殺）引人關注，在詩歌界以至文化界有過廣泛談論。除去有關各別事件具體原因的分析外，諸多論述常集中在這些現象蘊涵、呈示的「形而上」意義層面。如詩歌在這個失去「遠方的時代」的艱難處境，個體生命價值與時代的緊張關係，以及詩歌的「浪漫騎士」在這樣的處境中，他們的「敏銳與激情」如何反而「成了一把自我傷殘的刀子」等等[9]。不過，於詩歌有執著信念的詩人而言，「詩人之死」並非意味著可能性已被耗盡，而是追尋可能的「轉化」。在被迫（或自覺）保持與「中心話語」（政治的、流行文化的）的必要距離的情境中，詩如何探索人生存的各個方面，如何提供新的感受性，以及開發詩歌的難以替代的文化批判功能，成為他們探索的中心點。

　　90 年代另一受到注意的詩歌事件，是發生於後期的，以「知識份子寫作」和「民間寫作」的「營壘」劃分形態呈現的論爭[10]。與「朦朧詩」時期不同，衝突發生於被稱為「新詩潮」的詩界內部。分裂、論爭的內在根據和直接原因，既表現了詩歌觀念上的分歧，也來自「詩歌秩序」建構引發的「對詩歌象徵資本和話語權力的爭奪」[11]。這次論爭並不是沒有提出有價值的話題。比如，詩人的身份，詩與現實、與當代生活關係，全球化

---

[9]　王光明《現代漢詩的百年流變》第 604-605 頁，河北教育出版社 2003 年版。

[10]　論爭的主要文章、資料，收入王家新、孫文波編《中國詩歌九十年代備忘錄》（人民文學出版社 2000 年版），楊克主編《1998 中國新詩年鑑》（廣州，花城出版社 1999 年版）等書。

[11]　姜濤《可疑的反思及反思話語的可能性》，《中國詩歌九十年代備忘錄》第 137 頁，人民文學出版社 2000 年版。

語境中的漢語寫作問題，語言和寫作行為的權力特徵，文學經典的遴選與文化傳統關係，……擴大來看，論爭也隱含著90年代知識份子分化的「症候」[12]。不過，一開始就出現的開展「運動」的方式（建立高度意識形態化立場，簡化歷史複雜性以劃分對立營壘，以「本質主義」的想像來擴展分歧，不加隱蔽的權力欲望），使有價值的問題難以有效展開。因而，在爭戰的硝煙彌漫中，旁觀者眼中原本莊嚴的詩界，也變得有些含混，且破碎了。

三、幾位詩人的創作

活躍於90年代的詩人，有的（如昌耀、牛漢、鄭敏、蔡其矯、于堅、韓東、翟永明、王小妮等）在前面80年代詩歌的章節中已有評述。

西川[13]大學時代開始寫詩。80年代的作品帶有「古典主義」的特徵，這些「描述自然、農業、愛情、願望的詩篇」[14]，重視

---

[12] 有一種見解是，所謂「知識份子寫作」與「民間寫作」，「前者的姿態，似乎更近似於六七十年代之交，歐洲知識份子『退入書齋，以書寫顛覆語言秩序』、以文本作為『膽大妄為的歹徒』的選擇；而後者則選取某種甘居邊緣的態度，以文化的放縱與狂歡的姿態挑戰或者說戲弄權力。從某種意義上說，『書齋』間的固守與『邊緣』處的狂歡，正是90年代知識份子或曰文化人的兩種最具症候性的姿態。」戴錦華主編《書寫文化英雄》第93頁。

[13] 西川（1963-）原名劉軍，祖籍山東，生於江蘇徐州。1985年畢業於北京大學英語系。現任教教於北京的中央美術學院。出版有詩集《中國的玫瑰》、《隱秘的匯合》、《大意如此》、《虛構的家譜》、《西川的詩》，隨筆集《讓蒙面人說話》，詩文集《深淺》等。

[14] 西川《虛構的家譜‧簡要說明》，《虛構的家譜》第1頁，北京，中國和

抒情的純淨性和語言、節奏的形式感。在《體驗》、《起風》、《在哈爾蓋仰望星空》等一些作品中，表達對與「超驗」、對「無法駕馭」的「隱秘」的興趣與敬畏。雖說西川後來的詩變化頗大，但這些仍是他最好作品的一部分。1989 年及其後發生的「事變」[15]，給他的精神和寫作帶來深刻的影響，認為自此之後「語言的大門必須打開」，詩應是「人道的詩歌、容留的詩歌、不潔的詩歌，是偏離詩歌的詩歌」[16]。以《致敬》、《厄運》、《芳名》、《近景與遠景》這些組詩，以及《虛構的家譜》、《另一個我的一生》等短詩而論，確是將「主體單一性」發生的分裂，將「生活與歷史、現在與過去、善與惡、美與醜、純粹與污濁」的「混生狀態」直接呈現，而不是以前那樣的縮減、提純處理。因而，藝術上便發生從唯美氣質到包容複雜異質性成分的綜合技藝的轉變。不過，早期確立的詩歌信念、技藝特徵的基點，包括對倫理、精神價值，對超越性尺度的關懷，對詩歌創作廣闊文化背景的重視，以及並不展示生活具體情境的細節，而是從體驗出發，借助冥想、回憶、虛構、穿越，來表現帶有「哲理」意味的思考的詩歌方式，仍得到繼續與延伸。雖然詩向世界的多方面開放，事物的黑暗被關注，容納了「不潔」的成分，加入了反諷、「偽哲學」、「偽經書」等「非詩」因素，但對基本文化價值的堅守，「博學多識」對想像力的支持，敘述者的那種「先知」身份、姿態，並沒有削弱，有的時

平出版社 1997 年版。

[15] 指發生於 1989 年的社會政治事件，和他的兩位詩人摯友海子、駱一禾的相繼辭世，以及中國社會的「轉型」等。

[16] 西川《答鮑夏蘭·魯索四問》。

候反倒更加凸出。「靈魂不是獨自出行的,而是伴隨著其他靈魂一道前往的」──這些「其他靈魂」,存在於西川的由「書本的世界」所構成的「家譜」中,這是他從事不同時空溝通、匯合的主要「源泉」。因而,不避誇張地說,在西川的一些重要的作品中,「相形之下,現實世界仿佛成了書本世界的衍生物」[17]。

在海子死後,西川為海子詩文的整理、出版,付出巨大勞動。他並翻譯了龐德、博爾赫斯、巴克斯等人的作品,也寫有不少詩學論文和隨筆。

王家新[18] 80 年代初讀大學時開始發表詩作。一個時期曾被列入「朦朧詩」詩人的行列[19];早期的創作,也的確受到「朦朧詩」詩風的影響。80 年代中期,寫作一組包含有禪道意味的作品(組詩《中國畫》,以及《空谷》、《醒悟》、《蠍子》、《加里‧施奈德》),捕捉一些微妙情境,營造冥想的氣氛。雖說它們與生存經驗相關,但也屬於 80 年代中期「文化熱」的風尚。因為他「本質上」並非「散淡的人」,這種寫作自然只持續短暫時間。王家新詩歌個人風格的建立,並產生較大影響,是在 80 年代末至 90 年代初。這個期間,他發表了《瓦雷金諾

---

[17] 西川《大意如此‧自序》。

[18] 王家新(1957-),湖北丹江口人。1982 年畢業於武漢大學中文系。大學時期開始詩歌寫作。1992-1994 年旅居英國,現為中國人民大學文學院教授。著有詩集《紀念》、《游動懸崖》、《王家新的詩》,及詩論、隨筆集《人與世界的相遇》、《夜鶯在它自己的時代》、《對隱秘的熱情》等。

[19] 1986 年的《詩歌報》和《深圳青年報》聯合舉辦的現代詩大展,和徐敬亞等編的《中國現代主義詩群大觀 1986-1988》一書,王家新都被列入「朦朧詩派」之中。

敘事曲》、《帕斯捷爾納克》等作品。雖然王家新也表達了對
詩歌技藝，對如「刀鋒深入、到達、抵及」的語言的傾慕[20]，但
他不是一個「技巧性的詩人」，他靠「生命本色」寫作，其基
本特徵是「樸拙、笨重、內向」[21]。有不同的詩人，有的讓讀者
記住詩行，寫作者則在詩中消散；有的則不斷塑造「寫作者」
的影像，其「身影」留給我們更深的印象。命運、時代、靈魂、
承擔……這些詞語是他的詩的情感、觀念支架，他將自己的文
學目標定位在對時代、歷史的反思與批判的基點上。這個「時
代主題」，常以獨白、傾訴等略顯單純的方式實現，在詩中形
成一種來自內心的沉重、隱痛的講述基調。寫社會「轉向」作
用於個人的生命體驗的詩作，大多以他與所心儀的作家（葉芝、
帕斯捷爾納克、布羅茨基、卡夫卡……）的溝通、對話來展開。
當「大師」的文學經驗能夠包容、轉化他的生活經驗的時候，
王家新似乎更能找到合適的詩歌方式[22]。

　　王家新 90 年代初旅居國外的經歷，寫進他的《倫敦隨筆》、
《輓歌》等作品中。還嘗試寫作一種介於詩與散文之間的作品，
他稱之為「詩片斷系列」（《詞語》、《另一種風景》、《游
動懸崖》）。除了詩歌寫作外，還有數量不少的詩學論文發表，
對當代詩歌現象和詩歌問題進行思考，並積極參與當代詩歌批
評與歷史建構的活動。

---

[20] 參見他的《一個劈木柴過冬的人》、《詞語》等詩作。

[21] 程光煒《王家新論》，《程光煒詩歌時評》第 175 頁，開封，河南大學出
版社 2002 年版。

[22] 如他在《帕斯捷爾納克》詩中寫的：「這就是你，從一次次劫難裏你找到
我／檢驗我，使我的生命驟然疼痛／從雪到雪，我在北京的轟響泥濘的／
公共汽車上讀你的詩，我在心中／呼喚那些高貴的名字」。

　　歐陽江河[23] 1979 年開始寫詩。1983-1984 年間的長詩《懸棺》，既顯示了他的詩歌才華和雄心，它的龐雜、晦澀也引起爭議。在寫出《漢英之間》、《玻璃工廠》的 1988 年前後，他的寫作取得明顯進展。與那些被認為具有「知識份子寫作」身份的詩人那樣，90 年代初這個時間對他特殊的意義。這個期間，歐陽江河提出、談論「中年特徵」和「知識份子立場」問題。這一方面是他寫《懸棺》時就確立的詩學理想的合理延伸，即將寫作建立在穩固的智慧與學識的基座上。另方面，則是對時代，對詩歌寫作出現深刻變化的體驗：看到生命的無意義的方面，和寫作對於世界的「無力感」。這並不意味著歐陽江河失去關注「現實」的熱情，否定詩歌檢討、質詢世界的承擔。只不過他同時對詩歌的這種檢討、質詢的位置和成效感到疑惑，也轉化為檢討、質詢的對象。因而，在「現代詩」的理解上，他「強調的是詞與物的異質性，而不是一致性」[24]，是在對「現實」的編織中來探索當代人的生存處境。

　　90 年代以後，由於歐陽江河「跨界」（國別的，文化體驗的，工作的專業性質的）的生活經歷，也出於他關注時事、政治、全球化語境中的文化現象的現象，他的主要作品（《計畫經濟時代的愛情》、《傍晚穿過廣場》、《1991 年夏天，談話記錄》、《咖啡館》、《感恩節》、《那麼，威尼斯呢？》、

[23] 歐陽江河，原名江河，1956 年生於四川瀘州。1975 年中學畢業後，曾到農村「插隊」，在軍隊服役。1979 年開始詩歌寫作。90 年代初曾旅居美國。著有詩集《透過詞語的玻璃》、《誰去誰留》，評論集《站在虛構這邊》等。

[24] 歐陽江河《誰去誰留・自序》，《誰去誰留》第 4 頁，長沙，湖南文藝出版社 1997 年版。

《時裝店》等）處理的事實、經驗，有一種「公共」的性質[25]：
廣場、餐館、電影院、時裝店、海關、國際航班……歐陽江河
的詩，有明顯的、而且有意凸出的「修辭」的風格。「他的詩
歌技法繁複，擅長於在多種異質性語言中進行切割、焊接和轉
換，製造詭辯式的張力，將漢語可能的工藝品質發揮到了眩目
的極致。」[26]這為他贏得聲譽（表達了複雜經驗，和在處理這種
經驗時的智慧），也使他受到責難（炫技式的詞語運用可能導
致晦澀，和批判向度的削弱）。歐陽江河詩的數量不多，90 年
代後期以來就更少。那可能是出於關注點的偏移，也出於想保
持寫作水準所面臨的難題。部分原因則可能與他對當今「詩壇」
的失望有關[27]。

　　陳東東[28] 80 年代初在上海的大學讀書時開始寫詩。80 年代
末，與西川等提出詩歌的「知識份子精神」。陳東東有對一種
清澈、明淨的詩歌的追求，他使用了「棄絕」、「逃逸」這樣

---

[25] 同上注，第 5 頁。歐陽江河認為，90 年代以來，「國內詩人筆下的場景大
　　多具有」「仲介性質」，如他和翟永明寫到的咖啡館、圖書館，「還有西
　　川的動物園，鍾鳴的裸國，孫文波的城邊、無名小鎮，蕭開愚的車站、舞
　　台。這些似是而非的場景，已經取代了曾在我們的青春期寫作中頻繁出現
　　的諸如家、故鄉、麥地這類」場景。參見《89 後國內詩歌寫作：本土氣質、
　　中年特徵和知識份子身份》。
[26] 姜濤《失陷的想像》，《在北大課堂讀詩》第 69 頁。長江文藝出版社 2002
　　年版。
[27] 參見歐陽江河《世界這樣，詩歌卻那樣》，《書城》2001 年第 11 期。
[28] 陳東東 1961 年生於上海。1984 年畢業於上海師範大學中文系。著有詩集
　　《明淨的部分》、《詞的變奏》、《海神的一夜》、《即景與雜說》等。
　　80 年代中期，參加了上海詩歌「民刊」《海上》、《大陸》的活動。1988
　　年，與西川等創辦《傾向》詩刊。1992 年《傾向》停刊後，編印詩刊《南
　　方詩志》。

的字眼：「它是一種想要讓靈魂出竅、讓思想高飛、讓漢語脫胎為詩歌音樂的夢幻主義，一種忘我抒寫的煉金術」。靠詞語虛構所創造的「另一個世界」，是「以對照的方式對抗詩人不能接受的醜陋現實，以改變事物意義向度的方式改變事物本身」[29]。早期的詩，如《遠離》、《從十一中學到南京路，想起一個希臘詩人》、《獨坐載酒亭。我們該怎樣去讀古詩》、《雨中的馬》等，蘊涵古典詩歌的韻味：夢幻、追憶、唯美。因為有著上海這個大都市的背景，「明淨」中也有些許迷戀簷雨、暗影、舊宅、落葉、殘菊的「頹廢」。詩的想像、描述具體、細緻；「觀察水的皮膚／觸摸樹的紋理／傾注於四葉翅膀的蛇蛉」（《八月之詩·讓我》）。對詩的節奏的「音樂性」的追求，在詞的選擇，章句的安排上，在當代詩人之中是用力最多的之一。90 年代的社會變遷，以及個人的難以明言的遭遇，在他的詩中也留下「時間」的印痕。變化並非改變基本的詩歌方式。不過，「現實」的情景確被更多關注（如長詩《煉獄故事》，和有關「噩夢」的《解禁書》[30]）。異質的成分（經驗、意象、語調、氣氛……）的加入和形成的衝突，可以清楚辨認。

---

[29] 《明淨的部分·自序》，《明淨的部分》第 2 頁，湖南文藝出版社 1997 年版。

[30] 寫於 90 年代後期的《解禁書》，顯然存在著作者的「傳記性的背景」。對這部作者認為「意義相當特殊」的作品，陳東東說，「我注意到有過跟我相似經歷的那些詩人全都沉默，沒有用詩章去處理他們的那種遭遇。我很能理解，……但是我意識到，要是我的詩藝並不能處理那些令人憎厭的經驗，我也就不必繼續我的詩歌寫作了。……既然寫的是《解禁書》，我的詩歌觀念也不妨又一次解禁。難度在於把噩夢嵌進詩行使之成為詩。不過我做到了。被嵌進詩行，噩夢就好像不再，或只不過是一場噩夢……」《既然它帶來歡樂……陳東東訪談錄》。

而原先的輕盈、舒緩，有時也會變得匆促、急驟。短詩而外，組詩是陳東東所樂於採用的形式：想像有了迴旋的伸展空間。他還寫有隨筆等散文作品，如《詞・名詞》、《位址素描或戲仿》、《流水》等。

蕭開愚[31] 80 年代中後期與四川的「非非」、「莽漢」、「整體主義」詩人有密切交往，但他的名字未曾見諸這些派別的花名冊上。在某種意義上，可以看作是個「游離分子」。在若干場合，他表示了對詩的「當代性」，也即對當代社會生活變動的敏感，和尋求在詩歌語言強度上對這種體驗的把握的重視。蕭開愚是個詩歌實驗、藝術革新的熱心者，對形式、風格的創新抱有極大熱情；各個時期，甚至同一時期的不同作品，變化幅度頗大。早期的一些短詩，有一種清新、典雅的傳統風格。80 年代末至 90 年代中期，反諷的敘事和戲劇性的分量加重，並貫穿著對社會發言的主題傾向（《向杜甫致敬》、《國慶節》、《動物園》、《中江縣》、《嘀咕》、《傍晚，他們說》、《艾倫・金斯堡來信》等）。旅居德國之後，作品（《安靜，安靜》等）更注重對人的本性，對自然、命運、自我的發掘，而技藝的多向度探索也更自覺。他的實驗涉及範圍廣泛，如現實生活場景與超現實想像的處理，反諷敘事對抒情的改造，俚俗口語、四川方言的運用，句式、節奏、體式的變換等。近來的不少作

---

[31] 蕭開愚（1960-），四川中江人。畢業於醫科院校。80 年代中期開始寫詩。1992 年移居上海。1997 年以後旅居德國。現任教於河南大學。從 1986 年起，自印過《植物，12 首》、《漢人，27 首》、《前往和返回》、《地方誌》、《向杜甫致敬》等詩集多部。「正式」出版的詩集有《動物園的狂喜》、《學習之甜》、《蕭開愚的詩》等。

品，在修辭方式上增加適度的「喜劇」因素。這種讓詩呈現「輕盈」體態。這不完全出於炫耀技藝的樂趣，其動機主要還是來自尋找準確、有力表現的需要，以達到「令人震撼的強度」[32]。

孫文波[33]在80年代曾是「四川七君」的一員。在90年代，參與多種詩歌「民刊」的創辦[34]。80年代的創作也有一些好作品，但並未形成自己的特色。後來他對此有所「反省」，並確立了「從身邊的事物中發現需要的詩句」的基本寫作路向。對日常生活，準確說是「身邊的事物」的講述，和從詩學理論上概括的「敘事性」，是90年代孫文波寫作的主要特徵。他的詩具有平易、親切，和堅實的道德感等可信賴的性質。當代社會諸多方面的日常情境與細節，是他的詩最通常的「入口」，構成他那些重要作品（《在無名的小鎮上》、《聊天》、《散步》、《鐵路新村》、《南櫻桃園紀事》、《節目單》）的主要「元素」。因而一些詩也被稱為「風俗詩」。但孫文波不是「日常經驗」的崇拜者。強烈而執著的歷史關懷和人文視角，對生活與自我的嚴格審視，提升了「日常經驗」的詩意質量。90年代的大多數時間裏，孫文波身在「異鄉」的北京。但他與這個城市，從整體精神上並沒有產生親和感，常說是自己是個「異鄉人」。歷史與現實的頹敗之處給他印象深刻（記憶對他來說已不是經常有用的慰藉），這使他的詩，在反諷、自嘲中有「潮

---

[32] 參見張曙光《動物園的狂喜·代序》，北京，改革出版社1997年版。

[33] 孫文波（1959-），四川成都人。當過「知青」，服過兵役。現居北京。1985年開始寫詩，也從事詩歌批評寫作。著有詩集《地圖上的旅行》、《給小蓓的儷歌》、《孫文波的詩》等。另出版有評論集《寫作，寫作》。

[34] 如《紅旗》（1990）、《九十年代》（1990-1991）、《小雜誌》（1997-1998）。

濕的黑暗」的潛流，有漂泊的孤獨感和辛酸。孫文波是樸實、謙遜的詩人。他的藝術的主要之點，是敘述中在對詞語的選擇、安排、控制所形成的縮放有致的節奏和語調，是「敘事」過程中想像提升的分寸感。有時也意識到寫作風格的某種單一性，而嘗試更大的概括力，寫出如《祖國之書，或其他》這類作品：不過它們在孫文波的創作中尚不很多見。

張棗[35] 80年代初的《鏡中》、《何人斯》，就表現了和當時的詩歌潮流不同的特質，而長久為有些讀者所記憶。80年代中期，張棗赴德國求學，並在那裏的大學任職。他的詩延續了早期的「古典」特徵：對「小事物」觀察的多角度變化，對詞語（聲音、色澤、質地）細緻、柔韌性質的發掘與精心安排；節奏、韻律上的關注。詩的取材雖然是日常事物，卻常有夢幻式的推演。在「語勢」（90年代流行的詩學語彙）上，不是呈現柏樺那樣的突兀、急促，而表現了對於智慧、新穎期待的耐心。90年代以後，張棗的「抒情方式」趨向複雜。主要的一點，是以「對話式」來取代獨白式的抒情。張棗認為，「對話是一個神話，它比流亡、政治、性別等詞更有益於我們時代的詩學認知。不理解它就很難理解今天和未來的詩歌」[36]。「抒情方式」的這種轉化，在90年代的詩人那裏當然不限於張棗；但他更為自覺。對話的對象可能是友人，是親屬，是某個詩人，某一文

---

[35] 張棗1962年生於湖南長沙。1978年就讀於湖南師範大學外語系，1986年獲四川外語學院英美文學碩士學位，同年起旅居德國。1996年獲德國圖賓根大學文學博士學位，並在該校任教。著有詩集《春秋來信》等。

[36] 參見 Susanne Cosse《一棵樹是什麼？》，《語言：形式的命名》第344頁，人民文學出版社1999年版。

本的意象,「自我」的虛擬或拆分,或確定的、想像中的「知音」
讀者。於是,詩中常漂浮著某些「隱秘的資訊」。它的傳遞得到
一些讀者會心的領悟與參與,而因時空際遇的不同,和對想像方
法的陌生,卻對另外的讀者產生阻隔;因而這種抵達「知音」的
想望本身,就包含了失敗的悲劇。張棗詩的數量並不多。重要作
品還有《楚王夢雨》、《燈心絨幸福的舞蹈》、《秋天的戲劇》、
《雲》、《卡夫卡致菲麗絲》、《跟茨維塔伊娃的對話》等。

　　柏樺[37]一直以「抒情詩人」的形象出現;他也自嘲地說他的
作品「仍回響著陳舊的象徵主義的聲音(甚至浪漫主義的聲
音?)」[38]。大學時代開始寫詩。他「機敏細緻」,具有「將迷
離的詩意彈射進日常現實深處的本領」[39]。寫於 1981 年的《表
達》常被看作是他的「代表作」。連同《夏天還很遠》、《懸
崖》、《望氣的人》等,有一種「幻美」的「輓歌氣質」,流
動著「南方式的多愁善感和厭煩」[40]。批評家普遍認為,從中可
以看到波德萊爾,和晚唐溫、李的影子。在自傳性著作《左邊

---

[37] 柏樺,1956 年 1 月生於重慶。1982 年畢業於廣州外國語學院英語系。曾在
　　中國科學技術情報研究所重慶分所、西南農業大學、四川外語學院、南京
　　農業大學任職。現為西南交通大學文學院教授。著有詩集《表達》、《望
　　氣的人》、《往事》,自傳《左邊——毛澤東時代的抒情詩人》。

[38] 柏樺《左邊——毛澤東時代的抒情詩人》第 184 頁,香港,牛津大學出版
　　社 2001 年版。

[39] 張棗為柏樺的《左邊》一書所寫的序(《消魂》)。張棗在這裏提出,如
　　果北島是「朦朧詩」的主要代表的話,柏樺「無疑是 80 年代『後朦朧詩』
　　最傑出的詩人」。

[40] 詩評家認為,柏樺尋找的是「舊時代那個怪癖纏身的『內在的自我』」(陳
　　超);「他的作品裏混淆著唐後主李煜和晚唐溫、李二人的氣味」,「分
　　明透露著『夢裏不知身是客』的刻骨銘心和心灰意懶相交織的亡國之音」
　　(程光煒)。

——毛澤東時代的抒情詩人》一書裏，柏樺把這稱為「下午」的性格、氣質。他的寫作，表現為一種「天賦」式的衝動和揮發；這與他的朋友（如張棗、鍾鳴等）在詩藝上著力於「講究」構成兩途。柏樺詩歌對象是「幻象化」的，即便是《瓊斯敦》那樣有明顯事實印記的作品也不例外。他的詩情具有一種孤單者的敏感，和「神經質」的盲目力量。80年代末那些語句突兀、急促，因自省、焦慮而顯得「面部瘦削」的作品（《衰老經》、《現實》、《未來》），令人印象深刻。從詩歌的藝術經驗而言，他在語言上實施的「暴力」，也許對於寫詩歌深厚的陳詞濫調淤積物，會發生某些「爆破」的震驚效果。

　　張曙光[41]大部分時間裏，並未躋身於八、九十年代的詩歌派別、詩歌運動之中；也許是身處北方邊隅，或是生性使然[42]。大學時期開始寫作，受到注意要遲至90年代初。大約從詩《1965年》（寫於1984年）開始，張曙光就逐漸形成關注「個人日常經驗」，主要採用「陳述」語調，講究語言的具體、結實的傾向。他對矯正當代詩歌在經驗表達上的「精確性」嚴重不足的缺陷有充分的自覺。相對而言，他的詩沒有複雜的技巧，某個

---

[41] 張曙光（1956-），黑龍江望奎縣人。文革中曾下鄉「插隊」。1982年畢業於黑龍江大學中文系。後在哈爾濱的出版社、報社任職。著有詩集《小丑的花格外衣》。譯有葉芝、里爾克、米沃什等的作品。

[42] 這裏的行文，也使用了張曙光詩中常用的連接詞「或」。有批評家注意到他的這一用詞習慣，認為這是表現了張曙光在處理時間上的「延宕」（冷霜，見《在北大課堂讀詩》第310頁）。但也可以理解為一種「懷疑主義」的猶豫（「莊重而嚴肅的意義／或者沒有意義」）。關於張曙光與詩歌「江湖」的關係，他自己解釋說，「我確實或多或少地與詩壇（這如同武俠小說中的江湖一樣，既實在又虛妄）保持一定的距離——這一半是由於我的性格使然，一半是我相信藝術家靠作品決定成敗的老話……」（《關於詩的談話》，《語言：形式的命名》第257頁，人民文學出版社1999年版）

場景，某一回憶，一些「言論」，靠聯想、思索和語調加以組接。詩意連貫、自然，並注重深思、冥想氛圍的營造，具有一種由語調所支撐的整體感。雪在張曙光的詩中不僅是佈景。它既是經驗的實體，也是思緒、意義延伸的重要依據：有關溫暖、柔和、空曠、死亡、虛無等。死亡也是經常觸及的「主題」。在若干作品裏（《疾病》、《西遊記》、《公共汽車上的風景》），他表達了對「當下」生活的不信任，和是否可能把握「現實」的疑問。他的詩表達了這樣的意念：通過寫作讓已逝的事物復活，抓緊「記憶」，是「失敗者」可望獲救的憑藉，以維持關於自我、生命的自足的幻覺。這樣，時間在他的詩裏便是基本的支撐點。由「那一年」，「那一天」，「那時」，「後來」，「以後好些年」所引領和擴展的詩行，表達對「時間」所給予的溫暖的感謝，也表達面對時間的壓力所產生的恐懼。

　　臧棣[43]認為，「每一個時代的詩歌寫作，其實都是處理它所面對（經常是有意選擇）的其自身的詩歌史的問題」[44]。他的寫作始終呈現的「實驗」色彩，正根源於有抱負的詩人與「自身的詩歌史問題」之間的「緊張」關係之上。臧棣曾有這樣的判斷，「90年代的詩歌主題實際只有兩個：歷史的個人化和語言的歡樂」[45]。

---

[43] 臧棣 1964 年生於北京。1983 年就讀北京大學中文系。後在該校讀研究生，先後獲得文學碩士、博士學位。曾一度在中國新聞社工作。大學期間開始詩歌寫作。曾參與創辦「民刊」《發現》、《標準》。著有詩集《燕園紀事》、《風吹草動》、《新鮮的荊棘》。編選《里爾克詩選》、《北大詩選》等多種選集。

[44] 臧棣《人怎樣通過詩歌說話》，《風吹草動》第 2 頁，中國工人出版社 2000年版。

[45] 臧棣《90 年代詩歌：從情感轉向意識》，王家新、孫文波編《中國詩歌 90年代備忘錄》第 246 頁，人民文學出版社 2000 年版。

用於描述 90 年代詩歌寫作特徵是否允當另當別論，如指認他的詩歌寫作趨向，則相當確切。以「歷史個人化」來看臧棣的寫作，則「個人化」不僅意味著「歷史」只是個人經驗的「歷史」，也不僅指「歷史」被擴散、投射至個人生活、意識、情感的各個角落，還意味著「詩歌書寫者」的「個人」的身份。在具體的意識傾向和措辭風格上，他強調與中國新詩「宏大」的主流格調偏離的「專注於『小』」、「從容於『精細』」的向度。臧棣的詩，具有清晰、簡潔的形態，表現他對現代漢語在聲音、詞義、句法上的「可能性」發現的敏感。他執意離開、並企圖改造新詩強大的浪漫抒情傳統。早期的「象徵主義」的那種重視幻象、感悟的詩風，也向著更重視「觀察」、「智性」傾斜的情況；詩呈現了由懷疑、辯詰、改寫、翻轉、分裂、自省等因素所組織、推演的「對話」結構。其結果不是簡單更換「答案」，借著詩歌獨特的視域、想像方式，自然、社會與人性的黑暗、然而也「可愛」（部分來自語言操練所引起的「樂趣」）的「深淵」的隱秘，得到揭發和審視。作為一個固執的探索者，臧棣的詩歌道路自有其「風險」；他也受到來自來兩個極端的評價。處身特定社會歷史和詩歌語境，在語言的「遊戲性」與語言遊戲之間，在抒情性與「智性」，在「以小見大」、「少就是多」與「小」就是「小」之間，在詩人與文本之間，在粗礪的活力與精緻圓潤之間，其意義、價值的判定從來就不會穩定。困難在於，過於偏激與銷蝕鋒芒，都可能是問題；而所有的實驗者都難以做到萬無一失。

第二十七章

90 年代的小說

一、長篇小說的興盛

　　代替中篇小說在 80 年代的重要地位，長篇小說在 90 年代成為陳述這一時期文學成就的主要舉證對象。大約從 1993 年開始，長篇的數量逐年迅速增加[1]。活躍的小說家幾乎都有一部或多部長篇小說問世。長篇小說的興盛，也許可以視為作家、文學「成熟」的某種標誌：作家可以用較長時間專注於一部作品的創作，並能就更廣泛、複雜的問題做出表達，融入更豐厚、深入的思考和體驗。但長篇的興盛也與作家普遍增長的「文學史」意識有關：標誌文學成就的敘事文體，顯然更多由長篇承載[2]。自然，長篇又具有一種「文體的經濟性」；在作家方面，長篇小說在日漸「完善」的文化市場上佔有有利地位；長篇的奇聞軼事和故事性，在滿足不斷增長的消遣性閱讀的需求上更具魅力，也有改編為影視作品的更大可能性。也就是說，長篇

---

[1]　90 年代前期，每年出版的長篇有二、三百部。中期以後數量猛增，到 1997 年已突破一千部。

[2]　人們清楚看到，獲得諾貝爾文學獎的小說家，許多都以某部長篇作為標誌。在中國，獎賞各種短篇文體（短篇、中篇小說、散文等）的魯迅文學獎，其地位、影響，顯然不及專以長篇小說為對象的茅盾文學獎。

小說的熱潮，與大眾文化的發展有直接關係。另一不應忽略的原因，是社會「轉型」時期，國家意識形態部門在確立「文化主導權」所實施的「戰略工程」中，對長篇敘事作品的特殊關注。

在 90 年代的長篇[3]中，「歷史題材」在佔有很大的份量。二月河[4]的「帝王序列」（《康熙大帝》、《雍正皇帝》、《乾隆皇帝》等），唐浩明[5]的《曾國藩》，凌力[6]的《少年天子》，劉斯奮[7]的《白門柳》等，是其中影響很大的作品。在 90 年代，

3　對 90 年代的長篇小說，有研究者曾有「歷史長篇」、「家族長篇」、「象徵寓言長篇」、「懷舊長篇」、「社會問題長篇」、「都市長篇」、「女性主義長篇」的分類（雷達《90 年代長篇小說述要》，《電影藝術》2000 年遞 6 期）。這裏採用了其中「歷史」、「家族」的題材分類概念。

4　二月河，原名凌解放，1945 年生於山西昔陽。高中畢業後入伍，1978 年轉業至中共南陽市委。出版有《康熙大帝》、《雍正皇帝》、《乾隆皇帝》等。

5　唐浩明（1946-），湖南衡陽人。1970 年畢業於華東水利學院（河海大學前身），1982 年畢業於華中師範學院（現華中師大）獲文學碩士學位後，到湖南嶽麓書社工作。現任總編輯。曾從事湖南地方文獻的整理編輯工作。參與編輯出版的主要圖書有《曾國藩全集》、《胡林翼集》、《20 世紀湖南文史資料文庫》、《商用二十五史》等。著有長篇歷史小說《曾國藩》、《曠代逸才——楊度》、《張之洞》等。

6　凌力，原名曾黎力，籍貫江西，1942 年生於延安。1965 年畢業於西安軍事電信工程學院後，從事工程技術工作。1978 年進入中國人民大學清史研究所，開始清史研究和文學創作。出版有長篇小說《星星草》、《百年輝煌》（包括《少年天子》、《傾國傾城》、《暮鼓晨鐘——少年康熙》）、《夢斷關河》等。

7　劉斯奮，廣東中山人，1944 年生。1967 年畢業於中山大學中文系。畫家，小說家。著有長篇歷史小說《白門柳》，共《夕陽芳草》、《秋露危城》、《雞鳴風雨》三部。另編選有黃節、梁啟超、蘇曼殊、周邦彥、辛棄疾、張炎、姜夔、陳寅恪等的詩文選。

所謂「家族」題材的長篇在數量和藝術質量上也引人矚目。對中國現代歷史變遷作「全景式」的「史詩性」描述，仍是不少小說家難以解開的情結。作為對「十七年」單一的「階級」視角的改寫，這個時期的「家族小說」竭力融入政治、經濟、黨派、宗族、文化、欲望等複雜交錯的因素。這一類型的作品，有《白鹿原》（陳忠實）、《九月寓言》（張煒）、《舊址》（李銳）、《第二十幕》（周大新）、《繾綣與決絕》（趙德發）、《茶人三部曲》（王旭峰）等。長篇創作的另一重要的現象，是 90 年代中期出現的社會問題長篇的持續熱潮，這一現象在當時得到「現實主義衝擊波」的描述。「現實主義」的「召回」，實現了文學界許多人對文學「貼近」生活、讀者的預期。

　　由於 90 年代長篇創作在題材、形式上的多樣性，上述的類型描述只是局部有效，許多作品並不能簡單歸類。在這個期間湧現的大量作產品中，《許三觀賣血記》（余華）、《一個人的戰爭》（林白）、《白鹿原》（陳忠實）、《廢都》（賈平凹）、《心靈史》（張承志）、《九月寓言》（張煒）、《長恨歌》（王安憶）、《豐乳肥臀》（莫言）、《馬橋詞典》（韓少功）、《無風之樹》（李銳）、《欲望的旗幟》（格非）、《塵埃落定》（阿來）、《務虛筆記》（史鐵生）、《日光流年》（閻連科）等，對瞭解 90 年代長篇小說創作的面貌和思想藝術水準，具有一定的代表性。從這些作品不難看出，長篇的藝術探索在 90 年代取得明顯的進展。80 年代作家對小說文體的關注，已逐漸融入前沿作家的創造之中。

　　1993 年無疑是個長篇創作獲得重要收穫的一年[8]，尤其是《白鹿原》、《廢都》的出版，它們在京城引起的熱烈，在當時被稱為「陝軍東征」。對《廢都》的評價，還成為 90 年代前期「人文精神」論爭的重要部分。

　　陳忠實[9] 60 年代中期開始發表作品，80 年代也有中短篇面世，影響並不大。傾注多年心血的《白鹿原》的出現，很快產生巨大聲望[10]。書的扉頁有「小說被認為是一個民族的秘史」的題辭，從中可以見識作家那種當代小說「史詩性」的創作意圖和抱負：將對個人、家族、村莊的經歷、命運的講述，放置於現代史的廣闊背景中，聯結重要的歷史事件，以探索、回答歷史變遷的因由和軌迹，以及有關鄉村、民族命運的問題。小說所表現的，是始自清末訖於 40 年代內戰的 50 年中，渭河平原

---

[8]　這一年發表（出版）的長篇還有：《我的帝王生涯》（蘇童）、《在細雨中呼喚》（余華）、《呼吸》（孫甘露）、《施洗的河》（北村）、《紀實與虛構》（王安憶）、《蒼河白日夢》（劉恒）、《故鄉相處流傳》（劉震雲）、《舊址》（李銳）等。

[9]　陳忠實 1942 年出生於西安市。1965 開始發表作品。著有長篇小說《白鹿原》，中短篇小說集《初夏》、《藍袍先生》、《四妹子》、《夭折》、《鄉村》、《日子》，另出版有《陳忠實小說自選集》（分短篇、中篇、長篇三卷），《陳忠實文集》（1-7 卷）。

[10]　最初刊於《當代》（北京）1992 年第 6 期和 1993 年第 1 期。人民文學出版社 1993 年 6 月出版。1997 年第四屆茅盾文學獎評時，陳忠實在按照評委會的修訂意見（修改意見為：「作品中儒家文化的體現者朱先生這個人物關於政治鬥爭『翻鏊子』的評說，以及與此有關的若干描寫可能引出誤解，應以適當的方式予以廓清。另外，一些與表現思想主題無關的較直露的性描寫應加以刪改。」見《文藝報》1997 年 12 月 25 日）進行修改後，「修訂本」獲第四屆茅盾文學獎。獲獎宣布與「修訂本」出版均在 1997 年 12 月。《白鹿原》出版以來，報刊發表的評論、研究文章有三百多篇，並有多部研究專著出版。有的大學（西安工業大學）還成立了「陳忠實當代文學研究中心」。

白、鹿兩個家族的起伏沉浮與歷史風雲之間的糾結[11]。小說濃郁的風土氣息，在過去的「當代」的鄉村小說中被刪除的風土習俗，那種與儒家文化傳統相關的宗族制度，祖訓鄉約，祠堂祭拜，「耕讀傳家」的書院等等，構成日常生活的基本內容。在小說中，白嘉軒、鹿子霖、田小娥、朱先生等形象豐滿且有性格深度。對儒家文化精神、規則身體力行，並殫精竭慮用以建立白鹿村的生活秩序的白嘉軒，無疑是精心塑造的具有理想色彩的人物。在他身上，寄託著作家對於儒家文化的現代意義的信念。小說可貴之處在於，它沒有完全迴避以「傳統」文化支撐的個人、家族、村落，在現代觀念、制度的包圍、衝擊之下出現破裂與退敗。這也是小說中的失敗感和濃郁的「悲涼之霧」產生的根源。只不過，《白鹿原》對這種裂縫、衝突、失敗的敘事，沒有留出足夠的空間，《白鹿原》敘事結構上存在的脫節、矛盾，是作家的信念與經驗「在文本之中形成的致命的傷口」[12]。

阿來的長篇《塵埃落定》1988年出版後，好評如潮[13]。小說寫川藏間的康巴地區藏民在現代的生活變遷。題材的某種傳

[11] 這種時間、空間上的結構方式，見諸「當代」的「一代風流」（歐陽山，《三家巷》、《苦鬥》等）、《紅旗譜》（梁斌，包括《紅旗譜》、《播火記》、《烽煙圖》）、《創業史》（柳青），甚至話劇《茶館》（老舍）等作品。

[12] 南帆《後革命的轉移》第189頁，北京大學出版社2005年版。

[13] 阿來，藏族，1959年出生於四川阿壩藏區馬爾康縣，畢業於馬爾康師範學院，當過五年鄉村教師。80年代初開始詩歌創作，後轉向小說創作。主要作品有詩集《稜磨河》，小說集《舊年的血跡》、《月光下的銀匠》，長篇小說《塵埃落定》、《空山》。《塵埃落定》1998年出版，2000年獲得第5屆茅盾文學獎。

奇、新異，無疑是吸引讀者的因素之一；這其實也是小說作為一種現代文類的特質。藏族土司制度、文化的興衰，藏族原始神話，部族傳說，民間故事謠諺，神法巫術，音樂舞蹈……在作品中是故事的組成部分。小說採用第一人稱敘述方法。麥其土司的傻瓜兒子既是重要人物，也是故事的講述者。這種「不可靠的敘事人」（智障者、無法長大的孩子，以及對成人世界的孩子視角等）敘述方法，在現代小說並非罕見。選擇這一視角，可能體現了作者的一種「邊緣」自覺意識。在這一人物身上，表現的是一種游離於「中心」的觀察、體驗和情感，這一人物在家族內部受到的排斥和悲劇結局，又寓意了人類某些基本事物、精神的渙散、逝去。小說因此有一種悲涼感。阿來稱自己是「用漢語寫作的藏族作家」，又說他是「穿行於異質文化」的「流浪者」。他長期生活於城鎮之外的鄉野，但也已完全融入現代社會。用漢語交流、書寫，但作為母語的藏語，仍是他走出城鎮之外的日常口語。他吸收異民族的文化養分，但藏族民間傳承，它的思維、感受方式仍是他的根基。他進入敘事寫作，但早期詩歌寫作的經驗也加入期間。從不同語言、文化、文類之間，他發現心靈、想像、表達上的異同，「邊緣」身份和經驗的體認，顯然有助於感受和意義空間的開掘、拓展。因而，《塵埃落定》不僅是對特殊、詭異的風情習俗的展示。作者對小說語言有自覺追求。詞語句式輕靈，但不淺薄；境界的營造不是靠情緒渲染，而主要由細節刻畫來實現；這表現了在激情表達上的控制力。作品中的某種內在「魔幻」色彩，也增加了感性的厚度。

二、小說創作與文化事件

在90年代，對一些小說的評價，以及由此引申的問題，不僅關係到作品自身，而且成為受到關注的文化事件。它們或者是引發文化論爭的觸媒，或者成為論爭展開的「平臺」，從中折射出這個時期複雜的文化現象和文化衝突的某些「症候」。這些事件包括：對王朔小說創作的爭議，女性作家的「私人寫作」，《廢都》、《白鹿原》等長篇的出版，對王小波的評價，「現實主義衝擊波」，《馬橋詞典》事件等。

王朔[14]的小說創作開始於70年代末，他的作品產生某種挑戰性的衝擊，發生在1988年以後[15]。他的水準參差不齊的小說創作（主要是《一半是海水，一半是火焰》、《頑主》、《玩的就是心跳》、《千萬別把我當人》、《我是你爸爸》、《動物兇猛》、《過把癮就死》等）中，《動物兇猛》是較為出色的一部。這一寫「文革」生活的中篇，表現了與80年代同一題材的多數作品不同視角和處理方式，相對於「集體性」的敘事，「個人化」歷史敘述的傾向有了最初的顯示。它因挑戰「文革」

---

[14] 王朔，1958年生於北京。1976年中學畢業後，曾在海軍北海艦隊服役。1978年開始創作。出版的長篇小說、中短篇小說集和電視系列劇本有《空中小姐》、《愛你沒商量》、《千萬別把我當人》、《海馬歌舞廳》、《編輯部的故事》、《我的千歲寒》、《我是你爸爸》、《動物兇猛》、《騷動年華》等。另有《王朔自選集》和《王朔文集》等。

[15] 「王朔現象」不止表現在文本內部，而且表現在文學生產的其他方面。他是當代具有實質（市場）意義的「暢銷書」作家。是自覺將文學創作與權力日益膨脹、影響日益擴大的傳媒聯姻的作家。《王朔文集》在1994年的出版，也改寫了當代有關經典作家「文集」編輯、出版的成規：在五、六十年代，有資格出版文集的作家，是經過嚴格篩選的有「定評」的經典性作家，如郭沫若、茅盾、巴金、葉聖陶等不多的幾位。

的統一書寫而引起爭議，卻拓寬了這一敏感題材的表現空間。
另外的多部小說中，「頑主」是中心形象：既是作品主角，也
是敘事人顯示的姿態。這些人物表現了對作為主體中心的意識
形態的抗拒傾向，故事在世俗的日常生活情境中展開。作為這
一形象的基本特徵的，是那種調侃、嘻笑怒罵為基調的語言。
它們吸收了當代北京某一區域流行的土語、俗話，並挪用、戲
仿政治和精英文化的權威話語。針對王朔的爭議，主要不是發
生在藝術的層面，而是思想、精神上所做的選擇；因此，它成
為「人文精神」討論的一個組成部分，主要涉及對作品的精神、
道德傾向的不同理解、評價。這種爭議，部分原因來自於文本
內在的「混雜性」。對主流政治文化的顛覆、批判，與對批判
的內在消解；對精英文化的嘲笑，與對這種文化身份的依戀靠
攏；「有意識地與那種『高於生活』的文學、教師和志士的文
學或紳士與淑女的文學拉開距離」，但也不願意將距離拉的過
大，真正進入「大眾」或「通俗」文學的領域。這種具有「轉
型期」特徵的寫作姿態上，和文體上的「混雜性」，使讚賞者
從中發現了對「偽道德偽崇高偽姿態」的顛覆，發現那些玩世
言論是「對紅衛兵精神與樣板戲精神的反動」[16]的批判性，但也
讓批評者的責難有了根據：它們放逐了「承擔」，取消「生命
的批判意識」，是以調侃的姿態來迎合大眾看客的愛好噱頭的
心理。

　　90 年代中期以後，大眾文化逐漸確立在文化市場的穩固
地位，文化的分流已趨清晰。王朔這種「混雜性」姿態賴以

---

[16] 王蒙《躲避崇高》，《讀書》（北京）1993 年第 1 期。

存在的空間日漸縮小，其創作困境的顯露和方式調整，也是自然的事。

王小波[17]和王小波之死，也可以說是90年代的重要文化事件。對這一事件的持久談論，和在「民間」長時間維持的熱度，既指向文學創作，也指向有關知識份子的身份、道路、責任等的時尚問題[18]。因此，如果僅將王小波視為「小說家」，或許會被認為是對其價值的降低和縮減。在許多人心目中，他的「標準身份」（「浪漫騎士、行吟詩人、自由思想家」[19]），在他去世時已被確立。但其實，小說應該是他最重要的創造；這種創造，可以和他的「傳記材料」建立起「互文」關係[20]，但沒有「傳

---

[17] 王小波1952年生於北京。「文革」期間在雲南當農場職工，在山東牟平插隊，做過民辦教和北京的教學儀器廠、半導體廠工人。1982年中國人民大學貿易經濟系畢業後，任中國人民大學分校教師。1984年至1988年就讀美國匹茲堡大學東亞研究中心研究生。回國後先後在北京大學、中國人民大學任教職。1992年起辭去「公職」成為「自由撰稿人」。1997年4月11日病逝於北京，年僅40。出版的長篇小說和小說集有《黃金時代》、《白銀時代》、《青銅時代》、《黑鐵時代》、《唐人故事》、《萬壽寺》、《紅拂夜奔》，雜文隨筆集《思維的樂趣》、《我的精神家園》、《沉默的大多數》、《個人尊嚴》、《思想者說》（與李銀河合著），書信集《假如你願意你就戀愛吧》、《愛你就像愛生命》（與李銀河合著），調查報告《他們的世界——中國男同性戀群落透視》、《東宮·西宮》（調查報告與未竟稿精品集）。另有四卷本的《王小波文集》和十卷本的《王小波全集》。

[18] 陳曉明認為，「作為一種象徵行為，其最重要的意義在於：他打破了文學制度壟斷的神秘性表明制度外寫作的多種可能性」。《表意的焦慮》地321頁，中央編譯出版社2002年版。

[19] 李銀河《浪漫騎士·行吟詩人·自由思想家》，《時代三部曲》代跋，《青銅時代》第621頁，廣州，花城出版社1997年版。

[20] 這包括他的創作在身前不被理解，文學界反應冷淡，也包括他辭去高校的穩定「公職」，充當「自由撰稿人」，以及他不屬任何文學、社會機構、集團的那種「邊緣」身份，等等。

記」上的這種支持，其價值也不見得就會減損。作為一種文化
現象，在對王小波所做的闡釋中顯現出不同的方面。由於王小
波的評價仍存在許多曖昧之處，由於 90 年代以來，學術、文學
界日益膨脹的對體制、權力的普遍迷戀，王小波對「自由」的
爭取和論述，一定程度被「偶像化」；他的最值得重視的「反
神話寫作」，被構造為「新的神話」，並多少「掩沒」了他作
為一個「獨特的作家」的存在[21]。另外的理解，則是將他納入「流
行文化」的範疇之中。從 90 年代「大眾文學」與「嚴肅文學」
關係的層面看，王小波的創作確也具有某種「混雜性」，具備
可以為大眾傳媒持續感興趣，並按照流行文化方式運作的因
素。但王小波的價值，正在於他的想像、文體、語言的那種抗
拒流行模式的原創性。這種帶有「先鋒」意味的創造，既「背
向」現存文化體制與觀念，也「背向」「大眾」和「流行文化」
（即便是八、九十年代的「文化熱」、「人文精神論爭熱」也
在內）[22]。

　　王小波的小說，如《黃金時代》、《革命時期的愛情》等，
處理的也是「文革」歷史和「文革」經驗。但顯然，他與以前

---

[21] 參見戴錦華《閱讀王小波》一文的論述。對王小波重要的評論、研究，可
　　參見《浪漫騎士──記憶王小波》（艾曉明、李銀河主編，中國青年出版
　　社 1997 年版）和《不再沉默──人文學者論王小波》（王毅主編，光明日
　　報出版社 1998 年版）中，艾曉明、戴錦華、崔衛平等的論述。
[22] 「即使拋開今日已變得『可疑』的審美價值判斷，王小波與王朔亦天壤之
　　隔。王小波的作品（其實只有《黃金時代》）是創造而後流行的；而王朔
　　的絕大多數作品則是為流行而製造的。因此王朔、或曰王朔一族必然地成
　　為大眾傳媒的寵兒，並事實上成了 90 年代大眾傳媒的主流製造者之一；而
　　王小波則是在偶然與誤讀中被納入了傳媒文化人網路。」見戴錦華《閱讀
　　王小波》。

那種相對統一的方式大異其趣。從表面看來，他與 80 年代以來普遍存在的「反向」寫作（或「顛覆性」寫作）有相似之處，其實有明顯的區別。他的思考、想像，他的消解、反諷與戲仿，不是建立在支持這種寫作的對立性框架上，不是對理性—欲望，暴力—抗暴，善—惡，正義—偽善等的「翻轉」和改寫，以構築另一黑白分明、敘事人做出絕對性正義判斷的圖景。他對「神聖」歷史的敘事，不再可能被 80 年代的「傷痕文學」、政治「反思小說」等所歸納，呈現的是「被虐—施虐、忠貞—淫亂的荒誕辯證」的那種荒誕、狂歡場景，並因此呈現了更具個人性的那些被「合法」的陳述所掩蓋的生存體驗。正是從這一意義上說，王小波的講述是難以被仿製和重復的。

如王小波自己和研究者指出的，他的創造借鑒的文化資源，更多不是來自對 20 世紀中國作家影響巨大的感傷、煽情的一脈，而是有著飛揚想像，遊戲精神和有充沛幽默感的作家。他的主要價值，可能並非他是「真理的持有者、護衛者與闡釋者」。「如果說他事實上保有了一個人文知識份子所必需的懷疑精神，那麼他同時明確地示意退出了壓迫／反抗的權力遊戲格局。他所不斷強調的，是智慧、創造、思維的樂趣，是遊戲與公正的遊戲規則，是文本自身的欣悅與顛覆，是嚴肅文學所必須的專業態度」[23]——而這正是王小波身處的環境裏最缺乏的文化精神。

在 90 年代中期，「現實主義衝擊波」最初指的是劉醒龍、談歌、關仁山、何申[24]等作家創作的一批小說出現的效應，後來，

---

[23] 戴錦華《閱讀王小波》。
[24] 談歌、關仁山、何申均為河北省籍的作家，他們在當時被稱為河北的「三架馬車」。

擴大指稱 90 年代後期大量出現的以「現實主義」方法，表現當
前鄉鎮、工廠、城市的現實生活，接觸經濟生活為核心的社會
矛盾的小說在文學界產生的影響。這些小說在對現實生活困窘
的描述中，「作家的敘事視角逐漸移向社會底層，普通工人、
農民以及城鎮居民的日常生活成為主要的敘述空間」，它們
中「多少有一種平民情感的本能衝動，這也正是其感人的地
方」[25]。這類敘述現實生活情景的作品，開始是一些中短篇，後
來則主要是長篇小說，並在題材上不斷擴大，除表現鄉村市鎮
社會結構發生的激烈變動外，另一是以全景的方式書寫 90 年代
以來的經濟改革，政治體制改革的過程，表現改革過程面臨的
問題與衝突。這類小說的另一重要方面，是對於官場，和遍及
社會各個角落的「腐敗」現象的揭發和抨擊（因此出現了「反
腐小說」的類型概念）。上述以「現實主義衝擊波」指稱的作
品，主要有劉醒龍的《分享艱難》、《支書》、《鳳凰琴》，
談歌的《大廠》、《官道》、《天下荒年》、《激情歲月》，
何申的《信訪辦主任》、《村民組長》、《鄉鎮幹部》、《年
前年後》，關仁山的《大雪無痕》、《九月還鄉》，周梅森的
《絕對權力》、《中國製造》、《至高利益》、《人間正道》，
陸天明的《蒼天在上》、《省委書記》，張平的《抉擇》、《十

---

[25] 蔡翔《90 年代的小說和它的想像方式》，《融入野地》第 14-16 頁，北京，
社會科學文獻出版社 1998 年版。蔡翔在肯定這些小說觸及「底層生活」，
表現了對普通人命運關切、焦慮的感人情懷的同時，也指出它們由於歷史
被符號化、審美化，以及觀察現實問題時「精神資源的匱乏」，而缺乏對
問題的深刻瞭解，極大地削弱了這些小說的「現實批判性」，也使「『現
實主義』的想像多少有些曖昧不清」。

面埋伏》，張宏森《大法官》，鄧一光《我是太陽》，陳沖《車到山前》，柳建偉《突出重圍》、《北方城廓》等。

　　上述以長篇小說為主體的「現實主義衝擊波」，作為一種潮流或文化事件，其發生有複雜歷史、現實的諸多原因。這應該與中國「新文學」強烈的社會性傳統有關：「面對現實」仍是判斷文學價值的首要標準。以這一標準衡量，90年代前期文學（小說），確實並未「有力地」回應現實的問題和矛盾；在社會問題、矛盾尖銳時期，曾經作為公眾社會情感宣泄通道的文學不承擔這一責任，便特別積累起一些作家、讀者的不滿心理。於是，那種在「當代」塑造的，在「新時期」曾經受到一定程度離棄的「現實主義」遺產，開始予以召回，作為文學衰敗、退卻弊病的修補劑。除了上述因素之外，以長篇小說為主體的「現實主義衝擊波」，也與90年代國家意識形態部門的操作有關，也就是將現實題材長篇小說創作納入「主旋律」文化戰略實踐的結果[26]。因而，構成「現實主義衝擊波」的相當部分

---

[26] 1996年中共中央宣傳部長會議，和1997年「中共中央關於進一步做好文藝工作的若干意見」，都特別強調要將電影、長篇小說、少兒作品「三大件」作為凸出的重點。參見劉復生《歷史的浮橋——世紀之交「主旋律」小說研究》第27頁，開封，河南大學出版社2005年版。1998年2月10日《光明日報》《我國現實主義長篇力作形成陣勢》一文，說明了這一具有「衝擊波」性質潮流產生與國家「文化戰略」實踐之間的關係：一批表現現實生活的小說的出現，「不僅彌補了文學總格局的某種缺憾，滿足了讀者的某種熱切的期待，也使文學界表現出螺旋上升層面的對現實主義創作方法的重新認同，……這個『衝擊』所波及的影響巨大，不僅吸引了讀者的目光，也對作家們的創作產生了大的影響，特別是對長篇小說而言」，「『現實主義衝擊波』砥礪長篇作者們勇於面對大量新鮮的矛盾，對生活進行嶄新的思考；又欣逢江澤民總書記抓『三大件』的指示傳達下來以後，文壇各級領導為作家們創造了優越的寫作條件，遂使不少人鼓起勇氣，開

作品，又可以看作屬於 90 年代「主旋律」文學的範疇，因而間或可以稱其為「主旋律」小說[27]。自然，數量眾多的這類「現實主義」的長篇，它們的思想藝術水平並不能籠統談論，作品之間高下的分別也並不一律。但是，在價值取向，在對待「現實」的態度和修辭方式上，它們也有某些重要的相似之處。它們強調的是文本與現實關係上「同一性」。小說的「現實感」被等同於「貼近生活」。與「十七年」的長篇一樣，大多採用「全知」敘事，也採用矛盾最終獲得解決（或暗示將得到解決）的封閉式結構。正劇的莊嚴感幾乎是它們一致的美學規格，而適度的悲劇色彩則用以支持正義感，加強閱讀上感情宣泄、撫慰的效果。對「官場」的內部情狀，運行的「潛規則」的描述所提供的「知識」和「窺視」滿足，部分來自過去「官場」、「黑幕」小說的藝術經驗。部分作品，也發掘、放大「主流意識形態」內部的矛盾、裂縫，以達到讀者普遍期待的批判功能。從總體而論，這些「『主旋律』小說」所「擔負」的，是「表達主流意識形態的重任」，它們「依靠其曲折複雜的敘事結構（尤其是長篇小說），它以情感化的方式完成了對現實秩序合理化的論證，並對現實矛盾做出了想像性的解決」[28]。

始進軍現實題材的長篇小說。過一段時間的潛心寫作，這批長篇已陸續出版，且形成了喜人的陣勢。」

[27] 自然，許多作家都不願意自己被稱為（看作）「主旋律」作家，或「反腐作家」，也不願意被看作「通俗小說」作家，而表達他們屬於「嚴肅文學」和中國新文學的「現實主義」傳統。

[28] 劉復生《歷史的浮橋——世紀之交「主旋律」小說研究》第 26-27 頁，開封，河南大學出版社 2005 年版。

　　《馬橋詞典》[29]也是這個時期令人矚目的事件。它的受到注意，不僅是對作品的評價存在巨大的分歧，更由於得到媒體的渲染的那種付諸訴訟的方式。這一事件自然不是沒有產生有價值的問題，其中之一是有關敘事虛構在當前的「危機」和「可能性」。在《馬橋詞典》的爭議中，涉及到「文類」歸屬和小說文體探索的方面，即這種與「傳統」的，或「經典」的小說敘事分離的方式的可能性和有效性。《馬橋詞典》是否可以看作是長篇小說？它是長篇探索的「個案」，屬於某一作家特定表達需要的選擇，還是預示某種前景的徵兆？在 90 年代後期，與對「現實主義衝擊波」的熱烈歡呼的同時，也存在著對「現實主義」傳統敘事已陷入疲憊、衰落的估計。對「敘事的衰落」的感覺和探求出路的意識，已經隱含於《馬橋詞典》的創作構思，並在韓少功幾年後另一長篇《暗示》[30]中進一步展開。作家認為，現代社會傳媒所建立的網絡，使小說對發生的事情的描述變得不再那麼重要，重要的是「描述這些事如何被感受和如何被思考」。當然，傳統敘事更深刻的「危機」，是來自作家對原有的歷史觀念及相關的敘事方式發生動搖。雖然講述故事，刻畫、追問人物性格和心靈的「古典現實主義作家」使用的方法，仍是不可放棄的藝術遺產，但小說的「表意策略」與文體特徵的調整、變革，應該也是會發生的趨向[31]。這種探索文類的「自我更新能力」的努力，在韓少功那

---

[29] 發表於《小說界》1996 年第 2 期，1996 年 8 月作家出版社出版。

[30] 《暗示》由作家出版社於 2002 年出版。

[31] 相關的論述，參見陳曉明《表意的焦慮——歷史祛魅與當代文學變革》（北京，中央編譯出版社 2002 年版），耿占春《敘事美學——探索一種百科全

裏採取的是嘗試「打通」文史哲，將故事、隨筆、議論、考證釋義、風俗調查等加以綜合的方式。在較早的張承志的《心靈史》中，激情宣泄、論說，驚心動魄的情節，與對史料、典籍的長篇徵引糅合在一起，也可以看到文學與歷史的那種「跨界寫作」。對於「歷史」已分裂、支離破碎的感覺和認知，可能推動劉震雲在《故鄉面和花朵》中實行的敘事變革，在這部長篇中，難以發現傳統長篇小說的主要人物、情節和可以明確辨識的「主題」。

　　在 90 年代小說敘事的探索中，存在兩個大的趨向。一是「跨文體」的寫作，隨筆、議論、考證、史料的引述等等，形成一種類乎「百科全書」式的風貌。另一趨向，則是向「紀實」方面靠攏，或在對生活現象的描述上，敘述者盡力退出干預的那種「自然主義」傾向。長篇小說的「文體」變革，在 90 年代已不是個別現象，到了 21 世紀初的幾年裏，更形成一定的「規模」。可以放在這一論題中考察的，有 90 年代末一些刊物開闢的寫作專欄[32]，以及包括《馬橋詞典》、《暗示》在內的《紀實與虛構》（王安憶）、《務虛筆記》（史鐵生）、《秦腔》（賈平凹）、《婦女閒聊錄》（林白）、《太平風物・農具系列小說展覽》（李銳）等作品。

書式的小說》（鄭州大學出版社 2002 年版）。

[32] 如《山花》、《作家》設置的「文體實驗室」和「文本實驗室」。1999 年《莽原》設置「跨文體寫作」的專欄。《大家》在同年開設的「凸凹文本」專欄，提倡創造「一種（或幾種）具有高度邊緣性和包容性的文本」。

三、90 年代的小說家

從文學「代際」劃分的角度上，這裏所說的「90 年代的小說家」指兩部分人。一是雖有較長寫作歷史，但其重要作品發表於 90 年代。在這樣的意義上，阿來、閻連科，鬼子、何頓，甚至陳忠實都可以包括在內。另一是指出生於 60 年代以後，在90 年代開始小說寫作的作家。當然，「文學年齡」並不是設置「90 年代小說家」行列的唯一尺度，作家在 90 年代的創作潛力，和作品的具有的時期特徵，也是需要考慮的因素。

「90 年代小說家」的寫作，比起 80 年代來，表現了更為「多元」的取向。90 年代最先成為一種重要現象的，是所謂「女性寫作」。林白、陳染、徐坤、徐小斌、海男、須蘭等，在 90 年代前期風光無限，文學界耳熟能詳的「個人寫作」、「私人寫作」，就是由她們所引領。90 年代中後期的「現實主義衝擊波」，其主要推動者，也是出生於 60 年代以後的作家；他們表現了「召回」也革新傳統「現實主義」的藝術態度。而在「世紀末」為眾多批評家所概括的「晚生代」、「新生代」，則大多呈現某種「斷裂」的姿態。

有關「女性寫作」、「現實主義衝擊波」，以及王小波、阿來、陳忠實等的創作，本書前面已略有介紹。至於 90 年代末「晚生代」等概念的提出，表明批評界認為存在一個寫作傾向相近的群體。「晚生代」小說家的名單，依不同批評家有所差異的標準或長或短，但朱文、述平、刁斗、東西、林白、畢飛宇、陳染、徐坤、李馮、邱華棟、張旻、魯羊、韓東、何頓等一般都會列入其中。「晚生代」中的不少作家，對寫作的「個

人性」十分強調，也質疑這種歸類。但詭異之處是，「個人性」可能也是類型和模式，因而無法避免被抽取其類同性特徵的描述。事實上，以「群體」方式呈現也是他們有時自覺、或迫不得已的選擇：發生於 1998 年的「斷裂」答卷事件，就是一個明顯的例證[33]。但反過來看，說他們是一個具有統一特徵的群體，也不一定根據充分，其中有的人，其差異要比類同更為明顯。

　　「晚生代」的作家大多生活在都市，接受過系統的大學教育。有的在 80 年代曾主要從事詩歌寫作[34]。許多人自願或被迫取與主流體制疏離的地位[35]；邊緣性和非制度化，既是他們中一些生活方式，也是文化身份的定位。對於已被結構進文學史，形成「集體性經驗」的文學觀念、文體樣式，他們普遍有或溫和，或激烈的不信任感，強調個人的直接經驗在寫作上的意義。在取材上，現代都市生活的物化現實，尤其是都市中「體制外」的邊緣人的行為欲望，常成為關注點。他們所「同步」關注的「現實」，不同於傳統「現實主義」的「現實」。「本質」的揭示和「整體性」把握，在很大程度上被放棄或消解；個人「體驗」和日常生活「狀態」的捕捉，上升到主要位置。由於舊有的意識形態無法涵蓋或闡釋關注的現象，他們也並沒有建立對這些現象有效把握、闡釋的意識形態，加上一些人頑強地拒絕

---

[33] 1998 年第 10 期的《北京文學》刊登了由朱文發起、整理的《斷裂：一份問卷和 56 份答卷》，和韓東的《備忘：有關「斷裂」行為的問題回答》。在這一行為中，他們顯然有意識地以「群體」方式出現。

[34] 如韓東、朱文、吳晨駿、魯羊、西颺等，都是 80 年代中期以詩歌寫作為中心的「他們」文學社的參與者。

[35] 他們中有些人辭去「公職」，成為「自由作家」、「自由撰稿人」，不再在「單位」中生活。如韓東、朱文、李馮等。

與「文學史」對話，這導致有些創作出現的單薄、狹隘、怪異的傾向。自然，上述的描述，只是就一般情形而言，並不能（或完全不能）涵蓋列入「晚生代」的一些作家。

閻連科[36] 70年代末就有作品發表，在八、九十年代寫有大量的小說。創作題材涉及多個方面，包括所謂「軍旅生活」，以及以古都開封文化風情為對象的「歷史題材」小說，但似乎沒有受到更多注意。1997年中篇《年月日》，特別是長篇《日光流年》的發表，可以看到個人敘述風格的確立。此後的幾部長篇，如《堅硬如水》、《受活》也獲得好評。《堅硬如水》處理的是「文革」歷史，但與80年代的那種處理方式不同，作品在一種呈現更為「真實」面目的意義上，表現革命、性、權力的複雜關係。《日光流年》寫的是鄉土底層的生存狀況：近百年來，豫中山區名為三姓村的貧困生活，和百姓為擺脫這種狀況所做的掙扎。對「苦難」的極度化凸出、渲染，對慘烈情節設計的偏愛，無疑體現了作家對這個時代的焦灼、悲憤情緒，和有所承擔的責任感[37]。可貴的是，後來（比如他的另一部長篇《受活》），這種「暴露」式的情結在藝術上有了控制；它們被放置在荒誕性的敘事框架之中，建立了悲喜劇雜糅的風格，使敘述增加了柔韌的成分，並賦予現實感極強的故事以寓言化隱匿和伸展的空間。

---

[36] 閻連科，1958年生，河南嵩縣人。1978年入伍服役，並開始文學創作。1986年畢業於河南大學政教系，1991年畢業於解放軍藝術學院文學系。主要作品有中篇集《年月日》，長篇《情感獄》、《日光流年》、《堅硬如水》、《受活》、《丁莊夢》等。

[37] 作家在小說中有這樣的題詞：「謹以此獻給我賴以存活的人類、世界和土地，並作為我終將離開人類、世界和土地的一部遺言。」

　　韓東和朱文在 80 年代，均以詩知名，在 90 年代，雖然他們仍有不少詩作發表，但小說似乎更被認可。朱文最受爭議的小說是《我愛美元》，以及《弟弟的演奏》、《到大廠究竟有多遠》等。他的筆下，充斥著無聊、憑本能生活、發散著道德敗壞氣息的人物、行為；但也表現了對這些人物、行為的銳利觀察和評判。

　　韓東[38]寫有《我的柏拉圖》、《雙拐李》、《交叉跑動》等，後來的長篇《扎根》[39]是他重要的作品。《扎根》寫「文革」幹部下放的鄉村生活，其中應該包含著韓東自己的直接經驗，即他 8 歲時隨小說家的父親方之「下放」蘇北農村的遭遇。「文革」作為寫作題材早已「陳舊」──已被重重疊疊的文本所覆蓋，其面目也多少變得僵硬。《扎根》以涉世未深的孩子小陶的眼睛，試圖揭開這一覆蓋層的一角，發現那些有意無意忽略、刪削的事物。敘述者顯然已經不是那個把握「歷史本質」，能夠判定大是大非的主體；生活在這種講述中，化解為缺乏明確意義的現象。韓東小說的語言和講述方式，與他的詩有相通之處：質樸、簡約和冷靜從容。總的說來，韓東、朱文屬於那種「激進的個人主義」的「異類」文化，他們實施一種「片面性」寫作，包括「被扭曲的片面生

---

[38] 韓東 1961 年生於南京。1982 年畢業於山東大學哲學系。曾在西安、濟南的大學任教。80 年代中期與朋友創辦《他們》的文學刊物。著有詩集《白色的石頭》，小說集《西天上》、《我們的身體》、《我的柏拉圖》、《交叉跑動》、《愛情力學》、《爸爸在天上看我》、《吉祥的老虎》等，和長篇小說《扎根》。

[39] 《扎根》由人民文學出版社 2003 年出版。

活情境，某種偏執片面的人物性格，向片面激化的生存矛盾，片面的美學趣味，等等」[40]。

在 90 年代小說家中，畢飛宇、李洱、東西、鬼子、何頓等，顯示了他們創作的潛力。90 年代，何頓[41]擅長於寫「個體戶」為主的城市市民，在經濟轉型的社會環境中的生活經歷，怎樣「義無反顧地走進了金錢、暴力、迷人的誘惑所構成的另一世界」。他發展了王朔小說表現的市民生活內容，展示人物對金錢和欲望的追逐，把這些編制進一個生動可讀的故事中。

畢飛宇[42]在 90 年代主要寫中短篇小說，近年才有長篇問世；不過短、中篇還是更能發揮他的才情。短篇《哺乳期的女人》得到好評，此後的《是誰在深夜裏說話》、《飛翔像自由落體》、《青衣》、《玉米》等，也頗有特色。他的小說大多取材家鄉地區的城鎮生活，對當代人生活意義的探詢是作品內在的意蘊。雖然也表現了某種「先鋒」姿態，但並不過分；也不避諱傳統小說，包括通俗小說的人物、情節元素的加入，但會給予改造，賦予新的色彩。作品有時會彌漫一種江南溫潤、迷茫的情調。

---

[40] 陳曉明《表意的焦慮——歷史祛魅與當代文學變革》第 333 頁，北京，中央編譯出版社 2002 年版。

[41] 何頓，原名何斌，湖南郴州人。1958 年生。1983 年畢業於湖南師範大學美術系。1984 年開始發表作品。著有小說集《生活無罪》、《流水年華》，長篇小說《眺望人生》、《渾噩的天堂》、《抵抗者》、《我們像野獸》等。

[42] 畢飛宇 1964 年生於江蘇興化，1987 年畢業於揚州師範學院中文系。著有中短篇小說集《祖宗》、《慌亂的手指》、《睜大眼睛睡覺》、《青衣》、《操場》、《沿途的秘密》、《地球上的王家莊》、《好的故事》、《黑衣裳》、《輪子是圓的》，長篇小說《上海往事》、《那個夏季，那個秋天》、《平原》等。

　　李洱[43] 80 年代末開始文學創作，寫有《導師死了》、《現場》、《午後的詩學》等中短篇。《花腔》、《石榴樹上結櫻桃》這兩部長篇，是他迄今最重要的作品；它們也表現了互異的取材和藝術方法。前者以粗線條的故事講述筆法，寫現代的革命歷史，多少表現了某種「翻轉式」的解構意圖，因而被批評家歸入「新歷史主義」小說的名下。後者則以當前農村生活為對象，寫權力對鄉村生活的籠罩與主宰，刻畫置身其中的人們所經受的誘惑和考驗。在藝術方法上重視生活細節描寫，和對農村口語的運用。兩部長篇出現的這種「反差」，也許與作家相關經驗的性質有關，但又可能是為其能夠變換各種筆墨的能力提供證明。

　　鬼子、李洱、李馮被稱為「廣西三劍客」。鬼子[44] 90 年代中期才開始小說寫作，他的最主要作品是「瓦城三部曲」——《瓦城上空的麥田》、《上午打瞌睡的女孩》、《被雨淋濕的河》。他和東西在 90 年代後期的創作，都表現了關注底層民眾艱難處境，探索超越個人體驗，重新表現歷史化現實的道路。東西[45]的小說大多與「痛苦」、「苦難」有關。對於生存的沉重、乖謬，他擅長運用變形、荒誕的方式來講述，這包括情節、人物性格設計，以及敘述的語言。這為他的作品增加了反諷的力量。

---

[43] 李洱，1966 年生於河南濟源，1987 年畢業於上海華東師範大學中文系，出版有小說集《饒舌的啞巴》、《夜遊圖書館》、《午後的詩學》，長篇小說《遺忘》、《花腔》、《石榴樹上結櫻桃》。

[44] 鬼子 1958 年出生，廣西羅城人，仫佬族，畢業於西北大學中心系。

[45] 東西，本名田代琳，1966 年生，廣西人。著有小說集《沒有語言的生活》、《痛苦比賽》、《抒情時代》、《目光愈拉愈長》、《不要問我》、《我為什麼沒有小蜜》、《美麗金邊的衣裳》、《送我到仇人的身邊》等，以及長篇小說《耳光響亮》、《後悔錄》。

大陸當代文學年表
（1976-2000）

1976 年

1 月 31 日	文藝理論家、詩人馮雪峰病逝。
同月	《詩刊》、《人民文學》復刊。《詩刊》的復刊號上發表了毛澤東寫於 1965 年的兩首詞《水調歌頭・重上井岡山》和《念奴嬌・鳥兒問答》。《人民文學》復刊號發表了蔣子龍的小說《機電局長的一天》。
同月	黎汝清的長篇小說《萬山紅遍》（上卷）由人民文學出版社出版。
2 月	臧克家《憶向陽──「五・七」幹校讚歌三首》發表於《人民文學》第 2 期。
3 月 16 日	文化部召開創作座談會，文化部長于會泳根據江青等的指示，號召寫「與走資派鬥爭」的作品。
3 月	《人民戲劇》、《人民電影》、《人民音樂》、《美術》、《舞蹈》相繼復刊。
同月	電影文學劇本《春苗》由上海人民出版社出版。電影《春苗》於 1975 年 8 月在全國放映。
4 月 5 日	天安門廣場爆發「四五」運動。在天安門廣場和全國各地，出現大量的聲討「四人幫」、歌頌周恩來以及老一代革命家的詩詞。
同月	小靳莊詩歌選《十二級颱風刮不倒》由人民文學出版社出版。
同月	《紅樓夢新證》修訂再版。
5 月 5 日	劇作家孟超受迫害在北京逝世。
同月	電影文學劇本《決裂》由人民文學出版社出版。
8 月	劉大杰《中國文學發展史》（第二冊）由上海人民出版社出版。
10 月 18 日	詩人郭小川逝世。
11 月	賀敬之的長詩《中國的十月》發表在《詩刊》第 11 期。
12 月	姚雪垠的長篇歷史小說《李自成》第二卷上冊由中國青年出版社出版。

本年	出版的作品還有《魯迅傳（上）》（石一歌），小說《睜大你的眼睛》（劉心武）、《響水灣》（鄭萬隆）、《沸騰的群山》（第三部，李雲德）、《昨天的戰爭》（第一部，孟偉哉）、《魯迅書信集》、《魯迅日記》。

1977 年

1 月 2 日	作家黃谷柳逝世。
2 月 7 日	作家徐懋庸逝世。
6 月 17 日	作家錢杏邨（阿英）逝世。
同月	柳青的長篇小說《創業史》第二部（上卷）由中國青年出版社出版。
7 月 24 日	詩人、文藝批評家何其芳逝世。
8 月	《兒童文學》（雙月刊）復刊。
10 月	《世界文學》復刊。
同月	《上海文藝》復刊。1979 年恢復原名為《上海文學》。
11 月 20 日	劉心武的短篇小說《班主任》發表在《人民文學》第 11 期上。
同月	《人民文學》在北京召開短篇小說創作座談會，在第 11 期和第 12 期上以「促進短篇小說的百花齊放」為題，刊登茅盾、馬烽、周立波等的發言。
同月	《人民日報》、《人民文學》邀請文藝界人士舉行座談會，批判「文藝黑線專政論」。
12 月	《郭小川詩選》由人民文學出版社出版。

1978 年

1 月	徐遲的報告文學《歌德巴赫猜想》在《人民文學》第 1 期發表。
同月	《詩刊》第 1 期發表《毛主席給陳毅同志談詩的一封信》，涉及「形象思維」問題。
2 月	《文學評論》復刊。
3 月	大型文學刊物《鍾山》在南京創刊。
4 月 30 日	艾青「復出」後的第一首詩《紅旗》發表在《文匯報》。

5 月 27 日至 6 月 5 日	中國文聯第三屆全國委員擴大會議在北京舉行，大會宣布文聯和作協等五個協會正式恢復工作。
6 月 12 日	郭沫若逝世。
6 月 13 日	作家柳青逝世。
7 月 15 日	《文藝報》復刊。
7 月	王蒙的小說《最寶貴的》發表於《作品》（廣州）第 7 期。
8 月 11 日	盧新華的短篇小說《傷痕》發表在《文匯報》。
同月	大型文學刊物《十月》在北京創刊。
9 月 9 日	《宗教、理性、實踐──訪三個時代關於真理問題的三個「法庭」》（嚴家其）刊於《光明日報》。
9 月 12 日	陳荒煤的《〈傷痕〉也觸動了文藝創作的傷痕》發表在《文匯報》。
9 月 20 日	翻譯家曹葆華逝世。
同月	王亞平的短篇小說《神聖的使命》發表在《人民文學》第 9 期。
10 月 21 日	齊燕銘逝世。
10 月 28 日至 30 日	宗福先的話劇《於無聲處》發表在《文匯報》。
12 月 23 日	北島、芒克等主編的文學刊物《今天》創刊。《今天》共出版 9 期。1980 年 9 月被要求停刊。
同月	《新文學史料》在北京創刊。
本年	出版作品還有長篇小說《東方》（魏巍）、《巴金近作》、散文《長河浪花集》（秦牧）、《天安門詩抄》（童懷周）。

1979 年

1 月 25 日	作家鄭伯奇逝世。
同月	《收穫》復刊。
2 月 1 日	《劇本》復刊。陳白塵的歷史劇《大風歌》發表在復刊號上。
2 月 11 日	鄭義的小說《楓》發表在《文匯報》。
2 月 12 日	《文藝報》第 2 期公開發表周恩來 1962 年的《在文藝座談會和故事片創作會議上的講話》。

同月	從維熙的中篇小說《大牆下的紅玉蘭》發表在《收穫》第 2 期。《剪輯錯了的故事》（茹志鵑）發表於《人民文學》第 2 期，《許茂和他的女兒們》（周克芹）發表於《紅岩》第 2 期。
3 月	方之的小說《內奸》發表在《北京文藝》第 3 期。張弦的《記憶》刊於《人民文學》第 3 期。
同月	大型文學刊物《花城》在廣州創刊。
同月	《上海文學》第 4 期發表評論員文章《為文藝正名──駁「文藝是階級鬥爭的工具」說》，引起文壇關於文藝與政治關係的討論。
4 月	金河小說《重逢》發表於《上海文學》第 4 期。
5 月 2 日至 9 日	中國社會科學院召開紀念五四運動 60 周年的學術討論會，周揚作了《三次偉大的思想解放運動》的報告。後發表在 5 月 7 日的《人民日報》。
5 月 10 日	張學夢的詩《現代化和我們自己》發表在《詩刊》第 5 期。
5 月 15 日	文化部文學藝術研究院主辦的《文藝研究》創刊。
5 月	中共中央批轉解放軍總政治部請示，正式撤銷曾作為中共中央文件頒發的《部隊文藝工作者座談會紀要》
同月	收入 50 年代受批判作品的《重放的鮮花》由上海文藝出版社出版。
同月	三聯書店編輯出版的《讀書》在北京創刊。
6 月	馮驥才小說《啊！》發表於《收穫》第 6 期。
7 月 20 日	蔣子龍的短篇小說《喬廠長上任記》發表在《人民文學》第 7 期。
同月	人民文學出版社主辦的大型文學期刊《當代》在北京創刊。
同月	安徽人民出版社主辦的大型文學刊物《清明》在合肥創刊。創刊號上發表了魯彥周的中篇小說《天雲山傳奇》。
同月	高曉聲的短篇小說《李順大造屋》發表在《雨花》第 7 期。
同月	張揚的長篇小說《第二次握手》由中國青年出版社出版。
8 月 10 日	《詩刊》第 8 期發表雷抒雁的詩《小草在歌唱》、葉文福的詩《將軍，不能這樣做》。
同月	柳青的《創業史》第二部（下卷）由中國青年出版社出版。

9 月 25 日	作家周立波逝世。
同月	《十月》第 3 期發表劉克的小說《飛天》，白樺、彭寧的電影文學劇本《苦戀》。
同月	劉賓雁的特寫《人妖之間》發表在《人民文學》。
同月	外國文學出版社主辦的《外國文學評論》在北京創刊。
10 月 21 日	王蒙的短篇小說《夜的眼》發表在《光明日報》。
10 月 30 日至 11 月 16 日	中國文學藝術工作者第四次全國代表大會在北京舉行，周揚作了題為《繼往開來，繁榮社會主義新時期文藝》的報告。該報告發表在《文藝報》第 11-12 合期上。選舉周揚為全國文聯主席，茅盾為中國作協主席。
10 月	王靖的電影文學劇本《在社會的檔案裏》發表在《電影創作》。
同月	《星星》詩刊在成都復刊。刊登公劉《新的課題——從顧城同志的幾首詩談起》。《文藝報》1980 年第 1 期轉載。
同月	李建彤的長篇小說《劉志丹》由工人出版社出版。
11 月	張潔的短篇小說《愛，是不能忘記的》發表在《北京文藝》第 11 期。
同月	由高校中國現代文學研究會、北京出版社合編的《中國現代文學研究叢刊》在北京創刊。
同月	唐弢主編的《中國現代文學史》（1-3 冊）由上海人民文學出版社出版。
12 月	當代第一本台灣文學選集《台灣小說選》由人民文學出版社出版。
同月	宗璞小說《我是誰》刊於《長春》第 12 期。
本年	出版作品還有話劇《王昭君》（曹禺），《創業史》第二部下卷，小說《生活的路》（竹林）。

1980 年

1 月 1 日	百花文藝出版社主辦的《小說月報》在天津創刊。
同月	徐懷中的短篇小說《西線軼事》發表在《人民文學》第 1 期。
同月	諶容的中篇小說《人到中年》、張一弓的中篇小說《犯人李銅鐘的故事》發表在《收穫》第 1 期。

同月	禮平的中篇小說《晚霞消失的時候》發表在《當代》第 1 期。
同月	張弦的中篇小說《被愛情遺忘的角落》發表在《上海文學》第 1 期。
同月	靳凡的中篇小說《公開的情書》發表在《十月》第 1 期。
同月	百花文藝出版社主辦的《散文》（月刊）在天津創刊。
2 月 10 日	《福建文藝》第 2 期開闢「新詩創作問題的討論」專欄，就舒婷的詩歌，討論詩歌的自我表現等問題。
2 月 20 日	高曉聲的短篇小說《陳奐生上城》發表在《人民文學》第 2 期。
3 月 3 日	李國文的短篇小說《月食》發表在《人民文學》第 3 期。
3 月 8 日	詩人李季逝世。
同月	顧城的《抒情詩十首》發表在《星星》第 3 期。
4 月 7 日	全國詩歌討論會在南寧召開。
5 月 7 日	謝冕的《在新的崛起面前》發表在《光明日報》。
同月	王蒙的短篇小說《春之聲》發表在《人民文學》第 5 期。流沙河詩《歸來》發表於《詩刊》第 5 期。
同月	《十月》第 3 期發表了劉心武的《如意》、宗璞的《三生石》、劉紹棠的《蒲柳人家》等中篇小說。
6 月	全國高等學校文藝理論研究會主辦的《文藝理論研究》（季刊）在上海創刊。
同月	老舍的長篇小說《正紅旗下》，莫應豐的長篇小說《將軍吟》由人民文學出版社出版。
7 月	王蒙的中篇小說《蝴蝶》發表在《十月》第 4 期。
8 月	章明的《令人氣悶的「朦朧」》發表在《詩刊》第 8 期。
同月	葉蔚林的中篇小說《在沒有航標的河流上》發表在《芙蓉》第 3 期。
9 月	遇羅錦的報告文學《一個冬天的童話》發表在《當代》第 3 期。
同月	張辛欣的短篇小說《我在哪裏錯過了你？》發表在《收穫》第 5 期。
同月	張賢亮的短篇小說《靈與肉》發表在《朔方》第 9 期。

10 月	汪曾祺的短篇小說《受戒》發表在《北京文學》第 10 期。韓少功的《西望茅草地》發表在《人民文學》第 10 期。
同月	《詩刊》開闢「青春詩會」專欄，
11 月	錢鍾書的《圍城》由人民文學出版社重印出版。戴厚英的長篇小說《人啊，人！》由廣東人民出版社出版。
本年	艾青詩集《歸來的歌》、公劉詩集《離離原上草》和《仙人掌》、邵燕祥詩集《獻給歷史的情歌》出版。

1981 年

1 月	趙振開（北島）的中篇小說《波動》發表在《長江》第 1 期。宗璞小說《蝸居》發表在《鍾山》第 1 期。江河詩《祖國啊，祖國》刊於《花城》第 1 期。舒婷詩《流水線》刊於《莽原》第 1 期。張賢亮《土牢情話——個苟活者的祈禱》刊於《十月》第 1 期。
同月	牛漢的詩《悼念一棵楓樹》發表在《長安》（西安）第 1 期。
同月	郭路生（食指）的詩《我的最後的北京》發表在《詩刊》第 1 期。
2 月 20 日	古華的長篇小說《芙蓉鎮》發表在《當代》第 1 期上，後經作者修改，11 月由人民文學出版社出版。
3 月 27 日	作家茅盾（沈雁冰）逝世。
同月	孫紹振的論文《新的美學原則在崛起》在加了批評性編者按語之後，發表在《詩刊》第 3 期。
同月	古華小說《爬滿青藤的木屋》刊於《十月》第 2 期。
4 月 2 日	《文學報》（周報）在上海創刊。
4 月 20 日	《解放軍報》發表評論員文章《四項基本原則不容違反——評電影文學劇本〈苦戀〉》。
同月	大型文藝刊物《小說界》在上海創刊。
5 月	王蒙小說《雜色》、張抗抗《北極光》刊於《收穫》第 3 期。
6 月	陳建功小說《飄逝的花頭巾》刊於《北京文學》第 6 期。
7 月	張潔的長篇小說《沉重的翅膀》在《十月》第 4 期、第 5 期上連載。經過修改後由人民文學出版社出版。

同月	楊絳的散文集《幹校六記》由三聯書店出版。
10 月 7 日	唐因、唐達成的文章《論〈苦戀〉的錯誤傾向》在《文藝報》第 19 期上發表。《人民日報》轉載了全文。
同月	王安憶的短篇小說《本次列車終點》發表在《上海文學》第 10 期。
12 月 23 日	《解放軍報》、《文藝報》、《人民日報》刊載了白樺的《關於〈苦戀〉的通信──致〈解放軍報〉、〈文藝報〉編輯部》。
同月	張辛欣的小說《在同一地平線上》發表在《收穫》第 6 期。
本年	梁南的詩集《野百合》，曾卓的詩集《懸崖邊的樹》，李國文的長篇小說《冬天裏的春天》，姚雪垠的《李自成》（第 3 卷）出版。
本年	人民文學出版社出版由綠原、牛漢編選的，收入「七月派」20 位詩人作品的《白色花》。江蘇出版社出版辛笛、陳敬容、杜運燮、杭約赫、鄭敏、唐祈、唐湜、袁可嘉、穆旦的詩合集《九葉集》。

1982 年

1 月	徐遲的《現代化與現代派》發表在《外國文學研究》第 1 期。
同月	汪曾祺小說《晚飯花》發表在《十月》第 1 期。
2 月	韋君宜的中篇小說《洗禮》發表在《當代》第 1 期。
同月	牛漢的詩《華南虎》，舒婷的詩《會唱歌的鳶尾花》發表在《詩刊》第 2 期。
3 月 25 日	張潔的中篇小說《方舟》發表在《收穫》第 2 期。
同月	張承志小說《綠夜》，孔捷生小說《南方的岸》發表在《十月》第 2 期。
4 月	鄧友梅的中篇《那五》發表在《北京文學》第 4 期。
同月	舒婷的詩《神女峰》發表在《星星》第 4 期。
5 月	路遙的中篇小說《人生》發表在《收穫》第 3 期。
同月	鐵凝的小說《哦，香雪》發表在《青年文學》第 2 期。
8 月 1 日	《上海文學》第 8 期在「關於當代文學創作問題的通信」專欄中刊登了馮驥才、李陀、劉心武等關於高行健的《現代小說技巧初探》一書的通信。

8 月 10 日	作家吳伯簫逝世。
同月	梁曉聲小說《這是一片神奇的土地》發表在《北方文學》第 8 期。
9 月	高行健、劉會遠的話劇劇本《絕對信號》發表在《十月》第 5 期。
10 月 28 日	詩人袁水拍逝世。
11 月 7 日	作家、評論家李健吾逝世。
同月	李存葆的中篇《高山下的花環》、張承志的中篇《黑駿馬》發表在《十月》第 6 期。
同月	王安憶的中篇《流逝》發表在《鍾山》第 6 期。
同月	張辛欣小說《我們這個年紀的夢》發表在《收穫》第 4 期。
12 月 18 日	茅盾文學獎首屆授獎儀式在北京舉行。
本年	出版的主要作品還有：舒婷的詩集《雙桅船》、《舒婷顧城抒情詩選》，蔡其矯的詩集《生活的歌》、《流沙河詩集》等。

1983 年

1 月	徐敬亞的《崛起的詩群──評我國詩歌的現代傾向》發表在《當代文藝思潮》第 1 期。
同月	史鐵生的短篇小說《我的遙遠的清平灣》發表在《青年文學》第 1 期。
同月	陸文夫的中篇小說《美食家》發表在《收穫》第 1 期。
2 月	張賢亮的中篇《河的子孫》發表在《當代》第 1 期。
3 月 7 日	周揚在中共中央黨校召開的紀念馬克思逝世 100 周年學術報告會上作《關於馬克思主義的幾個問題的探討》的報告。3 月 16 日，《人民日報》在刊發批評觀點的情況下，發表這一報告，並引發有關「人道主義」、「異化」問題的爭論。
同月	鐵凝的中篇小說《沒有鈕扣的紅襯衫》發表在《十月》第 2 期。
5 月	楊煉的長詩《諾日朗》發表在《上海文學》第 5 期。
同月	李杭育的短篇小說《沙灶遺風》發表在《北京文學》第 5 期。

9 月	賈平凹的散文《商州初錄》發表在《鍾山》第 5 期，小說《小月前本》發表在《收穫》第 5 期。
10 月	中國作協、《詩刊》社在重慶召開重慶詩歌討論會，批判「近年來」有嚴重錯誤的詩，和謝冕等的「崛起論」是「對馬克思主義、毛澤東思想的嚴重挑戰」。
本年	出版的作品還有：綠原的《人之詩》，陳敬容的《老去的是時間》，林希詩集《無名河》。

1984 年

1 月 3 日	胡喬木在中央黨校作題為「關於人道主義與異化問題」的講話，《理論月刊》發表了講話修訂稿，《人民日報》（1 月 27 日）、《紅旗》第 2 期轉載全文。
同月	從維熙的中篇小說《雪落黃河靜無聲》發表在《人民文學》第 1 期。
同月	鄧友梅的中篇小說《煙壺》發表在《收穫》第 1 期。
同月	張承志的中篇小說《北方的河》發表在《十月》第 1 期。
3 月 5 日	徐敬亞的自我批評文章《時刻牢記社會主義文藝方向──關於〈崛起的詩群〉的自我批評》發表在《人民日報》。《詩刊》第 4 期轉載。
同月	張賢亮的中篇小說《綠化樹》發表在《十月》第 2 期。
同月	張潔的中篇小說《祖母綠》發表在《花城》第 2 期。
同月	馮驥才的小說《神鞭》發表在《小說家》第 3 期。
4 月	史鐵生小說《奶奶的星星》發表在《作家》第 4 期。
6 月 22 日	文學批評史家郭紹虞逝世。
同月	劉再復的論文《論人物性格的二重組合原理》發表在《文學評論》第 3 期。
7 月 5 日	阿城的中篇小說《棋王》發表在《上海文學》第 7 期。
同月	賈平凹的小說《臘月‧正月》發表在《十月》第 4 期。
10 月	林斤瀾小說《矮凳橋傳奇》發表在《人民文學》第 10 期。
11 月	孔捷生的中篇小說《大林莽》發表在《十月》第 6 期。
本年	出版的作品還有：牛漢詩集《溫泉》，劉心武的長篇小說《鐘鼓樓》，曾卓詩集《老水手的歌》，周濤詩集《神山》等。

1985 年

1 月	張辛欣、桑曄的「系列口述實錄體」小說《北京人》發表在《收穫》第 1 期。
同月	阿城小說《樹王》發表在《中國作家》第 1 期。
2 月	阿城的中篇小說《孩子王》發表在《人民文學》第 2 期。
同月	馬原的小說《岡底斯的誘惑》發表在《上海文學》第 2 期。
同月	史鐵生的短篇小說《命若琴弦》發表在《現代人》第 2 期。
3 月	劉索拉的中篇小說《你別無選擇》發表在《人民文學》第 3 期。
4 月	王安憶的中篇小說《小鮑莊》、莫言的小說《透明的紅蘿蔔》發表在《中國作家》第 2 期。
同月	鄭義的小說《老井》發表在《當代》第 2 期。
5 月	黃子平、陳平原、錢理群的論文《論「二十世紀中國文學」》發表在《文學評論》第 5 期。
6 月	楊煉的詩《半坡》發表在《草原》第 6 期。
同月	韓少功的中篇小說《爸爸爸》、殘雪的小說《山上的小屋》發表在《人民文學》第 6 期。
同月	韓少功的小說《歸去來》、劉索拉的小說《藍天綠海》發表在《上海文學》第 6 期。
同月	扎西達娃的小說《西藏，隱秘歲月》發表在《西藏文學》第 6 期。
7 月 6 日	阿城的《文化制約著人類》發表在《文藝報》。在此前後發表的有關「尋根文學」的主要文章有：韓少功《文學的根》、李杭育《理一理我們的根》、鄭萬隆《我的根》等。
同月	劉心武的紀實性小說《5·19 長鏡頭》發表在《人民文學》第 7 期。
同月	陳建功小說《找樂》發表在《鍾山》第 4 期。
8 月	殘雪小說《山上的小屋》發表在《人民文學》第 8 期。
9 月	張賢亮的中篇小說《男人的一半是女人》發表在《收穫》第 5 期。
11 月	劉再復的論文《論文學的主體性》發表在《文學評論》第 6 期。

同月	高行健的話劇劇本《野人》發表在《十月》第 6 期。
本年	出版的作品還有：林子詩集《給他》，傅天琳詩集《音樂島》等。

1986 年

2 月	遲子建小說《北極村童話》發表在《人民文學》第 2 期。
同月	北島《詩九首》發表在《中國》第 2 期。
3 月 4 日	作家丁玲在北京逝世。
3 月 6 日	美學理論家朱光潛在北京逝世。
3 月 26 日	作家、詩人聶紺弩在北京逝世。
同月	王蒙的長篇小說《活動變人形》發表在《當代長篇小說》。1987 年由該人民文學出版社出版社。
同月	莫言的中篇小說《紅高粱》發表在《人民文學》第 3 期。
4 月	廖亦武詩《巨匠》發表在《中國》第 4 期。
5 月	馮驥才的中篇小說《三寸金蓮》發表在《收穫》第 3 期。
同月	殘雪的小說《蒼老的浮雲》發表在《中國》第 5 期。
7 月	王安憶的小說《荒山之戀》發表在《十月》第 4 期，《小城之戀》發表在同年《上海文學》第 8 期。
同月	李曉的小說《繼續操練》發表在《上海文學》第 7 期。
同月	張潔的小說《他有什麼病》發表在《鍾山》第 4 期。
同月	楊煉的詩《自在者說》發表在《中國》第 7 期。
同月	韓東的詩《有關大雁塔》發表在《中國》第 7 期。
8 月	北島的長詩《白日夢》發表在《人民文學》第 8 期。
9 月	《深圳青年報》、安徽《詩歌報》發起「現代詩群體大展」。
同月	張煒的長篇小說《古船》發表在《當代》第 5 期。
同月	陳村的小說《死》、史鐵生的小說《毒藥》、孫甘露小說《訪問夢境》發表在《上海文學》第 9 期。
同月	鐵凝的小說《麥稭垛》發表在《收穫》第 5 期。
同月	劉西鴻的小說《你不可改變我》發表在《人民文學》第 9 期。

同月	翟永明的詩《女人》發表在《詩刊》第 9 期。
同月	劉恒的小說《狗日的糧食》發表在《中國》第 9 期。
10 月	由中國社會科學院文學研究所等主持的「新時期文學十年學術討論會」在北京召開。
同月	鄭敏的《心象組詩》發表在《詩刊》第 10 期。
同月	歐陽江河的長詩《懸棺》發表在《中國》第 10 期。
11 月	殘雪的小說《黃泥街》發表在《中國》第 11 期。
同月	李銳的短篇系列《厚土》發表在《山西文學》第 11 期。
12 月	《北島詩選》由新世紀出版社出版。
同月	路遙的長篇小說《平凡的世界》發表在《收穫》第 6 期。
本年	出版的作品還有：牛漢詩集《沉默的懸岩》、《蚯蚓與羽毛》，楊煉詩集《荒魂》，顧城詩集《黑眼睛》，江河詩集《從這裏開始》，《五人詩選》（北島、舒婷、楊煉、江河、顧城），《昌耀抒情詩集》。巴金的《隨想錄》（五卷）由人民文學出版社全部出齊；浙江文藝出版社出版「新人文論叢書」，收入趙園、王曉明、黃子平、季紅真、李納、吳亮、李劼、蔡翔等的論文選集。該叢書後來還陸續編入陳平原、藍棣之等的論著。

1987 年

1 月	余華的小說《十八歲出門遠行》發表在《北京文學》第 1 期。
同月	賈平凹的長篇小說《浮躁》、馬原小說《錯誤》發表在《收穫》第 1 期。
同月	王安憶的小說《錦繡谷之戀》發表在《鍾山》第 1 期。
3 月	張承志的長篇小說《金牧場》發表在《收穫》第 2 期。1987 年由作家出版社印行單行本。
同月	洪峰的小說《瀚海》發表在《中國作家》第 2 期。
7 月	馬建的小說《亮出你的舌苔，或空空蕩蕩》發表在《人民文學》第 1-2 合期。
8 月	池莉的小說《煩惱人生》發表在《上海文學》第 8 期。
9 月 3 日	文藝理論家黃藥眠在北京逝世。

9 月 8 日	作家、翻譯家曹靖華逝世。
同月	孫甘露的小說《信使之函》發表在《收穫》第 5 期。同期發表蘇童的小說《1934 年的逃亡》。
11 月 3 日	作家梁實秋在臺北逝世。
同月	格非中篇小說《迷舟》，王朔中篇小說《頑主》，余華的中篇小說《一九八六年》發表在《收穫》第 6 期。
同月	灰娃的詩《山鬼故家》發表在《人民文學》第 11 期。
本年	出版的作品還有：《胡風的詩》（《時間開始了》和《獄中詩草》），老鬼的長篇小說《血色黃昏》，莫言的長篇小說《紅高粱家族》，楊絳散文集《將飲茶》，伊蕾詩集《獨身女人的臥室》等。

1988 年

1 月	余華的小說《現實一種》發表在《北京文學》第 1 期，《河邊的錯誤》發表在《鍾山》第 1 期。
同月	劉恒的小說《白渦》發表在《中國作家》第 1 期。
同月	史鐵生的小說《原罪》發表在《鍾山》第 1 期。
2 月 16 日	作家、教育家葉聖陶逝世。
3 月	劉恒的中篇小說《伏羲伏羲》發表在《北京文學》第 3 期。
同月	格非的小說《褐色鳥群》發表在《鍾山》第 2 期。
同月	葉兆言的小說《棗樹的故事》發表在《收穫》第 2 期。
同月	楊煉的詩《房間裏的風景》發表在《人民文學》第 3 期。
4 月	王曉明、陳思和在《上海文論》開闢「重寫文學史」專欄，延續到到 1989 年第 6 期。
同月	翟永明的組詩《靜安莊》發表在《人民文學》第 4 期。
5 月 10 日	作家沈從文在北京逝世。
6 月 22 日	作家蕭軍逝世。
9 月	鐵凝的長篇小說《玫瑰門》發表在《文學四季》創刊號。
10 月 7 日	作家師陀逝世。
11 月 8 日至 12 日	第五次全國文學藝術界聯合會代表大會在北京舉行。

同月	余華的小說《劫數難逃》、格非的小說《青黃》、蘇童的小說《罌粟之家》、史鐵生的小說《一個謎語的幾種簡單猜法》、孫甘露的小說《請女人猜謎》、馬原的小說《死亡的詩意》，潘軍的小說《南方的情緒》發表在《收穫》第6期。
本年	發表的作品還有：楊絳的長篇小說《洗澡》、霍達的長篇小說《穆斯林的葬禮》、王朔的長篇小說《玩的就是心跳》等。

1989 年

1 月	從維熙的《走向混沌——反右回憶錄》發表在《海南紀實》創刊號。
同月	于堅的詩《感謝父親》發表在《詩刊》第1期。
同月	王安憶的小說《崗上的世紀》發表在《鍾山》第1期。
2 月 17 日	作家莫應豐在長沙逝世。
2 月 20 日	作家鮑昌逝世。
同月	鐵凝的小說《棉花垛》發表在《人民文學》第2期。
同月	葉兆言的小說《豔歌》發表在《上海文學》第2期。
同月	《歐陽江河自選詩四首》發表在《作家》第2期。
3 月 6 日	作家李英儒在北京逝世。
3 月 26 日	詩人海子在山海關臥軌自殺。
同月	王蒙的小說《堅硬的稀粥》發表在《中國作家》第2期。
同月	王安憶的小說《神聖祭壇》發表在《北京文學》第3期。
5 月	《鍾山》雜誌從第3期開始，開闢「新寫實小說大聯展」，倡導「新寫實小說」。
同月	王安憶的中篇小說《弟兄們》發表在《收穫》第3期。
6 月	張承志的中篇小說《西省暗殺考》發表在《文匯月刊》第6期。
同月	北村的小說《逃亡者說》發表在《北京文學》第6期。
7 月 24 日	作家樓適夷在北京逝世。
7 月 31 日	文藝理論家周揚逝世。
10 月	林白小說《同心愛者不能分手》發表在《上海文學》。第10期。

11 月	蘇童的中篇小說《妻妾成群》發表在《收穫》第 6 期。
12 月 13 日	文學史家王瑤在上海逝世。
本年	《新觀察》、《文匯月刊》等雜誌被要求停刊。

1990 年

1 月 20 日	詩人唐祈在蘭州逝世。
同月	林默涵、魏巍主編的《中流》雜誌在北京創刊。
2 月	格非的小說《敵人》發表在《收穫》第 2 期。
4 月 10 日	作家吳強在上海逝世。
5 月 22 日	作家凌叔華逝世。
同月	葉兆言的「夜泊秦淮」系列之一《半邊營》發表在《收穫》第 3 期。
6 月 2 日	作家、戲劇理論家陳瘦竹逝世。
7 月 23 日	作家、報人張友鸞逝世。
同月	林白小說《子彈穿過蘋果》發表在《鍾山》第 4 期。
8 月 5 日	作家周克芹逝世。
10 月 15 日	作家、學者俞平伯逝世。
11 月	王安憶的中篇小說《叔叔的故事》發表在《收穫》第 6 期。
12 月 27 日	作家廖沫沙在北京逝世。

1991 年

1 月 15 日	作家康濯在北京逝世。
1 月 25 日	作家王願堅在北京逝世。
同月	劉震雲的中篇小說《一地雞毛》、蘇童的小說《紅粉》發表在《小說界》第 1 期。
同月	西川詩《幻象》4 首發表在《人民文學》第 1 期。
同月	《花城》第 1 期發表王寅詩《陽光》，韓東詩《工人新村》。
3 月	王家新詩《帕斯捷爾納克》發表在《花城》第 2 期。
5 月 1 日	作家李輝英在香港逝世。
5 月 2 日	作家吳運鐸逝世。

同月	王朔小說《我是你爸爸》發表在《收穫》第 3 期。
同月	蘇童小說《米》發表在《鍾山》第 3 期。
6 月 19 日	詩人張明權在天津逝世。
同月	西川長詩《遠遊》發表在《上海文學》第 6 期。
7 月 23 日	翻譯家汝龍逝世。
7 月 26 日	詩人臧雲遠在南京逝世。
9 月 3 日	作家劉知俠在青島逝世。
同月	王安憶的中篇小說《烏托邦詩篇》、陳染小說《與往事乾杯》發表在《鍾山》第 5 期。
10 月 10 日	作家陳學昭在杭州逝世。
10 月 23 日	作家羅烽在北京逝世。
10 月 27 日	作家杜鵬程在西安逝世。
11 月 3 日	文學評論家劉劍青在北京逝世。
11 月 4 日	詩人青勃逝世。
同月	王朔的中篇小說《動物兇猛》發表在《收穫》第 6 期。
本年	鄭敏的詩集《心象》出版。

1992 年

1 月 4 日	作家、現代文學史家唐弢逝世。
同月	韓東小說《反標》發表在《收穫》第 1 期。
2 月 5 日	電影劇作家林杉在北京逝世。
2 月 12 日	作家、報人趙超構（林放）在上海逝世。
2 月 28 日	文藝理論家蔡儀逝世。
3 月	余秋雨的散文集《文化苦旅》由知識出版社出版。
同月	《中國解放區文學書系》由重慶出版社出版。
4 月	唐浩明的長篇歷史小說《曾國藩》由湖南文藝出版社出版。
6 月 6 日	歷史小說家高陽在台北逝世。
同月	周濤的散文《遊牧長城》發表在《人民文學》第 6 期。
同月	劉心武的長篇小說《風過耳》由中國青年出版社出版。
7 月	葉兆言的小說《輓歌》發表在《鍾山》第 4 期。

8 月 14 日	作家哈華在上海逝世。
9 月 23 日	作家葉至誠逝世。
9 月	余華的長篇小說《呼喊與細語》發表在《收穫》第 5 期。
10 月 14 日	散文家秦牧在廣州逝世。文藝理論家伍蠡甫在上海逝世。
11 月 17 日	作家路遙逝世。
同月	《收穫》第 6 期發表格非的長篇小說《邊緣》、余華的中篇小說《活著》、蘇童的中篇小說《園藝》、孫甘露的中篇小說《憶秦娥》、韓東的短篇小說《母狗》、述平中篇小說《凸凹》。
同月	王家新《瓦雷金諾敘事曲》發表在《花城》第 6 期。
12 月 5 日	作家艾蕪在成都逝世。
12 月 14 日	作家沙汀在成都逝世。
本年	張承志的長篇小說《心靈史》、《金克木小品》、蘇童小說集《大紅燈籠高高掛》出版。本年出版的小說集還有《紅粉》（蘇童）、《去影》（葉兆言）、《行雲流水》（方方）、《嘴唇裏的陽光》（陳染）、《屋頂上的腳步》（陳村）、《官人》（劉震雲）、《白渦》（劉恒），韓東詩集《白色的石頭》。

1993 年

1 月	《路遙文集》（1-5 卷）由陝西人民出版社出版。
同月	何頓的中篇小說《生活無罪》發表在《收穫》第 1 期。
1 月 9 日	翻譯家王道乾逝世。
1 月 21 日	批評家袁文殊在北京逝世。
2 月 22 日	詩人、學者馮至逝世。
3 月	王安憶的長篇小說《紀實與虛構——創造世界方法之一種》發表在《收穫》第 2 期。6 月由人民文學出版社印行單行本。
同月	李銳小說《北京有個金太陽》發表在《收穫》第 2 期。
4 月	王蒙的長篇小說《戀愛的季節》由人民文學出版社出版。
5 月 25 日	《光明日報》刊發《文壇盛讚——陝軍東征》報導，稱陝西作家的四部長篇小說引起轟動。它們是高建群《最後一個匈奴》（作家出版社 1992 年）、京夫《八里情仇》（中國文聯出版公司 1993 年）和《廢都》、《白鹿原》。

同月	張承志散文《以筆為旗》發表在《十月》第 3 旗。
6 月 7 日	劇作家陽翰笙在北京逝世。
同月	賈平凹的長篇小說《廢都》由北京出版社出版。
同月	陳忠實的長篇小說《白鹿原》由人民文學出版社出版。
同月	花城出版社推出「先鋒長篇小說叢書」，收入余華的《在細雨中呼喊》（原名《呼喊與細雨》）、蘇童的《我的帝王生涯》、格非的《敵人》、孫甘露的《呼吸》、呂新的《撫摸》、北村的《施洗的河》。
同月	王曉明等人談話錄《曠野上的廢墟——文學和人文精神的危機》刊於《上海文學》第 6 期。
同月	于堅的詩《事件與聲音》發表在《人民文學》第 6 期。
8 月 14 日	作家溫小鈺在杭州逝世。
同月	劉恒的長篇小說《蒼河白日夢》由作家出版社出版。
同月	王安憶小說《香港的情與愛》發表在《上海文學》第 8 期。
同月	李銳長篇小說《舊址》由上海文藝出版社出版。
9 月 9 日	作家黃鋼逝世。
10 月 8 日	詩人顧城在新西蘭的威赫克島殺妻自盡。
10 月 18 日	作家秦瘦鷗在上海逝世。
同月	《汪曾祺文集》由江蘇文藝出版社出版。
11 月	春風文藝出版社以「布老虎」為名註冊商標，推出「布老虎叢書」。
同月	顧城的小說《英兒》發表在《花城》第 6 期。同期還發表了歐陽江河的詩《茨維塔耶娃》。
本年	張煒的長篇小說《九月寓言》、劉震雲的長篇小說《故鄉天下黃花》、《故鄉相處流傳》，莫言長篇小說《酒國》、莫言的小說集《金髮嬰兒》、扎西達娃的《西藏，隱秘歲月》、呂新的《夜晚的秩序》、孫甘露的《訪問夢境》、張承志的《黑駿馬》、楊爭光的《黑風景》、蘇童的《刺青時代》、王安憶的《荒山之戀》、馬原的《虛構》、洪峰的《重返家園》。萬夏、瀟瀟主編《後朦朧詩全集》。

1994 年

1 月 11 日　　　作家、文學教育家吳組緗在北京逝世。

1 月 19 日　　　作家葛洛在北京逝世。

同月　　　　　遲子建小說《向著白夜旅行》發表在《收穫》第 1 期。

同月　　　　　鄭敏的長詩《詩人之死》發表在《人民文學》第 1 期。
　　　　　　　收入集子時改名為《詩人與死》。

同月　　　　　《大家》在昆明創刊，創刊號發表于堅長詩《0 檔案》。

2 月 7 日　　　作家白朗在北京逝世。

2 月 12 日　　　作家路翎在北京逝世。

3 月 4 日　　　作家李束為在太原逝世。

同月　　　　　張賢亮的長篇小說《煩惱就是智慧》（上）發表在《小
　　　　　　　說界》第 2 期。6 月由作家出版社出版，改名為《我的
　　　　　　　菩提樹》。

同月　　　　　林白的長篇小說《一個人的戰爭》發表在《花城》第 2 期。

同月　　　　　徐小斌長篇小說《敦煌遺夢》發表在《中國作家》第 2 期。

4 月　　　　　韋君宜的長篇小說《露沙的路》發表在《當代》第 2 期。

5 月 5 日　　　詩人韓笑在廣州逝世。

5 月 15 日　　　作家李初梨在北京逝世。

5 月 28 日　　　劇作家陳白塵在南京逝世。

同月　　　　　王蒙的長篇小說《失態的季節》發表在《小說》第 3 期。

同月　　　　　張承志小說集《神示的詩篇》由江蘇文藝出版社出版。

6 月 1 日　　　導演、戲劇家黃佐臨在上海逝世。

6 月 19 日　　　戲曲作家翁偶虹在北京逝世。

6 月 11 日　　　作家駱賓基在北京逝世。

同月　　　　　徐坤小說《先鋒》發表在《人民文學》第 6 期。

8 月 23 日　　　作家吳有恒在廣州逝世。

同月　　　　　昌耀的詩集《命運之書》由青海人民出版社出版。

9 月　　　　　浩然四卷本長篇《金光大道》出版。第一、二卷出版於
　　　　　　　「文革」期間。

10 月 10 日　　詩人盧荻在廣州逝世。

10 月 11 日　　作家、文藝理論家秦兆陽在北京逝世。

10 月 26 日　　作家蹇先艾在貴陽逝世。

12 月 29 日　　詩人沙鷗在北京逝世。

本年　　　　出版的作品還有：長篇小說《柏慧》（張煒）、《雍正皇帝》（二月河）。散文集《雜憶與雜寫——楊絳散文》、《蒲橋集》（汪曾祺）、《抱散集》（賈平凹）、《綠風土》（張承志）、《雜憶與雜寫——楊絳散文》。小說集《藍袍先生》（陳忠實）、《無雨之城》（鐵凝）。《顧城詩全編》、《嚴力詩選》。

1995 年

1 月 3 日　　作家葛琴在北京逝世。

2 月 6 日　　劇作家夏衍在北京逝世。

2 月 19 日　　作家魏鋼焰在西安逝世。

3 月 14 日　　作家、翻譯家荒蕪在北京逝世。

同月　　　　陳思和、李輝主持的《「火鳳凰」文庫》開始由上海遠東出版社出版，收入巴金的《再思錄》、賈植芳的《獄裏獄外》、沈從文與張兆和的《從文家書》等回憶錄和論著。

5 月　　　　朱文小說《我愛美元》發表在《小說家》第 3 期。

同月　　　　格非長篇小說《欲望的旗幟》發表在《收穫》第 5 期。

6 月 1 日　　畢飛宇電影故事《搖啊搖，搖到外婆橋》發表在《文學報》。

同月　　　　何申的短篇小說《年前年後》、畢飛宇小說《是誰在深夜說話》發表在《人民文學》第 6 期。

9 月 2 日　　古典文學研究家余冠英在北京逝世。

9 月 5 日　　文藝批評家馮牧在北京逝世。

9 月 5 日　　詩人鄒荻帆在北京逝世。

同月　　　　莫言的長篇小說《豐乳肥臀》發表在《大家》第 5、6 期。

11 月　　　　余華的長篇小說《許三觀賣血記》發表在《收穫》第 6 期。1996 年由江蘇文藝出版社印行單行本。

12 月 11 日　　作家楊沫在北京逝世。

本年　　　　王安憶長篇小說《長恨歌》、張煒長篇《家族》、陸天明長篇《蒼天在上》出版。

1996 年

1 月 20 日	戲劇家、散文家鳳子在北京逝世。
同月	史鐵生的長篇小說《務虛筆記》發表在《收穫》第 1 期。
同月	劉醒龍的小說《分享艱難》發表在《上海文學》第 1 期。
同月	談歌的小說《大廠》發表在《人民文學》第 1 期。
2 月	王曉明編選的關於「人文精神」討論的論文集《人文精神尋思錄》由文匯出版社出版。
3 月 5 日	作家孫謙在太原逝世。
同月	陳染的長篇小說《私人生活》發表在《花城》第 2 期。同年由作家出版社出版單行本。
同月	關仁山的小說《大雪無鄉》發表在《中國作家》第 2 期。
同月	昌耀詩集《一個挑戰的旅行者步行在上帝的沙盤》由敦煌文藝出版社出版。
同月	韓少功的小說《馬橋詞典》發表在《小說界》第 2 期，8 月由作家出版社出版。
5 月 5 日	詩人艾青在北京逝世。
同月	關仁山的《九月還鄉》發表在《十月》第 3 期。
6 月 20 日	作家梁斌在天津逝世。
6 月 26 日	批評家孔羅蓀在上海逝世。
7 月	《胡寬詩集》由灕江出版社出版。
8 月 25 日	作家戴厚英在上海的寓所遇害。
同月	畢飛宇小說《哺乳期的女人》發表在《作家》第 8 期。
9 月	葉兆言的長篇小說《一九三七年的愛情》發表在《收穫》第 5 期。
10 月 6 日	作家端木蕻良在北京逝世。
10 月 10 日	詩人汪靜之在杭州逝世。
10 月 25 日	作家陳荒煤在北京逝世。
11 月	林斤瀾小說《門》發表在《北京文學》第 11 期。
12 月 13 日	劇作家曹禺在北京逝世。詩人、報告文學家徐遲逝世。
12 月 16 日	中國文聯第 6 次全國代表大會和中國作協第 5 次全國代表大會在北京召開。

1997 年

1 月 24 日	詩人蘇金傘在鄭州逝世。
2 月	《海子詩全編》（西川編）、《駱－禾詩全編》（張玞編）由上海三聯書店出版。
3 月 12 日	作家劉紹棠在北京逝世。
3 月 19 日	作家張弦在南京逝世。
同月	《中國當代詩人精品大系》叢書由改革出版社出版，收入歐陽江河《透過詞語的玻璃》、翟永明《黑夜裏的素歌》、西川《隱秘的匯合》、陳東東《海神的一夜》、蕭開愚《動物園的狂喜》、孫文波《地圖上的旅行》五種。
同月	東西的長篇小說《耳光響亮》發表在《花城》第 2 期。
5 月 4 日	作家李霽野在天津逝世。
5 月 16 日	作家汪曾祺在北京逝世。
同月	鬼子的小說《被雨淋濕的河》發表在《人民文學》第 5 期。
6 月 7 日	作家于伶在上海逝世。
7 月	灰娃詩集《山鬼故家》由人民文學出版社出版。
8 月	「20 世紀末中國詩人自選集」由湖南文藝出版社出版，收王家新《游動懸崖》、歐陽江河《誰去誰留》、西川《大意如此》、陳東東《明淨的部分》四種。
10 月	劉恒的《貧嘴張大民的幸福生活》發表在《北京文學》第 10 期。
11 月 6 日	兒童文學作家陳伯吹在上海逝世。
12 月 19 日	第 4 屆茅盾文學獎揭曉。王火《戰爭和人》、陳忠實《白鹿原》（修訂本）、劉斯奮《白門柳》、劉玉民《騷動之秋》獲獎。
本年	陳染長篇小說《說吧，房間》、曹文軒長篇小說《草房子》出版。

1998 年

1 月	林賢治思想隨筆《胡風「集團」：20 世紀中國的政治事件和精神事件》發表在《黃河》第 1 期。
2 月 6 日	劇作家丁毅逝世。

3 月 10 日	中國作協主辦的魯迅文學獎 1995-1996 年各單項獎獲得者揭曉。
3 月 17 日	翻譯家、學者羅大岡在北京逝世。
同月	朱文的中篇小說《弟弟的演奏》發表在《江南》第 2 期。
同月	阿來長篇小說《塵埃落定》由人民文學出版社出版。
同月	「90 年代中國詩歌」叢書，收入臧棣《燕園記事》、張曙光《小丑的花格外衣》、西渡的《雪景中的柏拉圖》、黃燦然《世界的隱喻》、孫文波《給小蓓的儷歌》、張棗《春秋來信》六種。
4 月 3 日	詩人張志民在北京逝世。
4 月 29 日	作家方紀在天津逝世。
同月	季羨林散文集《牛棚雜憶》由中央黨校出版社出版。
8 月 21 日	批評界馮健男在石家莊逝世。
9 月 12 日	詩人羅洛在上海逝世。
同月	劉震雲長篇《故鄉面和花朵》由華藝出版社出版。
同月	余華長篇小說《許三觀賣血記》由南海出版公司出版。
10 月 7 日	作家茹志鵑在上海逝世。
10 月 12 日	作家陳登科在合肥逝世。
10 月 30 日	詩人公木在長春逝世。
同月	《北京文學》第 10 期刊登朱文發起並整理的《斷裂：一份問卷和五十六份答案》，和韓東的《備忘：有關「斷裂」行為的問題回答》。
11 月	閻連科的長篇《日光流年》由花城出版社出版。
12 月 19 日	作家、學者錢鍾書在北京逝世。
同月	周大新長篇小說《第二十二幕》由人民文學出版社出版。
同月	張潔長篇小說《無字》由上海文藝出版社出版。
同月	徐小斌長篇小說《羽蛇》由花城出版社出版。
同月	《昌耀的詩》（藍星詩庫）由人民文學出版社出版。
本年	《顧城的詩》（藍星詩庫）由人民文學出版社出版。周梅森長篇小說《中國製造》由作家出版社出版。鍾鳴的散文隨筆集《旁觀者》由南海出版社出版。曹文軒長篇小說《紅瓦》由北京十月文藝出版社出版。韋君宜散文《思痛錄》由北京十月文藝出版社出版。

1999 年

1 月 5 日	作家、翻譯家葉君健在北京逝世。
1 月 13 日	詩人魯藜在天津逝世。
同月	李洱的中篇小說《葬禮》發表在《收穫》第 1 期。
同月	鐵凝的中篇小說《永遠有多遠》發表在《十月》第 1 期。
2 月 11 日	作家、翻譯家蕭乾在北京逝世。
2 月 15 日	詩人、翻譯家趙瑞蕻在南京逝世。
2 月 28 日	作家冰心在北京逝世。
3 月	北村的中篇小說《周漁的喊叫》發表在《大家》第 2 期。
4 月 3 日	作家、翻譯家畢朔望在北京逝世。
4 月 29 日	作家姚雪垠在北京逝世。
5 月 19 日	詩人、散文家葦岸逝世。
同月	《天涯》第 5 期發表「劉亮程散文專輯」。
同月	葦岸散文《大地上的事情》發表在《人民文學》第 5 期。
6 月 5 日	作家王汶石在西安逝世。
6 月 26 日	文藝理論家蔣孔陽在上海逝世。
7 月 6 日	作家高曉聲逝世。
7 月 29 日	作家袁靜逝世。
同月	潘軍長篇小說《獨白與手勢·白》連載於《作家》7-12 期。
9 月 24 日	作家王西彥在上海逝世。
10 月 5 日	作家、批評家唐達成在北京逝世。
同月	葉廣芩的長篇《采桑子》由北京十月文藝出版社出版。
11 月 27 日	作家趙清閣在上海逝世。
本年	《西川的詩》（藍星詩庫）有人民文學出版社出版。出版的長篇有《夢斷關河》（凌力）、《羊的門》（李佩甫）。散文集《人間筆記》（于堅）。

2000 年

1 月 5 日	作家謝冰瑩在美國舊金山逝世。
2 月 2 日	作家李准逝世。
2 月 11 日	詩人阮章競在北京逝世。

3 月 23 日	詩人昌耀在西寧逝世。
同月	鐵凝的長篇小說《大浴女》由春風文藝出版社出版。
4 月 12 日	作家張長弓逝世。
5 月 15 日	翻譯家戈寶權在南京逝世。
同月	畢飛宇的小說《青衣》發表在《花城》第 3 期。
6 月 19 日	作家柯靈在上海逝世。
7 月	王安憶的長篇小說《富萍》發表在《收穫》第 4 期。
8 月 5 日	詩人、翻譯家、梵文學家金克木在北京逝世。
同月	尤鳳偉長篇《中國：一九五七》發表在《江南》第 4 期。
9 月 14 日	由上海作協等發起組織的「百名評論家評選 90 年代優秀作家作品」問卷調查揭曉。「最有影響的十名作家」是：王安憶、余華、韓少功、陳忠實、史鐵生、賈平凹、張承志、莫言、余秋雨。「最有影響的十部作品」是：《長恨歌》、《白鹿原》、《馬橋詞典》、《許三觀賣血記》、《九月寓言》、《心靈史》、《文化苦旅》、《活著》、《我與地壇》、《務虛筆記》。
10 月 6 日	文學翻譯家田德望在北京逝世。
10 月 12 日	第 5 屆茅盾文學獎獲獎者揭曉。獲獎名單為：《抉擇》（張平）、《塵埃落定》（阿來）、《長恨歌》（王安憶）、《茶人三部曲》第一、二部（王旭峰）。
10 月 13 日	據新華社報導，中國作協負責人就法籍華人作家高行健獲 2000 年度諾貝爾文學獎接受記者採訪，「指出諾貝爾文學獎被用於政治目的失去其權威性」。
12 月 2 日	詩人、翻譯家卞之琳在北京逝世。
本年	出版長篇小說《大漠祭》（雪漠）、《懷念狼》（賈平凹），《玻璃蟲》（林白）。多多詩集《阿姆斯特丹的河流》，朱朱詩集《枯草上的鹽》，蕭開愚詩集《學習之甜》，呂德安詩集《頑石》，《于堅的詩》（藍星詩庫）。

國家圖書館出版品預行編目資料

大陸當代文學史 / 洪子誠著. -- 一版. -- 臺
北市：秀威資訊科技, 2008.03 - 2008.08
　　面；　公分. -- (大陸學者叢書；CG0014
-CG0015)
　　　上編：1950-1970 年代；下編：1980-1990 年代
　　　ISBN 978-986-6732-82-9 (上冊：平裝). --
ISBN 978-986-221-058-1 (下冊：平裝)

1. 中國文學史

820.9　　　　　　　　　　　　97002087

大陸當代文學史　下編
（1980-1990 年代）

作　　者／洪子誠
發 行 人／宋政坤
主　　編／宋如珊
執行編輯／黃姣潔
圖文排版／鄭維心
封面設計／莊芯媚
數位轉譯／徐真玉　沈裕閔
圖書銷售／林怡君
法律顧問／毛國樑　律師
出版印製／秀威資訊科技股份有限公司
　　　　　台北市內湖區瑞光路 583 巷 25 號 1 樓
　　　　　電話：02-2657-9211　　　傳真：02-2657-9106
　　　　　E-mail：service@showwe.com.tw
經 銷 商／紅螞蟻圖書有限公司
　　　　　台北市內湖區舊宗路二段 121 巷 28、32 號 4 樓
　　　　　電話：02-2795-3656　　　傳真：02-2795-4100
　　　　　http://www.e-redant.com

2008 年 8 月　BOD 一版
定價：400 元

讀 者 回 函 卡

感謝您購買本書，為提升服務品質，煩請填寫以下問卷，收到您的寶貴意見後，我們會仔細收藏記錄並回贈紀念品，謝謝！

1. 您購買的書名：_____

2. 您從何得知本書的消息？

　　□網路書店　□部落格　□資料庫搜尋　□書訊　□電子報　□書店

　　□平面媒體　□ 朋友推薦　□網站推薦　□其他_____

3. 您對本書的評價：(請填代號　1.非常滿意 2.滿意 3.尚可 4.再改進)

　　封面設計____　版面編排____　內容____　文/譯筆____　價格____

4. 讀完書後您覺得：

　　□很有收穫　□有收穫　□收穫不多　□沒收穫

5. 您會推薦本書給朋友嗎？

　　□會　□不會，為什麼？_____

6. 其他寶貴的意見：_____

_____

_____

_____

讀者基本資料

姓名：_____　年齡：_____　性別：□女 □男

聯絡電話：_____　E-mail：_____

地址：_____

學歷：□高中(含)以下　　□高中　　□專科學校　　□大學

　　　□研究所(含)以上 □其他_____

職業：□製造業 □金融業 □資訊業 □軍警 □傳播業 □自由業

　　　□服務業 □公務員 □教職　□學生 □其他_____

To：114

台北市內湖區瑞光路 583 巷 25 號 1 樓

秀威資訊科技股份有限公司　　　收

寄件人姓名：

寄件人地址：□□□

(請沿線對摺寄回,謝謝!)

秀威與 BOD

BOD（Books On Demand）是數位出版的大趨勢，秀威資訊率先運用 POD 數位印刷設備來生產書籍，並提供作者全程數位出版服務，致使書籍產銷零庫存，知識傳承不絕版，目前已開闢以下書系：

一、BOD 學術著作—專業論述的閱讀延伸
二、BOD 個人著作—分享生命的心路歷程
三、BOD 旅遊著作—個人深度旅遊文學創作
四、BOD 大陸學者—大陸專業學者學術出版
五、POD 獨家經銷—數位產製的代發行書籍

BOD 秀威網路書店：www.showwe.com.tw
政府出版品網路書店：www.govbooks.com.tw

永不絕版的故事・自己寫・永不休止的音符・自己唱